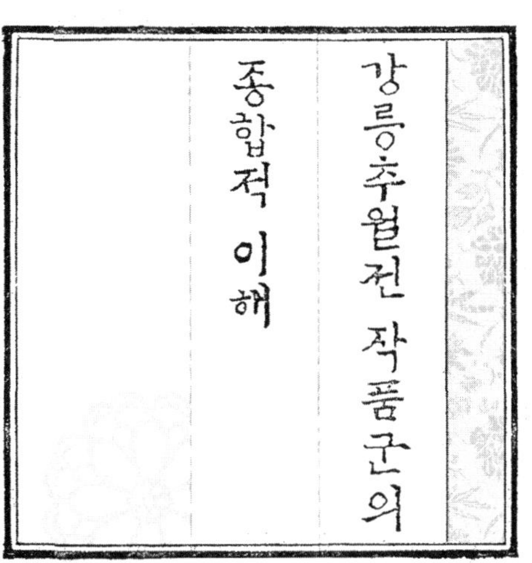

보고사

책을 펴내며

조선후기 고소설 중에서 25번째로 풍부한 이본을 가진 강릉추월전은 역동적인 생명력을 보여준 매우 독특한 작품이다. 강릉추월전은 중국소설의 영향을 받아 조선후기에 형성되었음에도 당시의 사회상을 반영하여 새롭게 재창작되었다는 점에서 필자의 흥미를 끌었다. 그래서 필자는 십여 년 전부터 전국에 흩어져 있는 강릉추월전의 필사본을 구해 판독하기 시작했다. 강릉추월전의 원전을 찾아 전국의 도서관을 유람하는 길은 생각보다 만만치 않았다.

서울 지방의 공공기관이나 대학 도서관에 소장된 강릉추월전을 만나기 위해 한 걸음에 달려갔음에도 시간이 부족하여 제대로 판독하지 못하고 되돌아 올 때는 발걸음이 무거웠다. 그런데 필사본 강릉추월전을 손수 복사해주거나 빌려주는 고마운 분들 덕분에 용기를 가지고 작업을 계속했다. 필사본을 공개하여 연구자의 손길이 닿을 수 있도록 따뜻한 배려를 해준 분들에게 늘 감사하게 생각한다.

강릉추월전은 중국 명나라 말기 통속소설의 영향을 받았으나 조선후기 사회 변화를 반영하여 세 이본 계통으로 변모와 토착화를 거듭했다. 이 작품은 중국소설의 영향으로 필사본 제1계통 기본형이 형성되었고, 이것을 바탕으로 후반부가 확장되거나 새로운 내용을 첨가한 필사본 제2계통 부연형으로 변모되었다. 그리고 1915년에 활자본으로 개작된 제3계통 변이형이 출간되었다. 이러한 강릉추월전은 조선후기 필사본에서 근대전환기 활자본으로 개작되면서 150년간 84종의 이본이 유통되었다.

강릉추월전은 동아시아 한문 문명권의 보편성과 개별성을 동시에 지내고 있다는 측면에서 주목된다. 오늘날 학문의 세분화 문제를 극복하기 위해서는 동아시아 중세 문명권의 보편성을 공유하는 것이 무엇보다 소중하다고 하겠다.

이러한 동아시아 고소설의 시각에서 강릉추월전 작품군의 종합적 이해를 출간하게 되었다. 강릉추월전 작품군의 종합적 이해는 필자가 오랫동안 관심을 가지고 연구한 내용을 바탕으로 새롭게 고치고 수정한 결정판이다. 강릉추월전을 총체적으로 이해하기 위해서 중국소설의 영향과 한국적 토착화, 이본의 현황과 지역별 유통, 세 이본 계통과 작품의 보편성과 개별성, 필사본에 나타난 여성 향유층의 역할과 수용미학, 작품의 소설사적 의미 등을 종합적으로 다루었다. 아울러 강릉추월전 교주본을 첨가해 독자의 이해와 연구의 편의를 도모하고자 했다.

강릉추월전 작품군의 종합적 이해를 출간하면서 여러 분의 지도와 은혜를 분에 넘치게 받았다. 학부시절부터 석·박사과정으로 이어진 삶의 여정을 지켜봐주시면서 학문적 성장을 이끌어주신 강은해 선생님께 진심으로 감사의 말씀을 드린다. 그리고 학부시절부터 학문 탐구의 성실성과 창조적 사고를 몸소 보여주신 최미정 선생님께도 감사드린다. 필자의 자유로운 발상을 칭찬하면서 폭넓은 세계를 경험하도록 지도해주신 원명수 선생님과 국어학의 중요성을 일

깨워준 홍순성 선생님과 김영희 선생님께도 감사의 인사를 올린다.

학부 때 찾아뵈었던 조동일 선생님과 설성경 선생님은 학문의 길에서 커다란 방향을 제시해준 고마운 분이다. 설성경 선생님은 학문 탐구의 끈기를 몸소 보여주셨고 조동일 선생님은 중세 학문의 보편성에서 세계 학문론으로 나아가는 방향을 제시해주셨다. 그리고 귀중한 자료를 빌려주시고 출판을 적극 추천해준 정명기 선생님과 가까운 곳에서 따뜻한 배려를 해준 서인석 선생님과 이강옥 선생님께도 감사의 말씀을 전한다.

필자를 낳아서 건강하게 길러주신 부모님과 가족들, 부족한 사위를 항상 칭찬해주시는 장인어른과 맛있는 반찬을 장만해준 장모님, 서툰 남편의 학문 탐구를 묵묵히 지켜봐준 아내 이수정에게도 고마운 말씀을 전한다. 그리고 학문의 여정에서 묻혀있던 원고에 새로운 생명력을 지펴 예쁜 책으로 간행해주신 보고사 김흥국 사장님과 편집부 여러분에게도 심심한 감사의 인사를 드린다. 아울러 풍성한 가을에 조그마한 결실이 있기까지 함께 해준 지구촌의 햇볕, 바람, 물, 흙, 나무 등에게도 고마운 사랑을 보내며 더욱 정진하고자 한다.

2008년 11월 10일
계명 동산의 아름다운 정원에서
김재웅(金在雄) 씀

차 례

책을 펴내며 3

Ⅰ. 머리말 9

  1. 연구 목적 9

  2. 선행 연구 검토 16

  3. 연구 방법 및 대상 26

Ⅱ. 중국소설의 영향과 〈강릉추월전〉 작품군의 형성 및
  토착화 33

  1. 중국소설의 영향과 〈강릉추월전〉 작품군의 형성 34

  2. 〈강릉추월전〉 작품군의 토착화 양상 62

Ⅲ. 〈강릉추월전〉 작품군의 이본 계통과 변모 93

  1. 〈강릉추월전〉 작품군의 이본과 서사 단락의 비교 93

  2. 〈강릉추월전〉 작품군의 계통과 변모 양상 106

Ⅳ. 〈강릉추월전〉 작품군의 유통과 여성 향유층의 역할

.... 145

1. 필사본에 나타난 여성 향유층 147
2. 여성 향유층과 필사본 계통의 변모 165
3. 여성 향유층의 작품 수용적 태도 175

Ⅴ. 〈강릉추월전〉 작품군의 계통본 특성과 의미 191

1. 〈강릉추월전〉 계통본의 공통적 특성 192
2. 〈강릉추월전〉 계통본의 지속과 변모 209
3. 〈강릉추월전〉 계통본의 개별적 특성 218

Ⅵ. 〈강릉추월전〉 작품군의 소설사적 의의 233

1. 중국소설의 영향과 재창작 233
2. 옹서갈등의 문학적 형상화 236
3. 여성 향유층에 대한 실증적 조사와 수용 미학 240
4. 조선후기 고소설의 수용과 변화 243

Ⅶ. 맺음말 247

【참고문헌】 255
【강릉추월전 교주본】 261
【찾아보기】 361

Ⅰ. 머리말

1. 연구 목적

　한국 고소설은 동아시아 한문 문명권의 보편적 속성과 개별적 속성을 공유하고 있다. 이 때문에 한국 고소설에는 자국의 역사와 사회상을 반영한 창작소설과 중국소설의 영향을 수용한 번역소설 및 번안소설이 공존하고 있다. 국내의 사회적 배경을 바탕으로 창작된 고소설에 비하여, 중국소설의 영향을 받아서 형성된 작품은 번역, 번안, 창작의 문제가 제기될 수밖에 없다. 이러한 한국 고소설의 번역, 번안, 창작에 대한 개념은 일찍부터 연구자의 관심을 끌었음에도 작품의 국적을 해명하는 수준에서 한 걸음 더 나아가지 못한 실정이다.

　동아시아 한문 문명권의 중간부에 속하는 한국 고소설은 중국소설의 영향을 받았음에도 단순하게 모방하는 차원에서 멈추지 않았다.[1] 김시습의 『금오신화(金鰲新話)』만 해도 중국소설 『전등신화(前

---

　1) 조동일, 『공동문어문학과 민족어문학』(지식산업사, 1999). 조동일, 『하나이면서 여럿인 동아시아 문학』(지식산업사, 1999). 조동일, 『문명권의 동질성과 이질성』(지식산업사, 1999).

燈新話)』의 영향을 수용하면서도 시대적 배경이나 작가의식을 투영하여 새로운 작품으로 재창작되었다. 김시습은 구우의 『전등신화』에서 일부 소설의 영감(靈感)이나 소재를 빌려왔지만, 조선전기의 사회상과 문체의 변모를 통하여 새로운 글쓰기로 창작 욕구를 표출하였다. 이러한 당시의 사회상과 작가의식을 투영한 변모과정을 거치면서 한국 고소설은 중국소설의 영향을 벗어나 새로운 작품으로 재창작된 것으로 보인다.[2]

그렇다고 해서 『전등신화』와 같은 중국소설이 한국 고소설의 형성과 발전에 다양한 자양분을 제공했던 영향까지 부정할 필요는 없을 듯하다. 중국문학 중에서 『태평광기(太平廣記)』, 『삼국지연의(三國志演義)』, 『수호전(水滸傳)』, 『서유기(西遊記)』, 『삼언(三言)』[3], 『이박(二泊)』[4] 등과 같은 작품이 조선시대에 다양하게 유입되어 한국 고소설의 발전에 이바지한 점은 인정해야 한다. 다만, 중국소설을 그대로 모방하는 것이 아니라 조선시대 사회상에 적합한 작품으로 끊임없는 변모와 토착화과정을 거쳐 재창작되었다는 점을 분명히 밝혀둘 필요가 있다. 이런 측면에서 중국소설의 영향과 한국 고소설의 대응에 대한 비교연구가 요청된다고 하겠다.[5]

동아시아 한문 문명권의 보편성과 개별성을 동시에 내포한 조선

---

2) 김재웅, 「〈원자실전〉의 전기소설적 성격과 의미」, 『어문연구』 53집(어문연구학회, 2007.4), 63-89쪽. 중국소설 『전등신화』 제2편에 수록된 〈삼산복지지(三山福地誌)〉의 영향을 받은 조선후기 〈원자실전〉은 당시의 사회변화와 유교윤리를 첨가하여 새롭게 재창작되었다.

3) 『삼언』은 『유세명언』·『경세통언』·『성세항언』을 말한다.

4) 『이박』은 『초각박안경기』·『이각박안경기』를 말한다.

5) 설중환, 『금오신화연구』 (고려대 민족문화연구소, 1983), 99-111쪽.

후기 〈강릉추월전(江陵秋月傳)〉 작품군은 이러한 번안과 창작의 개념을 새롭게 생각할 수 있는 작품이다. 잘 알고 있듯이 〈강릉추월전〉은 중국소설의 영향을 수용하였음에도 조선후기 사회상의 변화를 첨삭하여 새롭게 재창작된 소설로 주목된다.[6] 중국소설의 영향을 수용한 〈강릉추월전〉 작품군의 이본 계통을 살펴보면 조선후기에 어떻게 변모되고 재창작되었는지를 구체적으로 해명할 수 있다. 이러한 중국소설과 조선후기 고소설의 비교문학적 연구는 한국 고소설의 개별성과 정체성을 확인하는 지름길이기도 하다. 따라서 〈강릉추월전〉 작품군은 중국소설의 영향을 받았으나, 조선후기 사회 변화와 여성 향유층에 의해서 끊임없이 변모되고 재창작되었던 동아시아 문학의 토착화 과정을 뚜렷이 보여주고 있다.

〈강릉추월전〉은 주인공이 친부모를 습격한 도적의 딸과 결혼하게 되면서 자신의 정체성을 찾고, 이별한 가족이 극적으로 만나는 과정을 역동적으로 그려낸 소설이다. 도적의 손에 양육된 주인공이 친부모의 원수가 장인(丈人)이라는 사실을 알고 아내의 만류와 애원에도 불구하고 처벌한다. 이 작품군은 유복자로 출생한 아들이 친부모의 원수인 장인을 어떻게 처리하는가에 따라서 다수의 이본 계통이 파생되었다. 이러한 〈강릉추월전〉 작품군은 중국소설의 영향을 벗어나, 조선후기 유교윤리와 사회상의 변화를 반영하면서 끊임없이 변모와 토착화를 거듭한 재창작소설이다.

지금까지 〈강릉추월전〉 작품군에 대한 연구는 중국소설의 번안이라는 선입관과 이본에 대한 관심의 부족으로 연구자들에게 주목

---

6) 김재웅, 「〈강능추월전〉의 이본 형성과 변모에 관한 연구」 (계명대 박사논문, 2003), 15-57쪽.

받지 못했다. 〈강릉추월전〉에 대한 기존 연구자들의 관심은 중국소설 〈소지현나삼재합(蘇知縣羅衫再合)〉의 영향 관계를 설명하는 작업에 편중되어 있어서, 조선후기에 다양하게 유통된 작품군의변모양상에 대해서는 여전히 소홀한 실정이다. 더욱이 중국소설과 조선후기 〈강릉추월전〉의 영향 관계를 비교하면서도 가장 후대에 출판된 활자본을 연구 대상으로 선택한 점은 한계로 지적할 수밖에 없다. 왜냐하면 〈강릉추월전〉 작품군은 활자본보다 앞서 형성된 필사본 이본이 상당수 존재하고 있기 때문이다.

이러한 〈강릉추월전〉 작품군에 대한 연구는 한국 고소설에 미친 중국소설의 영향 관계를 해명하는 전파론적 입장에 치중되어 있다. 동아시아 문화의 전파론적 영향 관계에 입각하여 조선후기 〈강릉추월전〉이 중국소설을 수용했던 보편성을 밝히는 연구도 중요하다. 그러나 더욱 중요한 것은 〈강릉추월전〉 작품군이 중국소설을 수용하면서도 조선후기 고소설로 변모되는 과정에서 일어난 재창작과 발전적 속성을 파악하는 것이다. 이러한 관점에서 〈강릉추월전〉 작품군에 대한 연구는 조선후기 다양하게 유통된 필사본이본에 대한 전반적인 검토 작업이 요청되고 있다.

잘 알고 있듯이 〈강릉추월전〉 작품군은 조선후기에 형성되어 지속적인 변모를 거듭하는 과정에서 상다수의 필사본 이본이 생성되었다. 이 작품군은 중국 명나라 말기 풍몽룡(馮夢龍)의 『경세통언(警世通言)』 제11화 〈蘇知縣羅衫再合〉의 영향을 받았으나[7], 조선후기부터 근대전환기까지 약 150년 동안 다양하게 유통되면서 당시의 사회

---

7) 김태준, 『조선소설사』 (서울: 예문, 1989), 176-179쪽.

변화와 여성 향유층의 의식을 반영한 소설이다. 따라서 〈강릉추월전〉 작품군은 조선후기 필사본에서 20세기 활자본으로 끊임없이 변모와 재창작 과정을 거치면서 무려 84종의 이본이 파생되었다.

이렇게 많은 이본이 존재하는 것으로 보아 〈강릉추월전〉 작품군은 당대의 독자층에게 상당한 인기를 끌었던 것으로 보인다. 물론 이본 숫자의 많고 적음이 작품의 문학적 가치를 좌우하는 기준은 될 수 없을 것이다. 그러나 〈강릉추월전〉 작품군이 조선후기 고소설로 재창작되면서 새로운 이본 계통으로 변모되었던 원인과 여성 향유층의 역할에 대한 설명이 필요한 실정이다. 이를 통해서 조선후기 〈강릉추월전〉 작품군은 중국소설을 수용하였음에도 한국 고소설의 주체적 역량에 의해 변모 및 재창작된 개별성을 살펴보는 데 적합한 작품이다.

한국 고소설이 중국소설의 영향을 직·간접적으로 받았다는 점은 기존 연구를 통해서 잘 알려진 사실이다. 이 때문에 중국소설과 한국 고소설의 영향 관계를 해명하는 작업은 비교적 일찍부터 연구자들의 관심을 끌었던 것이다. 그런데 대부분의 연구자들은 한국 고소설의 형성과 발전에 미친 중국소설의 영향 관계를 확인하는 작업에 편중되어 있었다. 이 때문에 조선후기 고소설의 주체적 변모 양상과 토착화 및 재창작에 대해서는 주목하지 못한 것으로 보인다.

중국소설 〈소지현나삼재합〉의 영향을 받은 작품은 〈월봉기(月峰記)〉, 〈소운전(蘇雲傳)〉, 〈봉황금(鳳凰琴)〉, 〈강릉추월전〉 등 다수가 존재하고 있다. 그 중에서도 〈강릉추월전〉 작품군은 이본의 다양한 변모를 통해서 중국소설의 영향을 탈피하여, 조선후기 고소설로 재창작되는 과정을 뚜렷이 보여준다. 그렇다면 〈강릉추월전〉이 중국소설 〈소지현나삼재합〉을 수용한 원인은 무엇일까? 이러한 문제는 조선후기 고소설의 내·외부적 여건을 종합해서 파악해야 실체에 접근할 수 있다. 〈강릉추월전〉이 중국소설의 영향을 받았던 주요한 원인은 혼란했던 역사적배경[8]과 영웅소설의 유형성에 따른 조선후기 고소설의 도식성[9]때문이다. 이러한 상황에서 〈강릉추월전〉은 중국 통속소설의 파격적인 내용을 수용하여, 조선후기 고소설의 도식성에 식상한 독자들에게 신선한 충격을 주었을 것이다.

특히 〈강릉추월전〉 작품군은 조선후기 고소설로 변모하는 과정에서 당시에 유행하던 적강소설(謫降小說), 군담소설(軍談小說), 영웅소설(英雄小說), 애정소설(愛情小說), 가문소설(家門小說), 판소리계 소설 등을 두루 수용하여 끊임없이 토착화를 모색한 재창작 소설이다. 이러한 〈강릉추월전〉의 재창작 과정에서 여성향유층이 독자로 참여하여 필사본이본의변모와 토착화에 상당한 기여를 하였다. 따라서 〈강릉추월전〉은 다양한 이본의 변모에 이바지한 당시 여성 향유층의 성격을 살펴보는 데 중요한 단서를 제공하고 있다.

본고의 목적은 〈강릉추월전〉 작품군의 종합적 연구를 통하여 중국소설의 영향을 벗어나 조선후기 고소설로 토착화되는 양상을 총체적으로 살펴보고자 한다. 〈강릉추월전〉 작품군의 이본 형성과 변

---

8) 명나라 말기와 마찬가지로 조선후기는 수취 제도의 문란과 세도 정치의 부패로 크고 작은 민란이 발생해 극심한 혼란을 보여주었다. 김용섭, 「철종조의 민란 발생과 그 지향」, 『동방학지』 94집 (연세대 국학연구원, 1996), 49-109쪽. 고승제, 『전통시대의 민중운동』 (서울: 풀빛, 1981). 안병욱, 「19세기 임술민란에 있어서의 〈향회〉와 〈요호〉」, 『한국사론』 14집 (서울대 국사학과, 1986), 181-205쪽.

9) 조선후기 상업적 출판이 성행하면서 소설의 유형성은 더욱 강화되었다. 이러한 고소설의 도식적 유형성의 식상함을 탈피하기 위해서 〈강릉추월전〉은 중국소설 〈소지현나삼재합〉의 영향을 수용했던 것으로 보인다.

모 양상을 통해서 중국소설의 영향을 극복하고 조선후기고소설로 토착화되는 양상을 다각적으로 분석할 것이다. 이를 바탕으로 조선후기 〈강릉추월전〉 작품군의 성격과 여성 향유층의 역할 및 문학사적의의를 새롭게 구명(究明)해보고자 한다. 이러한 작품군의 성격을 살펴보기 위해서는 다양하게 유통된 필사본과 활자본의 형성과 변모 양상에 대한 고찰이 선행되어야 한다. 그래야만 〈강릉추월전〉 작품군의 단편적 연구의 맹점을 보완하여 총체적 의미를 파악할 수 있을 뿐만 아니라 한국 고소설사의 편중된 시각을 바로잡을 수 있다.

　〈강릉추월전〉 작품군은 중국소설의 영향을 벗어나, 조선후기 고소설의 자생적 역량을 첨삭하여 발전적 변모를 거듭한 재창작소설이다. 이런 점에서 〈강릉추월전〉은 동아시아 한·중의 보편성과 개별성을 동시에 보여주고 있으며, 중국소설을 수용하여 어떻게 조선후기 고소설로 변화시켰는가를 뚜렷이 보여준다.[10) 나아가 〈강릉추월전〉 작품군은 조선후기필사본고소설에서 근대 전환기의 활자본고소설로 개작되면서 끊임없이 변모를 거듭한 원동력이 무엇인지를 파악하는 데 중요한 단서를 제공한다.

　이러한 〈강릉추월전〉 작품군은 중국소설의 영향을 받았다고 해도 끊임없이 조선후기 사회상의 자생적 변모를 통해서 새로운 의미를 재창출한 소설이다. 특히 친부모의 원수를 처벌하는 필사본에서 재생을 통한 아내의 원혼풀어주기로 변모하고 가족 간의 용서·화

---

10) 조동일, 『하나이면서 여럿인 동아시아문학』(서울: 지식산업사, 1999), 403-504 쪽. 여기서는 동아시아의 한문 문명권의 공통점과 차이점에 주목하고 있다. 한문을 공동 문어로 사용한 동아시아에서는 번역과 번안 및 재창작의 과정을 거치면서 민족 문화를 발전시켰다.

해하는 활자본으로 개작되면서 새로운 가족 의식을 반영하였다. 이러한 〈강능추월전〉 작품군의 문학적 특징이 제대로 밝혀진다면 한국 고소설사의 올바른 평가와 자리매김이 뒤따라야 할 것이다.

2. 선행 연구 검토

한국 고소설과 중국소설의 영향관계에 대한 연구는 비교적 일찍부터 연구자의 관심을 모았다. 기존연구는 한국 고소설이 중국소설의 영향을 지대하게 받았다는 수용관계를 집중적으로 조명하였다. 물론 동아시아 한문 문명권의 중심부인 중국소설이 중간부인 한국 고소설의 형성과 발전에 지대한 영향을 미친 것을 부정하는 것은 아니다. 다만, 중국소설의 영향을 받았다고 해도 어떻게 조선후기 고소설로 변모되었는지에 대한 작품의 비교연구가 선행될 필요가 있다.[11)]

기존 연구는 고소설의 선행본으로 중국소설의 원전을 확인하는 작업에 그치는 경우가 대부분이었다. 한국 고소설과 중국소설의 영향 관계를 확인하는 작업에서 한 걸음 나아가 다양하게 유통된 고소설의이본을 분석하여 토착화와 재창작 과정을 해명하는 작업이 꼭 필요하다고 하겠다.

지금까지 〈강릉추월전〉 작품군에 대한 연구는 중국소설의 원전 확정 및 영향 관계, 작품 분석, 이본 검토, 여성독자층 등에 대한 단

---

11) 김재웅, 「〈원자실전〉의 전기소설적 성격과 의미」, 『어문연구』 53집(어문연구학회, 2007.4). 63-89쪽. 필사본 〈원자실전〉은 중국 송나라 구우(瞿佑)가 지은 『전등신화(前燈新話)』제2편에 수록된 〈삼산복지지(三山福地誌)〉를 모본으로 하여 새로운 내용을 첨삭한 재창작소설이다.

편적인 논의가 있었다. 〈강릉추월전〉은 고소설 연구의 초기부터 중국소설의 영향 관계를 해명하는 작품으로 주목을 받았던 것으로 보인다. 초기 연구자들은 〈강릉추월전〉의 문학적가치에 대한 관심보다는 중국소설의 영향 관계를 밝혀서 조선후기 고소설의 번안적 성격을 살펴보는 작업에 심혈을 기울였다.

김태준은 명대의 소설집『경세통언』제11화의 〈소지현나삼복합〉의 번역소설로 〈소운전〉과 〈옥소전(玉簫傳)〉계열이 있다고 전제한 뒤에 〈소운전〉계열에 〈소학사전(蘇學士傳)〉, 〈월봉산기(月峰山記)〉, 〈월봉기〉가 있고, 〈옥소전〉계열에 〈옥소기봉(玉簫奇峰)〉, 〈강릉추월〉, 〈봉황금〉이 있다고 소개했다.[12] 이것은 중국 통속소설(通俗小說)의 영향을 수용한 조선후기 고소설의 번역, 번안에 초점을 맞추어 중국소설의 영향을 밝히는 작업에 편중되었다. 이 논의는 중국소설 〈소지현나삼재합〉[13]과 조선후기 고소설의 공통점에 치중하여, 중국소설의 영향 관계를 단순 비교하는 문제점을 내포하고 있음에도 작품의 원전을 밝혔다는 점에서 주목된다.

그러나 조선후기 〈강릉추월전〉의 필사본이 다양하게 형성·유통(流通)되었던 상황을 무시하고, 작품의 서사 단락을 비교하여 중국소설의 영향을 수용한 작품으로 평가 절하하였다. 중국소설 〈소지현나삼재합〉과 조선후기 〈강릉추월전〉의 이본을 검토하지 않은 상황에서 가장 후대에 출판된 활자본을 비교 대상으로 선정한 것은 문제

---

12) 김태준, 앞의 책, 176-178쪽.

13) 이명구, 「이조소설의 비교문학적 연구」, 『대동문화연구』 5집(성균관대 대동문화연구소, 1968), 30쪽. 여기서는 김태준이 제시한 〈소지현나삼복합〉을 〈소지현나삼재합〉으로 수정되었다.

점으로 지적할 수 있다. 이러한 김태준의 성급한 연구결과 때문에 〈강릉추월전〉은 한국 고소설사에서 배제되어 별다른 주목을 받지 못한 것으로 보인다.

김태준의 연구를 비판 없이 수용한 조윤제는 〈강릉추월전〉의 성격을 기봉(奇峰)·기연소설(奇緣小說)[14]로, 신기형은 군담적유형[15]으로 분류한 바 있다. 조윤제는 작품의 내용이 '강릉추월(江陵秋月)' 옥소를 통해서 가족 상봉의 신표로 작용한다는 점에서 기봉소설 혹은 기연소설로 분류하였다. 물론 작품에 등장하는 '강릉추월' 옥소는 매우 중요한 기능과 역할을 하고 있지만 작품의 서사 구조를 대변하지는 못한다고 하겠다. 그리고 〈강릉추월전〉을 군담소설의 유형에 포함시키는 것은 군담이 등장한다는 점에서 일정 부분 타당하지만 작품의 핵심적 성격을 대변하지는 못하고 있다.

이러한 단편적인 논의에서 벗어나 중국소설 『경세통언』제11화 〈소지현나삼재합〉과 〈강릉추월〉을 본격적으로 비교하는 작업이 이루어졌다. 이명구는 중국소설과 조선후기 고소설을 대비하여 번안소설에 지속적인 관심을 가졌다.[16] 그는 김태준의 원전 확정에 대한 잘못을 바로잡고 중국 통속소설 『삼언』이 조선후기에 널리 유포되는 과정에 주목했다.[17] 이러한 이명구의 관심은 명나라 통속소설과 조선후기 고소설의 구체적인 비교를 통해서 번안의 의미에 초점을 두고 있다.

---

14) 조윤제, 『국문학사』 (서울: 동국문화사, 1949), 334쪽.

15) 신기형, 『조선소설발달사』 (서울: 장문사, 1960), 435쪽.

16) 이명구, 앞의 논문 30쪽.

17) 여기서 말한 『삼언』은 중국 명나라 소설 『警世通言』, 『醒世恒言』, 『喩世名言』 등을 통칭하는 것이다.

한편 서대석은 기존의 논의를 비판하면서 중국 원전으로 알려진 〈소지현나삼재합〉과 연관된 〈월봉산기〉, 〈소학사전〉, 〈강릉추월〉, 〈봉황금〉 등과 비교하여 공통점과 차이점을 제시하였다.[18] 이 논의는 〈강릉추월전〉의 배경과 인물의자국화, 주인공의 영웅화, 비현실적 구성, 본격적인 군담의 등장 등과 같이 번안 양상의 차이점에 구체적으로 주목한 것이다. 이렇게 중국소설 〈소지현나삼재합〉과 조선후기 〈강릉추월〉의 공통점과 차이점을 분석한 결과 〈강릉추월전〉의 성격을 창작에 가까운 번안소설로 애매하게 규정했다.

조동일은 『경세통언』에 수록된 〈소지현나삼재합〉의 인기로 인해 여러 차례 번안 작품이 출판되었음을 지적하였다. 그는 〈월봉산기〉에서는 무리한 점을 납득할 수 있게 보완하고 부모 상봉의 흥미를 돋우었으며, 〈소학사전〉에서는 도술적 군담 위주의 영웅소설로 개작하고, 〈강릉추월〉에서는 주인공이 중국으로 출정하여 용맹을 발휘하는 것으로 꾸몄다[19]고 했다. 이러한 논의도 〈강릉추월전〉의 활자본과 중국 원전을 비교했기 때문에 다양한 필사본 이본의 형성과 변모를 수용하지 못한 것으로 보인다.

이들의 연구는 중국 원작과 조선후기 고소설을 대비하여, 구체적인 번안 양상과 상호 관계를 파악한 성과는 주목된다. 그런데 중국 원전에 비추어 조선후기 〈강릉추월전〉의 활자본과 더불어 다양한 필사본을 검토해야 하는 과제를 남겨두었다. 〈강릉추월전〉의 활자

---

18) 서대석, 「〈소지현나삼재합〉계 번안소설 연구」, 『동서문화』 5집(계명대 동서문화연구소, 1973), 214쪽.

19) 조동일, 『한국문학통사』 3권(서울: 지식산업사, 1991), 105-106쪽. 조희웅, 『고전소설 연구보정』 (박이정, 2006).

본은 기존의 필사본을 대본으로 1915년 이후에 상업적으로 출판되었기 때문에 필사본의 검토가 선행되어야 기존의 논의를 보충할 수 있다.

현재까지 확인한 〈강릉추월전〉 작품군의 이본은 약 84종이다. 조선후기 단일 작품의 이본이 84종이나 존재한다는 사실은 이본 연구의 필요성이 높아지고 있지만 이본 검토는 빈약한 실정이다. 조동일은 〈강릉추월전〉에 대하여 방각본은 없고 필사본도 찾기 어렵다고 하면서 활자본으로 출간된 시대에 이르러서야 비로소 성행하게 되었다[20]고 했다. 이 논의는 〈강릉추월전〉의 이본을 제대로 조사하지 않은 상태에서 기존의 논의를 그대로 수용한 것으로 보인다. 아직까지 작품의 방각본이 확인된 바 없지만, 필사본이 광범위하게 유통되면서 점차 활자본으로 개작·변모되었다는 사실을 생각한다면 조동일의 연구는 아쉬움이 남는다.

〈강릉추월전〉 작품군의 이본에 대한 검토는 빈약한 실정이다. 여러 곳에 흩어진 작품을 한곳으로 모으는 자료정리 작업이 최근에서야 출간된 것만[21] 보아도 미루어 짐작할 수 있다. 그나마 부족한 이본 자료에 대한 소극적인 접근이 있었다. 가령 작품의 이본 7종을 검토하여 강릉 지역을 배경으로 한 창작소설의 가능성을 타진한 경우와[22] 필사본과 활자본을 대비하여 부모의 원수 갚기와 원수에 대한 용서·화해하기에 초점을 둔 경우[23]가 그것이다. 전자는 〈강릉

---

20) 조동일, 앞의 책, 468쪽.

21) 조희웅, 『고전소설 이본목록』(서울: 집문당, 1999). 조희웅, 『고전소설 연구보정』 (박이정, 2006).

22) 장정룡, 「강릉추월전 이본연구」, 『평사민제선생화갑기념논문집』 (간행위원회, 1990), 350쪽.

추월전)에 등장하는 배경과 지명을 추적하여 강릉 지역의 창작 배경에 초점을 맞추고 있어서 본격적인 이본 연구라고 보기 어렵다. 후자는 〈강릉추월전〉의 필사본과 활자본을 비교하여 작품의 특징을 분석하는 데 초점을 맞추었다.

필사본 〈강릉추월전〉의 후반부가 부연된 이본 12종을 분석하여 그 의미를 밝힌 연구는 주목된다.[24] 이 논의는 당시에 발굴된 작품을 토대로 작품의 후반부가 부연된 이본을 수집하여 각 계통의 친소 관계를 분석하였다.[25] 〈강릉추월전〉 단락의 친소 관계를 분석한 결과 넓게는 6계통, 좁게는 2계통으로 분류하고 있다. 이러한 논의는 이본 계통을 뚜렷하게 제시하지 못한 약점이 있음에도 다수의 이본을 발굴하여 세부적인 검토를 했다는 점에서 긍정적으로 평가할 만하다.

최근에 이루어진 이본 연구는 〈강릉추월전〉 작품군의 전체적인 계통을 설정하려는 것이다. 이 논의는 작품의 필사본 5종과 활자본 1종을 검토하여 기본형, 부연형, 변이형의 세 이본 계통으로 구분하였다.[26] 이것은 옹서 대립을 중심으로 〈강릉추월전〉의 필사본과 활자본을 검토하여 장인처벌하기, 장인을 처벌한 뒤에 용서하기, 장인과 화합하기 등과 같이 세 이본 계통이 존재함을 밝혔다는 점에서

---

23) 김재웅, 「〈江陵秋月傳〉 硏究」, 『한국학논집』 26집(계명대 한국학연구원, 1999), 243-265쪽.

24) 박광수, 「〈강능추월전〉의 결말부 부연과 그 의미」, 『어문학』 70집(대구: 한국어문학회, 2000), 179-192쪽.

25) 박광수, 「〈江陵秋月傳〉流通考」, 『江陵秋月傳研究』(대전: 충남대 출판부, 2002), 9-40쪽.

26) 김재웅, 「〈강능추월전〉의 이본에 대한 연구」, 『한국학논집』 27집(계명대 한국학연구원, 2000), 125-156쪽.

일정한 성과를 거두었다. 그럼에도 아직까지 상당수의 필사본 이본을 검토하지 못한 약점도 내포되어 있다.

이러한 기존 논의들은 특정한 작품을 대상으로 논의하거나 적은 수의 이본을 논의한 결과 전반적인 이본 계통의 수립에는 미흡한 것으로 보인다. 기존 연구는 다소의 문제점을 내포하고 있지만 〈강릉추월전〉 작품군의 이본 검토에 디딤돌이 되고 있음은 분명하다. 그러나 지금까지 살펴본 이본 검토의 한계를 극복하기 위해서는 다수의 이본을 대상으로 통시적, 공시적인 검토가 필요한 실정이다.

〈강릉추월전〉의 작품 분석은 유형연구와 개별 작품을[27] 통해서 진행되었다. 작품의 유형 분석은 복수담에 군담이 첨가된 것으로 파악한 경우와[28] 가족 이합담에 가족의 만남과 여성 의식의 발현을 위한 군담이 첨가된 것으로 파악한 경우가[29] 있다. 이러한 기존 연구는 중국소설 〈소지현나삼재합〉의 영향 관계와 조선후기 고소설 작품의 양상을 검토하는 데 편중되었다. 이들은 〈월봉기〉, 〈소운전〉, 〈강릉추월전〉, 〈봉황금〉 등의 다양한 이본을 검토하지 못한 상태에서 유형적 특징을 분석했다는 약점을 내포하고 있다.

개별 작품에 대한 분석은 옥소계 소설 〈옥소기연〉, 〈강릉추월〉, 〈금강취유(金剛聚遊)〉 등의 구조와 작가 의식을 고찰한 경우[30]와 가족 이합(離合)의 구조를 바탕으로 갈등양상과 작가 의식을 분석한 경

---

27) 신정숙, 「강릉추월전 연구」, 『논문집』 15집 (경기공전, 1981). 장정룡, 「〈강능추월전〉 연구」, 『인문학보』 23집(강릉대 인문과학연구소, 1997), 5-35쪽.
28) 심재숙, 「소운전·월봉기계 작품군의 유형변이와 담당층에 대한 연구」 (고려대 석사논문, 1990).
29) 전상욱, 「〈월봉기〉군 소설의 작품세계」 (연세대 석사논문, 1995), 54쪽.
30) 정상진, 「옥소계 소설연구」, 『한국고전소설연구』 (서울: 삼지원, 2000), 171-200쪽.

우31), 〈강능추월전〉의 구조를 만남과 헤어짐으로 파악한 경우32), 작품의 성격을 영웅·군담소설로 파악하면서 꾸준한 관심을 보여준 경우33) 등이 있다. 이러한 작품의 구조와 갈등에 대한 연구도 수많은 이본을 검토하지 못한 단편적인 의미를 제시하는 아쉬움을 보여주었다.

최근에 〈월봉기〉류의 자국화양상과 〈강릉추월전〉의 창작소설적 성격을 밝힌 논의34)와 작품의 이합구조와 음악관계에 주목하여 옥소의 중요성을 부각하는 논의35)는 주목된다. 전자는 중국소설의 영향을 벗어나 한국 고소설적 성격을 부각하고, 후자는 작품의 이합과정에 등장하는 옥소의 중요성에 초점을 맞추고 있다. 이러한 논의는 중국소설의 영향을 극복한 창작소설의 가능성 탐구, 음악과 문학의 관련성에 초점을 맞춘 색다른 연구 방법을 동원하고 있다.

이렇게 〈강릉추월전〉에 대한 지속적인 관심과 유형 분석을 통해서 작품의 성격이 어느 정도 해명되었다. 그런데 작품에 대한 유형

---

31) 김재웅, 앞의 논문, 251-263쪽.

32) 백운용, 「〈강능추월전〉의 구조와 헤어짐과 만남」, 『어문론총』 38호(대구: 한국문학언어학회, 2003), 109-141쪽.

33) 박광수, 「〈江陵秋月傳〉 一考察」, 『한국언어문학』 42집(대전: 한국언어문학회, 1999). 박광수, 「〈江陵秋月傳〉 流通系列 一考察」, 『어문연구』 32집(대전: 어문연구학회, 1999). 박광수, 『江陵秋月傳研究』(대전: 충남대 출판부, 2002). 최근에 학계에 발표한 논문과 국립중앙도서관본 〈강능추월옥소전〉을 교주하여 출간했다.

34) 육재용, 「〈월봉기〉류 자국화 양상 연구」, 『어문학』 81집(대구 : 한국어문학회, 2003.9), 245-274쪽. 육재용, 「〈강능추월전〉의 창작성 고찰」, 『어문학』 93집(대구: 한국어문학회, 2006.9), 253-272쪽.

35) 김진영, 「〈강능추월옥소전〉의 이합구조와 음악의 관계」, 『한국언어문학』 51집(한국언어문학회, 2003). 김진영 「〈江」陵秋月玉蕭傳〉의 형상화와 소재적 전통」, 『古小說의 전통과 변이』(태학사, 2006), 429-453쪽.

구조는 복수담, 가족 이합담, 영웅담 등으로 서로 다르게 파악하고 있어서 논란이 되고 있다. 이러한 논란은 동일 작품에 대한 연구 관점의 차이에서 비롯되었다. 〈강릉추월전〉 작품군은 전체적으로 가족 이합의 구조를 중심으로 다양한 고소설의 유형을 수용한 것으로 생각된다.

한편 중국소설 〈소지현나삼재합〉의 영향을 받은 고소설 작품의 선후 관계에 대한 논란이 발생하고 있다. 논란의 초점은 〈월봉기〉와 〈소운전〉을 동일 작품의 이본으로 볼 것인가? 다른 작품으로 볼 것인가에 대한 의견 차이에서 비롯되었다. 대부분의 연구자들은 〈월봉기〉와 〈소운전〉을 동일한 작품의 이본으로 인식하고 있다. 그렇다면 〈월봉기〉와 〈소운전〉 중에서 어느 작품이 선행했을까? 현재까지 대부분 〈월봉기〉의 선행설을 수용하고 있다. 다만, 『상서기문』에 등장하는 고소설이 대부분 판각소설임을 제시하여, 〈소운전〉도 판각소설일 가능성을 조심스럽게 추정하였다.[36] 이러한 작품의 선후 관계를 해결하기 위해서는 중국 원전과 영향 관계에 놓여있는 작품의 이본 검토가 선행되어야 한다.

〈강릉추월전〉 작품군의 필사본 이본에 나타난 필사 기록을 분석하여, 작품의 여성 독자층을 실증적으로 접근한 논의가 최근에 이루어졌다.[37] 이것은 여성 독자층이 작품을 필사하고 향유했던 수용적

---

36) 이창헌, 『경판방각소설 판본 연구』(서울: 태학사, 2000), 238쪽. 여기서는 1794년의 기록인 『象胥記聞』에 등장하는 조선소설을 제시하여 방각소설일 가능성을 추정하고 있다. 구체적인 조선 작품을 언급하면 〈장풍운전〉, 〈구운몽〉, 〈최현전〉, 〈장박전〉, 〈임장군충렬전〉, 〈소대성전〉, 〈소운전〉, 〈최충전〉, 〈사씨전〉, 〈숙향전〉, 〈옥교리〉, 〈이백경전〉, 〈삼국지〉 등 13종이다. 그럼에도 아직까지 〈소운전〉의 판각본이 발견된 바 없다.

태도를 실증적 조사를 통해서 제시했다는 점에서 주목된다. 고소설의 독자층에 대한 접근이 부족한 상황에서 실증적 방법을 동원하여 여성 독자층과 독자 수용의 태도를 밝힌 것은 조그마한 성과로 볼 수 있다.

이상에서 〈강릉추월전〉 작품군에 대한 연구는 작품의 원전과 번역·번안 양상, 이본 검토, 작품의 구조 분석, 독자층 등에서 단편적인 성과를 거두었다. 이러한 기존 연구를 검토한 결과 선학들의 선입관에 다소의 문제가 있음을 발견하였다. 〈강릉추월전〉은 중국 명나라 말기 〈소지현나삼재합〉의 영향을 수용하여 조선후기 필사본이 형성되었고 필사본에서 다시 활자본으로 간행된 소설이다. 따라서 〈강릉추월전〉의 필사본 유통 과정에 대한 논의를 생략한 채 활자본과 중국소설 〈소지현나삼재합〉을 비교하는 것은 시급히 개선되어야 한다.

아직까지 다양하게 존재하는 〈강릉추월전〉 작품군의 이본 계통에 대한 검토와 해석이 미진한 실정이다. 작품군의 의미를 제대로 파악하기 위해서는 이본의 검토가 선행되어야 함은 두말할 나위가 없다. 다양한 이본을 수집하여 그 이본의 계통과 변모 양상을 고찰하는 것은 선본(先本)을 선정하는 작업과 함께 작품의 총체적 의미를 파악하는 기초 작업이라 하겠다.[38] 이런 점에서 조선후기 〈강릉추월전〉 작품군의 이본 형성과 그 변모 양상에 주목할 필요가 있다.

---

37) 김재웅, 「〈강능추월전〉의 독자층과 독자 수용의 태도」, 『어문학』 75집(대구: 한국어문학회, 2002), 115-140쪽.

38) 정규복, 『한국고전문학의 원전비평』 (서울: 새문사, 1990), 29-31쪽.

3. 연구 방법 및 대상

중국소설과 한국 고소설의 교섭은 일찍부터 연구자들의 꾸준한 관심을 끌었다. 기존 연구자들의 시각은 중국소설의 영향과 고소설의 수용적 측면에서 관심을 가졌던 것이다.[39] 그런데도 중국 원전의 수용과 이본의 다양한 변모를 통시적으로 추적한 연구는 드물다고 할 것이다. 중국 원전에서 조선후기 사회상에 적합한 고소설 작품으로 토착화되면서 일어난 변모를 밝히는[40] 작업은 문학 담당층의 의식을 탐색할 수 있는 중요한 작업이다. 이 과정을 통해서 중국소설의 수용과 조선후기 고소설로 토착화되거나 재창작한 부분을 밝힘으로써 한국 고소설의 개별적 특징을 파악할 수 있다.

〈강릉추월전〉 작품군은 중국소설의 영향을 수용하면서도 끊임없이 변모하여 조선후기의 사회변화와 고소설의 특징을 반영한 작품이다. 이러한 작품의 성격을 제대로 밝히기 위해서는 중국 명나라 말기 『경세통언』 제11화 〈소지현나삼재합〉의 영향을 받은 것으로 알려진 〈월봉기〉, 〈소운전〉, 〈강릉추월전〉, 〈봉황금〉 등과 비교하는 것이 필요하다. 이러한 비교 연구는 중국소설의 일방적인 영향 관계를 벗어나 한국적 토양에 알맞게 재창작된 작품의 성격을 구체적으

---

39) 이재수, 「한국소설 발달단계에 있어서 중국소설의 영향」, 『경북대논문집』 1집 (대구: 경북대, 1956). 정래동, 「중국소설이 한국문학에 끼친 영향」, 『국어국문학』 27호(서울: 국어국문학회, 1964). 이경선, 『한국비교문학논고』 (서울: 일조각, 1976). 정주동, 『고대소설론』 (대구: 형설출판사, 1994). 김광순, 『한국고소설사와 론』 (서울: 새문사, 1990), 376-411쪽. 김현룡, 「고소설사에 끼친 중국 설화 · 소설의 영향」, 『고소설사의 제문제』 (서울: 집문당, 1993). 장효현, 「한국고전소설 비교연구의 현황과 전망」, 『고전문학연구』 20집(서울: 한국고전문학회, 2001), 367-407쪽.

40) 유연한, 「한국고전번안소설의 연구」 (고려대 박사논문, 1990), 16쪽.

로 조명할 수 있게 한다.

〈강릉추월전〉은 중국소설 〈소지현나삼재합〉의 영향을 받아 19세기 초반부터 20세기 중반까지 약 150년간 작품의 변모와 토착화를 모색한 것으로 보인다. 이러한 〈강릉추월전〉의 유통 과정에서 형성·변모된 84종에 대한 이본 계통과 그 선후 관계를 통시적으로 분석하면 작품의 총체적 의미를 제대로 밝힐 수 있을 것이다. 특히 〈강릉추월전〉 작품군의 이본 형성과 변모에 대한 연구는 중국소설과 다른 한국 고소설의 개별적 특징을 찾는 데 이바지할 수 있다고 생각한다.

본고에서는 〈강릉추월전〉 작품군의 종합적 연구를 수행하기 위한 구체적인 연구 방법을 제시하면 다음과 같다.

Ⅱ장에서는 조선후기 〈강릉추월전〉 작품군의 형성과 토착화에 대하여 검토할 것이다. 그러자면 〈강릉추월전〉의 형성에 직접적인 영향을 미친 중국소설 〈소지현나삼재합〉의 성격을 규명하는 작업이 필요하다. 그리고 중국 원전의 영향을 받은 〈월봉기〉, 〈소운전〉, 〈강릉추월전〉, 〈봉황금〉 등의 이본을 비교하여, 〈강릉추월전〉 작품군의 원류가 된 화소를 분석할 것이다. 이러한 동아시아 한자 문명권의 보편성을 간직한 공통 화소들이 조선후기 〈강릉추월전〉의 형성에 어떠한 방식으로도 영향을 준 것으로 보이기 때문이다.

그런데 〈강릉추월전〉 작품군은 중국소설 〈소지현나삼재합〉의 영향만 받은 것이 아니라 끊임없는 변모와 토착화를 모색한 소설이다. 조선후기 〈강릉추월전〉의 토착화 양상은 플롯 전환을 통한 서사 구조의 변화, 군담 영웅을 통한 인물의 성격 변화, 옹서(翁壻) 대립을 통한 주제의 변화, 시·공간의 자국화를 통한 배경의 변화 등을 통해서 잘 드러난다. 이렇게 보면 〈강릉추월전〉 작품군은 중국소설을 수용하여 형성되었음에도 불구하고, 조선후기 사회상의 변화를 끊임 없이 반영하여 변모와 토착화를 모색한 재창작 소설이라 할 수 있다.

Ⅲ장에서는 〈강릉추월전〉 작품군의 이본 계통에 대하여 살펴볼 것이다. 지금까지 알려진 〈강릉추월전〉의 이본 83종을 제시하여 작품의 전반적인 성격을 고찰하고자 한다. 그리고 작품의 서사 단락을 비교하여 제1계통본과 기본형, 제2계통본과 부연, 확대형, 제3계통본과 다양한 변이형 등의 세 가지 이본 계통으로 구분할 것이다.[41] 제1계통본은 부모의 원수 갚기가 중요하며, 제2계통본은 원수 갚기에 대한 뉘우침이 첨가되어 있고, 제3계통본은 부모의 원수에 대한 용서·화해하기로 변모되어 있다. 여기서는 이본의 세 계통을 토대로 동일 계통본을 검토하여 선본(善本)을 추정하고 각 계통본의 선후 관계를 살펴볼 것이다.

Ⅳ장에서는 〈강릉추월전〉 작품군의 유통과 여성 향유층의 역할을 살펴볼 것이다. 〈강릉추월전〉은 필사본 이본 계통의 변모에 여성 독자층이 기여하고 있다. 작품의 필사기에 적혀있는 내용을 살펴보면, 여성 필사자가 증가할 뿐만 아니라 여성 필사자의 삶을 반영한 경우가 대부분이다. 이러한 〈강릉추월전〉 작품군은 여성 향유층에 의해서 필사본 이본 계통의 변모가 발생하고 있다. 필사본 이본 계통의 변모는 여성 향유층의 필사 시기가 농한기에서 농번기로 변모하고, 여성 향유층의 신분 계층이 학자 내지 선비 계층에서 양반 계층으로 변모한 것과 일치한다. 따라서 〈강릉추월전〉 작품군은 여성

---

41) 〈강릉추월전〉의 이본 계통에 대한 자세한 사항은 Ⅲ장에서 논의할 것이다.

향유층에 의해서 필사본 제1계통본에서 제2계통본으로 이본의 변모가 이루어졌다는 것을 알 수 있다.

Ⅴ장에서는 〈강릉추월전〉 작품군이 3가지 이본 계통으로 변모하면서 새로운 단락의 첨삭, 부연과 확대를 보여준다. 여기서는 세 계통에 등장하는 서사 단락을 작품의 공통적 특성, 이본 계통본의 지속과 변모, 개별적 특성 등으로 구분하여 분석할 것이다. 공통적 특성은 천상 인물의 적강과 회귀, 군담 영웅의 활동과 가족의 극적 상봉, 혼례의 첨가와 여성의 관심 유발 등이다. 이본 계통본의 지속과 변모는 양자 삼기 단락과 여성영웅 단락을 첨삭하여 가족 계승의식과 여성 의식을 강조하고 있다. 개별적 성격은 제1계통이 남자의 충효 의식, 제2계통은 여성의 효열 의식, 제3계통은 남녀의 화합 의식 등을 각각 강조하고 있어서 차이점을 보인다. 이러한 새로운 단락의 첨가와 삭제를 통해서 〈강릉추월전〉 작품군은 조선후기 고소설로 토착화되는 통시적 변모를 확인할 수 있다.

Ⅵ장에서는 〈강릉추월전〉 작품군의 소설사적 의의를 살펴볼 것이다. 이 작품은 중국소설의 영향을 받았음에도 불구하고 끊임없이 조선후기 사회변화와 여성 향유층의 의식을 수용하여 새롭게 재창작된 소설사적 자리매김을 시도하고자 한다.

이상에서 〈강릉추월전〉 작품군은 중국소설의 영향에 힘입어 형성되었다손 치더라도, 점차 조선후기 사회상의 반영과 당시의 고소설의 영향을 수용하여 끊임없이 토착화와 재창작을 모색했던 소설이다. 특히 〈강릉추월전〉 작품군은 중국소설의 단순한 영향에서 벗어나 조선후기 고소설과 근대전환기 신소설을 수용하면서 점차 새로운 의미로 재창작되었다. 이러한 〈강릉추월전〉의 지속적 변모 과정을 통해서 우리는 조선후기 고소설에서 근대 전환기 활자본 고소설로 개작된 작품의 성격을 제대로 파악할 수 있을 것이다.

〈강릉추월전〉이 중국소설의 영향을 받았을지언정 번안소설과 창작소설의 경계선을 넘나들고 있다. 번안과 창작의 경계선을 넘나들고 있다는 것은 작품의 번안과 창작의 개념과 그 범위 설정 문제를 재검토할 수 있는 실마리를 제공한다. 특히 〈강릉추월전〉 작품군은 조선후기 번안소설의 등장 배경을 통해서 새로운 소설을 요구했던 고소설의 사회사적 의미를 파악하는 데 적당한 작품이다. 이러한 측면에서 〈강릉추월전〉 작품군은 고소설사의 주목을 받을 만한 가치가 충분하다고 생각된다.

〈강릉추월전〉의 연구 범위는 앞에서 제시한 연구 방법을 효율적으로 수행하기 위해서 중국소설과 영향 관계에 놓여있는 작품을 대상으로 한다. 중국소설 〈소지현나삼재합〉의 영향을 받아서 형성된 조선후기 〈강릉추월전〉 작품군의 이본 84종을 중심으로 논의할 것이다.

중국소설의 영향 관계를 논의하기 위해서는 〈월봉기〉, 〈소학사전〉, 〈소운전〉, 〈봉황금〉 등의 경판본, 필사본, 활자본으로 범위를 제한한다. 이렇게 하면 각 작품의 경판본과 필사본, 활자본을 비교하여 중국 원전에서 조선후기 고소설로 수용, 변모되는 과정을 추적하는 데 유리할 것이다. 중국소설의 영향과 조선후기 고소설의 대응을 서사 단락을 중심으로 상호 비교하여 그 특징을 밝히고자 한다.

馮夢龍, 〈蘇知縣羅衫再合〉, 『警世通言』 (中國: 江蘇古籍出版社, 1993).
抱翁老人輯, 〈蔡小姐忍辱報仇〉, 『今古奇觀』 (中國: 浙江古籍出版社, 1992).

　　경판본, 〈월봉긔〉 67장본, 김동욱,『영인고소설판각본전집』 5권(서울:
　　　　나손서실, 1975).
　　한문본, 〈月峯記〉 2권 2책, 국립중앙도서관 소장.
　　필사본, 〈월봉기〉 5권5책, 이화여대 소장.
　　활자본, 〈월봉긔〉,『구활자소설총서 고전소설』 9권(민족문화사, 1983).
　　필사본, 〈소학사전〉 73장, 계명대학교 소장.
　　필사본, 〈소학사전〉 73장, 김광순 소장.
　　필사본, 〈소운전〉 70장, 정명기 소장.
　　필사본, 〈소한림전〉 120장, 홍윤표 소장.
　　활자본, 〈소운전〉,『구활자본 구소설전집』 7권(인천대 민족문화연구
　　　　소, 1983).
　　필사본, 〈봉황금전〉 128장, 단국대학교 소장.
　　필사본, 〈봉황금〉,『조동일 소장 국문학연구자료』 17권(서울: 박이정,
　　　　1999).
　　활자본, 〈봉황금〉,『구활자본 고소설전집』 2권(인천대 민족문화연구
　　　　소, 1983).

　　잘 알고 있듯이 〈강릉추월전〉 작품군은 현재까지 방각본이 발견
된 바 없고 필사본과 활자본만 존재하고 있다. 작품의 이본은 필사
본과 활자본을 합쳐 84종인데[42] 조선후기 고소설 중에서도 이본이
다소 많은 것으로 보인다. 이러한 작품을 모두 거론하는 것은 이본
계통의 분류와 선후 관계의 논점을 번잡하게 할 수 있다. 따라서 이
본 계통의 특징이 뚜렷한 〈강릉추월전〉을 선별하여 논의할 것이다.

---

42) 〈강릉추월전〉은 뒤에서 자세하게 제시하여 논의할 것이다.

Ⅱ. 중국소설의 영향과 〈강릉추월전〉 작품군의 형성 및 토착화

　　조선후기 고소설을 향유했던 당대의 작가와 독자들은 동아시아 한문 문명권의 중국소설 수용을 긍정적으로 생각했던 것으로 보인다.[43] 지금처럼 창작과 번안의 개념이 뚜렷하지도 않았기 때문에 좋은 작품은 즐겨 베끼고 수용했을 것으로 짐작된다. 그런데 고소설 향유층은 중국소설을 그대로 모방한 것이 아니라 조선후기의 정치, 사회, 문화적 차이점을 고려하여 주체적인 수용과 토착화를 통해서 재창작했던 것으로 보인다. 조선후기에 유통된 〈강릉추월전〉 작품군은 이러한 자생적 변모 과정을 뚜렷이 보여준다.

　　여기서는 중국소설『경세통언』제11화 〈소지현나삼재합〉의 영향을 받은 〈월봉기〉, 〈소운전〉, 〈강릉추월전〉, 〈봉황금〉의 서사 단락을 비교하여, 〈강릉추월전〉이 〈소지현나삼재합〉의 어떤 대목을 수용하고 재창작했는지, 어떤 대목을 지속적으로 변모했는지를 밝힐

---

43) 송성욱, 「명말청초 소설의 번안과 한국소설: 장편소설을 중심으로」,『한국고소설학회 여름국제학술대회 발표집』(중국: 연변과기대, 2001). 민관동,『중국고전소설사료총고』(서울: 아세아문화사, 2001), 145쪽.

것이다. 이러한 비교 검토는 한국 고소설이 중국소설의 영향을 일방적으로 수용했다는 시각에서 벗어나 조선후기 다양한 사회상의 반영을 통한 작품의 내재적 토착화 양상에 초점을 둔 것이다.

1. 중국소설의 영향과 〈강릉추월전〉 작품군의 형성

여기서는 〈강릉추월전〉 작품군의 형성에 영향을 미친 중국소설 『경세통언』에 수록된 〈소지현나삼재합〉을 살펴보고, 그 작품의 내용을 서사 단락을 통해서 제시하고자 한다. 그리고 〈강릉추월전〉과 〈소지현나삼재합〉의 공통 화소를 비교하여, 동아시아 한자 문명권의 중심부인 중국소설의 영향을 어떻게 조선후기 고소설로 변화시켰는지를 구체적으로 고찰하고자 한다.

1) 중국소설 〈蘇知縣羅衫再合〉의 성격

잘 알고 있듯이 〈강릉추월전〉 작품군의 형성에는 중국소설 『경세통언』 제11화 〈소지현나삼재합〉의 영향과 조선후기 사회상의 반영과 같이 복합적인 요인이 작용하고 있다. 『경세통언』을 편찬한 풍몽룡(1574~1646)은 명나라 말에 태어나 전통적인 유교 교육을 받고, 말년에 관리 생활을 한 것을 제외하면 평생을 저작과 편집에 몰두한 사람이다. 그는 통속소설이 풍미하던 시대에 송·원·명대의 화본(話本)과 의화본(疑話本)[44]을 바탕으로 새롭게 개작한 『유세명언(喻世

---

44) 의화본은 기존에 전해지는 화본을 독자들을 위해서 윤색하거나 개작한 것이다. 김학주, 『중국문학사』(서울: 신아사, 1994), 509쪽.

明言)』, 『경세통언(警世通言)』, 『성세항언(醒世恒言)』 등의 단편소설집을 편찬했다.

이 책들에 대한 평가는 '정(情)'을 긍정하는 통속적 흥미성을 강조한 경우[45], 유교적 질서 회복을 통한 사회 모순의 해결을 중시한 경우[46], 작품의 교화성과 통속성을 중시한 경우[47] 등으로 구분할 수 있다. 기존의 연구에서 제기한 통속소설의 흥미성과 사회성은 대립적인 것처럼 보이지만 이들의 역학적 관계는 고소설 구성상의 중요한 요소로 작용한다. 왜냐하면 고소설의 독자층은 자신의 삶과 연관된 사회 문제의 제기와 해결 과정을 통해서 즐거움을 경험하기 때문이다. 특히 당쟁이 격렬했던 시기에 씌어진 『경세통언』과 『고금소설(古今小說)』의 서문에는 통속물의 사회적 교화성을 강조하고 있다.[48]

(가) 육경, 논어, 맹자의 이야기는 각자 다르나 사람에게 충신, 효자, 현명한 지방관, 좋은 친구, 의로운 아버지, 절개를 지키는 어머니, 덕을 심는 선비, 선을 쌓는 집안 등이 되게 할 따름이다. 경서는 이치를 드러내고 사전은 일을 서술하지만 그 법도는 결국 하나이다.[49]

(나) 대개 당인의 선언은 문심에 들어맞고 송인의 통속은 저속한

---

45) 김정육, 「〈삼언〉소설 연구」 (성균관대 박사논문, 1987), 69쪽.
46) 이재정, 「〈삼언〉을 통해본 명말 독서인의 사회의식」 (고려대 석사논문, 1987).
47) 김민호, 「풍몽룡 〈삼언〉소설 연구: 작품상의 교화성과 통속성을 중심으로」 (고려대 석사논문, 1990). 장개종, 「〈월봉산기〉와 〈삼언〉의 관계 연구」 (성균관대 석사논문, 1984).
48) 김민호, 앞의 논문, 12쪽.
49) 풍몽룡, 『警世通言』序. 六經語孟, 譚者紛如, 歸於令人爲忠臣, 爲孝子, 爲賢牧, 爲良友, 爲義夫, 爲節婦, 爲樹德之士, 爲積善之家, 如是而已矣 經書著其理 史傳述其事 其揆一也.

귀에 어울린다. 따라서 소설은 선언에 근거한 것은 드물고 통속에 근
거한 것이 많다 … 겁쟁이가 용감하게 되고 음탕한 자가 정절을 지키
게 되고 경박한 자가 돈후하게 되고 완악하고 둔한 자가 땀을 흘리게
되니, 비록 날마다 효경과 논어를 외운다고 하더라도 사람을 감동시
키는 것이 이처럼 빠르고 깊지는 못할 것이다. 아 통속소설이 아니면
이런 일이 가능할 수 있겠는가[50]

위의 인용문 (가)에서는 육경과 논어, 맹자의 내용은 각기 다르지
만, 당시의 사람에게 올바른 유교적 이념을 가르치는 동일한 역할을
수행한다. 그럼에도 일반 백성들을 가르치는 데는 한계가 있기 때문
에 통속물의 교화성을 강조한다. (나)는 문심에 알맞은 당나라 선언
(選言)보다 저속한 귀에 어울리는 송나라의 통속(通俗)이 많음을 보
여준다. 이러한 통속소설을 통해 백성들에게 유교의 경전보다 더 빠
르고 더 깊은 감동을 주는 소설의 효용성을 강조하였다. 위의 (가),
(나)는 모두 통속문학의 사회적, 교육적 효과를 매우 중시하고 있다.
이렇게 명나라 시대에 정통문학보다 통속문학이 다소 위세를 떨친
이유는 경제발전으로 인한 시민계급의 대두와 양명학의 영향 때문
이다.

중국소설 『경세통언』에 수록된 〈소지현나삼재합〉은 홀어머니를
모시고 살던 소운이 급제하여, 아내와 함께 관리지로 부임하는 과정
에서 도적의 습격을 받아 가족이 이별한다. 부모가 이별한 상태에서
유복자로 태어난 아들이 원수의 손에 양육되었으나, 자신의 정체성

---

50) 장개종, 앞의 논문, 7쪽. 大抵唐人選言 入於文心 宋人通俗 諧於里耳 則小說之
　　資於選言者少 而資於通俗者多… 怯者勇 淫者貞 薄者敦 頑鈍者汗下 雖日誦孝
　　經 論語 其感人未必如是之捷且深也 噫 不通俗而能之乎.

을 찾아가는 과정을 통해서 가족이 상봉하게 된다. 이러한 가족의 이별과 만남을 내포하고 있는 〈소지현나삼재합〉은 당대의 많은 독자들의 심금을 울렸을 것이다.

ⓐ 명나라 초기 영낙연간 탁주에 소운 형제가 어머니 장씨를 모시고 살았다. 과거에 급제한 소운이 절강 금화부 난계현대윤을 제수 받아 부인 정씨와 떠난다.

ⓑ 의진현의 도적 서능이 소운의 재물과 정씨 부인의 미모에 흑심을 품고 그들을 배에 태웠다. 서능이 재물을 탈취하고 살인하는 악인이지만, 서용은 형의 잘못을 비판하는 착한 성품을 가지고 있다.

ⓒ 서능의 습격을 당한 소운은 서용의 도움으로 물에 던져지고 아내는 도적의 소굴에 잡혀간다.

ⓓ 정씨 부인과 주씨 노파는 도적의 소굴에서 서용의 도움으로 도망친다. 주씨는 우물에 투신하고 정씨는 암자에 은거한다.

ⓔ 정씨 부인은 암자에서 아이를 출산하여 그 아이에게 적삼과 금비녀를 주어 대유촌에 버리고 당도현 자호암의 보살이 된다.

ⓕ 서능은 도망친 정씨를 뒤쫓다가 그 아이를 발견해 요대의 아내에게 금비녀를 선물하여 기르게 한다.

ⓖ 소지현은 육지로 밀려와 삼가촌의 도공에게 발견되어 그곳에서 글을 가르치며 살았다.

ⓗ 장씨 부인은 소우에게 형의 소식을 알아보라고 보낸다. 형이 부임하지 못했다는 소식을 들은 소우는 난계현에서 병으로 죽는다

ⓘ 서능은 아들의 이름을 서계조로 바꾸고 서계조는 과거를 보러 탁주에 도착하여 유숙한다. 서계조의 인물이 소운과 닮은 모습을 본 노파는 나삼을 선물로 주면서 아들의 소식을 알려달라고 애원한다.

ⓙ 과거에 급제한 서계조는 급결풍헌사를 제수 받아 남경으로 떠난다.

ⓚ 자호암에 은거하던 정씨 부인은 남편의 원수갚기와 아이의 생사가

궁금하여 암자를 나와 감찰어사에게 고소장을 올린다.

ⓛ 서계조는 피고소인이 부친이란 사실에 놀라고 요대가 가져온 나삼과 금비녀를 보고 정체를 알게 된다.

ⓜ 삼가촌에서 글을 가르치던 소지현은 노모와 임신한 아내의 생사가 궁금하여, 그곳을 떠나 글씨를 대필하여 생계를 이으며 어사에게 고소장을 올렸다.

ⓝ 조강 임어사와 서계조는 이 고소장을 보고 서능 일당을 잡아들인다.

ⓞ 서계조는 적삼을 선물한 노파가 조모님이고 자호암의 비구니가 어머니이며 부친이 생존한 사실을 알고 기뻐한다.

ⓟ 서계조가 서능을 포박하여 소지현을 습격한 사실과 죄상을 밝힌다.

ⓠ 서계조는 나삼과 금비녀로 부자 상봉하고 자호암에서 모친을 만난다.

ⓡ 도적을 심문한 어사 서계조는 서용을 살려주고 나머지는 모두 죽인다. 소태로 이름을 고친 어사는 도적의 가산을 몰수해 변방의 비용으로 사용하고 가족과 함께 조모의 생사를 확인할 수 있도록 휴가를 청한다.

ⓢ 소태는 임어사에게 감사하고 유모와 비구니에게 은전을 주어 감사한다. 소태는 난계현에서 소우의 영구를 운구해 탁주에 안장한 뒤에 주씨 노파가 투신한 우물에 관원을 보내어 제사 지낸다.

ⓣ 소태가 집으로 돌아가는 길에 산동 왕상서의 딸과 결혼한다.

ⓤ 탁주에 도착한 소태 일행은 조모와 상봉하여 새집을 짓고 노모를 봉양한다. 소태가 둘째아들을 소우의 양자로 주었다.

이 작품의 서사 단락은 도적의 습격을 당하여 이별한 가족들과 그 과정에서 유복자로 태어난 아들이 자신의 정체를 확인하고 가족을 찾아가는 것이다. 가족을 찾는 과정에서 부모가 고소장을 올리는 것으로 보아 부모의 행동이 강조되고 있다. 부부가 이별한 뒤 유복자로 태어난 아들은 부모의 원수가 자신을 키워준 양육자란 사실을 알고 처벌한다. 이러한 〈소지현나삼재합〉은 주인공의 기구한 운명을 통해서 부모의 원수를 갚는 효성을 강조하고 있다.

〈소지현나삼재합〉은 소운 형제간의 우애와 서능 형제간의 다툼을 문제 삼고 있다. 소운 형제가 홀어머니를 모시고 착하게 살고 있다면, 서능 형제는 도적의 무리를 이끌고 재물을 약탈하고 살인을 일삼는 악인으로 등장한다. 그런데 서능이 도적의 무리를 이끌고 나쁜 짓을 일삼는 데 반하여, 동생 서용은 그런 형의 행동을 방지하거나 비판하는 색다른 인물이다. 다만, 도적질과 살인을 일삼는 형의 잘못을 막으려는 동생의 행동이 소극적으로 나타난다. 이것은 선악대립과 권선징악의 통속적 흥미를 극명하게 보여준다. 이러한 점은 〈소지현나삼재합〉의 마지막 단락에서 "악한 사람은 반드시 죄를 받게 된다"[51]는 것에서도 확인된다.

부모의 원수 갚기를 통해서 효행을 실천하는 중국소설 〈채소저인욕보구(蔡小姐忍辱報仇)〉[52]도 같은 맥락에서 이해할 수 있다. 이 소설에서는 부모의 원수를 갚기 위해서 순결을 상실한 채소저가 원수를 갚은 뒤에 자결한다. 채소저는 자신의 몸을 돌보는 것보다 부모의 원수 갚기에 더 큰 가치를 부여한다. 이러한 〈채소저인욕보구〉는 효행의 교화 수단으로 부모의 원수 갚기와 같은 통속성이 소설의 사건으로 사용된 것이다.

그런데 한국 고소설에서는 부모의 원수를 갚기 위해서 훼절(毁折)하는 대목은 거의 없다. 다만 자신의 정절을 지키기 위해서 자결한

---

51) 풍몽룡, 앞의 책, 156쪽.
52) 포옹노인집, 「〈최소저인욕보구〉」, 『금고기관(今古奇觀)』 (중국: 절강고적출판사, 1992).

뒤 그 원혼이 등장하여 원수를 갚거나 다른 사람이 원혼을 풀어주는 것이 일반적이다. 정절은 동아시아 한문 문명권의 공통점이지만, 국가와 지역 및 사회 문화에 따라서 조금씩 차이점을 보이고 있다. 이렇게 볼 때 한국 고소설이 정절을 매우 중시한다면, 중국소설은 자신의 정절을 훼손하면서까지 부모의 원수 갚기를 중시하는 차이점을 보여준다.

2) 〈蘇知縣羅衫再合〉과 〈강릉추월전〉의 화소 비교

〈강릉추월전〉 작품군의 원류가 된 화소를 비교하기 위해서는 중국소설『경세통언』제11화 〈소지현나삼재합〉과 영향 관계에 놓여있는 〈월봉기〉, 〈소운전〉, 〈봉황금〉 등을 살펴볼 필요가 있다. 〈월봉기〉는 선본(先本)으로 알려진[53] 경판 67장본[54]과 활자본[55]을 비교하

---

53) 육재용, 「〈월봉기〉의 이본 연구」(서강대 박사논문, 1994), 26-27쪽. 육재용은 경판본이 출간된 시기를 1858년에서 1861년까지로 잡고 있지만, 원전과 방각본 사이에 한문본과 필사본이 존재했을 것으로 생각된다. 현재 한문본이 존재하지만 이것은 방각본을 보고 후대에 필사한 것이다. 그런데 원전으로 알려진 〈소지현나삼재합〉을 곧바로 이윤 획득을 위한 방각본으로 출판했다고 보기에는 다소 문제가 있다. 적어도 방각본을 보고 한문으로 필사한 이유에 대한 설명이 필요하다. 방각본을 탐독했던 계층과 한문으로 작품을 필사할 수 있는 계층은 구분할 필요가 있기 때문이다. 현재까지 발굴되지 않았지만 〈월봉기〉의 선본은 한문본일 가능성이 높다. 〈소지현나삼재합〉에서 한문본 〈월봉기〉가 형성되고 한문본에서 필사본과 경판본이 형성된 것으로 생각된다. 경판본은 필사본이나 활자본에 비하여 상당히 축약된 면모를 보인다. 이것은 경판본에 선행하는 모본의 존재 가능성을 시사하는 대목이다.

54) 김동욱, 〈월봉긔〉, 『영인고소설판각본전집』 5권(서울: 나손서실, 1975). 이 작품은 경판본 67장본이다.

55) 광문책사본, 〈월봉기〉, 『구활자소설총서 고전소설』 9권(서울: 민족문화사, 1983). 이 작품은 1916년 광문책사에서 간행된 총 101쪽의 활자본이다.

고, 〈소운전〉은 필사본 〈소학사전〉[56]과 활자본 〈소운전〉[57]을 비교한다. 〈강릉추월전〉도 필사본과 활자본을 비교할 것이다.[58] 그런데 〈봉황금〉은 중국소설의 영향을 받았을지라도 필사본 〈강릉추월전〉보다 후대에 형성되었기 때문에 생략한다.[59]

〈강릉추월전〉 작품군의 원류가 된 화소는 정절, 결혼, 충효, 여성 수난, 가족애와 권선징악 등이다. 이러한 〈강릉추월전〉과 〈소지현 나삼재합〉의 공통 화소는 한국과 중국의 보편성을 반영한 것으로

---

56) 김광순, 〈소학사전〉, 『필사본 한국고소설전집』 35권(서울: 경인문화사, 1994). 이 작품은 73쪽의 한글 필사본이다. 계명대에 소장된 〈소학사전〉은 김광순본과 동일본이다. 다만 계명대본은 작품의 말미에 경아현(京阿峴)이란 글씨가 적혀있어 서울 아현동에서 필사된 것으로 생각된다. 동일한 필체로 씌어진 두 작품을 통해서 전문 필사자가 같은 작품을 다량으로 필사했음을 짐작할 수 있다.

57) 민족문화연구소, 〈소운전〉, 『구활자본 고소설전집』 7권(인천대 민족문화연구소, 1983). 이 작품은 75쪽으로 1918년 보성사에서 간행된 활자본이다.

58) 필사본은 노재순본 〈강능추월전〉과 국립중앙도서관본 〈강능추월전〉을 대상으로 논의할 것이다. 그리고 활자본은 1917년 덕흥서림에서 간행된 79쪽의 〈강능추월옥소전〉을 대상으로 한다. 이 작품은 『구활자소설총서 고전소설』 9권(서울: 민족문화사, 1983)에 있다.

59) 조희웅, 앞의 책, 194쪽. 이 목록에는 〈봉황금〉의 이본이 국문필사본 2종과 활자본 4종이 존재한다. 또한 〈봉황금〉과 같은 유형으로 볼 수 있는 〈봉황전〉 4종과 일본어 번역본도 존재한다. 두 작품을 비교한 결과 〈봉황전〉은 〈봉황금〉과 이본으로 논의할 수 없는 다른 작품으로 생각된다. 현재까지 알려진 필사본과 활자본을 검토한 결과 어느 쪽이 선행하는지 정확하게 판단할 수 없다. 안타깝게도 필사본 작품의 말미가 낙장되었기 때문이다. 필사본 조동일, 〈봉황금〉, 『국문학연구자료』 17권(서울: 박이정, 1999)과 활자본 응동서관본 〈창선감의 봉황금〉, 『구활자본 고소설전집』 2권(인천대 민족문화연구소, 1983)을 비교한 결과 활자본이 선행본으로 판단된다. 그런데 필사본 단국대본 〈鳳凰琴傳〉은 표지에 한문으로 제목이 적혀있고 안쪽에는 한글로 '봉황금젼니라'라고 적혀있다. 표지의 제목 옆에 '歲在庚午拾月柒日'이란 간지도 적혀있다. 여기에 적힌 경오년은 1870년과 1930년으로 보인다. 작품의 서두를 비교한 결과 1930년에 활자본을 보고 필사한 것으로 추정된다.

보인다. 동아시아 한문 문명권의 보편성을 수용했음에도 불구하고 조선후기 〈강릉추월전〉 작품군은 당시의 사회상을 반영하여 자생적 변모를 끊임없이 모색한 작품이다.

(1) 정절 화소의 수용과 새로운 내용의 첨가

동아시아 유교 문화권에서 정절은 목숨보다 소중한 덕목이다. 여인의 정절은 훼손될 위기 때마다 천상적 인물이 등장하여 도와주는 점으로 보아 매우 중요한 윤리적 가치이다. 중국소설에 영향을 받은 한국 고소설 작품에 등장하는 정절 화소는 ①주인공 부인, ②아들 부인, ③제3부인 등으로 나타난다.

주인공 부인의 정절 훼손 위기를 살펴보면 〈소지현나삼재합〉은 서사 단락 ⓓ와 같이 ①주인공 소운 아내의 일회성으로 마무리된다. 경판본과 활자본 〈월봉기〉에는 ①소운 아내 정씨와 ②소태 아내 정소저의 중첩적인 정절 훼절 위기가 등장한다. 또한 계성의 본관 배웅이 간신의 무고로 유배 가던 정현의 딸 ③정소저의 정절 훼손 위기가 첨가되어 있다. 활자본 〈월봉기〉의 정절 화소는 경판본과 동일하지만, 정소저를 강간하려는 인물이 절강 만호덕으로 등장하는 등장인물의 차이를 보인다.

필사본 〈소학사전〉에는 ①소운 아내 이씨의 정절 훼절 위기만 등장한다. 활자본 〈소운전〉에는 ①아내 정씨의 정절 훼절 위기와 ②왕소저와 공주의 정절 화소가 등장한다. 그런데 정현의 딸 ③정소저의 정절은 약화되고 상대적으로 보은이 강조되어 있다. 따라서 〈소운전〉에는 필사본보다 활자본이 훨씬 다양한 정절 화소가 등장한다.

(가) 빈에 닉려 집에 드러가 교즈를 다스려 가동을 메인후 쥬파라 ᄒ는 계집을 드리고 빈에 나와 졍부인을 붓드러 교즈에 틱이고 쥬파로 ᄒ여곰 모셔 집으로 도라와 즁당에 가도고 쥬파드려 닐너와 네이 부인을 잘 보호ᄒ며 됴흔말노써 기유ᄒ여 나의게 슌죵케ᄒ면 천금을 샹ᄒ하러니와 만일 달닉여 그ᄆ음을 돌니지 못ᄒ고 부인으로 ᄒ여곰 즈결케ᄒ면 너는 죽기를 면치못할지니[60]

(나) 빈을 물가의 딕고 부인을 뫼시여 덩을 시비로 안틱여 황천탑으로 들러가 제집의 일르믹 제적과 시비 마주나와 부인을 뫼시여 당상의 좌졍후 부인니 싱각허니 분허고 기가막키여 고기을 슉기고 안져 탄식만 허더니 … 셔싱이 보고 학수부인 구헐마음을 두고[61]

(다) 빈를 강변에 딕이고 명부인을 인도ᄒ야 닉당으로 들어가 쥬픽란 계집다려 닐너왈 그딕의 류슈갓흔 구변으로 이녀즈를 잘 기유ᄒ야 닉계 굴복ᄒ계 ᄒ면 천금을 상수ᄒ것이오 만일 그럿치 안이ᄒ면 죄를 면치 못ᄒ리라[62]

위의 인용문은 도적의 소굴에 잡혀간 주인공 부인이 도적의 정절 훼절을 극복하는 대목이다. (가)는 활자본 〈월봉기〉이고 (나), (다)는 필사본 〈소학사전〉, 활자본 〈소운전〉이다. (가)는 (다)보다 정절 훼손과 관련된 세부적 내용이 자세하게 등장하고 있어서, 활자본 〈월봉기〉와 활자본 〈소운전〉의 친연성을 확인할 수 있다.

그런데 (나)의 필사본 〈소학사전〉에는 도적이 주인공 부인에게

---

60) 광문책사본, 〈월봉기〉, 8쪽.
61) 김광순본, 〈소학사전〉, 523-525쪽.
62) 보성사본, 〈소운전〉, 167쪽.

정절을 훼손하는 대목이 구체적으로 등장하지 않는다. 다만 도적의
동생 서생이 주인공 부인을 도망시키는 대목이 곧바로 등장한다. 이
렇게 활자본은 상업성을 전제로 간행되었기 때문에 필사본에 비하
여 작품의 짜임새와 흥미성에 초점을 맞출 수밖에 없다. 이 과정에
서 필사본과 다른 새로운 활자본의 개작이 출현했던 것으로 보인다.

〈강릉추월전〉 작품군은 도적 어천추 일당이 해주 감사의 임무를
끝마치고 귀향하던 이춘백 일행을 습격하여 부부가 생이별하게 된
다. 이춘백의 아내 조씨가 도적의 소굴에 잡혀갔으나 정절 훼손의
위기를 극복하는 조씨의 유교적 이념이 등장한다. 필사본은 ①조씨
의 정절 대목이 일회성으로 등장한다. 활자본은 절강 운수동 객점에
서 ②어소저가 정절 훼절의 위기를 극복하는 대목이 첨가되었다.
〈강능추월전〉에서도 정절 화소는 필사본보다 활자본에서 지속적으
로 확장되어 나타난다.

이상에서 정절 화소는 주인공 부자의 아내가 훼절의 위기를 극복
하는 장면에서 공통적으로 등장한다. 그런데 정절 대목 속에도 각
작품의 이본에 따라서 세부적인 화소의 차이점이 나타난다. 중국 원
전과 필사본 〈소학사전〉, 필사본 〈강릉추월전〉에는 ①주인공 부인
의 정절 화소만 등장한다. 이것은 원전으로 알려진 중국소설 〈소지
현나삼재합〉과 필사본 〈소학사전〉, 필사본 〈강릉추월전〉의 친밀성
을 보여주고 있다. 따라서 여인의 정절 화소는 동아시아 한자 문명
권의 보편성을 반영한 것으로 보인다.

경판본과 활자본 〈월봉기〉, 활자본 〈소운전〉에는 ①주인공 부인,
②아들 부인, ③제3부 등의 정절 화소가 등장한다. 활자본 〈강릉추
월전〉에는 ①조부인과 ②어소저의 정절 훼손 위기가 등장하는 것으

로 보아 활자본에서 정절을 강조하는 방향으로 변모되었음을 보여준다. 〈월봉기〉와 〈소운전〉의 활자본은 중국 원전과 필사본에 없던 ③제3부인의 정절 화소를 첨가하여 활자본으로 간행되었다. 따라서 여인의 정절 화소는 필사본에서 활자본으로 변모하면서 더욱 강조되었던 것으로 보인다.

그런데 도적의 소굴에 잡혀온 ①주인공 부인이 정절 훼손 위기를 극복하는 양상은 다르게 나타난다. 중국 원전과 〈월봉기〉, 〈소운전〉 등에서는 도적에게 먼저 잡혀왔던 여성이 도적의 두목을 섬기도록 설득한다. 〈강릉추월전〉은 도적녀의 구체적인 설득에 대응하여 조씨 부인이 유교윤리의 삼강오륜으로 맞서는 치열함을 보여준다. 삼강오륜의 유교 이념을 통해서 정절을 강조하기 때문에 조씨 부인은 천상적 협조자의 도움을 받아 도망칠 수 있게 된다. 다른 작품에서는 도적의 동생이 협조자로 등장하지만, 〈강릉추월전〉에는 천상적 인물이 협조자로 등장한다. 이러한 차이점은 〈강릉추월전〉이 조선후기 사회상을 반영하는 변모과정에서 새롭게 재창작된 것으로 보인다.

(2) 결혼 화소의 수용과 다양한 변화

조선후기 결혼은 상층의 신분 유지와 하층의 신분 상승이 복합적으로 투영되어 있기 때문에 매우 중요한 의미를 가진다. 고소설의 결혼 화소는 영웅성 획득과 더불어 가문의 계승으로 연결된다. 다시 말해 결혼 화소는 고난을 극복한 상층 주인공에게 부귀영화를 배가시키는 방편으로 등장하고 있다. 작품에 등장하는 결혼 화소는 ①주인공 부부의 결혼, ②아들의 결혼, ③부친의 청혼, ④왕의 사혼령, ⑤제3부인의 결혼 등이 존재한다.

결혼 화소는 작품의 초반부터 영웅적 인물에게 중첩된 채로 등장한다. 주인공은 왕이나 재상의 딸과 결혼하며, 고난 극복을 도와준 은인의 딸과 결혼한다. 〈소지현나삼재합〉에는 부모의 원수 갚기를 실천한 소운의 아들 ②소태가 단락 ⓣ처럼 본가로 돌아가는 중에 산동 왕상서의 딸과 결혼한다. 이들의 결혼은 일회성으로 끝나고 있어서 뚜렷한 의미를 찾기 어렵다.

〈월봉기〉의 경판본에는 과거에 급제한 ②계도와 왕소저의 결혼이 등장한다. 이들의 결혼은 약속만 되었을 뿐 시행되는 과정에서 다양한 고난이 발생한다. ④황제가 소태를 부마로 삼고 왕소저를 태자비로 삼게 되면서 극복하기 어려운 고난이 발생하고, 황제의 사혼령을 알지 못한 ③소시랑이 정현의 딸에게 정혼하게 된다. 그런데 왕의 사혼령으로 인해 소시랑이 정현에게 빙물 반환을 요구한다. 이러한 왕의 사혼령을 핑계로 파혼하는 소시랑의 모습에서 신분 상승에 대한 당대 사람들의 의지를 엿볼 수 있다. 작품의 말미에서 ⑤소태가 자호암에서 자결하려던 정소저를 구출하여 그녀와 결혼한다. 이렇게 경판본 〈월봉기〉에는 소태의 중층적이고 다양한 결혼 화소 대목이 등장한다.

〈월봉기〉의 활자본에는 이부상서 왕경이 ②계조의 인물됨을 보고 자신의 딸과 결혼시키려 한다. ④황제가 소태를 부마로 삼으려고 했으나 소태는 왕소저와 정혼했기 때문에 황제의 사혼령을 거절하여 하옥된다. 부친 소운이 황제의 납빙을 받아드려서 풀려난 소태는 공주의 도움으로 왕소저와 먼저 결혼한 뒤에 공주와도 결혼한다. 한편 소태가 남방을 순무하다 월봉산에 도착하여 위기에 처한 정소저를 구해주었으나, 소태는 중병이 들어 죽을 위기에 처했다. 정소저가 만정단을 꺼내어 소태를 살리고, 소태는 죽을 위기에 처한 정소저를 생혈로 구한다. 이러한 ⑤부마와 정소저의 결혼은 서로의 생명을 구해준 보은의 영향이 중요하게 작용한다. 활자본 〈월봉기〉는 경판본과 동일하지만, 소태와 정소저의 결혼이 보은적 의미로 변모되어 나타난다.

〈소학사전〉의 필사본에는 과거에 급제한 ②계도가 한림학사를 제수 받고 병부상서 이현학의 딸과 결혼한다. 활자본에는 황학산에서 신선의 도를 배운 소시랑의 친구 재상 ①정택룡이 소운과 자신의 딸을 결혼시킨다. 이러한 주인공 소운의 결혼은 활자본 〈소운전〉에 첨가되어 천상적 징표를 강화하는 역할을 담당한다.

> 뎡틱룡이란 지상이 … 신션의 도를 비와 황학산 도인이라 칭ㅎ며 한 쭐을 두고 어진 비필을 구ㅎ더니 소운의 위인이 쥰슈흠을 듯고 친히와 운의 손을 잡고 왈 … 한 녀식을 두엇스되 지질덕힝이 죡히 군즈의 건즐을 밧들엄즉ㅎ기로 내 친히 와 닐으노니 너ᄂᆫ 나의 빅년손되미 엇더ㅎ뇨[63]

이 결혼 화소는 중국 원전과 〈월봉기〉에는 생략되고 활자본 〈소운전〉과 〈강릉추월전〉의 필사본과 활자본에만 나타난다. 이런 점에서 활자본 〈소운전〉은 〈강릉추월전〉의 ①주인공 결혼 대목을 수용했음을 알 수 있다. 활자본 〈소운전〉을 간행할 때 필사본 〈강릉추월

---

63) 보성사본, 〈소운전〉, 2쪽.

전)을 참고했던 것으로 생각된다. 따라서 결혼 화소는 중국 원전에서 〈월봉기〉, 〈소운전〉, 〈강릉추월전〉의 순차적 및 상호 영향 관계를 동시에 보여주고 있다.

활자본 〈소운전〉에는 이부상서 왕경이 남방 순무어사로 부임하는 ②계주의 출장입상(出將入相)과 부귀영화(富貴榮華)를 짐작하여 자신의 딸과 결혼시킨다. 그리고 ④천자가 소태를 부마로 삼고 왕경의 딸을 공주로 삼으려 했으나, 왕소저는 소태의 아내가 되길 간청한다. 부마가 정현의 딸을 구해주고 정소저는 죽을 위기에 처한 부마에게 자신의 허벅지를 베어 은혜를 갚는다. 이렇게 서로의 목숨을 구해준 ⑤소태와 정소저의 결혼이 완성된다.

〈강릉추월전〉에는 ①이춘백과 중국 조부인의 천상 연분에 의한 결혼 대목이 등장한다. 도적의 아들로 성장한 ②장해룡은 도적 어천추의 딸 어소저와 결혼하고, 중국에서 입신양명한 ④이운학은 공주와 우승상의 딸과 연이어 결혼하게 된다. 한편 자개산 도사에게 무술을 배운 ①이춘백이 초남 죽지촌 여성영웅 최양홍과 결혼한다. 필사본은 이렇게 다소 많은 결혼 이야기가 나타난다. 그런데 활자본에는 국왕이 왕권 강화의 일환으로 병부상서 이운학을 부마로 삼는다. ④ 이운학은 간신을 징치한 덕분에 공주와 결혼한다. 이렇게 활자본의 결혼 화소는 필사본에 비하여 왕권을 강화하려는 의도가 숨어 있다.

이상에서 결혼 화소에는 단순한 형태와 복합적인 형태가 다양하게 등장한다. 〈월봉기〉와 활자본 〈소운전〉에는 ②아들의 결혼, ④ 왕의 사혼령, ⑤제3부인의 결혼 등의 결혼 화소가 공통적으로 등장한다. 〈소지현나삼재합〉과 〈월봉기〉의 경판본과 활자본, 필사본 〈소학사전〉에는 ①주인공 부부의 결혼 장면이 등장하지 않는다. 그

대신 처음부터 결혼한 상태로 이야기가 진행된다. 그런데 활자본 〈소운전〉과 〈강릉추월전〉에는 주인공 부부의 결혼 장면이 구체적으로 등장한다. 활자본 〈소운전〉에 첨가된 부부의 결혼 장면은 필사본 〈강릉추월전〉보다 후대본이기 때문에 〈강릉추월전〉의 영향을 받았을 것으로 보인다.[64]

〈강릉추월전〉 작품군에는 ①주인공 부부의 결혼이 두 번 나온다. 이춘백은 옥문동에서 조씨와 천상 연분으로 결혼하고 여성영웅 최양홍과 결혼한다. 다른 작품에 등장하지 않는 영웅적 인물의 결혼이 중첩되어 나타난다. ②운학과 어소저의 결혼은 운학의 정체성을 찾을 수 있는 계기로 작용하고 있으나, 옹서 대립의 치열한 문제의식을 포함하고 있다.

> 나히 십 오세 되어 다격이 츈슈ㅎ고 용모청슈ㅎ여 문장명필 당당ㅎ 장부라 장슈빅이 극키 사랑ㅎ여 저의 독즘의 일등 쥬졀을 쳥ㅎ여 딕일 셩취ㅎ고 그 처부의 셩명은 어쳔츄라 쏘흔 그 사회 용모을 사랑ㅎ여 옥통소을 닉여쥬며 왈 이옥소는 우리집 세젼지보빅릭 나는 아모리 불너도 아니 소릭 아이나니 혹 닉나 소릭 나난가 불너보라 히롱이 옥소을 ᄇ득보니 등의 삭여시되 강능츄월이라 ㅎ여거날 인ㅎ여 불너보이 그 쳥아흔 곡조 공즁의 어리여 평싱공부흔 사람갓거날 보난 사람 드리 기특이 여기더라 슬푸득 히롱은 저의 부모 부든 옥손줄을 엇지

---

64) 〈소지현나삼재합〉과 유사한 대목이 필사본 〈소학사전〉에는 생략되었으나 활자본 〈소운전〉에 첨가되어 있다. 이것은 활자본 〈소운전〉을 간행할 때 〈강능추월전〉의 필사본을 수용한 것으로 보인다. 따라서 중국소설 〈소지현나삼재합〉에서 〈월봉기〉, 〈소학사전〉·〈소운전〉, 〈강능추월전〉, 〈봉황금〉 등의 순서로 영향 관계를 도식화하는 것은 재고할 필요가 있다. 왜냐하면 중국소설의 영향을 순차적으로 받았다기보다는 각 작품의 필사본, 경판본, 활자본의 다양한 이본들을 복합적으로 수용하여 재창작했기 때문이다.

알며 어천츄가 져의 부모 직물을 탈취ᄒ던 도적인쥴을 엇지 알이요[65]

위의 인용문과 같이 유복자로 출생한 이운학은 친부모를 습격한 도적 어천추의 딸과 결혼하면서 비로소 자신의 정체성을 확인할 수 있는 계기가 마련되었다. 장인에게 받은 '강능추월' 옥소 덕분에 자신의 출생 비밀과 이름이 바뀐 사연, 친부모를 습격한 도적이 바로 장인이라는 사실 등이 작품의 복선으로 작용한다. 이런 점에서 이운학의 결혼 화소는 작품의 서사 전개에서 매우 중요한 사건이라 하겠다. 특히 〈월봉기〉와 〈소운전〉의 활자본은 출장입상을 예견한 단편적 결혼이 등장한다면, 〈강릉추월전〉은 자신의 정체성과 친부모를 찾는 계기로 등장한다.

따라서 〈강능추월전〉 작품군은 천상적 인물의 결혼과 옹서 간의 대립을 발생시키는 문제의식을 담아내고 있다. 결혼 화소의 설정은 공통적이지만 그 과정의 서사 기능과 역할은 차이를 보인다. 특히 〈강능추월전〉에는 천상적 징표를 가진 인물의 결혼 대목이 첨가되어 있어서 주목된다. 결혼 화소 대목은 〈소지현나삼재합〉에서는 일회성으로 등장하고, 〈월봉기〉와 〈소운전〉에서는 확대, 부연되어 나타난다. 그리고 〈강릉추월전〉에는 서사 전개의 짜임새와 맞물려 다양한 혼례가 첨가되어 있을 뿐만 아니라 긴밀한 구성으로 변화되어 있다.

(3) 충·효 화소의 수용과 군담의 첨가

충·효 화소는 동아시아 유교 문화권의 공통점이다. 고소설은 조

---

65) 계명대본, 〈강낭추월전〉, 49-50쪽.

선시대 성리학의 바탕 위에서 성립되고 발전했기 때문에 충·효는 구별되지 않고 사용되었다. 그런데 조선후기로 접어들면서 점차 '충·효'의 간격이 벌어지기 시작한다.[66] 충·효의 분화는 세도정치로 인하여 민란이 빈번하게 발생했던 19세기 사회에서 점차 발생한 것으로 보인다. 조선후기 혼란한 사회를 안정시키는 한 방법이 바로 충·효의 강조이다. 작품에 등장하는 충·효 화소는 ①부친의 3년상, ②아들의 부모 찾기, ③양육자 처벌, ④아들의 양육자 비판, ⑤충신·간신의 대립, ⑥부친의 선정 등이 있다.

〈소지현나삼재합〉에는 단락 ⓞ, ⑨와 같이 ②소태가 부모를 찾는 과정과 소운이 모친의 소식을 알기 위해서 노력하는 것이 효성으로 등장한다. 도적에게 양육된 소태가 조모의 생사를 확인할 수 있도록 천자에게 말미를 청하는 것도 효성이다. 이 작품은 소운 부자의 모친에 대한 효성이 대부분이다. 충성은 단락 ⓝ, ⓟ처럼 ③소태가 자신을 양육해준 도적 서능 일당을 토벌하는 대목이다. 소태는 자신을 키워준 부친이 친부모의 원수임을 알고 괴로워한다. 이러한 충·효 대립을 고민하던 소태가 도적을 소탕하여 국가 문제와 부모의 원수 갚기를 동시에 해결한다.

경판본 〈월봉기〉에는 소운의 유복자로 출생한 ②계도가 친부모를 찾는 과정에서 효성이 나타난다. 소태는 천자의 명으로 남방을 순행하고 간신 조귀의 무고로 위기에 처한 정현을 구한다. 경판본에서는 ⑤정현과 조귀의 대립이 등장하지만 본격적인 충신과 간신의 대립으로 보기에는 미흡한 것으로 보인다.

---

66) 김재웅, 「〈낙천등운〉의 서사 구조와 문체 연구」, 『고소설연구』 6집(서울: 한국고소설학회, 1998), 369-370쪽.

활자본 〈월봉기〉에는 ①소운이 부친 소한성의 3년상(喪)을 마치는 대목이 첨가되었다. 도적에게 양육된 ④계조는 부친의 재물탈취와 불인(不仁)을 비판한다. 아들이 부친의 나쁜 행동을 지적한 것은 부친을 위한 효성으로 볼 수 있다. 그리고 예부상서 ⑤정현이 참소를 받아 유배되고 정상서를 모해했던 계산현 백운이 처벌된다. 이렇게 〈월봉기〉의 충·효 화소는 친부모를 찾는 과정에서 등장하는데, 활자본이 경판본보다 ①, ④가 첨가된 것으로 보아 충·효를 강조하고 있다.

〈소학사전〉의 필사본에는 ①소운이 부친의 3년상(喪)을 마치는 대목이 등장한다. 도적의 소굴에서 성장한 계도가 친부모를 찾아가는 과정이 효성으로 나타난다. 또한 ④계도가 부친의 행실부정을 비판하는 대목도 효성으로 볼 수 있다. 예컨대 필사본 〈소한림전〉에는 운경이 부친의 행실을 비판하여 점차 부친의 행실이 바뀌고 있다.

> 운경이 증셩ㅎ미 그아비 힝ᄉ을 올치 못ㅎ무로 장 셜어ㅎ여 쥬야 간ㅎ되 셔쥰이 본시 욕심이 만은 놈나라 아조 블의힝ᄉ을 끈치난 아이ㅎ나 젼버덤은 청심ㅎ난 모양니 만으이[67]

〈소운전〉의 활자본에는 북방의 도적이 일어나 소시랑이 북방안렴사 겸 초토사로 부임하는 대목이 첨가되었다. ⑥소시랑이 수령을 죽이고 재물을 탈취한 도적 황경과 대립하다 죽음을 당한다. 이것은 도적을 소탕하려던 소시랑의 충성스런 모습을 보여준다. 소운이 남

---

[67] 홍윤표본, 〈소한림전〉, 47쪽. 이 작품은 필사본 〈소한림전〉 120장본이다. 이 작품은 한 쪽에 11줄 한 줄에 27자 내외로 구성되어 있다. 특히 〈소한림전〉은 작품의 내용 가운데 주인공의 영웅성과 입신양명이 강조되어 나타난다.

쪽 변방의 흉년과 도적을 다스리기 위해 남계현령으로 부임할 때, 모친은 아들에게 국가의 충성과 애민을 당부한다. 그리고 ④계주가 부친의 재물 탈취와 살인을 비판하고 인의(仁義)와 도덕에 힘쓰도록 간청하는 효성을 보여준다. 유복자로 출생한 ②계주가 친부모를 찾는 과정도 효성으로 볼 수 있다. 그런데 계주가 선정을 베푸는 대목은 구체성을 획득하지 못하고 관념적으로 처리되었다.

〈강릉추월전〉에는 이춘백의 아들 ②운학이 친부모를 찾아가는 과정에서 충·효가 드러난다. 이춘백은 황해 감사로 부임해 선정을 베풀어 백성들을 진정시킨다. 해용으로 이름이 바뀐 이운학은 과거에 급제해 황해도 어사로 부임하여 모친을 찾고 도적을 소탕한다. 이러한 ③도적의 소탕은 친부모를 습격한 도적에 대한 원수 갚기 효성과 국가의 충성을 동시에 보여준 것이다. 이춘백 부자와 최양홍은 번왕의 반란을 진압하고 북적의 침략을 격퇴하는 구체적인 군담을 통해서 충성이 나타난다. 특히 신병귀졸에게 포위된 이춘백 가족을 구출한 어소저의 행동은 효·열로 볼 수 있다. 이렇게 〈강릉추월전〉의 충·효 화소는 작품의 서사 전개와 맞물리며 매우 구체적으로 첨가되어 있다.

이상에서 살펴본 충·효 화소 대목은 두 작품에 공통적으로 나타난다. 유복자(遺腹子)로 출생한 아들이 도적의 소굴에서 양육되었으나 자신의 정체성을 찾고 친부모와 상봉한다. 이러한 유복자가 자신의 정체성을 찾기 전에는 도적의 소탕과 부모의 원수 갚기를 고민할 수밖에 없다. 관리의 소임이 도적을 소탕해서 국가적 충성을 실천하는 것이라면, 아들의 소임은 비록 죄를 지은 부친일지라도 처벌하지 못하는 효성을 실천해야 마땅하기 때문이다. 따라서 유복자는 자신을 양육한 사람이 친부모를 습격한 도적임을 확인한 뒤에 비로소 '충·효'를 동시에 실천하게 된다. 이처럼 조선시대 '충·효'는 동일한 유교 이념으로 사용되었다.

〈소지현나삼재합〉의 충·효 화소는 일회성으로 등장한다. 활자본 〈월봉기〉와 필사본 〈소학사전〉에는 ①부친의 3년상을 수행하는 대목이 첨가되고, 경판본과 활자본 〈월봉기〉에는 ⑤충신과 간신의 대립이 미약하지만 첨가되었다. 활자본 〈소운전〉에는 ⑥소시랑과 도적 황경의 대립으로 인하여 소시랑이 죽음을 당하는 대목이 첨가되어 있다. 중국 원전과 〈월봉기〉, 〈소운전〉에는 부모 상봉과 더불어 부모의 원수 갚기가 등장한다면, 〈강릉추월전〉에는 모자 상봉과 더불어 부모의 원수 갚기로 변모되어 등장한다. 〈강릉추월전〉의 충·효 화소는 서사 전개와 맞물려 구체적으로 나타날 뿐만 아니라 군담을 통해서 영웅적 인물의 '충·효'를 부각시키고 있다.

(4) 여성 수난 화소의 수용과 강조

여성 수난 화소는 도적의 습격을 당하여 부부가 이별하는 과정에서 발생한다. 조선후기 가부장제 사회에서는 부부가 이별했을 때 여성에게 더 많은 고통이 발생하는 구조적 문제를 안고 있다.[68] 남성에 비하여 가혹한 여성 수난의 구조는 고소설에 흔히 나타나는 보편적 현상이다. 그런데 작품에 등장하는 여성 수난 화소의 차이점이 나타나고 있어서 주목된다. 작품에 등장하는 여성 수난 화소는 ①주인공 부인, ②협조자, ③주인공 모친, ④며느리 등이다.

---

68) 김재웅, 「〈유최현전〉의 구조적 특징과 가정소설의 지평 확장」, 『정신문화연구』 102호(한국학중앙연구원, 2006.3), 79-103쪽.

〈소지현나삼재합〉에는 소지현의 아내 ①정씨가 겪는 고난이 여성 수난이다. 정씨는 단락 ⓒ, ⓔ처럼 남편과 이별한 뒤 도적의 소굴에 잡혀와 정절 훼절의 위기를 극복하고 암자에 은거한다. 암자에서 출산한 부인은 그곳에서 아기를 키울 수 없어서 대유촌에 버려야 하는 운명에 처한다. 그런데 남편은 단락 ⑧처럼 물에 던져졌으나 육지에 도착해 글을 가르치며 세월을 보내는 것으로 등장한다. ②주씨 노파는 도망치는 도중에 병을 얻어 단락 ⓓ처럼 우물에 투신한다. 주인공 ③모친 장씨가 겪는 수난도 중요하다. 남편 없이 두 아들과 살던 장씨는 큰아들 내외와 이별하고 둘째 아들과도 이별하게 된다. 이러한 상황을 감안한다면 여성 수난이 남성에 비하여 더욱 혹독함을 알 수 있다.

〈월봉기〉에는 소운 부부의 이별로 인하여 ①정씨 부인의 수난이 등장한다. 암자에 은거한 모친과 상봉하는 과정에서 아들은 기절한 모친을 선옹의 약으로 회생시킨다. 모친을 도와준 ②주파는 정씨의 신을 신고 우물에 투신한다. 이것은 자신의 정절 훼절에 대한 징계와 함께 정씨 부인을 암자로 은신할 수 있는 시간적 배려로 보인다. ③주인공 모친 장씨의 고난도 중요하게 등장한다. 이렇게 〈월봉기〉의 경판본과 활자본에는 여성 수난 화소가 동일하게 내포되어 있다.

〈소운전〉에는 ①주인공 부인, ③주인공 모친의 여성 수난 화소가 등장한다. 필사본은 도적의 소굴에 잡혀온 양반 여성 ②아채가 등장한다. 아채와 정씨 부인은 도적 동생의 도움으로 도적 소굴에서 도망친다. 정씨 부인은 정절 훼손위기를 극복하였으나, 아채는 이미 정절을 지키지 못했기 때문에 우물에 투신한다. 이렇게 도적에게 정절을 훼손당한 양반집 여성이 죽음을 택할 수밖에 없는 수난 과정이 필사본 〈소한림전〉에 구체적으로 등장한다.

> 아치 우물까의 나아가 눈물을 흘이고 일오딕 나은 셰상의 할즈 긔
> 박흐고 졀힝이 용열흐와 셔가의게 몸을 더레워스옥 일시라도 웃지 셰
> 상의 용납흐리요 천만 뜻밧긔 부인을 만나오믹 요힝으로 호혈을 면흐
> 엿스오나 져갓튼 인싱은 황쳔의 도라가도 이비의 꾸지암을 면치 못흐
> 올거라 츠라이 우믈의 빠져 슈즁고혼이 되고즈 흐오이 복망 부인은
> 셔가의 더러운 욕을 귀체의 밧지 아이 흐엿스오니[69]

활자본 〈소운전〉의 ②주파는 산동의 양반가 여성으로 도적에게
정절을 훼손당했기 때문에 우물에 투신한다. 정부인은 아기를 낳아
버리고 머리를 깎아 월봉산 자운암의 여승으로 은거생활을 할 수밖
에 없었다. 이렇게 활자본 〈소운전〉은 양반집 여성이 겪어야 하는
수난의 다양성을 보여준다. 그런데 아들이 기절한 모친을 약으로 회
생시키는 대목은 필사본에는 등장하지만 활자본에는 생략되었다.

필사본 〈강릉추월전〉의 ①조부인은 도적녀의 개가권장(改嫁勸獎)
에 대하여 유교윤리로 꾸짖고 천상적 협조자의 도움으로 백운암에
은거한다. ③주인공 모친의 여성 수난은 아들 내외간의 이별과 생사
를 알지 못하는 것이다. 특히 운학의 아내 ④어소저는 부친의 목숨
살리기 효성을 실천했으나, 실패하여 자결한 뒤에 원혼으로 등장해
억울함을 풀어달라고 요구한다. 활자본의 어소저는 정절 훼손위기
를 극복하고 윤상궁의 궁인으로 궁궐에 들어간다. 왕이 ④어소저를
죽이려 할 때 공주가 구해준 덕분에 이운학 부부가 상봉한다. 이렇
게 〈강능추월전〉은 활자본이 필사본에 비하여 여성 수난 과정이 확

---

69) 홍윤표본, 〈소한림전〉, 25쪽.

대되었다.

이상에서 여성 수난 화소를 살펴보면 중국 원전 〈소지현나삼재합〉, 〈월봉기〉, 〈소운전〉에는 ①주인공 부인, ②협조자, ③주인공 모친 등이 등장하고, 〈강릉추월전〉에는 ②협조자 대목은 생략되고 ①, ③, ④대목만 첨가되었다. 특히 〈강릉추월전〉에는 며느리가 겪어야 하는 여성 수난의 과정이 복합적이고도 다양하게 확대, 부연되어 등장한다.

이렇게 〈강릉추월전〉은 며느리의 여성 수난이 첨가되었을 뿐만 아니라 필사본에서 활자본으로 계승되면서 점차 그 수난이 강화되었다. 기절한 모친을 아들이 회생시키는 대목은 중국 원전에 없지만, 경판본과 활자본 〈월봉기〉, 필사본 〈소한림전〉, 필사본 〈강릉추월전〉에는 첨가되어 있다. 다만 〈소운전〉과 〈강릉추월전〉의 활자본에는 약 대신 거문고와 옥소로 변모된 특징을 보인다. 이런 측면에서 다양하게 유통된 필사본보다 상업적 출판을 했던 활자본에서 동일한 화소가 나타나고 있다.

(5) 가족애와 권선징악의 수용 및 변화

가족애는 가족 상봉에 대한 관심으로 전 작품에 두루 나타난다. 가족의 이별과 만남을 중심으로 서사 단락이 전개되는 점으로 보아 작품의 주제로 볼 수도 있다. 가족애를 실천하는 과정에서 권선징악(勸善懲惡)이 필연적으로 등장한다. 작품에 등장하는 가족애는 ①부부의 이별과 만남, ②유복자의 출생과 친부모의 상봉, ③형 소식의 탐문, ④조모와 손자의 만남, ⑤도적 처벌, ⑥옹서 만남 등이다.

〈소지현나삼재합〉에는 ①부부가 난계현 관리로 부임하다가 도적의 습격을 당하여 이별하고 ②유복자로 출생한 아들과도 이별할 수밖에 없는 시련이 나타난다. 모친이 ③소우에게 형 소식을 탐문하러 보냈으나 소우는 그곳에서 사망한다. 단락 ⑥처럼 유복자가 부모를 습격한 도적의 손에 양육되는 기구한 운명을 겪는다.

한편 과거에 응시한 ④서계조가 본가에 도착하여 조모와 상봉했으나 가족인줄 모른다. 다만 단락 ⓘ처럼 서계조가 소운과 닮았기 때문에 조모가 나삼을 선물하면서 아들의 소식을 알려달라고 한다. 서계조는 자신의 정체성을 확인한 뒤에 단락 ⓡ처럼 ⑤부모를 습격한 도적을 처벌하지만 도적의 동생은 살려준다. 따라서 〈소지현나삼재합〉은 가족의 이별과 만남을 통해서 가족애의 확인과 권선징악이 강조되어 있다.

〈월봉기〉에는 ①부부의 이별과 만남, ②유복자의 출생과 친부모 상봉, ③형 소식 탐문 등이 등장한다. 본가에 도착한 ④계도가 소운과 닮았고 아들의 거문고를 가진 것을 본 조모가 나삼을 계도에게 선물한다. 어사로 부임한 계도는 친부모의 원정을 보게 되면서 가족 상봉의 토대를 마련한다. 그리하여 ⑤부모를 이별시킨 도적을 처벌하고 도적의 동생은 부모를 도와주었기 때문에 용서한다. 여기서는 동일한 거문고를 통해서 생사를 알 수 없었던 가족을 찾는 계기로 작용한다.

활자본 〈월봉기〉에는 가족임을 암시하는 신물의 역할이 긴장감 있게 제시되고 있다. ④계조가 단금을 연주하면 슬픈 소리가 되돌아오고, 계조의 단금과 장씨의 장금은 동일한 나무로 제작된 것을 통해서 구체화된다. 또한 어사로 부임한 계조가 본가에 들러 단금을 연주하니 장금이 화답하는 대목이 첨가되었다. 이러한 대목을 첨가한 활자본 〈월봉기〉는 이별한 가족을 암시하는 서사 전개의 복선을 첨가하여 짜임새 있는 구성으로 개작되었다.

〈소운전〉에는 ①, ②, ③, ④, ⑤의 대목이 등장한다. 필사본은 소운의 부친이 벼슬을 사직하여 귀향해 거문고에 '청성고(淸聲鼓)'를 새기고 풍악을 즐긴다. 도적의 소굴에서 도망친 이씨 부인은 백운암 완월루에서 남편의 제사를 지낸다. 이때 부인의 꿈속에 등장한 남편이 부부 상봉과 아들의 상봉을 예언한다. 그리고 도적의 양자로 성장한 계도는 포악한 부친에 의해 모친이 쫓겨난 뒤에 개가했을 것으로 짐작한다.

어사는 ⑤부모의 원수를 갚기 위해서 서준을 처벌했으나, 자신을 키워준 정(情)을 생각하여 장사를 지내준다. 필사본 〈소운전〉에는 어사가 장인을 처벌한 뒤에 장사를 후하게 지내주는 대목이 첨가되어 있다.

> 측흔표로 은즈 슴빅양을 상급ㅎ시고 쏘 슴빅금은 셔쥰의게 양육ㅎ
> 의로 주시며 수신ㅎ야 장스ㅎ라.[70]

활자본 〈소운전〉에는 북방을 순무하던 부친이 도적에게 죽임을 당하여 아들 소운이 원수를 갚으려 했으나 모친이 만류한다. 모친은 학업에 힘써 공명을 성취한 뒤에 부친의 원수를 갚게 하였다. 급제한 소운이 남쪽 변방의 흉년과 도적을 다스리기 위해 나삼과 단금,

---

70) 정명기본, 〈소운전〉, 56쪽. 이 작품은 필사본 70쪽의 〈소운전〉으로 한 쪽에 11-17 줄, 한 줄에 31-34자 내외로 구성되어 있다. 〈소운전〉은 형제간의 선악에 대한 보상이 뚜렷하게 부각되어 있다.

'락도반'을 새긴 거문고를 가지고 부임한다. 부인의 꿈에 등장한 부친과 선녀들이 부모의 원수 갚기와 모자 상봉을 예언한다.

필사본 〈강릉추월전〉에는 가족애가 한층 복합적으로 등장한다. 중국 조상서의 딸로 출생하여 이춘백과 천상 연분을 맺은 조부인은 고국의 부모를 그리워한다. 도적의 습격을 받아 부부가 이별한 이춘백은 중국 여남에서 장인을 만났으나 사위임을 밝히지 못한다. 조상서는 슬하에 3남매를 두었는데 아들은 출가하였으나 딸은 죽었다고 말했기 때문이다. 이러한 조상서의 언급에 대해 이춘백은 조부인의 표적이 없어서 아무런 말도 하지 못한다.[71]

유복자로 출생한 운학은 어소저와 결혼하면서 '강능추월' 옥소를 통해서 자신의 정체성을 찾는다. 그런데 어사가 된 운학은 자신을 양육한 도적 장수백은 살려주었으나, 부모를 습격했던 장인 어천추는 처벌한다. 중국 사신으로 발탁된 운학은 부친과 최양홍을 만나 번왕의 반란을 진압한다. 그리고 모친의 편지와 증표를 가져온 운학과 춘백은 중국 여남 조상서집을 찾아가 장인과 사위의 만남이 성사된다. 이렇게 필사본은 조부인의 생사가 부모에게 알려지고 모친의 편지[72]가 다시 조부인에게 전해져 생사를 확인하는 점으로 보아 가

---

71) 계명대본, 〈강낭추월전〉, 25-26쪽. 이고지 중국 상이면 고향 도릭가기 상니 업
    난지라 츠릭리 여남소쥬 조승셔을 츠져 오셔 된 사연이나 말흐즈 흐기 어렵기로
    그지 업고 조부닌 기별이느 견흐즈 마는 허황흐기 그집 업도듯

72) 계명대본, 〈강낭추월전〉, 146-148쪽. 술푸다 니 쌀 차란아 우리 두리 너을 길너
    천금갓치 셍각하고 쥬옥갓치 사랑하여 장니 영흐을 목젼 보즈 흐여드이 슬푸듯
    너의 신명 그리될쥴 엇지 알이 풍파 만나 쩌나갈지 생존망 엇지 알고 불상흐다
    셜낭아 한그지로 엇지 근도젹 만나 활난 즁의 엇지 흐여 사란난고 슬푸다 너의
    신세 삭발위승 원리인고 고상이 무한흐이 너의 심장 오작흐랴 기특흐다 셜낭아
    사셍동고 기특흐다 불상흐다 니 쭐이 가장 일코 자식 일코 네 엇지 진졍흘고

족 상봉이 증폭된 것이다.

활자본 〈강릉추월전〉에는 조부인의 꿈에 부처가 등장하여 운학을 서영국에게 주라고 예언하는 대목이 나타난다. 천상 협조자로 부처가 등장하는 것은 불교의 윤회사상(輪回思想)과 순환론적(循環論的) 세계관을 반영한 것이다. 그리고 이운학이 '강능추월' 옥소를 불어서 모친을 회생시키고 부모를 습격한 도적을 처벌하지 않고 용서한다. 이런 점에서 필사본에 비하여 활자본은 부모의 원수를 용서하여 가족의 화합을 강조하고 있다.

이상에서 등장하는 가족애와 권선징악 대목은 매우 다양하다. 〈강릉추월전〉에는 ③동생이 형의 소식을 탐문하는 대목이 생략되고 ⑥옹서 간의 갈등이 새롭게 첨가되어 있다. 가족애를 실천하는 권선징악 대목은 친부모를 습격한 도적을 처벌하는 공통점을 보여준다. 〈소지현나삼재합〉, 〈월봉기〉, 〈소운전〉에는 일관성 있게 도적을 처벌한다면, 〈강릉추월전〉에는 좀더 다양하게 변화되어 나타난다. 필사본에는 도적의 처벌과 뉘우침이 등장하고 활자본에는 용서와 화해하기로 변모되었다. 따라서 〈강릉추월전〉은 가족애와 권선징악을 수용하여 조선후기 사회에 적합한 다양한 화소의 변화를 내포하고 있다.

만고풍상 어역ᄒ나 네 얼골리나 만나야 슬푸다 닉의 가장 닉의 아들 만나보니 히한코도 반갑더라 정연니 죽근 줄노 아라더이 쳔만목미밧노의 만지정시 바다 보니 네 얼골 더ᄒ여 보는듯 네 음셩 더하는듯 쥬옥 반기온즁 슬푸도다 언제나 만나볼고 운친니 막막ᄒ이 기별인들 드을소야 사라신들 엇지 보며 죽어슨들 엇지 알고 네 보닌 져고리는 너 본다시 두고 은봉츠 금봉츠와 은장도 은지환은 날 본다시 두고보라 이번 편지가 망지막이오 영결이라 부디 잘잇거 할 말이 무궁무진ᄒ나 엇지 다쓰잔 말고 눈물니 압을 ᄀ리여 근만근친다

2. 〈강릉추월전〉 작품군의 토착화 양상

〈강릉추월전〉 작품군은 중국소설의 영향을 배제할 수 없다고 하더라도 끊임없이 한국 고소설로 토착화를 시도한 작품이다. 그렇다면 왜 〈강릉추월전〉이 중국소설을 수용하게 되었을까? 조선후기 〈강릉추월전〉이 중국소설을 수용하게 된 원인은 크게 두 가지로 생각된다. 하나는 명나라 말기와 조선후기 사회상의 공통점이고, 다른 하나는 조선후기 고소설의 내부적 요청에 따른 것이다.

명나라 말기의 사회상과 조선후기 사회상의 공통점을 살펴보자. 명나라 말기는 여러 곳에서 반란이 일어나고 관리의 부패로 말미암아 총체적인 혼란상을 보여준다. 명나라의 성화 연간(1465-1487)에는 환관정치가 성행하여 황제의 권력이 약화되면서 여러 가지 부정부패가 발생하였다.[73] 가정 연간(1522-1566)의 황제였던 세종은 공포정치를 실시하고 도교에 빠져 궁중에 제단을 세우고 도교의식을 일삼았다.[74] 명나라보다 시기적으로 후대에 해당하는 조선후기도 오랜 세도정치와 수취제도의 문란으로 백성들의 동요(動搖)가 빈번하게 발생한다. 이러한 조선후기와 명나라 말기의 사회적, 역사적 상황이 유사하기 때문에 중국소설을 수용했던 것으로 보인다.

그러나 중국소설을 수용하게 된 외부적 요인보다도 조선후기 고소설의 내부적 요인이 더 중요했던 것으로 보인다. 조선후기 고소설사를 풍미했던 작품 유형이 독자들에게 도식적인 결과를 보여주어 신선함을 주지 못했다. 영웅소설과 같이 제목은 다르지만 소설의 내

---

73) 명나라 성화연간은 조선시대 세조 11년에서 성종 23년에 해당한다.
74) 명나라 가정연간은 조선시대 중종 17년에서 명종21년에 해당한다

용은 비슷한 갈등과 대립으로 결말되는 유형적인 작품이 주류를 형성한 것이다. 이 때문에 〈강릉추월전〉은 독자들의 식상함을 해결하기 위해서 중국소설의 파격적인 내용을 수용한 것으로 보인다.

　이러한 중국소설과 한국 고소설의 영향 관계를 규명하기 위해서는 인접 문화권의 비교 연구가 꼭 필요한 실정이다. 중국과 조선의 정치, 사회, 역사, 문화적 교류 관계를 고려한다면 고소설이 중국소설의 영향을 직·간접적으로 받았을 개연성은 높다.[75] 그럼에도 불구하고 한국 고소설이 중국소설을 수용하면서도 당대의 사회상에 접합하도록 끊임없이 변모와 토착화를 모색한 점에 주목할 필요가 있다.

　〈강릉추월전〉 작품군은 중국소설 〈소지현나삼재합〉을 수용하면서도 조선후기 사회상에 적합하도록 지속적으로 변모를 거듭한 소설이다. 여기서는 두 작품의 공통점과 차이점을 분석하여 당대의 사회상에 맞게 재창작된 의미를 밝히고자 한다. 〈강릉추월전〉의 토착화 양상은 플롯 전환을 통한 서사 구조의 변화, 군담 영웅을 통한 인물의 성격 변화, 옹서 대립을 통한 주제의 변화, 시·공간의 자국화를 통한 배경의 변화 등으로 나눌 수 있다. 이러한 비교문학적 연구는 중국소설의 단순한 수용을 지양하고 한국 고소설로 토착화된 〈강릉추월전〉의 가치를 재정립하는 기회를 제공할 것이다.

---

75) 서대석, 「이조번안소설고」, 『국어국문학』 52집(서울: 국어국문학회, 1971). 김현룡, 『한중소설설화 비교연구』(서울: 일지사, 1976). 이상익, 『한국소설의 비교문학적 연구』(서울: 삼영사, 1983). 신동일, 「한국고전소설에 미친 명대단편소설의 영향」(서울대 박사논문, 1985). 증천부, 「한국소설의 명대화본소설 수용연구」(부산대 박사논문, 1995).

1) 플롯 전환을 통한 서사 구조의 변화

중국소설의 영향을 벗어나 조선후기 고소설로 변모하는 과정에서 〈강릉추월전〉은 플롯 전환을 통한 서사 구조의 변화를 동반하고 있다. 〈강릉추월전〉은 중국소설에 비하여 서사 구조의 공통점보다 차이점이 많을 뿐만 아니라 서사 전개의 순서를 바꾸거나 서술 분량의 장편화를 통해서 플롯의 전환을 보여준다. 이러한 〈강릉추월전〉 작품군의 이야기 구성과 전개 방식의 변화는 조선후기 사회상에 적합하도록 재창작한 소설로 볼 수 있다.

(1) 서사 구조의 공통점과 차이점

여기서는 중국소설 〈소지현나삼재합〉과 조선후기 〈강릉추월전〉의 서사 구조를 중심으로 수용과 재창작된 대목을 분석한다. 이러한 비교문학적 연구가 문학사와 문학의 본질 규명에 도움을 줄 수 있도록[76] 구조의 공통점과 차이점을 포함한 서사 전개와 서술 분량까지도 비교할 것이다. 〈강릉추월전〉의 서사 구조는 (가)～(하)로 추출할 수 있는데 제1계통[77]은 (가)～(카), 제2계통은 (가)～(하)이다. 그런데 제3계통은 (가)～(카)까지의 서사 구조로 볼 수 있지만 (아), (자)의 첨삭이 동반되어있다.

〈강릉추월전〉		〈소지현나삼재합〉
(가) 이춘백의 출생과 천상적 징표	----	소운 형제와 홀어머니의 생활

---

76) 이혜순, 「중국소설이 한국소설에 미친 영향」, 『국어국문학』 68 · 69합집(서울: 국어국문학회, 1975), 175쪽.

77) 〈강릉추월전〉의 이본 계통에 대한 자세한 내용은 뒤에서 언급할 것이다.

(나) 이춘백과 조낭자의 결연　　----　　없음

(다) 이춘백의 급제 및 해주감사 부임　　----　　소운의 급제 및 난계현 부임

(라) 도적의 습격 및 이춘백 부부의 이별　　----　　도적의 습격 및 소운 부부의 이별

(마) 이춘백 부부의 고난과 이운학의 출생　　----　　소운 부부의 고난과 소태의 출생

(바) 도적에게 양육된 장해용과 어소　　----　　도적에게 양육된 서계조
저의 결연

(사) 장해용의 급제 및 황해어사 제수　　----　　서계조의 급제 및 급결풍헌사 제수

(아) 모자 상봉과 부모의 원수갚기　　----　　부모 상봉과 원수갚기

(자) 변왕의 침입 및 이춘백 부자와　　----　　없음
최양홍의 만남

(차) 변왕 격퇴 군담 및 옹서 상봉　　----　　없음

(카) 이춘백 가족의 만남과 태평성대　　----　　소운 가족의 만남과 태평성대

(타) 천상귀환 거부와 10년 기한 얻음　　----　　없음

(파) 이춘백 부자의 재출정 위기와　　----　　없음
어소저의 효열

(하) 태평성대 및 천상귀환　　----　　없음

　이상의 서사 구조를 비교한 결과 공통점과 차이점이 뚜렷하게 나타난다. 공통점은 (다), (라), (마), (사), (카) 등이고 차이점은 (가), (나), (바), (아), (자), (차), (타), (파), (하) 등이다. 이렇게 보면 공통점보다 차이점이 훨씬 많다. 공통점 가운데 (다)는 서사 단락의 차이점이 보인다. 〈강릉추월전〉의 이춘백이 선정을 베풀고 귀환할 때 도적의 습격을 당한다면, 〈소지현나삼재합〉의 소운은 관리로 부임하는 도중에 습격을 당하는 차이점이 있다. (마)의 유복자로 출생한 아들이 〈강릉추월전〉에서는 서영국의 양자로 보낸다면, 〈소지현나삼재합〉에서는 대유촌에 버리는 것으로 나타난다. 이러한 서사 단락의 유사성에도 불구하고 세부적인 내용의 차이점이 부각되고 있다.

　차이점은 〈소지현나삼재합〉에 없는 서사 단락이 〈강릉추월전〉에 새롭게 첨가되었다는 점이다. 예컨대 (가), (나), (자), (차)와 같은 대

목이 그것이다. (가)와 (나)는 이춘백의 출생과 천상적 징표를 내포하여 중국 조낭자와 연분을 맺는 대목이 첨가되어 있다. 이춘백이 천상적 인물에게 '강능추월' 옥소를 받아서 불어보니 소리가 나는 것은 적강 인물임을 암시한다. 그런데 〈소지현나삼재합〉에는 천상적 인물의 적강과 결혼 대목은 생략되었다. 다만 소운 형제가 홀어머니를 모시는 대목이 서두에 나타날 뿐이다.

〈강릉추월전〉은 천상적 인물의 결혼 이야기가 등장한다면 〈소지현나삼재합〉은 결혼한 상태에서 서사가 전개되고 있다. 같은 맥락에서 (바)의 유복자들이 도적에게 양육된 다음 '장해룡'의 결혼 대목이 등장한다면 '서계조'의 결혼 대목은 보이지 않는다. 그리고 부모 상봉 대목에서 전자는 아들 이운학의 역할을 강조한다면, 후자는 부모의 역할을 강조하고 있다. 이것은 중국소설이 부모의 적극적 행동을 보여주는 데 반해 한국 고소설은 자식의 효성을 강조한 차이점이라 할 수 있다.

군담 대목을 첨가시킨 (자)와 (차)는 조선후기의 사회상을 반영한 새로운 창작이다. 특히 군담의 등장과 여성영웅의 활약은 부모를 찾아가는 과정을 극적 상황으로 끌고 갈 뿐 아니라 독자들에게 흥미를 제공했을 것이다. 이춘백 부자는 중국에 침략한 오랑케를 무찌르는 군담을 통해서 부자 상봉을 하고 중국의 장인과도 상봉한다. 이러한 군담이 첨가된 서사 구조는 조선후기 군담소설이나 영웅소설의 영향을 받았을 것으로 짐작된다.[78]

(타), (파), (하)는 〈강릉추월전〉의 제2계통에만 첨가된 창작 대목

---

[78] 〈강릉추월전〉과 조선후기 고소설의 영향 관계에 대해서는 다음 기회에 논의할 것이다.

이다. (타)의 주인공 일행은 천상 귀환을 거부하고 10년의 기한을 얻어 지상에서 행복을 누리려는 의식을 보여준다. 이 때문에 (파)에서 북적을 진압하고 귀환할 때 위기에 처하였으나 어소저의 원혼이 등장하여 위기를 극복하고, (하)처럼 가족의 상봉과 태평성대를 누리다가 천상으로 귀환하게 된다. 제2계통에만 첨가된 (타), (파), (하) 대목은 (아)의 부모의 원수 갚기에서 자결한 어소저의 원혼을 풀어주고 장인을 처벌한 사건을 뉘우치고 있다. 따라서 〈강릉추월전〉의 제2계통은 제1계통보다 후대에 형성되었으며, 제3계통 활자본은 가족 간의 대결보다는 용서·화해하는 방향으로 변모한 것으로 보아 가장 후대에 형성되었다.[79]

이상에서 살펴본 〈강릉추월전〉과 〈소지현나삼재합〉의 서사 구조를 비교한 결과 공통점보다는 차이점이 훨씬 많으며, 공통점 중에도 세부적인 서사 단락에는 차이점이 드러나고 있다. 〈강릉추월전〉은 〈소지현나삼재합〉에 없는 새로운 단락을 대폭 첨가하여 조선후기의 사회상에 적합하도록 변모와 토착화를 모색하였다. 따라서 〈강릉추월전〉은 중국소설을 수용하면서도 플롯 전환을 통한 서사 구조의 변화를 수용하여 새롭게 재창작된 작품이다.[80]

---

79) 김재웅, 「〈강능추원전〉의 이본에 대한 연구」, 『한국학논집』 27집(계명대 한국학연구원, 2000), 152쪽.

80) 이렇게 중국소설 〈소지현나삼재합〉의 내용보다 새로운 내용이 첨가되고 삭제된 제1계통, 제2계통, 제3계통을 창작에 가까운 번안소설로 규정하는 것은 문제가 있다. 특히 〈강릉추월전〉은 원전의 영향을 극복하면서 지속적인 토착화를 모색한 것에 가치를 부여해야 할 것이다.

(2) 서사 전개의 순서 바꾸기

작품의 영향 관계를 비교할 때 서사 내용의 공통점과 차이점도 중요하지만, 서사의 전개 과정도 매우 중요하게 다루어야 한다. 왜냐하면 서사 단락의 공통점이 발견되더라도 서사의 전개 방식에 따라 작품의 의미가 달라지기 때문이다.

앞에서 제시한 〈소지현나삼재합〉의 서사 단락 ⓓ, ⓔ, ⓕ가 〈강릉추월전〉에는 서사 전개 순서를 바꾸어 재창작되었음을 보여준다. 소운 일행과 이춘백 일행은 관리로 부임하거나 귀환할 때 도적의 습격을 당하여 부부가 이별한다. 이러한 대목에서 중국 원전은 정씨 부인이 도적의 소굴에 잡혀가서 고난을 당하는 장면이 먼저 나온다면, 〈강릉추월전〉은 남편 이춘백이 파선한 나무에 의지하여 정처 없이 떠내려가는 장면이 먼저 등장한다.

이러한 차이점은 여성을 먼저 등장시키는 〈소지현나삼재합〉과 남성을 먼저 등장시키는 〈강릉추월전〉의 문화적 차이로 이해할 수 있다. 서사 전개상 여성보다 남성을 먼저 등장시키는 것은 남존여비와 남아선호 사상을 통해서 조선조의 유교적 이념을 은연중에 반영하고 있다.[81] 이처럼 〈강릉추월전〉은 서사 전개의 순서를 바꾸는 역전식 구성을 통해서 중국소설의 영향을 지양하고 조선후기의 사회상을 반영한 것으로 보인다.

도적의 습격을 당하여 부부가 이별한 뒤 유복자로 태어난 아들이

---

81) 조선후기 소설의 일반적인 서사 전개는 고난을 당한 뒤 남성이 먼저 등장하고 있다. 이것은 〈소지현나삼재합〉을 수용하여 토착화되는 과정에서 발생한 〈강릉추월전〉의 변모로 파악할 수 있다. 이러한 차이점이 왜 발생하게 되었는지에 대해서는 앞으로 좀더 폭넓게 검토해야할 과제이다.

부모를 만나는 대목에서도 서사 전개의 역전식 구성이 나타난다. 〈소지현나삼재합〉의 단락 ④처럼 서계조는 부자 상봉을 먼저 한 뒤에 모자 상봉을 한다면, 〈강릉추월전〉의 이운학은 모자 상봉을 한 뒤에 부친의 생사를 궁금하게 여긴다. 가족 상봉의 전개가 중국 원전에서는 부친과 모친의 순서로 상봉하는데 반하여, 〈강릉추월전〉에서는 시간적 거리를 두고 모친과 부친의 순서로 상봉하는 것으로 변모되었다. 이러한 〈강릉추월전〉은 부모 상봉에 대한 서사 전개의 역전식 구성과 군담을 통한 다양한 서사 내용을 첨가하여 새롭게 재창작된 것으로 보인다.

〈소지현나삼재합〉은 단락 ⓞ, ⓟ와 같이 부모를 포함한 가족의 생존을 알면서 원수를 처벌한다면, 〈강릉추월전〉은 모친을 만났으나 부친의 생사를 모르는 상태에서 원수를 처벌한다. 부모와 가족의 생존 사실을 확인한 뒤에 원수를 처벌한 것은 선악의 대결에서 악을 징벌하는 것이다. 부친의 생사를 모르는 상태에서 친부모를 습격한 원수를 처벌하는 〈강릉추월전〉은 서사 전개의 변모를 통하여 재구성된 것이다.

〈소지현나삼재합〉에서는 부모의 원수를 처벌하는 것을 강조하고, 〈강릉추월전〉에서는 부모의 원수를 처벌하는 것보다 가족의 상봉에 초점을 두고 있다. 〈강릉추월전〉의 이본 가운데 제1계통보다는 제2계통과 제3계통에서 가족의 상봉과 화합을 중시한다. 제2계통에서는 죽은 가족의 재생 대목이 첨가되고, 제3계통에서는 이별한 가족이 생존한 상태에서 상봉하는 것으로 변모되었다.

이상에서 〈강릉추월전〉은 〈소지현나삼재합〉의 서사 전개를 그대로 수용한 것이 아니라 서사 전개의 순서를 바꾸는 변모를 여러 곳에서 보여준다. 이것은 서사 구조를 그대로 따르지 않고 해체와 재배열을 통해서 조선후기의 사회상에 적합한 소설로 토착화된 것이다. 이런 점에서 〈강릉추월전〉은 중국소설의 영향을 받았으나, 조선후기 사회변화와 고소설의 영향을 수용하여 서사 전개의 순서를 재구성하여 재창작된 소설이라 할 수 있다.

(3) 서사 분량의 증가

서사 분량의 증가는 새로운 사건이 첨가된 경우, 기존의 소설을 토대로 새로운 내용이 부연된 경우, 공통적인 사건의 세부적 서술 분량의 증가 등으로 구분할 수 있다. 〈강릉추월전〉은 이러한 세 가지 경우를 모두 갖추고 있는데 제1계통보다 제2계통, 제3계통에서 새로운 사건의 부연(敷衍)과 첨삭(添削)이 더욱 뚜렷하다. 새로운 사건이 첨가된 제1계통은 (가), (나), (자), (차)이고 제2계통은 제1계통에 (타), (파), (하) 등이 첨가되어 있다. 제3계통은 (아)의 친부모의 원수 갚기 대신에 가족의 화해 및 화합으로 변모되고 (자)의 여성영웅이 삭제된 점에서 다양한 첨삭을 보여준다.

작품 분량을 A4용지로 환산하면 이본의 차이는 있겠지만 〈소지현나삼재합〉은 약 16장이고, 〈강릉추월전〉의 제1계통, 제2계통, 제3계통은 각각 25장, 36장, 35장 정도이다.[82] 중국 원전의 분량은 적은데 반해 〈강릉추월전〉의 제2, 3계통은 제1계통보다 상당히 많은 서

---

82) 작품의 분량은 이본에 따라서 다를 수 있지만 대체적인 분량은 확인할 수 있다. 〈강릉추월전〉의 제1계통, 제2계통, 제3계통은 각각 〈김광순2본〉 134장본, 〈국도본〉 155장본, 〈덕흥서림본〉 79장본 등을 중심으로 계산한 것이다. 이 작품들이 〈강릉추월전〉의 이본 계통의 일반적인 분량을 가진 소설이라 할 수 있다.

술 분량으로 장편화되어 있다. 이것은 단편의 내용을 토대로 후반부에 새로운 내용이 창작되고 첨삭되면서 서사 분량이 증가한 것이다.

서술 분량의 증가는 작품의 변모 과정에서 조선후기 가문소설이나 소설의 장편화 경향을 수용했을 것으로 보인다. 특히 세책점(貰冊店)을 중심으로 유통된 작품들은 대체로 장편인 것으로 보인다.[83] 이것은 세책점을 이용하는 독자들의 여유와 분책을 통한 세책점의 수입과 관련되어 있다. 양반집 부녀자들이 비교적 시간적 여유를 가지고 소설을 볼 수 있었기 때문에 이들 여성의 요구에 의해 세책점에서는 사건 내용과 장면을 첨가하여 분권하거나 장편화에 힘을 쏟았던 것이다.

〈강릉추월전〉의 장편화는 주로 새로운 이야기의 첨삭이 필사본 제2계통과 활자본 제3계통에서 잘 나타난다. 사건의 내용이 첨가되거나 장면의 서술과 묘사가 첨가된 대목은 군담과 혼례 장면에서 두드러진다. 이러한 서사 내용의 장편화는 작품의 이본 계통의 변모와 연관된 특성이라 할 수 있다. 따라서 〈강릉추월전〉은 중국소설 〈소지현나삼재합〉의 내용을 일부 수용하였지만 조선후기 사회상에 적합한 고소설로 재창작되면서 작품의 분량이 증가된 것이다.

2) 군담 영웅을 통한 인물의 성격 변화

작품의 성격을 파악하기 위해서는 등장인물의 성격을 파악하는 것이 무엇보다 우선해야 할 작업이다. 〈소지현나삼재합〉에 비하여 〈강릉추월전〉은 등장인물이 훨씬 많고, 인물의 성격 및 기능의 변화

---

83) 〈강릉추월전〉 3권3책은 세책점에서 유통된 작품으로 성균관대 장경각에 소장되어 있다.

가 다양하게 나타난다. 그 중에서도 전쟁군담 영웅의 등장과 활동이 새롭게 첨가되어 있어서 주목된다.

〈강릉추월전〉에 등장하는 새로운 인물의 성격과 역할을 비교하면 아래의 표와 같다.

	〈소지현나삼재합〉	〈강릉추월전〉		
		제1계통	제2계통	제3계통
주인공	소운(소지현)	이춘백	이춘백	이춘백
동생	소우			
부모	장씨부인	부모	부(이영수)모	(한옹, 홍씨)
아내	정씨부인	조부인	조부인	조부인
아들	소태(서계조)	이운학(장해룡)	이운학(장해룡)	이운학(장해룡)
도적	서능	어천추	어천추	어천추
부인	왕상서의 딸	어소저	어소저	어소저
동생	서용			
여장군		최양홍	최양홍	
양육자	서능, 요대의 아내	서영국, 장수백	서영국, 장수백	서영국, 장수백
처가		조상서 부부	조상서 부부 조관국	조상서 부부
양자	소태의 차자	서운길의 차자	서운길의 차자 장시백의 차자	
협조자	주씨	도사, 노인, 부처	도사, 노인, 부처, 옥동선생	도사,부처 장수백
왕	황제	천자, 조선왕	천자, 조선왕	천자, 신라왕
제후		번왕	번왕	촉왕
군담인물		황만적	황만적, 용천두	공청, 진청
혼례인물	소태-왕소저	춘백-조낭자 춘백-최양홍 운학-어소저 운학-공주 운학-우상의 딸	춘백-조낭자 춘백-최양홍 운학-어소저 운학-공주 운학-우상의 딸	운학-어소저 운학-공주(조) 운학-공주(중)

위의 표에 나타나듯이 등장인물을 비교한 결과 공통점보다는 차이점이 훨씬 많다. 공통적으로 등장하는 인물은 주인공(소운·이춘백), 주인공의 부모, 아내(정씨-조씨), 아들(소태-운학) 등이다. 그러나 이들 인물의 성격과 기능을 살펴보면 상당한 차이점이 나타난다. '소운'은 '이춘백'에 비하여 천상적 징표와 영웅성이 거의 나타나지 않는다. 주인공의 부모를 비교하면 〈소지현나삼재합〉은 편모로 등장한다면 〈강릉추월전〉은 부부로 등장한다. 심지어 제2계통은 부친과 손자의 이름이 등장하고[84] 제3계통은 부모의 이름과 예언적 기능이 구체적으로 나타난다. 이것은 부모가 단순한 장식적 기능을 담당하는 것이 아니라 구체적인 기능을 담당하고 있다.

부인이 도적의 습격으로 남편과 이별한 뒤에 유복자를 출산한 '정씨'는 아기를 대유촌에 적삼을 주어 버린다면, '조씨'는 서영국에게 양자로 주는 차이점도 나타난다. 특히 '이운학'은 원수의 딸과 결혼하고 중국 사신으로 발탁되었으나, '소태'는 이러한 장면이 삭제되었다. '운학'의 성격과 기능은 부모의 원수를 갚아야 하는 유교적 당위성과 장인을 처벌해야 하는 기구한 사연에 봉착하게 된다. 그리고 조씨 부인은 중국 사신으로 발탁된 아들을 통해서 친정 부모에게 편지와 징표를 보내는 대목이 첨가되어 있다. 이와 같이 주인공의 인물 성격과 기능의 차이는 서사 전개에서 부여받은 인물의 능력과 작품의 세계관이 다름을 보여준다.

차이점은 새로운 인물의 첨가와 삭제에서도 나타난다. 주인공의 가계를 살펴보면 〈소지현나삼재합〉에는 모친 장씨 슬하에서 소운이

---

84) 박순호본, 〈강능추월전〉, 『한글필사본고소설자료총서』 53권(오성사, 1986)에는 이춘백의 부친 이영수가 대대로 명족으로 등장한다.

정씨 부인과 혼인한 상태로 등장한다. 〈강릉추월전〉에는 부모의 슬하에 이춘백이 출생하여 천상 선관에게 '강능추월' 옥소를 얻고 옥문동에서 중국 조상서의 딸과 천상 연분을 맺는다. 전자는 결혼한 상태에서 사건이 진행되고, 후자는 천상적 인물과의 결혼이 중요한 의미를 가진다.

유복자로 태어난 아들을 데려가 양육하는 대목에서도 차이점이 나타난다. 〈소지현나삼재합〉은 대유촌에 버려진 아기를 도적 서능이 데려와 요대의 아내에게 맡겨 양육한다면, 〈강릉추월전〉은 서영국의 양자를 도적 장수백이 데려가 양육한다. 전자가 '적삼'을 징표로 준다면 후자는 징표가 없고 아기의 뛰어난 용모만 제시되어 있다. 아기를 데려간 양육자들 중에서 '서능'은 자신이 양육한 아들에게 죽는다면 '장수백'은 용서를 받는다. 왜냐하면 〈강릉추월전〉에 등장하는 부모의 직접적인 원수가 장수백이 아니라 장인 어천추이기 때문이다.

〈소지현나삼재합〉에는 부모의 원수가 곧 양육자를 겸하고 있기 때문에 서능이 소태에게 처벌을 받는데 반하여, 〈강릉추월전〉에는 부모의 원수와 양육자가 분리되어 있어 양육자는 살아남게 된다. 따라서 전자가 부모의 원수 갚기가 중요한데 반하여 후자는 이별한 가족의 상봉이 중요하다. 제2계통에서는 부모의 원수 갚기에 대한 뉘우침과 반성이 드러나고, 제3계통은 원수 갚기 대목을 생략하여 가족의 용서와 화합에 초점을 두고 있다.

양자의 보편화와 가족의 계승의식에서도 차이점이 드러난다. 〈소지현나삼재합〉에서는 소운의 차자로 동생 소우의 양자로 삼는다면, 〈강릉추월전〉에는 양자 삼기 대목이 여러 번 등장한다. 제1계통은 무자식한 서영국이 운학과 삼척 서운길의 아들을 양자로 삼는다. 제2계통은 제1계통 기본형에 첨가하여 장시백의 차자 해룡을 장수백의 양자로 삼는다. 제3계통 활자본에는 양자 삼기 대목이 생략되어 있다.

이렇게 〈소지현나삼재합〉에서는 죽은 동생의 후사를 걱정하여 형의 둘째 아들을 동생의 양자로 삼는다. 그런데 〈강릉추월전〉의 이운학은 자신을 양육해준 은혜의 보답으로 서영국과 장수백의 가족 계승을 위해서 양자 삼기를 주선한다. 중국 원전보다 〈강릉추월전〉은 양자 삼기를 통한 가족의 계승의식이 훨씬 강조된 것으로 보인다.[85]

영웅적 인물의 혼례에 대한 관심의 확대를 살펴보자. 혼례를 치르는 인물은 〈소지현나삼재합〉에 소태와 왕소저뿐이라면 〈강릉추월전〉은 여러 인물의 결혼담이 등장한다. 예컨대 이춘백-조낭자, 이춘백-최양홍, 이운학-어소저, 이운학-공주, 이운학-우상의 딸 등의 결혼이 나타난다. 그런데 제2계통에는 설낭과 김치운의 결혼이 첨가되어 있고, 제3계통에는 이춘백-조낭자, 이운학-어소저, 이운학-중국 공주, 이운학-조선 공주 등의 결혼이 등장한다. 이러한 〈강릉추월전〉에 나타난 다양한 혼례의 첨가는 여성 향유층의 의식을 투영한 것으로 짐작된다.

처가와 관련된 등장인물은 〈소지현나삼재합〉에 생략되었으나 〈강릉추월전〉에는 다양하게 등장한다. 제1계통과 제3계통에는 조상서 부부가 등장하고, 제2계통에는 조상서 부부와 조선의 사신으로

---

85) 김두헌, 『한국가족제도 연구』(서울대 출판부, 1983). 최재석, 『한국 가족제도사 연구』(서울: 일지사, 1987), 675쪽. 조선후기 양자 제도는 17세기 초에는 근친자에서 입양 대상자를 찾았으나, 18세기를 지나 19세기로 내려올수록 원친자로 확대되는 경향을 보인다.

발탁되어 조부인을 만나는 아들 조관국이 등장한다. 이러한 〈강릉추월전〉은 가족의 이합구조에서 결혼이 중요한 의미를 내포하고 있기 때문에 처가 인물이 구체적으로 등장한 것이다. 따라서 〈강릉추월전〉은 혼례에 대한 관심의 증대와 처가 인물의 등장을 통해서 중국 원전보다 여성 향유층에게 더 많은 흥미를 제공했을 것이다.

군담영웅과 여성영웅의 등장과 활약상은 〈강릉추월전〉에만 새롭게 등장한다. 중국소설 〈소지현나삼재합〉과 〈월봉기〉, 〈소운전〉 등에는 군담적 영웅이 등장하지 않지만, 〈강릉추월전〉에는 군담적 영웅이 첨가되어 있다. 군담 대목의 첨가는 원전에 없는 새로운 내용이다. 이것은 중국소설의 영향을 극복하면서 조선후기 군담소설의 영향을 받았을 것으로 짐작된다. 왜냐하면 조선후기 군담소설의 출간 횟수를 살펴보면 그 인기를 짐작할 수 있기 때문이다.[86]

그런데 필사본 〈소한림전〉에는 소운의 아들이 도적을 진압하는 과정에서 단편적인 군담이 등장한다. 〈소한림전〉의 소운경은 형주 군병과 철기 삼천으로 서준과 대적하는 군담 대목이 첨가되어 있어서 주목된다.

> 어ᄉ 형쥬군병과 수직ᄒ던 쳘긔 ᄉ쳔을 건나리여 스스로 션봉이 되어 ᄌ류마을 놉피타고 은월도을 손의들고 일군의 회동ᄒ여 셔쥰의 쳐소을 에워싸고 서쥰을 ᄌ버닉라 호령니 츄ᄉ갓트니 셔쥰니 … 급피 ᄃᆡ도을 들고 말게 올으며 졔군ᄉ을 지위ᄒ니[87]

---

86) 서대석, 『군담소설의 구조와 배경』 (서울: 이화여대 출판부, 1992), 21-26쪽. 조동일, 『한국소설의 이론』 (서울: 지식산업사, 1985), 285-287쪽.
87) 홍윤표본, 〈소한림전〉, 95쪽.

이러한 〈소한림전〉의 군담 대목은 본격적인 의미의 군담이라고
보기에는 미흡하다. 이 작품은 태평성대와 부귀공명으로 결말 되지
않고 작품의 후반부에 군담 대목이 첨가되어 있다. 한편 남만이 강
성하여 천자국의 70여 성을 점령하여 천자가 전홍양에게 군사를 주
어 진압하게 한다. 남국의 선봉장 마길대는 명진 선봉장 전홍양을
죽이고 황성으로 진격한다. 다급해진 천자는 절강자사 소운경에게
남국의 침략을 방어하게 한다.

> 적진 선봉 마길듸 졍츙 츌마하고 나는다시 늬다러 듸호왈 나는 남
> 국 션봉중 마길듸라 … 명진 션봉중 홍달 말게 올나 듸도을 두루며
> 호통ᄒ여 왈 젹중은 준말 말고 늬 칼을 바드라 ᄒ고 교젼 십여합의
> 불분승부련니 … 원수의 은월금 빗난고 졔 젹장의 머리 금광을 조츠
> 써어진니 … 원슈 본진의 도라와 졔중군졸을 약속ᄒ고 옛날 졔갈션싱
> 의 진법과 ᄉ마의 군ᄉ 쓰던 보법을 본바더 … 팔문금ᄉ진의 늬외 싱
> ᄉ문을 셰우고 … 이 진 일홈은 팔문금ᄉ진이라 ᄒ오믜 나는 싀라도
> 버셔ᄂ지 못ᄒ믜 명일 쏘홈의 젹장을 유인하여 진 가온듸 넉코 쳘긔
> 로 박슐하랴 ᄒ나이다[88]

위에서 보는 바와 같이 소운경은 적진 마길대를 죽이고 제갈의
진법과 사마의 병법을 사용하여 남만의 침략을 진압한다. 이러한
〈소한림전〉의 후반부에는 소운경이 남만의 침입을 진압하는 대목이
첨가되어 있다. 〈소한림전〉의 후반부에 첨가된 남만의 침입을 격퇴
하는 군담은 〈강릉추월전〉에 등장하는 군담과 유사함을 보여준다.
그런데 〈소한림전〉의 필사 연대가 경자(1910)년인 점으로 보아 필사

---

88) 홍윤표본, 〈소한림전〉, 110-114쪽.

본 〈강릉추월전〉의 영향을 받은 것으로 생각된다.

〈강릉추월전〉은 당시에 상당한 인기를 모았던 조선후기 군담소설의 영향을 받았던 것으로 보인다. 작품에 등장하는 군담은 이운학이 중국 사신으로 발탁되어 천자의 근심을 해결하는 것이다. 서번의 반란을 진압하지 못한 천자는 조선의 영웅적 인물의 도움을 받아 진압한다. 이렇게 〈강릉추월전〉은 군담적 영웅의 활동을 통해서 중국의 문제 해결과 동시에 가족의 상봉이라는 서사 전개의 확장과 독자들의 흥미를 자극했을 것이다.

이러한 군담 영웅의 활동을 보여주는 대표적 인물이 이춘백 부자와 최양홍이다. 〈강릉추월전〉에 등장하는 남녀 영웅들은 천상적 징표를 내포하고 해외 원정군담[89]을 통해서 활동한다. 이전 점에서 〈강릉추월전〉에 나타나는 이춘백 부자의 영웅적 인물의 일대기를 살펴볼 필요가 있다.[90]

이춘백의 일대기와 영웅적 활동은 다음과 같다.

가) 고귀한 혈통을 지닌 명문가에서 출생한다.
나) 만득자로 출생한다.
다) 이춘백은 용모와 재주가 특출하고 천상 선관에게 옥소를 받는다.
라) 귀향할 때 도적의 습격을 받아 부부가 이별한다.

---

89) 이영신, 「국외원정 군담소설연구」 (한국학대학원 석사논문, 1982).

90) 조동일, 앞의 책, 289-290쪽. 박광수, 앞의 책, 83-88쪽. 여기서는 이춘백 부자의 영웅성을 몇 가지 대목을 설명하고 있다. 이춘백의 영웅성은 천상적 인물의 적강, 천상 인물과의 결혼, 사회적 개인적 갈등으로 야기된 액운, 음조자의 음조와 액운의 극복, 출장입상 등이다. 이운학의 영웅성은 가족 이산과 신성 공간에서의 출생, 미아 상태로 적의 손에 양육됨, 어소저와 결연, 급제와 음조로 갈등해소, 출장입상 등이다.

마) 노승의 도움으로 살아난 춘백은 자개산에서 병법을 배운다.
바) 이춘백은 서번과 북적을 평정하고 다시 신병귀졸에게 포위된다.
사) 어소저의 도움으로 이춘백은 고난을 극복해 승리자가 된다.

이운학의 일대기와 영웅적 활동은 다음과 같다.

가) 이춘백과 조부인의 유복자로 출생한다.
나) 암자에서 출생한 이운학은 서영국의 양자와 도적 장수백의 양자
로 성장한다.
다) 장해용이 어천수의 딸과 결혼하고 과거에 급제하여 황해도 어사
로 부임한다.
라) 해용은 어사로 부임하여 도적을 소탕한다.
마) 운학이 서번과 북적을 평정하고 다시 신병귀졸에게 포위된다.
바) 어소저의 도움으로 이운학은 고난을 극복해 승리자가 된다.

이렇게 이춘백은 비범한 인물로 출생하여 조부인과 천상 결혼 및 군담을 통해서 유교적 입신양명을 달성한다. 이운학은 부친의 '강능추월' 옥소를 불고, 과거에 급제하여 해중 도적을 소탕한다. 그리고 중국의 사신으로 발탁되어 중원을 평정하는 군담과 북적을 물리치는 영웅적 군담을 보여준다.

그런데 〈강릉추월전〉은 군담 영웅의 등장과 더불어 여성영웅의 활약이 첨가되어 있다. 여성영웅은 〈강릉추월전〉의 필사본 제1계통과 제2계통에만 등장한다. 여성영웅 최양홍은 초남 죽지촌에 살다가 이춘백과 연분을 맺는다. 최양홍은 1차, 2차에 걸친 전쟁군담에서 여성의 능력을 발휘하고 있다. 특히 제2차 군담에서 용천두와 대결하는 군담 장면은 여성영웅의 능력을 최대한 발휘한다. 이 작품은

여성영웅의 활동을 첨가하여 당시의 여성 향유층의 요구에 부합한 것이다.

남성보다 탁월한 능력을 보여준 여성영웅 최양홍을 통해서 남녀의 상호 보완적 관계를 제시하고 있다. 최양홍은 부모의 권유에 따라 연분이 아닌 사람과 결혼하였지만 남편이 죽어서 독수공방(獨守空房)하고 있었다. 이때 자개산 도사가 최양홍에게 이춘백이 자신의 연분임을 말해준다. 비록 결혼에 실패했더라도 최양홍이 새로운 연분을 만나면 능력을 발휘할 수 있다는 자신감을 보여준다. 이러한 여성영웅의 적극적 삶을 통해서 여성의 사고방식 전환과 같은 새로운 의미의 여성상을 발견할 수 있다.

최양홍과 같은 여성영웅의 등장과 활약은 필사본 제1계통보다 제2계통에서 강조되었으나, 활자본 제3계통에는 생략되어 있다. 이것은 필사본을 토대로 활자본을 간행할 때 여성영웅의 활약을 생략한 반면, 어소저의 애정 추구와 관련된 여성 수난이 강조된 것이다. 이런 점에서 〈소지현나삼재합〉이 현실적인 서사 전개를 보여준다면, 〈강릉추월전〉은 현실계와 초현실계를 융합한 다양한 서사 전개를 보여주고 있다.

영웅의 일대기 대목 중에서 투쟁을 통해서 위기를 극복하는 단락은 영웅성을 강조한다. 〈소지현나삼재합〉, 〈월봉기〉, 〈소운전〉 등에는 투쟁을 통해서 위기를 극복하는 대목이 없다. 다만 필사본 〈소한림전〉에는 지혜를 활용한 영웅의 활약이 첨가되어 있으나, 적대자를 투쟁을 통해서 제압하는 면모는 미약하게 드러난다. 반면에 〈강릉추월전〉은 국가의 위기를 투쟁으로 극복하는 군담 대목이 첨가되어 있다.

이렇게 보면 중국 원전과 〈월봉기〉의 경판본과 활자본, 〈소운전〉의 필사본과 활자본에는 군담이 생략되어 있다. 다만 홍윤표본 〈소한림전〉에만 군담이 첨가되어 있지만, 본격적인 군담이라 하기에는 다소 부족하다. 〈소한림전〉의 필사시기가 후대인 점으로 보아 〈강릉추월전〉의 군담을 수용한 것으로 보인다. 이렇게 보면 〈강릉추월전〉은 중국 원전에 없던 조선후기 군담적 영웅을 첨가하여 토착화를 지속한 작품이다.

이상에서 등장인물의 성격과 기능면을 살펴본 결과 공통점보다 차이점이 훨씬 많은 것을 알 수 있다. 공통점 중에서도 인물의 성격과 기능의 차이점이 등장할 뿐 아니라 세부적 기능이 새롭게 변모되어 있다. 차이점은 천상 인물의 혼례와 군담 영웅 및 여성영웅의 등장, 양자 삼기와 가족의 계승의식, 초월적 존재의 협조 등에서 구체적으로 드러난다.

〈소지현나삼재합〉에 비하여 〈강릉추월전〉은 새롭게 첨삭된 인물도 다수 등장할 뿐만 아니라 등장인물의 성격과 기능에서 차이점이 뚜렷이 나타난다. 이러한 차이는 조선후기 사회상을 반영하려는 작가의 창작 의식에서 비롯된 것이다. 따라서 〈강릉추월전〉은 권선징악과 친부모의 원수 갚기에 초점을 둔 중국 원전을 변모시켜서 군담 영웅을 통한 인물의 성격 변화를 첨가하여 가족 상봉에 초점을 맞추고 있다.

3) 옹서 대립을 통한 주제의 변화

가족 이합의 구조는 두 작품에서 모두 중요한 의미를 가진다고 할 수 있다. 이러한 가족 이합담 속에 나타난 〈소지현나삼재합〉의 형제 갈등과 〈강릉추월전〉의 옹서 대립은 중요한 의미를 내포하고 있다. 〈강릉추월전〉에 나타난 옹서 대립이 부모의 원수 갚기에서 점차 용서·화합의 주제로 변모하고 있어서 주목된다.

〈소지현나삼재합〉에는 착한 소운 형제와 도적질을 일삼는 서능 형제를 등장시켜 권선징악을 보여준다. 소운이 관리로 부임할 때 모친을 소우에게 부탁하고 아내와 함께 떠났으나, 아들 소식이 궁금한 모친은 둘째 아들을 보낸다. 소우는 수소문 끝에 소운이 부임지로 도착하기도 전에 도적의 습격을 당했다는 소식을 듣고 그곳에서 병사한다. 이렇게 소운 형제는 홀어머니를 모시고 살면서 형제간의 우애를 보여준다.

반대로 도적의 두목으로 등장하는 서능의 동생 서용은 재물을 탈취하고 살인하는 형의 잘못을 막으려 한다. 서용은 형의 도적질을 비판할 뿐 아니라 소운을 죽이려는 것을 만류하고 도적 소굴에 잡혀 온 정씨 부인이 도망칠 수 있게 도와준다. 이렇게 서능은 동생 서용과 대조적으로 살인을 일삼으며 재물을 탈취하는 도적 두목이자 악인으로 등장한다.

> 의진현의 서능은 오패에서 살았다 … 이 사람은 자주 승객들을 실은 다음 이익이 생길 것 같으면 승객들이 잠들었을 때 한밤중에 몰래 배를 옮겨서 구석지고 조용한 곳으로 가서 승객을 해치고 재물을 빼앗았다 … 서능은 너를 살려둘 수 없다. 도끼를 들고 문위에 한번 찍었는데 한 사람에게 허리를 잡히었는데 그 사람이 만류하였다… 그가 진사에 급제하여 하루의 관리도 지내지 못하여 오늘 그의 재물을 탈취하고 그의 처를 빼앗으니 그의 가솔들을 죽이고 그를 죽이려하는 것은 형의 큰 죄입니다.[91]

위에서 보는 바와 같이 서능이 도적질과 살인을 일삼는 악인의 전형으로 등장한다면, 서용은 형의 잘못을 방지하기 위해서 형을 비판하고 견제하는 착한 인물로 나타난다. 이렇게 소운 형제를 통해서는 형제애의 전형을 보여주고, 서능 형제를 통해서는 형제간의 불화로 인한 권선징악을 보여준다. 따라서 〈소지현나삼재합〉에 나타난 형제간의 선악 갈등이 〈강릉추월전〉에는 생략된 반면에 옹서 갈등이 새롭게 첨가되었다.

옹서 갈등을 중심으로 〈강릉추월전〉의 이본 계통을 비교하면 중국 원전과 다소 비슷한 작품이 필사본 제1계통이다. 제1계통은 부모의 원수를 처벌하는 대목이 〈소지현나삼재합〉, 〈월봉기〉, 〈소운전〉 등과 비슷하지만 형제 갈등에서 옹서 대립으로 변모한 차이점을 내포하고 있다. 〈강릉추월전〉은 이운학이 어천추의 딸과 결혼하면서 형성된 옹서 관계는 부모의 원수가 바로 장인이라는 사실을 알게 되면서 첨예하게 대립한다.

한국 고소설에서 옹서 대립은 매우 드물다고 할 수 있다. 그 이유는 조선후기 사회의 결혼 제도와 밀접한 관련을 가지기 때문이다. 17세기 이후부터 조선의 혼례 제도는 사위가 아내의 집에 머무는 방식에서 점차 아내가 시집 생활하는 것으로 변모한다.[92] 이 때문에 옹서간의 대결이 발생할 가능성은 상당히 줄어든 것이다. 그런데 조

---

91) 풍몽룡, 앞의 책, 136-139쪽. 却說儀眞縣有個慣做私商的人,姓徐,名能,在五壩上街居住 … 時常攬了載,約莫有些油水,看得入眼時,半夜三更,悄地將船移動,到僻靜去處,把客人謀害,刟了財帛 … 徐能道"饒你不得",擧斧照頂門砍下,却被一人攔腰抱住道"使不得"却便些 … 他中了一場進士,不曾做得一日官,今日刟了他財帛,占了他妻小,殺了他家人,又敎他刀下身亡,也忒罪過.

92) 박혜인, 『한국의 전통혼례연구』(고려대 민족문화연구소, 1988).

선후기 가문소설에서는 혼례를 통한 옹서 갈등이 발생하고 있는데, 대부분 가문의 정치적 차이와 부부의 불화, 친정 부친에 대한 효의 문제 등에서 발생하고 있다.[93]

　작가의 세계관을 표현한 주제는 번안과 창작을 구별하는 중요한 기준이 될 수 있다. 두 작품은 이별한 가족을 어떻게 해서든지 다시 만나려는 의식을 공유하고 있다. 〈소지현나삼재합〉이 부모의 원수 갚기에 초점을 맞추고 있다면, 〈강릉추월전〉은 부모의 원수 갚기에서 용서·화해로 그 초점이 변모하고 있다. 이러한 이본의 변모를 통해서 새로운 작품으로 재창작되는 것이다.

> 고소하는 부인 정씨는 나이가 42살로 본적이 직예 탁주이고 남편 소운은 진사로 절강 난계현 부윤을 제수받았다 … 이 배의 주인은 도적의 무리 서능이다. 그들은 남편의 재물을 탈취, 살인했으며, 나를 속이고 훼절을 강요했습니다. 나는 다행이 탈출하여 암자에 숨은지 19년입니다.[94]

　위에서 〈소지현나삼재합〉의 정씨 부인은 유복자 아들과 시부모의 소식이 궁금하여 고소장을 올린다. 아내의 고소장과 더불어 남편 소운도 고소장을 올리게 된다. 이들의 고소장에 힘입어 유복자로 출생한 아들이 친부모를 찾게 된다. 〈소지현나삼재합〉에는 가족의 소식이 궁금한 부모가 상소를 올려 가족과 상봉하고, 〈강릉추월전〉에

---

93) 송성욱, 「혼사장애형 대하소설의 서사문법 연구」 (서울대 박사논문, 1997), 106-112쪽.

94) 풍몽룡, 앞의 책, 148쪽. 告狀婦鄭氏, 年四十二歲, 係直隷涿州籍貫. 夫蘇雲, 由進士選授浙江蘭溪縣尹 … 豈期船戶積盜徐能, 糾夥多人, 中途刼夫財, 謨夫命, 又慾姦騙氏身. 氏幸逃出庵中潛躱迄今日十九年.

는 부모보다 아들 이운학이 적극적으로 노력하여 가족과 상봉한다. 이러한 차이점은 〈강릉추월전〉에서 아들의 활약과 효성을 강조한 것으로 생각된다.

〈소지현나삼재합〉은 유복자로 출생한 소태가 서능의 손에 양육되었지만 부모의 원수인 서능을 처벌한다. 〈강릉추월전〉도 이춘백 부부의 유복자로 출생한 이운학이 부모를 습격한 도적 어천추를 처벌한다. 이처럼 유복자가 부모의 원수를 갚는 대목은 중국소설을 수용한 것으로 보인다. 그런데 〈강릉추월전〉은 부모의 원수 갚기 대목을 수용하면서도 조선후기의 사회상에 알맞게 변모하는 과정을 보여준다.

이러한 부모의 원수 갚기 대목은 〈소지현나삼재합〉의 영향을 받아 조선후기 〈강릉추월전〉의 제1계통본 기본형이 성립되었다. 이것은 중국 원전의 내용을 토대로 조선후기 사회상에 적합하도록 변모할 시간을 갖지 못한 상태에서 부모의 원수 갚기를 차용한 것으로 보인다. 친부모를 습격한 장인에 대한 원수 갚기는 조선후기 유교윤리와 어긋나기 때문에 점차 제2계통본으로 변모될 수밖에 없었다. 제3계통본은 활자본을 간행할 당시의 사회상에 적합한 가족 간의 용서·화해하는 방향으로 개작되었다. 이러한 용서대립은 〈강릉추월전〉 작품군의 성립과 변모과정에서 중요한 역할을 수행했던 것으로 보인다.

이상에서 〈소지현나삼재합〉은 권선징악을 통해서 부모의 원수 갚기에 초점을 둔다면, 〈강릉추월전〉은 여성의 유교적 이념을 실천하여 부모의 원수를 용서하고 화합하는 데 초점을 맞추고 있다. 이러한 작품의 주제적 차이점은 권선징악을 통한 부모의 원수 갚기에서 용서·화해의 가족 상봉으로 변모한 조선후기 순환론적 세계관

을 뚜렷이 보여준다.[95]

4) 시·공간의 자국화를 통한 배경의 변화

한국 고소설의 시·공간적 배경은 동아시아 한문 문명권의 중심부인 중국소설의 영향을 받았지만 점차 한국적인 배경으로 변모되었다. 한국 고소설 중에서 지배층의 숭고한 이념은 중국을 배경으로 설정했다면, 하층민의 비속한 내용은 조선시대를 배경으로 설정하였다. 이러한 숭고미와 비속미는 고소설의 시·공간적 배경 설정에 중요한 기준이 되었다. 숭고미를 내포한 장편가문소설, 쟁총형 가정소설, 영웅소설 및 군담소설 등은 중국을 배경으로 설정했다면, 비속미를 내포한 판소리 및 판소리계 소설, 계모형 가정소설, 애정소설 등은 조선시대를 배경으로 설정하였다. 이런 점에서 고소설의 시·공간적 배경은 사건이나 인물을 보완해줄 뿐만 아니라 작품의 발생론적 성격을 반영한 것으로 보인다.

한국 고소설의 배경은 대부분 한국이나 중국을 시·공간적 무대로 사용하고 있다.[96] 조선시대에는 고소설을 배격하거나 천시하는 경향이 두드러졌을 뿐만 아니라 당쟁으로 인한 정치적인 부담을 피할 수 있었기 때문이다. 그런데 조선후기 고소설이 중국을 시·공간적 배경으로 설정하던 관행에서 벗어나 조선을 창작의 시·공간적

---

95) 김재웅, 「〈江陵秋月傳〉 研究」, 『한국학논집』 26집(계명대 한국학연구원, 1999), 256-258쪽.

96) 한국 고소설의 시·공간적 배경은 조선조를 무대로 삼는 경우와 중국을 무대로 삼는 경우 그리고 조선과 중국, 일본, 베트남 등을 동시에 문제 삼는 경우로 구분된다. 이렇게 본다면 〈강릉추월전〉은 조선에서 시작하여 중국을 거쳐 다시 조선으로 회귀하는 배경을 내포하고 있다.

배경으로 설정한 것은 커다란 변화라고 생각된다. 한국 고소설의 시·공간적 배경과 이본의 변모는 중국소설의 영향을 수용한 작품에서 뚜렷이 나타난다.

〈소지현나삼재합〉의 시·공간적 배경은 중국 명나라 초기 영낙 연간 탁주에서 시작하여 절강 금화부 난계현, 자호암, 대유촌, 삼가촌, 탁주, 남경, 산동, 절강 등으로 이어진다. 〈강릉추월전〉의 시·공간적 배경은 조선시대 강원도 강릉 삭옥봉, 옥문동, 경성, 황해도, 중국 여남, 자개산, 백운암, 울남도, 강원도 삼척, 중국 산동, 조선 등으로 나타난다. 이러한 〈강릉추월전〉의 서사 전개와 주인공의 공간적 이동경로를 구체적으로 제시하면 다음과 같다.

> 조선 강릉 삭옥봉 → 강릉 집 → 옥문동→ 강릉 집 → 경성 → 황해감사 → ①(중국 여남 → 조상서 집 → 자개산)/ ②(울남도 → 백학산 백운암) 서영국 집 → 울남도 장수백 집 → 강릉 본가 → 경성 → 강릉 본가 → 해주 객점 → 울남도 → 서영국 집 → 백운암 → 울남도 → 백운암 → 강원도 강릉 본가 → 삼척 → 경성 → 강릉 본가 → 중국 황성 → ③(자개산 → 도화촌 → 중국 황성) 광능진 → 황성 → 여남 조상서 집 → 황성 → 조선 경성 → 강릉 본가 → 금강산 천불암 → 경성 → 강릉 고향 → 경성 → 황해도 백학산 → 낙월도 → ④(서해 용부 → 해주 비봉산 → 전장 → 강릉 본가) → 경성 → 강릉 본가 → 천상 귀환[97]

위에서 제시한 〈강릉추월전〉의 시·공간적 배경은 조선시대 강원도 강릉에서 출발하여 중국을 거쳐 다시 조선으로 연결되는 다양

---

97) 계명대본, 〈강낭츄월전〉, 1-206쪽.

한 작품의 무대를 보여준다. 작품의 서두에는 이춘백이 강릉 삭옥봉에 올라가 옥소를 얻은 뒤에 옥문동에서 중국 여남 조상서의 딸과 결혼한다. 이춘백은 과거를 보러 경성에 올라가 급제한 뒤에 황해감사로 부임하여 선정을 베풀었으나 해중의 도적을 소탕하지 못하고 돌아오는 길에 도적의 습격을 받는다. 이러한 〈강릉추월전〉은 이춘백 부부의 유복자로 출생한 아들 이운학을 중심으로 작품의 공간적 이동경로가 구성되어 있다.

위의 ①과 ②는 도적의 습격을 당한 이춘백 부부의 이동경로를 보여준다. 이춘백은 중국 여남에 도착하여 조상서 집을 찾아간 다음 자개산에 머물며 병법을 배운다. 조부인은 울남도 도적의 소굴에 잡혀갔으나 백운암 여승의 도움으로 탈출하여 암자에 은거한다. ③은 이춘백이 자개산 도사의 도움으로 도화촌에서 최양홍을 만나 중국 황성에 도착하여 아들 이운학을 상봉한다. ④는 이운학의 아내 어소저가 위기에 처한 시부모와 남편을 위해서 효열을 실천하는 내용이다. 따라서 〈강릉추월전〉은 서사 전개와 주인공 이운학의 이동경로를 통해서 조선후기 시·공간적 배경을 뚜렷이 부각 하고 있다는 점에서 주목된다.

두 작품의 시·공간적 배경을 살펴보면 〈소지현나삼재합〉의 중국 배경이 〈강릉추월전〉에서는 완전히 한국적인 배경으로 정착되었다. 〈소지현나삼재합〉이 중국을 창작 배경으로 한다면 〈강릉추월전〉은 조선과 중국을 왕복하는 국제화된 특징을 보여준다. 이러한 중국소설 〈소지현나삼재합〉과 연관된 〈강릉추월전〉 작품의 시·공간적 배경을 제시하면 다음과 같다.

(가) 각설 명나라 초기의 영낙연간에 북직예 탁주에 형제 두 명이 있
    었는데[98]

(나) 딕명 셩화년간의 탁쥬 ▨히 일위 직승이 잇스니 셩은 소요 명은
    운이니[99]

(다) 딕명 셩화년간의 일위 직싱니 잇스되 셩은소요 명은 연이라[100]

(라) 각셜 딕명 시졀에 남경 졀강 쌍에셔 사는 흔 직상이 잇스되[101]

(마) 강능 상옥봉 아릭 사난 사람니 잇스되 셩은 이요 명은 츈빅니라[102]

(바) 차셜 잇딕 강능 슌옥봉 안의 한 사람이 이시딕 셩은 이오 명은
    츈빅이라[103]

(사) 화셜 해동 조선국 선조때 강원도 강능 땅에 명사 있으니 셩은 이
    요 명은 문셕이라[104]

(아) 문종 황직 직위 초익 조션국 강능 쌍의 한 스람이 니스딕 셩은
    이시오 일홈은 영슈라[105]

(자) 당나라 문종 황직 직위 초예 조션국 강능 쌍에 한 명인이 이스딕
    셩은 이시오 명은 영슈[106]

---

98) 풍몽룡, 앞의 책, 135쪽.

99) 이화여대본, 〈월봉기〉, 1쪽. 이 작품은 이화여대 한국어문학과에 소장된 〈월봉
    기〉 5권5책이다.

100) 홍윤표본, 〈소한림전〉, 1쪽.

101) 정명기본, 〈소운전〉, 1쪽.

102) 이화여대본, 〈강능추월전〉, 1쪽. 이 작품은 이화여자대학교에 소장된 〈강능추월
    전〉이다. 동일한 내용이 연세대본, 〈강능추월옥소전〉과 〈강능추월전〉의 서두에도
    등장한다.

103) 노재순본, 〈강능추월전〉, 1쪽.

104) 성대본, 〈강능추월〉, 1쪽. 이 작품은 성균관대학교에 소장된 〈강능추월〉 3권3책
    이다.

105) 정문연본, 〈강능추월전〉, 1쪽. 이 작품은 한국정신문화연구원에 소장된 〈강능추
    월전〉이다.

106) 박순호본, 〈강능추월전〉, 1쪽. 이 작품은 박순호, 『한글필사본 고소설자료총서』
    53권에 수록된 〈강능추월전〉이다.

> (차) 젼셜 신라시졀에 강능 슈곡봉하에 한 신동이 잇스니 셩은 리요
> 명은 츈빅이라[107]

위의 각 작품의 서두에 등장하는 시·공간적 배경은 다양하다. (가)의 〈소지현나삼재합〉은 시대적 배경을 명나라 초기 영낙 연간으로 설정하고 있다. (나), (다), (라)는 〈월봉기〉, 〈소한림전〉, 〈소운전〉의 작품 서두이다. (마)~(차)는 필사본과 활자본 〈강릉추월전〉의 서두이다.

이렇게 보면 〈강릉추월전〉의 시·공간적 배경은 필사본에서 활자본으로 변모되면서 다양한 형태로 나타난다. 제1계통본은 주로 시대적 배경이 생략되고 '강능 상옥봉'이란 공간적 배경만 등장한다. 제2계통본은 시·공간적 배경만 등장하는 것과 '당나라 문종황제' 시대를 언급한 것이 있다. 중국 배경을 언급한 것이 제2계통본에 등장하는 점으로 보아 당시의 양반 여성의 요구에 부합한 것으로 생각된다.

그런데 제3계통본은 신라시대와 강릉이라는 시·공간적 배경이 구체적으로 제시된다. 이러한 시·공간적 배경은 활자본에서 더욱 강조되어 있다. 활자본을 간행한 1915년에 필사본을 모본으로 개작하면서 중국 배경을 완전히 벗어나 신라시대로 거슬러 올라간 것이다. 왜냐하면 일제강점기에 간행된 활자본은 조선시대를 배경으로 영웅적 인물의 활약상을 출판한다는 것이 불가능했기 때문이다.

이러한 시·공간적 배경의 자국화와 국제화를 통해서 주인공은 한 국가의 문제만을 해결하는 것이 아니라 중국의 문제까지도 해결

---

107) 덕흥서림본, 〈강능추월옥소전〉, 3쪽.

하는 자신감을 표현하고 있다. 조선의 인재가 중국의 위기를 구할 수 있다는 신념은 〈강릉추월전〉의 한국적 토착화를 단적으로 설명해주는 것으로 보인다. 그리고 천상적 징표가 강화된 공간과 신성한 공간을 상징하는 옥문동과 동해 용부 및 백운암, 자개산 등이 〈강릉추월전〉에 집중적으로 내포되어 있다. 이것은 초현실계와 현실계가 이원적으로 존재한다기보다는 현실계와 초현실계의 밀접한 관련을 보여주는 것이다.

이상에서 〈강릉추월전〉은 시·공간적 배경의 자국화와 국제화를 통해서 서사 무대를 조선과 중국을 아우르는 공간으로 확장되어 있다. 이러한 작품의 배경을 토대로 서사 내용이 장편화되고 새로운 인물이 등장하여 특정한 장면의 서술량이 늘어나는 것이다. 〈강릉추월전〉은 조선과 중국을 왕래하면서 자신의 부모와 가족을 상봉하고 중국의 위기를 탁월한 능력으로 해결하는 영웅적 인물의 자긍심을 표현한 것으로 보인다. 따라서 〈강릉추월전〉은 시·공간적 배경의 자국화를 통해서 주인공이 조선과 중국에서 모두 영웅으로 인정받는 매우 독특한 소설이다.

Ⅲ. 〈강릉추월전〉 작품군의 이본 계통과 변모

1. 〈강릉추월전〉의 이본과 서사 단락의 비교

1) 이본의 전반적 현황

지금까지 알려진 〈강릉추월전〉의 이본은 약 84종이다. 이러한 이본을 살펴보기 위해서는 먼저 작품의 표제로 사용된 명칭부터 정리할 필요가 있다. 작품의 명칭은 〈강능추월전〉(47종), 〈강능추월옥소전〉(16종), 〈강능추월〉(9종), 〈강능추월이춘백전〉(2종), 〈추월전〉(2종), 〈이춘백전〉(3종), 〈옥소전〉(1종), 강낭추월전(1종) 등 다양하게 나타난다. 이러한 작품의 명칭 가운데 〈강릉추월전〉이 가장 보편적으로 사용된 것으로 보인다.

작품의 명칭을 이본 계통으로 분류하면 다음과 같다. 제1계통은 〈강능추월전〉 37종과 〈강능추월옥소전〉 5종, 〈강능추월〉 4종, 〈추월전〉, 〈이춘백전〉, 〈강능추월이춘백전〉은 각각 2종, 〈옥소전〉 1종 등과 같이 존재한다. 제2계통은 〈강능추월전〉 10종, 〈강능추월〉 5종, 〈강능추월옥소전〉 4종 등이 있다. 제3계통은 〈강능추월옥소전〉 7종과 〈강능추월〉 2종이 존재한다. 이렇게 보면 작품의 표제로 가장 많이 사용된 〈강능추월전〉의 필사본은 47종이다.

〈강릉추월전〉의 표제는 필사되는 과정이나 활자본으로 출판하는 과정에서 붙여진 이름이다. 활자본보다 필사본으로 전사되는 과정에서 다양하게 제명되고 있지만, 작품의 표제만큼 이야기 내용은 다르지 않은 것으로 보인다. 다양한 표제명과 84종의 이본을 감안할 때 이 작품은 당대에 많은 인기를 모았던 것으로 볼 수 있다. 따라서 여기서는 시기적으로 먼저 형성되었을 뿐만 아니라 가장 많이 사용되고 있는 〈강릉추월전〉을 작품군의 명칭으로 삼기로 한다.

〈강릉추월전〉의 이본은 작품의 숫자를 파악하는 작업부터 매우 복잡한 실정이다. 최근에 보고된 이본 목록 자료를 바탕으로 계산하면 〈강릉추월전〉은 필사본 60종과 활자본 9종이 존재하고 있다.[108] 이 자료에 포함되지 않은 자료와 구체적으로 확인되지 않은 자료까지 포함하면 그 숫자는 84종보다 좀더 늘어날 것으로 보인다. 따라서 새로운 〈강릉추월전〉이 발굴될 가능성은 여전히 존재함에도 기존의 이본과 다른 계통의 작품이 출현할 가능성은 희박한 것으로 보인다. 현재까지 알려진 〈강릉추월전〉의 필사본과 활자본을 제1계통, 제2계통, 제3계통으로 구분하여 정리하면 다음과 같다.

이본계통	제목	형태	권수	면수	소장자(처)	필사년도
제1계통	江陵秋月傳	필사	1	158	김근수	임자정월
제1계통	강릉추월전	필사	1	163	풍산김씨	1930년
제1계통	江陵秋月傳	필사	1	136	나손본	계묘원월
제1계통	강능추월전	필사	1	98	장정룡본	경자
제1계통	강능추월전	필사	1 중권	154	정명기본①	

---

108) 조희웅, 앞의 책, 18-21쪽.

제1계통	강능추월전	필사	1	132	정명기본②	
제1계통	강릉추월전	필사	1	81	박순호본①	병오정월
제2계통	강릉추월전이라	필사	1	178	박순호본②	경오정월
제1계통	강릉추월젼니라	필사	1	90	박순호본③	갑진이월
제2계통	강릉츄월젼	필사	1	187	박순호본④	
제2계통	강릉츄월니라	필사	1	301	박순호본⑤	
제2계통	江陵秋月傳	필사	2	295	박순호본⑥	기해정월
제2계통	강능추월하권니라	필사	1	49	박순호본⑦	
제1계통	츄월젼	필사	1	64	박순호본⑧	
제2계통	강능추월옥소젼	필사	1	189	박순호본⑨	경인정월
제1계통	강능추월이춘백전	필사	1	120	박순호본⑩	갑오십일월
제1계통	강능추월젼	필사	1	139	김광순본①	
제1계통	강능추월젼	필사	1	133	김광순본②	임자
제1계통	강능추월전이라	필사	1	103	김광순본③	병인정월
제1계통	강능추월전이라	필사	1	152	김광순본④	임자
제1계통	강능츄월젼	필사	1	104	김광순본⑤	
제1계통	강능츄월젼	필사	1	81	김광순본⑥	
제2계통	강능츄월젼 권지단	필사	1	277	김광순본⑦	
제1계통	옥쇼젼	필사	1	63	김광순본⑧	
제1계통	강능츄월	필사	1	154	김광순본⑨	
제2계통	강능추월	필사	1	155	고려대본①	
제2계통	강능츄월옥소젼	필사	1	210	고려대본②	을축이월
제2계통	강능츄월ㅎ권이라	필사	1	38	고려대본③	무인정월
제1계통	강능춘월전	필사	1	132	고려대본④	
제1계통	강능춘월전	필사	1	61	단국대본①	무진납월
제1계통	이춘백젼	필사	1	64	단국대본②	
제1계통	강능추월전	필사	1	122	단국대본③	
제1계통	강능추월젼	필사	1	96	단국대본④	
제2계통	강능추월	필사	3권3책	428	성대본①	신해
제2계통	강능츄월젼	필사	3권2책	302	성대본②	기해
제2계통	강능츄월젼	필사	1	202	정문연본①	갑자
제1계통	강능츄월젼	필사	1	150	정문연본②	임술

제1계통	강능츄월젼	필사	1	156	정문연본③	
제1계통	추월전	필사	1	68	정문연본④	
제1계통	강능츄월옥쇼젼	필사	1	172	연세대본①	
제1계통	강능츄월젼	필사	1	138	연세대본②	
제2계통	강능츄월옥소젼	필사	2권2책	155	국도본	병신
제1계통	강능추월젼	필사	1	80	학산본	
제1계통	강릉츄월녹	필사	1		사재동본	
제1계통	강능츄월젼	필사	1	124	이대본	
제1계통	강능추월젼	필사	1	122	이수봉본	
제1계통	강능추월젼	필사	1	72	이수봉본	
제1계통	강능츄월젼	필사	1	142	홍윤표본①	
제1계통	강능추월옥소젼	필사	1	118	홍윤표본②	계해
제1계통	강능츄월젼	필사	1	120	노재순본	무자
제1계통	강능추월젼	필사			조병순본	
제1계통	강능추월젼	필사			하동호본	
제2계통	강능추월젼	필사	1		여승구본①	기사
제1계통	강능추월젼	필사	1		여승구본②	무오
제1계통	강능츄월젼	필사	1		여승구본③	임신
제1계통	강능츄월젼	필사	1		여승구본④	
제2계통	강능츄월젼	필사	2		여승구본⑤	신유
제1계통	강능츄월젼	필사	1		여승구본⑥	
제1계통	강능츄월옥소젼	필사	1		여승구본⑦	
제2계통	강능츄월옥쇼젼	필사	1		여승구본⑧	병진
제1계통	강능츄월옥쇼젼	필사	1		여승구본⑨	경자
제1계통	강능츄월옥통쇼젼	필사	1		여승구본⑩	
제1계통	이춘백젼	필사	1		여승구본⑪	
제1계통	강능추월이춘백젼	필사	1	95	이부영	
제1계통	강능추월	필사	1	18	경대 취암문고	
제1계통	강능추월전	필사	1	49	경대 취암문고	
제1계통	이춘백전	필사	1	47	경대 취암문고	
제1계통	강능추월전	필사	1	197	경북대①	
제2계통	강능추월전	필사	1	35	경북대②	임자원월
제2계통	강낭추월전	필사	1	206	계명대①	

제1계통	강능츄월젼	필사	1	150	계명대②	무신원월
제1계통	강능추월전	필사	1	266	홍시낙	
제3계통	강능츄월옥소젼	활자	1	107	덕홍서림 1915	
〃	강능츄월옥소젼	활자	1	79	덕홍서림 1917	
〃	강능추월옥소전	활자	1	74	덕홍서림 1924	
〃	강릉츄월옥소젼	활자	1	79	경성서적조합	
〃	강능츄월옥소젼	활자	1	79	광한서림	
〃	강능츄월옥소젼	활자	1	69	박문서관 1925	
〃	강능츄월	활자	1	68	세창서관 1952	
〃	강릉츄월옥소젼	활자	1	74	조선도서주식 회사 1925	
〃	강릉추월	활자	1	72	향민사 1971	

이상에서 보는 바와 같이 현재까지 알려진 〈강릉추월전〉의 이본은 필사본 75종과 활자본 9종으로 정리할 수 있을 것이다. 그리고 개인이 〈강릉추월전〉 3종을 소장하고 있지만 아직까지 실물을 확인하지 못했다. 위에서 언급한 이본들은 기존 연구와 이본 자료를 참고하여 작품의 존재여부를 확인한 숫자이다. 그런데 아직까지 확인되지 않았거나 개인이 소장하고 있는 이본의 숫자를 포함하면 그 숫자는 좀더 늘어날 것이다.[109]

〈강릉추월전〉의 필사본에 적혀있는 간지(干支)는 19세기 중반부터 20세기 중반까지 다양하다. 제1계통본의 필사 시기는 병인(1866, 1926)년 〈김광순3〉, 무자(1888, 1948)년 〈노재순본〉, 계묘(1903)년 〈나손본〉, 무오(1918)년 〈여승구②〉, 임신(1872, 1932)년 〈여승구③〉, 병진

---

109) 〈강릉추월전〉의 제목은 알려져 있지만 직접 확인하지 못한 것은 이수봉, 하동호, 조병순 등과 같은 개인이 소장한 작품이다. 이밖에도 공개되지 않은 작품이 다수 있을 것으로 생각되지만, 이본 계통을 분류하는 데는 별다른 영향을 미치지 못할 것이다.

(1856, 1916)년 〈여승구⑧〉, 경자(1900)년 〈여승구⑨〉, 〈장정룡〉, 계해 (1863, 1923)년 〈홍윤표②〉, 갑진(1844, 1904)년 〈박순호③〉, 병오(1846, 1906)년 〈박순호①〉, 임자(1852, 1912)년 〈김광순②, ④〉, 〈김근수〉, 무 진(1868, 1928)년 〈단국대①〉, 갑오(1894)년 〈박순호⑩〉, 임술(1862, 1922)년 〈정문연②〉, 무신(1980)년 〈계명대②〉 등이다.

제2계통본의 필사시기는 병신(1896)년 〈국도본〉 2권2책, 기해(1899) 년 〈성대1본〉 3권3책, 〈박순호6본〉, 신해(1911)년, 병신(1896)년 〈성대 2본〉 2권3책, 무자(1888)년 〈정문연1본〉, 신유(1921)년 〈여승구5본〉[110], 임자(1912)년 〈경북대2본〉 등이다. 필사기에 적힌 기록으로 시대를 정확하게 추정할 수는 없지만 작품의 형성과 필사시기를 이해하는 데 도움이 된다. 필사본의 간지를 비교하면 전체적으로 제1계통이 제2계통보다 필사시기가 다소 앞서는 것으로 보인다.

한편 활자본은 필사본을 토대로 1915년에 간행된 것이다. 덕흥서 림 107장, 79장, 74장은 각각 1915년, 1917년, 1924년에 출간되었다. 경성서적조합 79장은 1920년에 출간되었고 박문서관 69장은 1925년, 세창서관 69장은 1952년에 출간되었다. 향민사 72장은 1971년에 마 지막으로 간행되었다. 이렇게 활자본은 1915년부터 분량을 축소하 면서 9차례 간행된 것이다.

〈강릉추월전〉의 이본은 모두 84종이 존재하고 있다. 단일 작품의 이본이 84종이나 존재한다는 것은 조선후기 고소설 향유층의 관심 을 반영한 것으로 보인다. 한국 고소설사에서 〈강릉추월전〉은 22번

---

110) 여승구본, 〈강능추월전〉 2권이다. 〈강능추월전〉 하권의 말미에 대정 10년의 필사기록이 첨가되어 있다. 이 기록은 작품의 말미에 기록된 신유년과 같은 시 기로 보인다. 따라서 이 작품은 아마도 1921에 필사된 것으로 보인다.

째로 이본의 숫자가 많다. 이러한 〈강릉추월전〉의 이본 숫자는 판소리계 소설 〈흥부전〉(86종)과 비슷한 것으로 나타난다. 작품의 이본이 많이 유통되었다는 점은 조선후기 고소설 향유층의 작품 선호도를 반영한 것이다. 특히 〈강릉추월전〉은 여성 향유층이 필사와 독서를 하면서 여성의 다양한 의식을 투영했다는 점에서 주목된다.

2) 서사 단락의 종합적 비교

〈강릉추월전〉은 84종의 이본이 존재하는 것으로 보아 고소설의 다른 작품과 비교할 때 결코 적은 이본이 아니라고 할 수 있다.[111] 이본이 많이 존재한다는 것은 당대의 독자들에게 인기를 끌었던 작품으로 생각된다. 이러한 이본을 검토하여 선본(先本)이나 선본(善本)을 확정하는 작업이 선행되어야 한다. 왜냐하면 이본에 대한 선후 관계나 계통을 세우지 않고 작품을 연구하는 것은 역사적 변천을 설명하지 못하여 단편적인 결과를 도출할 가능성이 있기 때문이다.

여기서는 이본 84종을 검토하여 이본 계통의 대표적 작품을 선정하여 압축적으로 논의하고자 한다. 〈강릉추월전〉의 필사본 10종과 활자본 2종을 검토하여 이본의 분류와 선후 관계를 정리할 것이다. 이본 계통의 구분은 작품의 분량과 서사 단락의 변모를 중심으로 구

---

111) 조동일, 『소설의 사회사 비교론』 2권(서울: 지식산업사, 2001), 119-127. 여기에 제시된 자료는 조희웅, 『고전소설 이본목록』 (서울: 집문당, 1999)을 바탕으로 계산한 것이다. 〈강능추월전〉은 한국 고소설 작품 중에서 25번째로 이본이 많은 것으로 나타났다. 이렇게 많은 이본이 존재함에도 불구하고 체계적인 논의는 빈약한 실정이다. 물론 이본의 수가 많은 것이 작품의 의미를 보장해준다고 말할 수는 없다고 해도 25번째로 이본이 많은 이유와 유통 과정을 밝혀야 할 필요가 있다.

분할 수 있다. 특히 옹서 대립은 모든 작품에 등장하면서도 뚜렷한 변모를 보여주기 때문에 이본 계통의 분류 기준이 되기에 충분하다. 이러한 과정에서 선본(先本)에 가까운 작품을 찾을 수 있기를 기대한다.

　제1계통본은 〈김광순1본〉[112), 〈김광순2본〉[113), 〈홍윤표2본〉[114), 〈노재순본〉[115) 등이다. 제2계통은 〈김광순7본〉[116), 〈국도본〉[117), 〈박순호6본〉[118), 〈정문연1본〉[119), 〈성대1본〉[120) 등이다. 제3계통은 활자본 〈덕흥서림본〉[121)과 〈세창서관본〉[122)이다.

---

112) 김광순, 〈강능추월전〉, 『필사본 한국고소설전집』 1권(서울: 경인문화사, 1993). 이 작품은 총 139쪽으로 한 쪽에 14~18줄 한 줄에 14~20자 내외로 구성되어 있다.

113) 김광순, 앞의 책, 1권에 수록된 총 134쪽의 〈강능추월전〉이다. 한 쪽에 10줄 한 줄에 27자 내외로 구성되어 있다.

114) 홍윤표본, 〈강능추월옥소전〉으로 총 118쪽, 한 쪽에 11-14줄, 한 줄에 23-26자 내외로 구성되어 있다.

115) 노재순본, 〈강능추월전〉으로 총 120쪽, 한 쪽에 12줄 한 줄에 22자 내외로 구성되어 있다.

116) 김광순, 앞의 책, 2권에 수록된 필사본 〈강능추월전〉으로 총 278쪽이고 이후는 낙장되어 있다.

117) 국도본, 〈강능추월옥소전〉으로 상, 하권이 존재한다. 상, 하권이 각각 88장, 67장이고 한 쪽에 12줄 한 줄에 27~29자 내외로 구성되어 있다.

118) 박순호, 「〈강능추월전〉」, 『한글필사본 고소설자료총서』 53권(서울: 보경문화사, 1986). 이 작품은 한 쪽에 7~8줄 한 줄에 20자 내외로 된 총 295쪽의 상, 하권으로 구성되어 있다.

119) 정문연본, 〈강능츄월전〉으로 총 202쪽, 한 쪽에 10줄 한 줄에 17~18자 내외로 구성되어 있다.

120) 성대본, 〈강능추월〉 3권3책으로 총 428쪽으로, 한 쪽에 10줄 한 줄에 20~22자 내외로 구성되어 있다.

121) 덕흥서림본, 〈강능추월옥소전〉은 1917년 12월 총 79쪽의 활자본으로 간행된 작품이다.

122) 조동일, 〈강능추월〉, 『조동일소장 국문학연구자료』 20권(서울: 박이정, 1999). 이 작품은 1952년 세창서관에서 간행된 68쪽의 활자본이다.

서사 단락＼이본 자료	김광순1본	김광순2본	홍윤표2본	노재순본	박순호6본	김광순7본	국도본	정문연1본	성대1본	덕흥서림본	세창서관본
1. 이춘백의 출생과 선관의 옥소 얻음	○	○	○	○	○	○	○	○	○	○	○
2. 춘백과 중국 조낭자의 옹문동 결연	○	○	○	○	○	○	○	○	○	○	○
3. 강릉 본가에서 금강산 여승이 춘백 부부의 후일 예언	○	○	○	○	○	○	○	○	○	△	△
4. 춘백의 급제와 황해감사 부임	○	○	○	○	○	○	○	○	○	○	○
5. 해적의 습격과 파선으로 부부 이별	○	○	○	○	○	○	○	○	○	○	○
6. 춘백이 중국 조상서와 옹서간임을 말하지 못하고 슬픈 노래를 부름	○	○	○	○	○	○	○	○	○	○	○
7. 춘백이 자개산 도사에게 병법을 배움	○	○	○	○	○	○	○	○	○	○	○
8. 도적녀의 개가 권장과 조부인의 절개	○	○	○	○	○	○	○	○	○	○	○
9. 조부인이 복중 아이 낳아 이씨의 혈통을 이으려고 백운암에서 삭발위승함	○	○	○	○	○	○	○	○	○	○	○
10. 조부인은 운학을 낳아 서영국의 양자로 주었는데 잃어버려 슬퍼함	○	○	○	○	○	○	○	○	○	○	○
11. 도적 장수백이 운학을 데려가 양자로 삼고 이름을 해용으로 부름	○	○	○	○	○	○	○	○	○	○	○
12. 해용은 어천추의 딸 어소저와 결혼 하고 장인에게 강능추월 옥소를 받음	○	○	○	○	○	○	○	○	○	△	△
13. 해용은 과거길에 이감사 집에서 유숙하며 옥소의 주인에 대해 의심함	○	○	○	○	○	○	○	○	○	△	△
14. 해용의 급제 및 황해도어사 제수	○	○	○	○	○	○	○	○	○	○	○
15. 어사는 객점과 울남도 도적의 말을 듣고 자신의 정체를 알게 됨	○	○	○	○	○	○	○	○	○	○	○
16. 어사는 서영국에게 자신의 정체와 어머니에 대해서 듣게 됨	○	○	○	○	○	○	○	○	○	○	○
17. 어사는 노인이 준 약병으로 어머니를 살리고 옥소를 불어 모자가 상봉함	○	○	○	○	○	○	○	○	○	△	△

18. 어사가 도적을 소탕한 뒤 장수백은 살려주고 어천추는 죽여 원수를 갚음	○	○	○	○	○	○	○	○	○	×	×
19. 어소저의 부친 목숨살리기 효와 자결	○	○	○	○	○	○	○	○	○	×	×
20. 강원도어사를 제수 받은 운학은 모친과 함께 조손과 고부가 상봉함	○	○	○	○	○	○	○	○	○	○	○
21. 삼척의 옥사를 처결한 어사는 서운길의 둘째 봉술을 서영국의 양자로 삼음	○	○	○	○	○	○	○	○	○	×	×
22. 운학은 중국 사신으로 발탁되어 조부인의 서신과 증표를 가지고 떠남	○	○	○	○	○	○	○	○	○	○	○
23. 자개산 도사 백운선생이 이춘백의 입신양명과 고국 귀환을 당부함	○	○	○	○	○	○	○	○	○	△	△
24. 이춘백이 남장 여자 최양홍을 만나 동침함	○	○	○	○	○	○	○	○	○	×	×
25. 출전 위로연에서 옥소를 불어 이춘백 부자가 상봉하고 최양홍과 함께 출전	○	○	○	○	○	○	○	○	○	×	×
26. 운학은 옥소를 불어 적군을 격퇴하고 황만적이 귀순하여 함께 번왕을 진압함	○	○	○	○	○	○	○	△	○	△	△
27. 승전한 이춘백 부자는 조부인의 편지와 증표로 조상서와 옹서 상봉	○	○	○	○	○	○	○	○	○	○	○
28. 고국으로 귀환한 이춘백 부자에게 승상은 벼슬을 하사하고 결혼을 주선함	○	○	○	○	○	○	○	○	○	△	△
29. 춘백은 부모님과 조부인을 만나서 화목하고 태평성대를 누림	○	○	○	○	○	○	○	○	○	○	○
30. 이춘백 가족은 옥황상제의 천상귀환을 거부하고 10년 기한을 청함			○	○	○	○	○	○	○		
31. 북적 침략과 이공부자와 최양홍의 출전					○	○	○	○	○		
32. 운학은 어소저의 원혼을 만나 과거 일을 뉘우치고 위로함					○	○	○	○	○		
33. 최양홍이 적장 용천두의 항복을 받으려하나 용천두는 자결하여 원혼이 됨					○	○	○	○	○		

서사 단락										
34.적진에 포위된 이공부자는 죽을 위기에 처하였으나 어소저 혼령이 구해줌				○	○	○	○	○		
35.어소저는 효열로 시부모와 남편을 구하려고 장수백에게 도움을 요청함				○	○	○	○	○		
36.장수백은 어장군과 용장군의 군사를 설득하여 퇴각시킴				○	○	○	○	○		
37.운학이 어소저 혼령을 만나 원혼을 풀어주고 어장과 용장에게 위로함				○	○	○	○	○		
38.승상이 어소저의 충효열을 칭찬하며 비각을 지어 정표함				○	○	○	○	○		
39.이공이 장시백의 둘째 아들을 장수백 부인의 양자로 삼고 해용으로 부름				○	○	○	×	○		
40.어소저가 조부인의 병을 회생환으로 구하고 조부인과 며느리에게 선물을 받음				○	○	○	○	○		
41.어소저는 부채와 선물을 돌려주고 이공일행이 원혼을 풀어줌				○	낙장	○	○	○		
42.왕이 승전에 대한 벼슬을 내려 칭찬하고 운학을 회생환으로 살려냄				×	낙장	○	×	○		
43.어소저의 효열과 이공 집안의 화목으로 옥통소로 세월을 보냄				○	낙장	○	○	△		
44.이춘백 가족의 태평과 천상귀환				○	낙장	○	낙장	○		

위의 서사 단락에서도 나타나듯이[123] 〈강릉추월전〉은 가족 이합 (離合)의 서사 구조로 전개되는데 인물간의 갈등보다는 가족들의 이별과 만남에 초점을 두고 있다. 이춘백 부부가 이별하는 원인은 도적의 습격 때문이지만, 도적과 대결하는 모습은 약화되어 있다. 오히려 도적들에게 양육된 그의 아들 운학이 부모의 원수를 갚는다. 운학은 아내의 애원에도 불구하고 죄를 지은 장인을 처벌하지만 자

---

123) 작품의 서사 단락을 비교하기 위해서 사용된 ○는 같은 내용을, △는 같은 내용에 약간의 변이를, ×는 해당 단락이 생략된 것을 나타낸다.

신을 길러준 장수백은 살려준다.

중국 사신으로 발탁된 운학이 번왕을 진압하기 위한 위로연에서 옥소를 불어 부자 상봉한다. 변왕의 침입을 진압한 이춘백 부자는 여남 조상서를 찾아가 옹서 상봉하고 강릉으로 돌아와 부모와 조부인을 만난다. 천상에서 적강한 이춘백 부자와 아내들은 옥황상제의 명을 어기고 10년 기한을 얻어 태평성대로 지낸다.

한편 북적의 침략으로 이춘백 부자는 재출전하여 위기에 처하였으나 죽은 어소저의 원혼이 나타나 그들을 구해준다. 어소저의 도움으로 위기를 극복한 이춘백 부자는 어소저의 원혼을 풀어주고 장인을 죽인 처결을 뉘우치게 된다. 따라서 이 작품은 가족 이합의 서사 구조로 구성된 것이라 하겠다.

위의 서사 단락에서도 나타나듯이 〈강릉추월전〉의 이본은 3가지 계통으로 구분된다. 필사본은 서사 단락 29까지 거의 같은 내용으로 전개된다면, 활자본은 단락의 첨삭과 변이가 많이 일어나고 있다. 필사본 제1계통본은 〈김광순1, 2본〉과 〈홍윤표2본〉, 〈노재순본〉과 같이 단락 29, 30에서 작품이 마무리된다. 제2계통본은 〈박순호6본〉과 〈국도본〉, 〈성대1본〉, 〈계명대본〉처럼 후반부가 부연되거나 새롭게 재창작되어 44단락까지 확장되어 있다.

이러한 〈강릉추월전〉 이본군의 서사 단락이 29단락에서 끝나는 작품을 제1계통본, 44단락까지 부연 및 재창작된 작품을 제2계통본, 서사 단락의 첨삭과 변모가 일어난 작품을 제3계통본으로 구분할 수 있다.124) 작품군의 세 이본 계통은 옹서 갈등을 해결하는 과정에서

---

124) 김재웅, 「〈강능추월전〉의 이본에 대한 연구」, 『한국학논집』 27집(계명대 한국학연구원, 2000), 135쪽.

세부적인 차이가 있을지언정 전반적인 서사 단락은 유사한 것으로 보인다.

제1계통본은 29단락에서 마무리되는데 〈노재순본〉은 30단락이 첨가되어 있다. 이 단락은 옥황상제의 귀환 명령을 거절하고 이춘백 일행이 10년[125] 기한을 청하는 대목이다. 이 단락을 통해서 작품의 선후 관계를 유추할 수 있다. 즉 중국 원전의 영향으로 제1계통본이 형성되어 일정한 시간 동안 향유되다가 어느 순간에 제2계통본으로 형성, 재창작된 것으로 생각된다. 활자본은 제3계통본을 중심으로 당대 사회상을 반영하여 간행되었기 때문에 29단락에서 행복한 결말로 마무리되었다.

〈강릉추월전〉 작품군은 가족 이합(離合)의 서사 구조로 전개되는데 인물간의 갈등보다는 가족들의 이별과 만남에 초점을 두고 있다. 서사 단락 18에 나타난 부모의 원수 갚기를 중심으로 3이본 계통은 차이점과 변모를 보인다. 제1계통본은 친부모의 원수 갚기로 작품이 끝나고 제2계통본은 친부모의 원수 갚기까지는 기본형과 동일하지만, 새롭게 재창작된 단락 37에서 원수 갚기에 대한 뉘우침이 첨가되어 나타난다. 제3계통본은 친부모의 원수 갚기 대목이 생략되고 원수를 용서하고 화해하는 것으로 변모되었다.

이렇게 〈강릉추월전〉의 서사 단락과 제2장에서 제시한 서사 구조를 종합하면 다음과 같다. 제1계통본은 가)~카)까지이고 제2계통본은 가)~하)까지이다. 제3계통본은 가)~카)까지의 제1계통본과 동일하지만 새로운 서사 단락의 첨가와 삭제가 동반되어 있다. 따라서

---

125) 노재순본, 〈강능추월전〉은 3년 기한을 청하는 것으로 나타난다. 이러한 기간의 차이점은 아마도 작품의 필사 과정에서 잘못 필사한 것으로 보인다.

〈강릉추월전〉의 제1계통본, 제2계통본, 제3계통본은 각각 단락 1～
29까지, 단락 1～44까지, 단락 1～29까지로 볼 수 있다. 다만 제3계통
본은 서사 단락은 동일하지만 새로운 내용이 다양하게 첨삭되었다.

이상에서 제1계통본이 친부모의 원수 갚기가 중요하다면, 제2계
통본은 친부모의 원수 갚기와 그것에 대한 반성과 뉘우침이 첨가되
어 있고, 제3계통본은 원수를 용서하고 화해하는 것으로 결말 된다.
따라서 친부모의 원수 갚기를 중심으로 한 〈강릉추월전〉의 이본은
제1계통본에서 제2계통본, 제2계통본을 바탕으로 제3계통본으로 변
모한 역사적 변천과정을 보여준다.

2. 〈강릉추월전〉 작품군의 계통과 변모 양상

1) 제1계통본과 기본형

제1계통본에 속하는 이본 53종을 검토한 결과 전체적인 내용은
비슷하지만 세부 내용에서는 차이점을 보인다. 〈박순호1본〉[126]은
해용이 도적 어천추를 처벌하는 과정까지는 〈김광순1본〉과 비슷하
지만, 그 이후의 내용은 생략되어 있다. 그런데 김광순본 〈강능츄
월〉[127]은 덕흥서림(1917년)에서 출간된 활자본 〈강능추월옥소전〉을
보고 필사한 것이다. 두 작품을 비교한 결과 서문과 장회 형식이 일

---

126) 박순호, 『한글 필사본 고소설자료총서』 1권(서울: 보경문화사, 1991). 이 작품
    은 81쪽의 비교적 짧은 〈강릉추월전〉이다.
127) 김광순, 앞의 책, 49권. 이 작품은 594쪽과 596쪽 상단에 활자본 작품과 같은
    가로쓰기로 된 '강능추월'이란 글씨가 적혀 있다. 이 작품은 활자본을 대상으로
    글씨를 잘 쓰는 필사자에 의해 필사되었으며, 한 작품을 두 명이 나누어 필사한
    흔적을 글씨체를 통해서 확인할 수 있다.

치하고, 작품의 상단에 '강능추월'이란 가로 글씨도 간혹 있는 것으로 보아 활자본을 보고 필사한 것이 분명하다. 활자본을 필사한 경우는 이 작품이 유일한 실정이다. 대부분의 필사본은 선행 필사본을 필사한 것으로 보아 활자본보다 시대적으로 앞서는 것으로 생각된다.

〈연세대1, 2본〉[128]과 〈이화여대본〉[129]은 전반적 서사 단락을 내포하고 있다. 〈연세대1, 2본〉은 필체가 일정하지 않은 약점을 가지고 있으며, 〈이화여대본〉은 필체가 일정한 것으로 보인다. 〈정명기1, 2본〉[130], 〈홍시낙본〉[131], 〈이부영본〉[132], 〈단국대1, 2, 3, 4본〉[133]

---

128) 연세대 도서관에는 2종의 작품이 소장되어 있다. 연세대1본 〈강능츄월옥소젼〉은 한 쪽에 10줄 내외, 한 줄에 22자 내외로 구성된 총 172쪽이다. 연세대2본 〈강능츄월전〉은 138쪽이고 한 쪽에 12줄, 한 줄에 19자 내외로 구성된 총 138쪽이다.

129) 이화여대본, 〈강능츄월전〉은 124쪽으로 구성되어 있다.

130) 정명기 교수는 2종의 〈강능추월전〉을 소장하고 있다. 〈강능추월전〉은 한 쪽에 12줄 내외, 한 줄에 19자 내외로 총 154쪽으로 구성된 중권이다. 이렇게 보면 아마도 상권이 있었던 것으로 짐작된다. 〈강능추월전〉은 총 132쪽의 축약된 특징을 보여준다.

131) 홍시낙본, 〈강능추월전〉은 필자가 문경시에서 복사한 것이다. 이 작품은 한 쪽에 10줄, 한 줄에 14자 내외로 총 266쪽으로 구성되어 있다. 혼례 대목이 축소된 특징을 보여준다.

132) 이부영본, 〈강능추월리춘백전〉은 필자가 문경시에서 복사한 것이다 이 작품은 한 쪽에 13줄, 한 줄에 34자 내외로 총 47쪽으로 구성되어 있다. 이 작품은 어소저가 부친의 목숨을 구하기 위해서 자결하는 대목이 생략된 특징을 보인다.

133) 단국대본, 〈강능춘월전〉, 〈이춘백전〉, 〈강능추월전〉, 〈강능추월전〉 등의 4종의 필사본이 소장되어 있다. 〈강능춘월전〉은 한 쪽에 12줄, 한 줄에 25자 내외로 총 61쪽으로 구성되어 있다. 〈이춘백전〉은 한 쪽에 12줄, 한 줄에 26자 내외로 총 64쪽으로 구성되어 있다. 〈강능추월전〉은 표지에 고대소설이란 명칭 적혀있으며, 한 쪽에 12줄, 한 줄에 18자 내외로 총 122쪽으로 구성되어 있다. 이 작품은 여성영웅 최양홍이 부모 모르게 성혼하였으나 첫날밤에 상부한 것으로 변모되어 있다. 〈강능추월전〉은 한 쪽에 15줄 내외, 한 줄에 20자 내외로 총 96쪽으로 구성되어 있다. 앞에서 제시한 번호는 작품을 구별하기 위해서 연구자가 편의상 사용한 것이다.

은 초반부와 후반부가 낙장되어 있다. 그런데 〈김광순1, 2본〉은 앞에 등장한 대목이 뒤에 없거나 앞에 없는 대목이 뒤에 첨가된 것으로 보아 작품의 일관성이 결여되어 있다.

〈홍윤표2본〉과 〈노재순본〉은 불필요한 과거 후일담을 축약하고 10년 퇴정한 뒤 시간을 보내는 것으로 마무리된다. 특히 〈노재순본〉은 전체적으로 후일담을 생략하여 긴밀한 짜임새와 유기적 서사 단락을 갖추고 있다. 〈여승구3본〉[134]은 전반적인 서사 단락을 갖추고 있으면서도 10년 퇴정한 뒤 이춘백 가족이 구름을 타고 승천한다. 이렇게 〈홍윤표2본〉과 〈노재순본〉은 10년 퇴정하여 시간을 보내는 데 반하여, 〈여승구3본〉은 주인공이 승천하는 것으로 나타난다.

제1계통본은 작품의 말미에 10년 퇴정하는 대목의 첨가와 삭제를 기준으로 구분된다. 작품에 등장하는 이춘백 일행은 현실에서 고통만 당했기 때문에 천상으로 돌아가지 않고 10년을 지상에서 머물게 된다. 이러한 천상적 인물이 지상에서 10년 동안 머무는 대목이 첨가된 작품은 〈노재순본〉, 〈홍윤표2본〉, 〈여승구3본〉 등이다. 퇴정 대목이 삭제된 작품은 〈연세대1, 2본〉, 〈이화여대본〉, 〈단국대1, 2, 3, 4본〉, 〈김광순1, 2본〉, 〈정명기1, 2본〉, 〈홍시낙본〉, 〈이부영본〉 등이다.

그런데 10년 퇴정 대목이 첨가된 작품은 비교적 축약된 공통점을 가지고 있다. 그 중에서도 〈노재순본〉과 〈홍윤표2본〉은 불필요한 후일담을 장황하게 부연하는 대목을 축약해 일관성 있는 서사 구성을 보여준다. 따라서 〈노재순본〉과 〈홍윤표2본〉이 제1계통본의 선본(善本)에 가까운 것으로 추정할 수 있다.

---

134) 여승구본, 〈강능츄월젼〉.

제1계통본 이본들은 서사 단락 1~29까지 공통적으로 내포하고 있다. 이 계통은 전반적인 내용은 비슷하면서도 부분적인 대목의 축약과 확대를 보인다. 〈김광순1본〉은 줄수와 글자수가 불규칙하다면 〈김광순2본〉과 〈노재순본〉은 규칙적이다. 여기서는 〈노재순본〉을 중심으로 이본의 첨삭과 확대·부연을 비교하여 선본(善本)을 찾을 것이다. 왜냐하면 〈노재순본〉은 〈김광순1, 2본〉에 비하여 서사 구조가 전반적으로 잘 짜여져 있을 뿐만 아니라 과거 사건을 설명하는 불필요한 부분을 삭제하여 서사 전개의 긴박감을 살리고 있기 때문이다.

단락 20, 21은 서사 전개에 직접적으로 필요한 것이 아니라 단순한 과거 사실을 요약·설명하는 기능을 한다. 〈김광순1, 2본〉은 도적의 습격을 당한 조부인이 천불암 부처의 도움으로 도적의 소굴에서 도망치고 자식이 목숨을 구해준 과거 사건을 요약하고 있다. 〈노재순본〉에는 이 내용을 생략하여 서사 전개에 필요한 부분만 간단히 서술되었다. 그리고 삼척부사의 요청으로 옥사를 처결하는 장면도 상당히 축약되었다. 결국 전자는 과거의 사건을 요약, 설명하는 대목이 첨가되어 있고, 후자는 서사의 축을 유지하는 범위에서 과거의 사건을 축약·생략하여 서사 진행을 긴박하게 이끌고 있다.

단락 9는 도적 소굴에서 도망친 조부인이 복중의 이씨 혈맥을 이으려고 백운암에서 삭발하고 승려로 생활하는 대목이다. (나)의 밑줄친 부분은 이춘백의 편지를 받은 난혜당이 슬퍼하는 장면이다. 이 대목은 (가1), (다)에는 생략되고 (나)에만 첨가되어 있다. 남편 이춘백의 안부를 걱정하는 난혜당의 슬픔과 비탄이 (나)와 같이 구체적인 노래로 첨가되어 있다.

(가1) 승명을 각각 츠려 백팔 염주을 걸고 ㄱ스 채복을 갓초우고 불전의 드려가 슴시로 발월ᄒ니라[135]

(가2) 이난 우리 조부인의 노래하 슬퓨다 북해 용부의 죽어신닛 물의 바져 죽금니 적실하도다 자하되건 어되옴고 용엇의 잠긴운니 자하대의 오르신가 슬푸다 뇌가 셔월누의셔 노래한걸 어니 알며 이되온 소줄 어니아라 편지를 보내신가 하며 비감이기지 못하나[136]

(나) 강능 이춘빅이 설월누의서 지은 노릐라 곡조을 다시 본후의 경황실싴ᄒ여왈 노릐난 우리 이공으 노릐로다 서희 용부의서 주더라 ᄒ니 물의 쌔저 죽어단 말은 올흐나 설월누난 우리집 친정누이라 아지 못커라 … <u>난허당이 연니 한심 짓고 노릐ᄒ니 그노릐예 ᄒ여시되 실푸다 이공의 영혼이 영금도 잇난가 설월누 노릐 곡조 천만몽믹로다 빅운 암을 엇지 알고 단정흔 노릐을 이고지로 보닉난고</u> 자닉가던 그노인은 선관인가 도살넌가 이ㄴㅣ 심회 살난키던이 닉 노릐도 천ᄒ여주소[137]

(다) 각각 승복을 츠려 빅발염쥴의 가스칩스로으로 불젼의 드르가 슴셰로 발원ᄒ드니[138]

(라) 셜월누이 올나 물식을 구경할져 비회가 자발ᄒ야 한숨이 되고 한숨이 되어 시사로 노릐 흔이 거노릐예 ᄒ여시되 부정흔 저화류야 춘식이 이구흔이 화전노렴 함직ᄒ다만은[139]

---

135) 김광순1본, 〈강능추월젼〉, 33쪽.
136) 김광순1본, 〈강능추월젼〉, 92-94쪽.
137) 김광순2본, 〈강능추월젼〉, 174-175쪽.
138) 노재순본, 〈강능추월젼〉, 31쪽.
139) 홍윤표본, 〈강능추월옥소전〉, 21쪽.

그런데 이춘백의 편지를 받은 난혜당이 화답 편지를 보냈음에도 (나)의 서사 전개 대목에는 생략되었다. 이춘백의 편지에 대한 난혜당의 화답 편지는 오히려 (가2)에 첨가되어 있다. (라)는 중국 조상서댁에 도착한 이춘백이 설월루에서 슬픈 노래를 불렀으나, 조부인이 이 노래를 받는 대목은 생략된 것이다.

〈김광순1본〉이 난혜당의 화답 편지 대목만 있다면 〈김광순2본〉, 〈홍윤표2본〉은 이춘백의 편지 대목만 등장한다. 〈김광순1, 2본〉, 〈홍윤표2본〉이 이춘백 부부의 편지 대목 중 어느 한 대목이 생략되어 있는 데 반해, 〈노재순본〉은 편지 대목을 생략하여 서사 단락이 일관성을 유지하고 있다. 결국 전자는 편지 대목이 한 장면만 첨가되어 있어서 후자처럼 짜여진 서사 전개를 보여주지 못하고 있다.

단락 23은 백운도사가 병법을 배운 이춘백에게 입신양명과 고국 귀환을 당부하는 장면이다. 여기서는 〈김광순2본〉이 〈김광순1본〉, 〈노재순본〉보다 병법과 무술을 연마하는 대목을 더 구체적으로 보여준다. 그리고 단락 26의 〈김광순2본〉은 도사에게 병법과 무술을 수련하는 대목이 확대되어 있지만, 번왕의 침략을 격퇴하는 군담 가운데 아군을 적군으로 오인하여 대적하는 우스운 장면은 축소되었다. 〈김광순1본〉과 〈노재순본〉은 원수와 최장, 부원수와 최장이 서로 대적하고 〈김광순2본〉에는 이 장면이 생략되었다. 이와 같이 〈김광순1본〉, 〈노재순본〉은 군담의 흥미를 유발하는 기능이 첨가되어 있다면, 〈김광순2본〉은 삭제되어 있다.

단락 28은 본가에 돌아온 이춘백이 부모와 조부인을 만나서 태평성대를 누리는 마지막 대목이다. (가)는 태평성대와 격양가를 부르며 지내다가 이춘백 부처와 최장이 세상을 떠나고 이운학의 자녀들이 황후와 공경재상의 부인이 된다. (나)는 운학이 효성과 충성을 다하고 백성들은 격양가를 부른다. (다)는 조부인과 최부인이 서로 다른 국가에서 왔지만 화목하게 지내고 자녀를 많이 낳아 태평성대를 보낸다. (라)는 조부인과 최부인의 화목을 강조하고 이공 부자와 두 부인의 천상적 인물임을 제시하고 있다. 주인공들이 천상에서 적강한 인물로 옥황상제의 귀환 명령을 거부하고 10년 퇴정하는 대목이 구체적으로 등장한다.

(가) 조부닌니 전후사을 충찬하며 … 이공과 운학니 직사을 짐신갈역하녀 승상을 충성으로 섬기 국가의 이리 업고 사방니 태평하난 … 곳곳마다 격양가을 부르니 … 춘백니 붓체 상수하녀 죽근후의 최장니 기세하다 운학이 칠자랄여을 듯어시 부모도 영웅호거리라 칠자난 일국 비사의 겨하고 팔등의 하나난 황후되고 다겨선 공경재상의 부인되여 각각히 유명하되[140]

(나) 조부인이 젼후 수귀를 충찬흥며왈 … 운학이 … 조부모님게 효성으로 조셕진지와 의복등졀을 … 지셩으로 효도로 흐고 나지면 국수이 충셩으로 … 운학이 아달 칠형제 두어 각각 금지옥당이 이스니 … 시화 연중이 빅셩이 격양가를 … 다 효도와 충셩을 극진흥고 … 부듸부듸 충효를 일슴으쇼[141]

(다) 조부닌니 전흥후 수기을 다듯고 치흥하며 왈 … 형제야와 다름 업난지라 즁국 사람으로 왓습고 부인은 조선 사람으로 왓수오니 더욱 괴니흥도듯 우리 셋수람니 천명아니시면 엇지 말니 타국의와 서

---

140) 김광순1본, 〈강능추월젼〉, 138-139쪽.
141) 김광순2본, 〈강능추월젼〉, 272-273쪽.

로 의지ᄒ리요 ᄒ고 정의가 날노더라 … 옥황상졔챠조ᄒᄌ 갈홍다러 오라 ᄒ시니 ᄒ가지로 가스니다 ᄒ거날 … 이공 부ᄌ와 조부닌 쵀부닌 그선관 ᄒ난 마을 의심ᄒ여 마음을 조심ᄒ여 공즁을 향ᄒ야 츅슈ᄒ고 발월ᄒ여 삼연 기한을 지다리더라[142]

　　(라) 조부인이 듯고 칭찬ᄒ며 왈 … 나는 중국 사람으로 왓삽고 부인난 초국 사람으로 왓사오 … 이공 부자 … 강능추월 옥통소로 … 선관이 학을 타고 나여와 … 선관왈 상공 부자와 조부인 최부인난 모도 천상 선관선연라 … 이공 부자와 두 부인이 공경답왈 …인간의 적강ᄒ와 공상은 만코 낙산난 적은이 십연 퇴혼을 바리난이다 …이공 부자와 두 부인이 곤익을 … 공즁을 향ᄒ보며 이연이 지닉더라[143]

위에서 보는 바와 같이 작품의 마지막 대목은 작가의 세계관과 필사자의 의식이 가장 많이 나타나기 때문에 작품의 변이가 많이 일어날 수 있는 곳이기도 하다. 결국 〈김광순1본〉은 태평성대와 이춘백 가족의 영웅성, 〈김광순2본〉은 충효의 당부, 〈노재순본〉은 조부인과 최부인의 화목을 각각 강조하고 있다. 〈노재순본〉과 〈홍윤표2본〉은 천상에서 적강한 이춘백 일행이 고생만 했기 때문에 현실에서 행복을 찾으려고 한다.[144] 따라서 이 작품에는 주인공들이 옥황상제의 천상 귀환 명령을 거부하고 10년 퇴정을 요구하는 단락이 첨

---

142) 노재순본, 〈강능추월전〉, 118-120쪽.
143) 홍윤표본, 〈강능추월옥소전〉, 117-118쪽.
144) 조선후기 소설에는 천상 인물의 적강과 회귀 의식이 다양하게 나타나듯이 〈강능추월전〉에도 천상 인물의 적강과 회귀 의식이 등장하고 있다. 천상에서 적강한 인물이 천상으로 복귀하는 것이 일반적인 현상이다. 그런데 천상 귀환을 연기하여 현실적 행복을 누리려는 의식이 〈강능추월전〉에 강화되어 있어 주목된다.

가되어 있다.

그런데 〈경북대1본〉에는 작품의 말미에 중국 조상서가 조선에 건너와 딸과 사위를 만나 함께 살아가는 장면이 첨가되어 있다. 조상서는 조선에 있는 딸이 보고 싶어서 하늘에 간절히 기원하였다. 그랬더니 꿈에 백수 노인이 조상서에게 가산을 정리하고 속히 조선으로 건너가라는 지시를 하였다.

> 각설 이적의 조흘시고 즁국 조상셔난 치량을 흐여금 쥬야로 승수흐와 아마도 조선국을 건너와셔 싱전동낙을 화날임젼 비일기를 일슴던이 일일은 흔 꿈을 어던이 엇쩌흔 빅수 노인이 쳥영즁을 빅운이 스이왓셔 조승상긔 일너 왈 너무 승수마라 쳔운니 눈환의 무광홀… … 돗시 볼나리 잇서리라 흐고 간고지 업거날 굼을 씨이 평싱이 길몽이라 … … 영쥬봉을 츠즈가이 … …조상셔꾀 일너왈 … … 속히 조선을 건너가라 흐거날 조상셔 그말듯고 급피 귀간흐와 가슨을 탕진흐야 … … 조선나와 수십여연 기리든 여슥 승봉흐와 만단셜화 다흔 후의 귀위 젼자의 부유 스회흐와 빗난 일홈을 후시까지 전하더라[145]

위의 인용문과 같이 조상서는 조선에 살고 있는 딸을 만나고 싶어서 하늘에 기도를 하였다. 조상서의 간절한 바람이 꿈의 서사 장치를 통해서 실현되고 있다는데 주목할 필요가 있다. 〈강릉추월전〉의 제1계통본에는 조상서가 조선으로 건너오는 대목이 없다. 그럼에도 〈경북대1본〉에 첨가된 '조상서가 조선으로 이주하여 딸과 사위를 만나'는 대목은 이별한 가족을 살아서 만나려고 하는 부모의 심정이 잘 나타난다. 이러한 조상서의 조선 이주 대목이 첨가된 〈경북

---

145) 경북대본, 〈강능츄월젼〉, 195-196면.

대1본)은 필사본의 유통과정에서 향유층의 의식을 반영한 것으로 보인다. 가족의 이별에 대한 안타까운 심정을 해소하기 위해서 조상서가 조선으로 이주하는 대목을 첨가한 것이다.

이상에서 제1계통의 이본을 비교한 결과 전반적인 내용은 대동소이한 것으로 보인다. 제1계통의 이본은 서사 단락(1~29)을 모두 갖추고 있으면서도 다소간 내용이 압축되거나 과거 사실을 요약·설명하는 대목이 첨삭되어 있다. 그 중에서도 〈노재순본〉은 다른 이본에 비하여 서사 단락이 유기적으로 구성되었다. 〈홍윤표2본〉과 〈노재순본〉, 〈여승구3본〉이 서사 전개에 영향을 미치지 않는 범위에서 축약되어 있다면, 〈김광순1, 2본〉은 특정한 대목을 확대·부연한 것이다.

이러한 확대와 부연은 서사 전개에 큰 영향을 미치지 못하는 과거 사실을 요약하거나 설명하는 것이 대부분이다. 따라서 〈김광순1, 2본〉보다 〈노재순본〉이 서사 전개에 관계없는 과거 사건을 요약·축약하거나 생략하여 서사의 진행을 긴박하게 이끌어 간다. 이런 점에서 〈노재순본〉, 〈홍윤표2본〉, 〈여승구3본〉이 선본(善本)의 조건을 갖추고 있는 것으로 보인다. 그 중에서 〈노재순본〉이 전반적인 서사 단락을 갖추고 있을 뿐 아니라 짜임새 있는 전개를 보여준다.

2) 제2계통본과 부연·확대형

제2계통본 이본 19종은 〈국도본〉, 〈김광순7본〉, 〈박순호6본〉, 〈정문연1본〉, 〈성대1본〉, 〈계명대본〉 등으로 제1계통보다 작품의 후반부가 새롭게 재창작된 것이다. 제2계통의 서사 단락(1~44)은 기본형의 이야기에 자결한 어소저의 원혼을 풀어주는 이야기가 첨가되어 있다. 비록 어소저가 친부모를 습격한 원수의 딸임에도 시부모에게 효열을 실천했기 때문에 원통한 죽음을 풀어준다. 이러한 제2계통 이본은 공통적인 서사 내용을 구비하고 있으면서도 부분적인 확대와 축약을 내포하고 있다.

단락 7은 도적의 습격을 당한 이춘백이 중국 여남 자개산 도사에게 의탁하여 병법을 배우는 대목이다. 〈김광순7본〉, 〈박순호6본〉, 〈정문연1본〉이 자개산 노인에게 천문지리와 육도삼략, 손오의 병법, 항적공의 비결을 배운다면, 〈국도본〉, 〈성대1본〉은 육도삼략과 천문지리를 배운다. 〈국도본〉에는 "대장부 보신지물이요 풍운조화 용문갑"이라는 글이 씌어진 칼을 받는 대목이 첨가되어 있으나, 〈성대1본〉에는 이 대목이 생략되어 있다.

단락 21은 강릉 본가에서 이운학과 조부인이 만나서 그 동안 고생했던 이야기와 삼척 부사의 요청으로 살인 옥사를 처결하는 대목이다. (가)의 ⓐ는 이운학이 삼척 부사의 요청을 허락한 뒤에 조부모께 서영국의 3년 수양과 조부인의 고생담을 요약하고, ⓑ는 삼척에 출도한 이운학이 살인 옥사를 처결하여 서운길은 방면하고 최용만은 수감한다.

(나)는 이러한 부분을 매우 간략한 설명으로 전개하고 있다. 〈정문연1본〉, 〈박순호6본〉이 (가)와 같이 과거의 고생담을 확대, 부연하고 있다면, 〈성대1본〉은 (나)와 같이 후일담을 생략하여 간략한 서사 전개를 보여준다. 따라서 〈김광순7본〉, 〈박순호6본〉, 〈정문연1본〉은 (가)의 ⓐ, ⓑ와 같이 고생담이 확대·부연되고, 〈국도본〉, 〈성대1본〉은 (나)와 같이 고생담이 간략하게 전개되고 있다.

(가) 쏘 습쳔 부스 엿즈오되 달른 공스은 제폐ᄒ실지라도 스쳑은 큰옥스 잇서 결쳬ᄒ기 어렵스온니 아모리 급ᄒ실지라도 비읍의 와서 츌도ᄒ시고 옥스을 결단ᄒ옵소서 어스 흑을 듯고 즈스이 무른후의 혀락ᄒ고 후일긔ᄒᄒ고 본닌 후의 ⓐ어스 그조부모계 고ᄒ되 셔영국이 다히은 스기을 셜화ᄒ니 그조부모 셔영국을 붓들고 치ᄒᄒ고 각별의 달이여 기드라 조부인도 … 울남도 도젹 만닉후 가즁을 일코 혼자 도젹으계 붓쓸이간 말니며 도젹으 방의 갓치여 셜낭과 즈결ᄒ러할지 쳔불암 붓쳬가 와셔 구ᄒ든 말이며 바다물 건의갓든 말니며 빅운암을 드려가 삭발흔후의 유복즈 나아 셔영국을 쥬여 슈양ᄒ든 말숨이며 … 가장과 즈식을 싱각ᄒ여 우다가 슘니 즈즈겨 죽은후의 즈식이 드러와 살이 말을 나낫치 알의니 ⓑ어스 스당의 고스ᄒ고 영분을 맛친후의 셔리 역졸을 불너 슈즉ᄒ고 습쳑으로 나리가 쥭셜누의 올나 츌도ᄒ니 … 그죄의 셩명은 셔운길니라 젼후 스기을 드른후의 쏘피젹은 최용만니라 그몸을 줍아들러 엄형궁문ᄒ니 황복지 안니ᄒ거날 … 셔운길리난 실익미ᄒ나 최용만의 지슝의 쳥촉을 당치 못ᄒ야 셔운길이가 속졀업시 쥭기되엇든이 어스 그스기을 드런후의 최용만을 쓸니노코 형순 밍호갓치 호령왈 너만흔 놈미 무슴제로 덩촉을 어더 관졍을 요란키 ᄒ고 즁듸흔 일을ᄒ여 익미흔 스람을 쥭기려 ᄒ니 네죄은 쥴일거신니 그리아라 … 쏘셔운길을 불너왈 너난 실숭 불힝ᄒ여 공여이 횡익의 드러 죄을 당ᄒ고 죽글쌘ᄒ니 불숭ᄒ도다 ᄒ며 즉시 빅방ᄒ니 일읍지 인니 뉘 안니 숭키니 여기며 뉘 안니 명이스라 안니ᄒ리요[146]

(나) 삼쳑부스 나와왈 다른 고을에는 제폐허실지라 삼쳑은 큰스린 옥스잇서 결단허기 어렵스오니 아모리 급허실지라도 삼쳑와 츌도ᄒ시고 옥스를 결단허옵쇼셔 어스 허락ᄒ고 영니헌 스름을 삼쳑으로 보닉여 옥스를 염탐ᄒ니 졍범 셔운길리는 극히 익미ᄒ고 피쳑 최용만니

---

146) 김광순7본, 〈강능츄월젼〉, 289-294쪽.

는 청촉으로 버셔낫는지라 즉시 삼척고을의 비관니 나리와 최용만니
는 극별졍비ᄒ고 셔운길리는 빅방ᄒ니 일읍지현니 뉘 아니 상쾌이 여
기며 뉘 아니 명어스 아니ᄒ리오[147)

　군담 대목은 각 이본의 공통점과 차이점이 잘 드러나기 때문에
〈국도본〉을 중심으로 살펴보는 게 효과적이다. 〈국도본〉은 적장 강
백이 출정하여 곽개와 황필, 황거 형제를 베고, 좌익장 운학이 옥소
를 불어 적장 5명과 굴돌지를 베고 돌아온다. 다음날 적장 황만적과
원수가 대적하는 가운데 최장의 도움으로 자신의 외사촌 황만적이
귀순한다. 적진의 변평이 조화를 부리자 원수가 도술로 진압하고 화
공전의 계교를 황장과 최장의 도움으로 진압한다. 황만적이 적장 오
월백을 베고 팽군만을 대적하던 원수와 최장은 아군끼리 싸우다가
팽군만을 죽인다. 결국 번왕을 생포하여 승전고를 울리며 귀환한다.
　이러한 군담의 서사 내용은 대동소이하게 각 이본에 존재하고 있
다. 그런데 〈김광순7본〉, 〈성대1본〉은 〈국도본〉의 군담 대목을 구비
하고 있으면서도 그 내용은 전체적으로 확대, 부연되어 있다. 〈박순
호6본〉은 군담의 화공전 대목이 생략되어 있으며, 〈정문연1본〉은 적
장 강백이 황필과 황언을 베고 이운학이 옥소를 불어 강백을 베는
대목이 생략되었다. 특히 〈성대1본〉의 이춘백은 번왕의 용모가 군
왕지상임을 알고 그에게 개과천선의 기회를 준다. 그리하여 번왕이
백성을 안무하고 선정을 베풀어 국태민안하게 되는 대목이 첨가되
었다.
　이상에서 살펴본 군담 대목은 〈국도본〉이 전반적인 서사 내용을

---

147) 국도본, 〈강능츄월옥소젼〉, 69쪽.

두루 갖추고 있으면서도 서사 전개의 긴밀한 구성을 보여준다면, 〈김광순7본〉은 군담 대목이 확대, 부연되어 있다. 〈성대1본〉은 군담 대목을 상세하게 담고 있을 뿐만 아니라 번왕의 개과천선을 위해서 본국으로 돌려보내는 장면이 첨가되었다. 〈정문연1본〉은 운학이 옥소를 불어 적장을 물리치는 군담의 장면을 생략하고, 〈박순호6본〉은 화공전 대목이 생략되었다. 이렇게 보면 〈국도본〉이 서서 전개의 구성요소를 체계적으로 갖추었기 때문에 선본(善本)에 가깝다고 할 수 있다.

단락 28은 이춘백 일행이 왕의 주선으로 결혼하는 장면이다. 중국에서 돌아온 이춘백 일행에게 왕은 운학을 부마로 삼고 최양홍을 영의정의 딸에게 장가들도록 주선한다. 그런데 이춘백의 말을 통해서 최양홍이 남장여자란 사실을 알게 된 왕은 이춘백과 결혼시킨다. 왕은 조부인과 최양홍을 이춘백의 좌우부인으로 삼고 자신의 딸과 우의정의 딸을 운학의 좌우부인으로 삼는다. 〈박순호6본〉, 〈정문연본〉은 이 부분이 매우 간략하게 등장한다.

그런데 〈성대1본〉은 다른 이본에 등장하지 않는 새로운 단락이 첨가되어 있다. 공주와 이운학의 혼례, 이운학과 우승상 딸의 혼례가 구체적으로 등장하고 있어서 주목된다. 이렇게 〈성대1본〉, 〈김광순7본〉이 영웅적 인물의 결혼에 대한 관심을 확대·부연시켜 보여준다면, 〈국도본〉, 〈박순호6본〉, 〈정문연1본〉은 이 대목을 축소하여 전개하고 있다. 특히 〈성대1본〉은 같은 혼례 대목 외에 새로운 혼례 장면이 상세하게 첨가되었다.

단락 30은 천상에서 적강한 인물들이 옥황의 명령을 어기고 10년 기한을 얻어 인간의 즐거움을 누린다. 천상에서 적강한 인물들이 고생만 했기 때문에 옥황의 명령을 거역하면서 인간의 즐거움을 누리려는 의식은 매우 특이하다. '고진감래'를 실천한 인물들이 현실에서 가족을 만나 행복한 삶을 누리고 싶은 욕망을 보여준다. 이것은 천상적 행복보다 현실적 삶의 행복을 더욱 중시한 것으로 당대의 시대상을 반영한 것으로 생각된다.

이상에서 제2계통은 공통적인 서사 단락(1~44)을 갖추고 있으면서도 세부적인 내용에서는 차이점을 보인다. 〈김광순7본〉은 41단락 이후가 떨어져 나가 자세한 사항을 알 수 없고 〈정문연1본〉은 44단락이 낙장이고 39, 42단락은 생략되어 있다. 〈박순호6본〉은 42단락이 생략되고 〈성대1본〉은 혼례 단락이 구체적으로 첨가되어 있다. 〈김광순7본〉에는 서사 단락 7, 9, 21, 23, 26, 28, 30 등을 확대·부연하고 있는데, 특히 군담 대목에서 확연히 드러난다. 〈박순호6본〉, 〈정문연1본〉은 단락 7, 21의 병법 배우기, 강릉 본가의 가족 상봉, 살인옥사 처결 대목이 확대 부연되어 있는데 반하여, 28, 30의 결혼 대목과 천상 귀환을 거부하고 10년 퇴송하는 대목은 매우 간략하게 축약되었다.

군담 대목은 〈박순호6본〉이 화공전을 생략하고, 〈정문연1본〉은 옥소로 적군을 격퇴하는 부분을 생략하여 차이점이 나타난다. 그런데 〈성대1본〉은 군담과 결혼 대목이 구체적으로 확대, 부연되고 새로운 내용이 첨가되어 있으나, 단락 7, 21, 30은 축소되어 있다. 〈국도본〉은 세부적인 설명을 축약하거나 생략하여 긴장감 있는 서사 전개를 보여준다. 따라서 〈국도본〉은 서사 내용을 전반적으로 포괄하면서도 간략한 전개를 보여줄 뿐만 아니라 오자와 탈자가 거의 없는 것이 특징이다. 이런 점에서 〈국도본〉을 선본(善本)으로 추정할 수 있다.

3) 제3계통본과 다양한 변이형

제3계통본은 1915년 이후에 간행된 활자본 9종으로 전반적 내용이 비슷하다.[148] 1917년에 12월에 간행된 〈덕흥서림본〉은 79쪽이고 〈세창서관본〉은 68쪽이다. 전자는 한 쪽에 18줄과 한 줄에 31자로 구성되어 있다면, 후자는 한 쪽에 17~23줄과 한 줄에 35자로 구성되어 있다. 그리고 후대에 간행된 〈덕흥서림본〉은 분량이 71쪽으로 축약되어 있다.[149] 한 쪽에 17줄과 한 줄에 34~35자로 구성되어 있다. 활자본은 후대로 갈수록 서문과 차례를 삭제하여 작품 분량을 축약한 것이다.

활자본은 출판 비용을 절감하기 위해서 작품의 내용을 축약한 것이 아니라, 활판에 들어가는 글자를 증가시키는 방법을 사용한 것이다. 겉으로 보기에는 활자본의 분량이 축약된 것처럼 보이지만, 실제로 서사 단락의 첨가와 삭제는 발생하지 않는다. 활자본은 생산비용을 절감하기 위해서 불필요한 띄어쓰기를 생략하고, 한 판에 들어가는 줄 수와 글자를 증가시켜 전체적 분량을 줄인 것이다. 따라서 활자본은 서사 단락의 첨삭이 발생하지 않는다.

제3계통본은 필사본을 근거로 경제성을 맞추기 위해 상업적으로 출판된 것이다. 여기서는 제3계통 작품인 활자본 간의 비교보다는 필사본과의 차이점을 중시하여 검토할 것이다. 서사 단락 3, 12, 13, 17, 23, 28 등은 제1계통본 필사본의 내용과 비슷하면서도 새로운 내

---

148) 이주영, 『구활자본 고전소설 연구』 (서울: 월인, 1998), 206쪽.
149) 동국대 한국학연구소, 『활자본 고전소설전집』 5권(서울: 아세아문화사, 1976). 이 작품은 1915년 2월 9일에 발행한 덕흥서림본 〈강능추월옥소전〉 79쪽을 대본으로 했다고 밝히고 있지만, 사실은 그보다 후대에 간행된 것으로 보인다.

용의 첨가와 삭제가 나타난다. 단락 18, 19, 21, 24, 25 등은 제1계통본 필사본에 등장하는 내용과 전혀 다른 새로운 내용이 첨가되어 있다.

활자본에는 서문이 있지만 필사본에는 서문이 없다. 이것은 필사본을 읽어본 사람이 활자본으로 제작할 때 작품의 내용을 뽑아서 서문을 만들었던 것으로 보인다. 활자본은 (가)와 같이 서문에 세상사의 예측이 어렵고 꿈이 현실이 되고 남자가 여자가 되는 변화무쌍함을 제시하고 있다. 〈세창서관본〉은 서문과 회장(回章)의 소제목을 생략하는 방향으로 축약되었다. 그렇지만 필사본은 말미에 작품의 필사 동기와 독자들에게 전해줄 당부의 말이 첨가된 경우가 있다.[150]

작품의 서두 부분에서 천상적 징표를 구체화하는 대목도 마찬가지다. 이춘백이 천상의 요지연에 참석하였다가 (나)처럼 시비를 희롱하여 인간에 적강한 것으로 서술하고 있다. 활자본은 천상에서 적강한 이춘백을 직접 제시한다면 필사본에는 이 내용이 생략되었다. 이렇게 보면 활자본이 '강능추월' 옥소의 신기한 효과에 대하여 초점을 맞추고 있다면, 필사본은 이춘백 부자의 영웅성과 충·효 의식을 강조하고 있다.

> (가) 디져 세샹사가 난측이라 ᄒ니 쑴이 싱시도 되고 싱시가 쑴도 되기도 ᄒ고 녀ᄌ 변ᄒ여 남ᄌ 되기도 ᄒ며 속인이 변ᄒ여 승도 되기도 ᄒ고 노인이 변ᄒ여 소년도 되기도 ᄒ며 죽은 쥴노알앗다가 다시 맛나기도 ᄒ고 일엇다가 다시 엇기도 ᄒ며 쇠ᄒ엿다가 도로 챵셩ᄒ기도 ᄒ며 틱평셰계에 견쟝도 되며 은인이 원수도 되고 틱산갓튼 근심

---

150) 나손본, 〈강능추월전〉은 고진감래의 인간사는 알 수 없지만, 하룻밤의 소일거리로 급하게 필사하는 과정에서 오자낙서가 있더라도 남녀노소 구분 없이 널리 읽으라는 필사자의 당부가 첨가되어 있다.

이 츈풍화귀로 깃부기도 ᄒ고 강능츄월 옥통소로 죽는 스름 다시 살
니기도ᄒ여 신긔ᄒ고 상쾌ᄒ기로 그 ᄉ젹을 긔록ᄒ야 이 셰샹에 젼파
ᄒ노니 보시ᄂᆞᆫ 이는 심상흔 소셜로 역이지 아니심을 바라노라[151]

　(나) 소년왈 ᄂᆡ 일즉 그ᄃᆡ와 한가지로 왕모 요지연회에 참례ᄒᆞ엿다
가 그ᄃᆡᄂᆞᆫ 시비 쌍셩과 희롱흠으로 인간에 젹강ᄒᆞ엿스나 기시에 창화
ᄒᆞ던 강능츄월 옥통소를 이졋나냐 ᄂᆡ 오래 맛타두엇더니 고쥬를 차져
도로 젼ᄒᆞ기 위ᄒᆞ야 금야에 이에와 기다리노니 아지 못게라[152]

필사본의 내용과 기능적으로 비슷하면서도 활자본에만 첨가된
것도 있다. 이춘백 부부의 앞날에 대한 예언 장면을 살펴보자. 필사
본은 금강산 여승이 찾아와서 앞날을 예언한다. 그런데 활자본은 아
래의 인용문 (다)처럼 이춘백 부친이 '고목에 꽃이 피는 것을 길조'로
여기고 아들 부부에게 시를 짓게 한다. 부친은 그들의 시를 보고 앞
날을 예언한다. 필사본은 금강산 여승이 예언한다면 활자본은 이춘
백 부부의 시를 보고 부친이 예언하는 차이점을 보인다.

도적의 소굴에 잡혀간 조부인을 도와주는 대목도 마찬가지다. 필
사본은 부처가 나타나서 조부인을 구출하고, 활자본은 (라)와 같이
장수백이 조부인의 병을 간호해준다. 조부인 일행을 잡아올 때 불참
했던 장수백은 도적의 소굴에 잡혀온 조부인을 돕는다. 이 때문에
장수백은 이춘백 부부의 원수가 아니므로 죽음을 면한다. 따라서 활
자본은 필사본의 전반적 내용과 비슷하면서도 새로운 내용을 첨가
하여 변모되었다. 이것은 필사본보다 활자본이 서사 전개의 유기적

---

151) 덕홍서림본, 〈강능츄월옥소젼〉, 1쪽.
152) 덕홍서림본, 〈강능츄월옥소젼〉, 4쪽.

짜임새를 좀더 높인 결과로 볼 수 있다.

> (다) 문득 뜰 압히 고목이 꼿치 피여 빅셜갓흐니 자셰 보믹 곳 믹화라
> … 우리집의 조혼일이 잇스면 꼿치 몬져 피여 증험이 소소ᄒ더
> 니 이제 쏘 만발ᄒ니 깃분 경사 엇스리로다 … 션군을 불너왈 고
> 목싱화로 글제ᄒ고 너의 숨인이 일슈 시를 지어 깃분뜻을 표ᄒ라
> 션군이 응명ᄒ고 일필노 휘쇄ᄒ야 드리니 그 시에 왈 … 션군을
> 도라보아왈 우리 아히 부귀 직샹이 되여 일셰에 일홈이 날닐이니
> 반다시 명츈에 룡문에 올ᄂ 계화를 썩그리로다 … 소져와 츈낭
> 의 글을 보고 탄상왈 글귀 극히 청하ᄒ고 온즈ᄒ야 부덕이 ᄂ타
> 나되 다만 싯귀에 익원이 과도ᄒ니 타일 익화 잇슬지라[153]
>
> (라) 장슈빅이 청파의 되소ᄒ고 차환을 불너 잡인을 검ᄒ고 병을 조셥
> 도록 ᄒ여쥬니 츈낭이 다힝ᄒ여 부인을 구호ᄒ믹 ᄎᄎ회싱 ᄒ니
> 라 … 산은히덕을 무어스로 갑흐리요 … 장수빅왈 무슨 일이든
> 지 믈ᄒ면 듯고져 ᄒ노라 츈낭왈 장군이 우리를 잡아올졔 츰례치
> 아니 ᄒ여시니 엇지 불공되텬지슈라 말ᄒ리요[154]

장인과 사위의 무예 겨루기와 결혼 대목, 과거에 대한 예시 등도 같은 맥락을 보여준다. 필사본에는 장인이 사위를 시험하는 대목이 없다면 활자본에는 (마)처럼 장인과 사위의 무예 겨루기 대목이 첨가되어 있다. 필사본에는 아무런 조건 없이 결혼하고, 활자본은 (바)와 같이 결혼하는 조건으로 송사를 받는 대목이 첨가되어 있다. 이것은 어소저가 앞날을 예언하고 과거를 보러 떠나는 남편에게 보검을 주는 대목에서도 동일하게 나타난다. 어소저는 (사)처럼 남편에

---

153) 덕흥서림본, 〈강능츄월옥소젼〉, 18-19쪽.
154) 덕흥서림본, 〈강능츄월옥소젼〉, 26-27쪽.

게 금강산에서 먼저 검술을 수련하여 재주를 인정받은 뒤에 과거를 보라고 당부한다. 이는 과거에 급제하여 어사가 되는 맥락은 필사본과 같지만 검술을 수련하는 대목은 활자본에만 첨가되어 당대의 사회상을 반영하고 있다.

(마) 어천수 소왈 네 큰말 말고 시험ᄒ여 네가 지면 닉ᄉ회 되고 닉가 지면 옥소라 ᄒᄂ 보빅를 쥬리니 … 칼은 그만 두고 막딕에 전으로 싸고 직를 발너가지고 여러합 싸와 산상의 직무든 흔젹이 만으면 진거시라 ᄒ고 각각 막딕를 들고 연무장에 나가 싸흘식 오십 여합의 어장군이 능히 당치 못ᄒ야 쉬기를 청ᄒ니 해룡이 즉시 물너나거늘 어천수 탄왈 너ᄂ 텬신이라 닉 엇지 당ᄒ리오 ᄒ고 히룡의 몸을 살펴보니 ᄒ졈도 직무든 흔젹이 업고 제몸을 보니 두엇개에 직무든 흔젹이 잇거늘 심즁에 붓그러 다시 활쏘기를 청ᄒ니 말이 맛치며 맛춤 청텬의 빅됴 둘이 나라오거늘 히룡왈 져식를 쏘아 ᄌ웅을 결ᄒᄉ이다[155]

(바) 소졔 잉슌을 열어 온화흔 옥음으로 답왈 딕에ᄂ 남ᄌ만 잇슴이 아니라 녀ᄌ도 잇ᄂ니 원수를 임의 푸신ᄒ야 말슴이 무익이라 일후 만일 이와갓튼 일이 잇으면 이 숑ᄉ로 결단코져 ᄒᄂ이다 장낭이 웃고 쇼져로 동침하니[156].

(사) 아즉 과일이 머러스니 금강산을 차져가 검슐을 힝ᄒ시면 ᄌ연 맛ᄂ리니 직조 일우거든 과거에 나아가소셔 … 응용흔 귀상이 사름의 간장을 감동ᄒᆯ너라[157]

---

155) 덕홍서림본, 〈강능츄월옥소젼〉, 35쪽.
156) 덕홍서림본, 〈강능츄월옥소젼〉, 37쪽.
157) 덕홍서림본, 〈강능츄월옥소젼〉, 39-40쪽.

필사본에서는 과거에 급제하여 관직을 받는다면 활자본은 문무를 고루 갖춘 인물을 설정하고 있다. 필사본이 과거 급제를 통해 어사 부모의 원수 갚기와 부모 상봉에 초점을 두고 있는데 반하여, 활자본은 문무를 겸비한 인물이 과거 급제를 통한 영웅적 활약에 초점을 맞추고 있다. 필사본과 활자본은 전체적인 내용은 비슷하지만 필사본에 없는 내용이 활자본에만 첨가되어 있다. 이것은 필사본을 대상으로 활자본을 제작하는 과정에서 첨삭되거나 변모된 것으로 보인다. 따라서 활자본은 서사 전개의 합리성을 강조하는 방향으로 개작되었다.

필사본과 활자본은 어머니의 목숨 구하기와 어소저의 재혼, 전장의 출전, 부자 상봉 등의 대목에서도 차이점을 보인다. 필사본은 노인이 전해준 약병으로 모친을 구하지만, 활자본은 약병 단락이 생략되고 (가)처럼 옥소를 통해서 모친을 구한다. 필사본은 어소저의 재혼에 대하여 아무런 내용이 없으나, 활자본은 (나)와 같이 재혼의 불가함을 여필종부로 맞서고 있다. (다)는 이운학이 출전하는 대목으로 공주는 빠른 귀환을 당부하고 어씨는 대장부의 위풍당당함을 강조한다. 이것은 이춘백 부자의 재출전 대목에서 조부인이 빠른 귀환을 당부하고 최양홍은 장부의 기백을 강조하며 함께 출전하는 필사본 장면과 비슷하다.

(라)의 이춘백은 어천수와 장수백의 이야기와 옥소 소리를 듣고 전장에서 아들을 만나게 된다. 이런 점에서 옥소 소리로 부자간을 확인하는 것은 공통점이다. 그런데 필사본이 변왕의 침략을 진압하기 위한 위로연에서 부자가 상봉한다면, 활자본은 이춘백 부자가 변왕과 천자의 장수로 서로 대결하면서 상봉한다. 이러한 변이는 부자

간의 상봉을 더욱 극적으로 만들려는 활자본의 상업적 성격으로 볼
수 있다.

(가) 닉 옥소를 불면 젼녕 부모를 츠즐가 이 옥소 무단이 유락ᄒ니
그도 이상ᄒ도다 일변 싱각ᄒ고 일변 옥소를 부니 쳥ᄋᄒ 소릭 사름
에 마음을 화락케 ᄒ고 빅화가 쏘 경각에 피거늘 어시 정신을 가다듬
어 연ᄒ여부니 흘으는 소릭 쳥ᄋᄒ여 암ᄌ로 들어오니 … 홀연 옥소
소릭에 정신이 화락ᄒ고 심신이 샹활ᄒ여 츈몽을 시로 씩인듯 경ᄒᄒ
여왈 미지라158)

(나) 쳔수왈 그놈은 싱각도 말고 다시 가연을 걸이여 ᄌ미를 볼가ᄒ
노릭 어쇼져 놀라오라 엇지 ᄌ식을 딕ᄒ야 이갓치 말사ᄒ시ᄂ이 잇가
다시 싱각 말으시고 귀톄나 안보ᄒ옵소셔 귀셰밍녈ᄒ여 침실에 드러가
남복을 기착ᄒ고 일엽소션에 시부 금ᄂ을 다리고 동남으로 가니라159)

(다) 공주는 귀싴이 틱연ᄒ야 수히 환국홈을 당부ᄒ고 어씨는 슐을
들어 권ᄒ며왈 대장부 싱수를 맛당이 졍대이 흘거시니 신통ᄒ 검슐이
잇다ᄒ시ᄂ 지조를 밋고 음슈로 스름을 살희ᄒ며 이는 슐긱의 홀빅
아니오니 명대ᄒ 위풍을 도라보ᄉ 타국의 우음을 췌치 말으소셔 지삼
당부ᄒ니160)

(라) 어쳔수와 쟝수빅이 쟝대에 들어와 고왈 송진 딕사마는 다른이
아니라 소쟝이 금일 ᄌ셰알외리다 ᄒ고 자초지졍을 셰셰히 고ᄒ니 승
샹이 다시 혜아리니 부명ᄒ ᄌ귀 아들이요 옥소 곡죠도 쏘ᄒ ᄌ긔에
강능츄월이라161)

---

158) 덕흥서림본, 〈강능츄월옥소젼〉, 48쪽.
159) 덕흥서림본, 〈강능츄월옥소젼〉, 52쪽.
160) 덕흥서림본, 〈강능츄월옥소젼〉, 67쪽.

새로운 단락이 첨가된 변이는 필사본에는 등장하지 않고 활자본에만 첨가된 단락을 말한다. 어사 출도 소식을 들은 어소저는 부친에게 (가)와 같이 어사와 대적하지 말고 스스로 죄를 청하라고 당부한다. 이것은 어소저의 부친이 살아서 도망가는 계기를 만들어 준다. 돈독한 부부 관계를 보여준 어사는 아내에게 위기를 피하여 때를 기다리라고 당부한다. (나)의 어소저는 훼절당할 위기에서 자결하려다가 낙향한 궁인의 딸로 궁중에 들어가 공주의 시녀로 생활한다.

(다)의 도사는 이춘백에게 백원공의 검술과 강릉추월 옥통소를 만나면 피하라고 일러준다. 이공은 (라)와 같이 촉왕의 인물됨을 알면서도 (마)처럼 촉왕이 천자에 오르는 것을 반대한다. 한편 운학은 (바)처럼 조정의 권력을 장악한 간신을 진압하여 (사)와 같이 왕권을 강화하는 공신이 된다.

한편 궁중에 들어온 어소저는 (아)처럼 공주의 도움으로 살아나서 운학을 다시 만나게 된다. (자)의 장수백과 어천수는 이춘백에게 과거의 잘못을 용서받고 촉왕의 군사로 함께 싸운다. (차)의 이춘백은 운학에게 편지를 보내어 촉왕과 함께 항복할 뜻을 전하고 있다. 이렇게 새로운 서사 군담단락이 활자본에 첨가된 것으로 보아 필사본의 내용을 당시의 사회상에 맞게 개작한 것으로 보인다.

> (가) 이씨 쟝수빅이 어천수를 청ᄒ야 영적홀시 어소져가 나아와 읍고왈 사셰 급ᄒ오니 딕젹ᄒ면 급화를 면치못홀거시오 스스로 결박ᄒ야 죽기를 청ᄒ면 혹즈 스즁구싱홀가 ᄒ나이다 어쟝군이 씌닷고 즉시 쟝수빅과 스스로 믹야 마젼에 나아가 죽기를 쳘ᄒ니 … 어시 어소져

____

161) 덕홍서림본, 〈강능츄월옥소전〉, 74쪽.

침실로 바로드러가니 소져 서안을 의지ᄒ야 만면수심이여날 어시 나
아가 옥수를 잡고월 낭ᄌᆞ는 몸을 피ᄒ야 ᄢᅢ를 기다리라 닉 이졔 텬윤
을 차즌후 도적의게 국법을 시힝ᄒ리니 ᄲᆞᆯ니 피ᄒ라 소졔 셩음만 듯
고 반기며 손을 썰쳐왈 대쟝뷔 엇지 궤슐노 ᄉᆞ름을 놀닉시ᄂᆞ뇨 어시
웃고 그졔야 칼을 거두니162)

(나) 닉 이곳에셔 욕을 당ᄒᄂᆞᆫ이 바로 쥭ᄂᆞᆫ이만 ᄀᆞᆺ지 못ᄒ다 ᄒ고
회즁에셔 짜른칼을 닉여가지고 동졍을 보더니 여러 쟝졍이 일시에 다
라드러 결박ᄒ야 가ᄂᆞᆫ지라 … 그딕 남ᄌᆞ 아니요 녀ᄌᆞ 무삼일노 변복
ᄒ엿나뇨 필유곡졀ᄒᆷ이니 닉 구틱여 알녀ᄒᆷ이 아니라 나도 근심ᄒᄂᆞᆫ
일이 잇셔 그딕몸을 비러 버셔나고져 ᄒ고 그틱여 알녀ᄒᆷ이 아니라
… 우리 근본 궁즁 근시로셔 낙향ᄒ야 지닉더니163)

(다) 도ᄉᆞ 우셔왈 ᄢᅢ되면 길이 졀노 열니ᄂᆞ니 근심치 말나 이졔 촉
왕영셩이 스스로 지조를 밋고 텬ᄒᆞ의 인걸을 모화 즁국을 도모코져
ᄒ니 그형셰 가장 호딕ᄒ지라 당홀사름이 업슬듯ᄒ니 그리로 차져가
면 자연발신ᄒ되 만일 빅원공 검슐과 강릉츄월 옥통소를 만ᄂᆞ면 픽하
려니와164)

(라) 길공이 촉왕을 보니 긔상이 쥰민ᄒ고 일월지ᄌᆞ와 관후지풍이
죡히 왕ᄌᆞ의 모양이라 심즁에 암희왈 쳔ᄌᆞ의 귀상은 업스ᄂᆞ 왕후는
넉넉다ᄒ고 장읍왈 딕왕이 션비를 ᄉᆞ랑ᄒ시기로 불원쳔리ᄒ고 왓ᄂᆞ
이다 촉왕이 구지 지조를 무른딕 리공왈 딕왕이 모ᄉᆞ를 구ᄒ시ᄂᆞ지
용장을 구ᄒ시ᄂᆞ지 소원으로 ᄒ리이다165)

---

162) 덕홍서림본, 〈강능츄월옥소젼〉, 45-46쪽.
163) 덕홍서림본, 〈강능츄월옥소젼〉, 53쪽.
164) 덕홍서림본, 〈강능츄월옥소젼〉, 54쪽.
165) 덕홍서림본, 〈강능츄월옥소젼〉, 57쪽.

(마) 쵹왕이 딕희ᄒ야 위의를 갓초와 장안에 닐으러 도읍을 졍ᄒ고 빅관을 마련ᄒ며 텬즈위에 ᄂ아가고져 ᄒ니 리공왈 이ᄂ 아즉 불가ᄒ니 딕왕은 인의를 베푸시고 군량을 쥰비ᄒ시와 인직를 가리시고 ᄒᆔ를 기다려 변경을 아슨후에 존호를 바드시미 늦지 아니ᄒ거늘 엇지 흔 쟝안을 취ᄒ시고 뜻이 교만코져 ᄒ시ᄂ이 잇가166)

(바) 신라왕에 셰 힝신이 잇스니 ᄒ나ᄂ 우의졍 우졍이요 둘직ᄂ 평쟝사 유셥이요 셋직ᄂ 뇌관오졈이라 이셰사름이 부동ᄒ야 신라왕은 틱상이라 ᄒ야 미녀와 풍류로 질기게 ᄒ고 국권을 잡아 탁ᄂᄒ니 왕이 분ᄒ나 좌우졔신이 다 셰 ᄉ름의 우익이라 긔셕만 들ᄂ도 셰놈이 위협만단ᄒ야 곤욕이 무상ᄒ니 이러무로 손을 팔쟝ᄒ고 묵묵이 지위ᄒ야 비분지심이 츙텬ᄒ더니167)

(사) 운학이 보검을 들어오ᄂ 쳘퇴를 막으며 한손으로 가바야이 잡어닉야 군ᄉ를 쥬어 참ᄒ고 삼흉을 잡어닉라 ᄒ니 군ᄉ 감히 들녀들지 못ᄒ거날 상셰 대로ᄒ야 보검을 번듯ᄒ며 흔 군ᄉ 머리 써러지ᄂ지라 인ᄒ야 호통하니 군ᄉ 일졔이 들녀들어 슴흉을잡으 결박ᄒ야 합문으로 바로드러가 ᄉ연을 쥬달ᄒ니 상이 대경대희 ᄒ사 친히 국문일츠에 참ᄒ고 좌우간당을 ᄂᄌᄎ치 쳐참ᄒ니 조졍이 다시 엄숙ᄒ고 졍ᄉ를 왕이 친찰ᄒ시며168)

(아) 그 궁인이 머리를 조아왈 신쳡이 슮흔일노 곡읍ᄒ야 하문케 ᄒ오니 죄 만ᄉ무셕이라 지금을 당ᄒ여 흔 말슴이ᄂ 알외오고 죽ᄉ이다 ᄒ고 당초 리운학과 셩례홀ᄶ 신젹이며 어ᄉ로 도즁에 드러와 원슈갑든 말이며 도밍ᄒ여 혹시 죄명을 버셔 다시 인연을 니을가 ᄒ와

---

166) 덕홍서림본, 〈강능츄월옥소젼〉, 59-60쪽.
167) 덕홍서림본, 〈강능츄월옥소젼〉, 61쪽.
168) 덕홍서림본, 〈강능츄월옥소젼〉, 63쪽.

도쥬ᄒ다가 운슈동 쥬졈에셔 윤샹궁 본가에 잡혀간 젼후슈말이며 공쥬랑랑이 ᄉ랑ᄒᄉ 지금것 잔명을 보젼흔 하히지틱을 모르고 옥소일곡에 ᄉᄉ마음이 비창ᄒ와 곡셩을 ᄭᅵ닷지 못ᄒ와 죄를 범ᄒ오니 만ᄉ무셕 이로소이다.[169]

　

(자) 리공왈 왕ᄉ를 말ᄒ면 무익이요 허물며 군ᄉ에 흔일이요 그대 시긴거시 아니어날 무삼혐의 잇스리요 내 일즉 셔쵹대승상으로 일됴에 군ᄉ를 픠ᄒ야 이곳에 왓스니 ᄯᅩ흔 텬수이라 그대 나와 동심ᄒ야 쟝안을 다시 회복홀소냐 이인이 허락ᄒ여왈 소쟝은 쟝수빅이요 져쟝수는 어쳔수라 수하에 군ᄉ 삼쳔이 지ᄂ오니 승샹은 묘칙을 졍ᄒ소셔 비록수화라도 폐치아니 ᄒ리이다[170]

　

(차) 쵹나라 승상 리츈빅은 글월을 대숑 디ᄉ마 디쟝군 리운학의게 부치ᄂ니 슬푸다 복즁유ᄋ을 만리젼쟝에 구슈로 맛ᄂ니 도시 나에 죄역이 지즁하미라 니 황희감ᄉ로 운남도에 젹변을 당ᄒ여 만ᄂ여싱이 자긔산 빅영도사의 뎨ᄌ되엿다가 쵹왕에 지우지은으로 쟝안을 어덧더니 이졔 부지 샹젼은 텬리에 죄역이라 니 단귀로 진젼에 나왓스니 ᄲᅡᆯ이 함거를 가져오면 니 스사로 갓치죄를 텬ᄌᄭᅥ 바드리니 이 쟝수ᄂ 어쳔수라 너의 부옹이니 의심이 업슬지라 ᄌ셰흔 말은 이 쟝수의게 듯고 옥소 ᄯᅩ흔 강능츄월이면 나의 평싱 사랑ᄒ던 바라 가져 신젹을 뵈이라 하엿거늘[171]

　

　제3계통본의 옹서 대립은 필사본과 활자본의 변모 과정을 뚜렷하게 반영하고 있다.[172] 어소저와 결혼한 해용은 부모의 원수가 바로

---

169) 덕홍서림본, 〈강능츄월옥소젼〉, 64쪽.
170) 덕홍서림본, 〈강능츄월옥소젼〉, 72쪽.
171) 덕홍서림본, 〈강능츄월옥소젼〉, 75-76쪽.
172) 김재웅, 「〈江陵秋月傳〉 硏究」, 『한국학논집』 26집(계명대 한국학연구원, 1999), 262쪽.

장인이라는 사실을 알게 되면서 각 이본 계통은 서로 다른 양상을 보여준다. 제1계통은 부모의 원수를 갚기 위해서 장인 어천추를 처벌하고, 제2계통은 부모의 원수를 처벌한 뒤에 어소저의 원혼은 풀어주는 대목이 재창작되었다. 제3계통은 어천추를 용서하게 된다. 필사본에서는 어소저가 부친의 목숨을 살리기 위해 남편에게 유교적 명분을 제시하면서 고군분투했으나 실패하여 자결한 것이다.

그런데 활자본에서는 어소저의 선견지명으로 남편의 과거 급제를 도와주는 적극성을 보여준다. 어소저의 탁월한 능력 때문에 부친의 목숨 구하기 대목은 삭제되었다. 필사본은 여성의 비극적인 결말과 재생 대목을 통한 해원 의식이 첨가되어 있는데, 활자본은 남녀의 화합과 행복한 결말을 보여준다. 따라서 〈강릉추월전〉은 부모의 원수 갚기에서 화해·용서하기로 변모하였다. 이것은 조선후기 필사본에서 근대 전환기 활자본으로 개작되면서 나타난 사회상을 반영한 것이다.

이상에서 제3계통본 변이형은 제1계통본과 비교한 결과 차이점이 드러나고 있다. 서사 단락 3, 12, 13, 17, 23, 28 등은 기능적으로 유사하면서도 새로운 내용이 첨가된 경우이다. 단락 18, 19, 21, 24, 25 등은 활자본에만 등장하는 새로운 내용이 첨가된 경우이다. 전자보다 후자의 변모가 뚜렷한 것은 활자본으로 개작되면서 새롭게 재창작되었기 때문이다.

필사본에는 서문이 없지만 활자본에는 서문이 있는 경우가 있다. 이것은 필사본을 대상으로 활자본을 제작할 때 첨가한 것으로 보인다. 필사본은 주인공의 천상적 징표가 약화되어 있다면 활자본은 더욱 강화되어 있다. 결혼 대목은 활자본이 사위 삼기 위한 경쟁에서 승리한 뒤에 결혼하고, 필사본은 이 부분이 생략되어 있다. 결혼 대목은 필사본보다 활자본이 사위의 재주를 시험하는 적극성을 보인다. 이것은 필사본보다 활자본이 당시 향유층의 욕구에 부응하기 위한 상업적 성격을 보여준 것으로 생각된다.

4) 계통본의 선후 관계

〈강릉추월전〉은 창작 연대와 작자를 알 수 없는 실정이다. 그럼에도 작품에 등장하는 옹서 대립의 서사 단락을 비교하면 이본 계통의 선후 관계를 추정할 수 있다. 이본들의 선후 관계를 파악하는 것은 작품의 형성과 변모 양상의 역사적 변천을 분석하는 데 도움이 된다. 그렇다면 필사본 〈강릉추월전〉의 제1계통본과 제2계통본 가운데 어느 쪽이 앞선 시기에 형성되었을까?

〈강릉추월전〉은 필사본에서 활자본으로 발전했다는 점에는 모든 연구자들이 동의하고 있다. 그런데 필사본 이본 계통 중에서 어느 쪽이 먼저 형성되었는가에 대해서는 이견이 존재한다. 제1계통본이 먼저 형성되어 제2계통본으로 발전했다는 주장[173]과 제2계통본이 먼저 형성되어 제1계통본으로 축약되었다는 주장[174]이 대립하고 있다.

이러한 〈강릉추월전〉 이본 계통의 선후 관계는 고소설의 대표작

---

173) 김재웅, 「〈강능추월전〉의 이본에 대한 연구」, 『한국학논집』 27집(계명대 한국학
   연구원, 2000), 148-153쪽.
174) 전상욱, 「〈월봉기〉군 소설의 작품세계」 (연세대 석사논문, 1995), 50-51쪽. 여
   기서는 필사본 〈강능추월옥소전〉을 완성형과 축약형으로 구분하여, 완성형에서
   축약형으로 변화한 것으로 파악하였다. 이러한 근거로 어천추를 따라 죽은 어소
   저의 자결에 대한 자세한 묘사가 필요없고, 남장여장 최양홍의 인물 형상화에
   대한 미흡함을 근거로 제시한다.

인 〈춘향전〉을 통해서 해결의 실마리를 찾을 수 있다. 〈춘향전〉의 이본은 별춘향전 계열, 남원고사 계열, 옥중화 계열 등의 3계열로 구분되는데 시간적으로 선행본인 별춘향전 계열의 이본이 가장 많이 존재하고 있다.[175] 이렇게 보면 〈강릉추월전〉의 이본 수가 많은 제1계통본 기본형이 제2계통본 부연·확대형보다 시기적으로 일찍 형성되어 유통된 것으로 보인다.

〈강릉추월전〉 이본의 선후 관계를 따질 때 작품의 분량도 중요하게 고려해야 한다. 분량의 다소에 따라서 서사의 확장과 새로운 단락의 첨삭이 동반되기 때문이다. 이런 점에서 분량이 적은 제1계통본이 분량이 다소 많은 제2계통본보다 선행본이라 생각된다. 왜냐하면 방각본도 아닌 필사본이 많은 분량의 작품을 완성한 뒤에 분량을 축약하면서 변모했다고 보기에는 문제가 있기 때문이다.

좀더 구체적인 세 이본 계통의 선후 관계를 해결할 방법은 〈강릉추월전〉과 중국소설 〈소지현나삼재합〉을 비교하는 것이다. 왜냐하면 이 작품은 중국소설의 영향을 수용하여 한국 고소설로 토착화된 작품이기 때문이다. 〈강릉추월전〉은 중국소설의 영향을 받아서 필사본 제1계통본이 형성되어 향유된 뒤에 필사본 제2계통본으로 변모한 것이다. 이렇게 작품의 내적 구조의 변모를 통해서 선후 관계를 추적할 수 있다.

〈강릉추월전〉의 서사 단락 가운데 변모가 가장 큰 대목은 역시 옹서 대립이다. 가족 이합의 서사적 전개를 통해서 옹서 대립이 어떻게 해결되는가를 살펴보는 것은 이본 계통의 선후 관계를 설명하

---

175) 설성경, 『춘향전의 통시적 연구』 (서울: 서광학술자료사, 1994), 174-178쪽.

는 데 매우 중요하다. 이러한 〈강릉추월전〉의 옹서 대립이 이본의 계통에 따라 변이가 일어나고 있어서 주목된다.

제1계통본은 이춘백의 유복자로 출생한 운학이 자신의 장인 어천추가 부모의 원수라는 사실을 알고 원수를 갚는다. 울남도 도적의 습격으로 인해 이춘백 부부의 유복자로 태어난 운학은 서영국의 양자에서 장수백의 양자로 성장하면서 성명까지 바뀌게 된다. 자신의 정체를 잊어버린 장해룡은 그곳에서 어소저와 결혼하여 장인으로부터 '강능추월'이란 글자자 새겨진 옥소를 선물 받는다.

한편 과거에 급제하여 암행어사가 된 해룡은 해주로 잠입하여 주점의 늙은 아전과 울남도 도적, 서영국의 이야기를 듣고 백운암에서 꿈에도 그리던 모친을 만나게 된다. 울남도에 들어가서 도적을 소탕한 어사는 부모의 원수가 바로 장인 어천추라는 사실을 확인한다. 자신의 친부모를 습격한 도적을 알게 된 어사는 아내 어소저의 간곡한 만류에도 불구하고 장인을 처벌한다.

> 쏘 여천츄을 ㅈ바닉여 형중질할식 천하악적 여천츄야 네 죄난 네 알니라 강능츄월 옥통소난 뉘게 도적질하연나야 빅의 실 직물 탈최할 제 무슨 원수로 스람 죽인나야 천도가 무심치 아니하거든 강능츄월 소릭나며 임직가 업실것가 바로 알의여라… 이 감스의 아달닌쥴은 보로고만 제 스회된 쥴만 밋고 강악으로 하난말니 … 또 니 감스의 직물 탈취한거시 네계 무어시 과게니시며 옥통소난 네가 님직라 하니 처음 님직난 니감스요 둘치 님직난 닉라 처음 이직 죽웃기로 가저왓시나 네게 무신 계관인난고 어스 호령왈 그 니 감스난 닉 붓친이계니와 너난 닉이 불공딕천 원슈라 하고 군스을 호령하여 능중질할식 천츄 거지야 어스가 이 감스가의 아달인쥴 알고 충황질식하여 다시 아무말도

못하고 죽기만 지다릴제 … 천쥬난 죽죄지즁한 놈니라 엇지 죽지 아
니하리요 유혈니 낭즁하야 슴혼니 헛터지고 칠빅니 쎠러져 죽난지라
어ᄉ 츄산갓탄 호령으로 드욱 군졸을 호령하여 또 쳔츄의 계집을 ᄌ
바니여 형즁씨위히니 위염의 놀니여 기졀하여 음슈하난지라176)

위와 같이 필사본 〈강능추월전〉 제1계통본의 이본군은 옹서 간에
원수가 되는 기막힌 상황에 놓인다. 사위와 장인의 관계는 두 집안
의 결혼에 의해서 성립되는 관계로 볼 수 있다. 이들 옹서 관계는
과거를 보러가던 사위 장해룡이 강릉 이감사 집에 유숙하게 되면서
그 실체가 조금씩 드러나게 된다. 장해룡은 부모의 원수가 바로 장
인이라는 사실을 옥소를 통해서 알게 되고 장인을 처벌하여 부모의
원수를 갚는다. 장인이 부모의 원수로 등장하여 사위에게 죽임을 당
하는 것은 매우 특이한 사건으로 보인다.

이러한 〈강릉추월전〉의 옹서대립은 중국 화본소설의 영향과 조
선후기 사회의 상황과도 연관되어 있다.177) 제1계통본은 부모의 원
수가 비록 장인이라 할지라도 장인을 과감하게 처벌하는 원수 갚기
를 보여준다. 이것은 유교 이념을 강조하는 절대적인 효성 의식을
보여준 것이라 하겠다.

그러나 제2계통본은 작품의 결말 대목에서 다시 장인 어천추의
죄를 용서하고 어소저의 원혼을 풀어주는 것으로 나타난다. 이운학

---

176) 노재순본, 〈강능추월전〉, 60-64쪽.

177) 이러한 옹서 대립담 가운데 사위의 원수가 장인으로 등장하고 부모의 원수를
갚는 이야기는 중국 화본 소설과 연관된 것으로 생각된다. 조선후기 소설은 중
국소설의 영향을 수용하여 당대의 사회상에 적합하도록 변모하는 데 일정한 시
간이 필요했을 것이다.

은 부모의 원수인 장인을 처벌하고, 어소저는 아버지의 목숨을 구하기 위해서 효성을 다하였음에도 아버지를 살리지 못해 자결하게 된다. 그런데 작품의 후반부에서 북적의 침략을 받아 재출전했던 이춘백 부자가 귀환길에 신병귀졸에게 포위되었으나, 원혼으로 등장한 어소저가 이들을 도와준다. 어소저는 비록 도적의 딸이지만 시부모와 남편을 위기에서 구하는 효열은 보여준다. 이러한 어소저의 효열은 조선후기 유교윤리의 모범이 되기에 충분하다.

제2계통본은 남편의 부모 원수 갚기와 아내의 부모 목숨 살리기의 대립에서 죄 없이 자결한 어소저의 원한을 풀어준다. 이것은 효열 의식이 투철한 어소저의 원혼을 풀어준다는 점에서 판소리계 고소설의 후반부와 일맥상통한다.[178] 유교적 이념을 실천한 어소저의 효열 의식을 어떤 방법으로도 보상해야 할 필요성이 절실했기 때문이다. 이처럼 필사본 〈강릉추월전〉 제2계통본은 부모의 원수 갚기에서 끝나는 것이 아니라, 어소저의 원혼 풀어주기와 장인을 처벌한 사건을 뉘우치는 재생적 의미도 포함되어 있다.

> (가) 어천추을 잡아들려 형장질ᄒ며 문왈 쳔하 역적 어천추야 네죄를 네 알거시라 강능추월 옥통쇼을 늬게 도적ᄒ엿는야 … 어천추는 어ᄉ가 니 감ᄉ 아들인쥴 모르고 제 ᄉ회되것만 밋고 강악을써 허는 말리 우리 ᄉ회는 엇지 나를 이럿틋 ᄒ는고 쳐부모도 부모니 쯔일반니라 ᄒ니 쏘 감ᄉ의 ᄌ물 탈취헌거시 네게 무어시 관겨ᄒ며 쏘옥통

---

178) 〈춘향전〉은 어사 출대 대목을 통해서 춘향의 정절을 보상하고, 〈심청전〉은 인당수에 빠진 심청의 효성을 용왕의 도움으로 재생시키고 있다. 〈흥부전〉은 착한 흥부에게 제비의 박을 통해서 다시 부자로 보상한다. 이러한 작품의 후반부에서 유교적인 이념을 실천한 인물에게 보상하는 것이 한국소설의 특징이라 할 수 있을 것이다.

소을 네 엇지 님즈라 흐는고 첫 님즈는 니 감亽요 둘지 님즈는 닉라 본님즈 죽어기로 네게 무슴관겨 잇는야 … 그 니 감亽는 나의 부친니 어니와 너는 나의 불공딕쳔지쉬라 흐고 군亽을 호령흐여 즉각 타살허라 흐니 쳔추 그제야 어亽 니 감亽의 아들인쥴 알고 당황실식흐여 … 그아비 쳔추는 그 죄지은 놈이라 엇지 죽지 아니허리오[179]

(나) 쇼져왈 아모 계칙이 업亽오나 동정을 즈셔이 살필거시니 시부 모님은 삼가 조심흐여 졉젼허쇼셔 무슨 위급헌 이리 잇亽면 다시 오리이다 흐고 가거늘 니공부즈와 최장이 다만 엣일을 후회흐고 목젼을 근심흐여 어쇼져 만나믈 만만다힝이 여긔더라[180]

(다) ㉠니공왈 … 당초의 나의 쳥익은 나의 운수 불힝이오 그후의 그딕 죽으문 그딕 신명불힝이라 피츠 불힝헌 亽긔는 니제 다시 제거흐여도 쓸딕업거니와 … 일월갓튼 효열지셩이 오늘날 들쳐닉니 그딕의 영혼인들 엇지 무심흐여 무상헌 우리 마음인들 엇지 감격 슬푸지 아니흐리오 … ㉡운학이 나가 안즈며 위로왈 장군은 날을 아는잇가 오날 장군의 면목을 다시 딕흐니 무싀고 죄롭도다 셕연亽을 싱각흐니 뉴구무언이오 삼식 연분니 싄쳐스니 후회 박급이로다 … ㉢불상헌 우리쌀을 셔로 만나 반기시가 슬푸다 닉쌀 월믜야 넉시라도 니리와셔 너의 빅년가약 믹져는 亽름을 만나보아라 흐니 어쇼져 셔연헌 쇼복으로 삽여니 거러와셔 빅나건을 숀의들고 아미을 숙이며 쳐량이 셔셔보니 늣기는듯 반기는듯 현연헌 누수옥안을 젹시거늘 운학이 … 낭즈의 숀을 후리처 셔로잡고 최장 압헤 드러가니 최장이 어쇼져 효열을 감축흐여 압헤 안치고 머리을 쓰다듬어 체연흐는 말리 아름다온 면목 싱시 삼아 보고세라[181]

---

179) 국도본 〈강능츄월옥소젼〉, 1권, 57-60쪽.
180) 국도본 〈강능츄월옥소젼〉, 2권, 36쪽.
181) 국도본 〈강능츄월옥소젼〉, 2권, 51-52쪽.

위에서 보는 바와 같이 (가)의 어천추는 어사가 이 감사의 아들인 줄 모르고 자기 사위로만 생각하여 과거 이춘백을 습격한 사실을 자백하게 된다. 이 말을 들은 어사는 지금까지 부모의 원수가 바로 장인 어천추라는 사실을 확인하고 원수를 갚는다. 이춘백 부자가 북적의 침략을 격퇴하기 위해서 (나)와 같이 재출전했으나 죽을 위기에 처한다. 이때 죽은 어소저의 혼령이 등장하여 남편과 시부모를 도와준다. 어소저의 도움을 받은 이공 부자와 최양홍은 옛일을 후회한다.

(다)의 이춘백은 ㉠과 같이 어천추의 죽음을 운학의 운수 불행과 어천추의 신명 불행으로 생각하면서도 어소저의 억울함을 슬퍼한다. ㉡의 운학은 장인 어천추를 죽였던 지난 일을 후회하고 유구무언의 죄스러운 마음으로 뉘우친다. ㉢에서는 어소저의 원혼을 풀어주어 생사를 초월한 이운학 부부의 단절된 연분을 회복한다.

(다)와 같이 이운학이 장인을 죽인 처결을 뉘우치는 결정적인 계기는 어소저의 효열 의식 때문이다. 억울하게 자결하여 원혼이 된 어소저는 위기에 처한 남편과 시부모에게 효열을 실천한다. 비록 원수의 딸이지만 어소저의 효열 의식은 유교적 가치가 충분한 것으로 보인다. 이처럼 〈강릉추월전〉 제2계통본은 제1계통본에 내포된 부모의 원수 갚기와 아내의 원혼 풀어주기, 장인 처벌에 대한 뉘우침이 복합적으로 확대, 재창작되어 있다. 따라서 제2계통본은 후반부에 어소저의 원혼을 풀어주는 재생 대목이 첨가되는 방향으로 변모되었다.

제3계통본은 이춘백의 아들 운학이 장수백의 양자로 양육되어 어천추의 딸과 결혼한다. 그런데 제1계통본, 제2계통본에 비하여 제3계통본은 장해룡 부부의 애정이 돈독하다는 점이 특이하다. 해룡이 암행어사로 해주에 왔을 때 어소저는 부친 어천추에게 도망갈 것을 말해준다. 어사도 아내를 찾아가서 도망가라고 미리 말해준다. 이러한 대목이 삽입된 제3계통본은 옹서 간의 대립을 죽음으로 끌고 가는 것이 아니라 처음부터 원수 사이로 만들지 않는다.

(가) 이쩨 쟝수빅이 어쳔수를 쳥ᄒ야 영적홀싀 어소져가 나아와 읍고왈 사셰급ᄒ오니 디젹ᄒ면 급화를 면치 못홀거시오 스스로 결박ᄒ야 주기를 쳥ᄒ면 혹즈 ᄉ즁구싱홀가 ᄒ나이다 어쟝군이 씌닷고 즉시 쟝수빅과 스스로 믹야 마젼에 나아가 죽기를 쳥ᄒ니 어싀 간파에 얼골을 가리고 마하에 나리야 문왈 내 이곳에 싱장이라 ᄒ나 텬륜은 다른곳에 잇ᄂ니 바로 말ᄒ면 살기를 허ᄒ려니와 그러치 아니면 국법을 바드리라 쟝무빅왈 늬 나아 기르믹 어더셔 어더왓스리요 션공후ᄉ라 ᄒ얏스ᄂ 부즈 륜긔를 모르고 여차ᄒᄂ뇨 어싀 어이업셔 군사를 호령ᄒ야 왈 져 두ᄉ름은 방숑ᄒ고182)

(나) 어싀 어소져 침실로 바로 드러가니 소져 셔안을 의지ᄒ야 만면수심 이여날 어싀 나아가 옥수를 잡고월 낭즈는 몸을 피ᄒ야 쩨를 기다리라 늬 이졔 텬윤을 자즌후 도적의게 국법을 시힝ᄒ리니 쌀니 피ᄒ라183)

(다) 그 궁인이 머리를 조아왈 신쳡이 슮흔일노 곡읍ᄒ야 하문케 ᄒ오니 죄 만ᄉ무셕이라 지금을 당ᄒ여 ᄒ 말솜이ᄂ 알외오고 쥭ᄉ이다 ᄒ고 당초 리운학과 셩례홀ᄉᄀ 신젹이며 어ᄉ로 도즁에 드러와 원슈갑든 말이며 도밍ᄒ여 혹시 죄명을 버셔 다시 인연을 니을가 ᄒ와 도쥬ᄒ다가 운슈동 쥬졈에셔 윤샹궁 본가에 잡혀간 젼후슈말이며 공

---

182) 덕흥서림본, 〈강능츄월옥소젼〉, 45쪽.
183) 덕흥서림본, 〈강능츄월옥소젼〉, 46쪽.

쥬랑랑이 〈랑ᄒᆞᄉ 지금것 잔명을 보젼ᄒᆞᆫ 하히지퇴을 모르고 옥소 일
곡에 ᄉᆞᄉ마음이 비창ᄒᆞ와 곡셩을 씌닷지 못ᄒᆞ와 죄를 범ᄒᆞ오니 만ᄉᆞ
무셕 이로소이다.184)

　(라) 리공왈 왕ᄉᆞ를 말ᄒᆞ면 무익이요 허물며 군ᄉᆞ에 ᄒᆞᆫ일이요 그대
시긴거시 아니어날 무삼혐의 잇스리요 내 일즉 셔쵹 대승상으로 일됴
에 군ᄉᆞ를 픠ᄒᆞ야 이곳에 왓스니 또ᄒᆞᆫ 텬수이라 그대 나와 동심ᄒᆞ야
쟝안을 다시 회복ᄒᆞᆯ소냐 이인이 허락ᄒᆞ여왈 소쟝은 장수빅이요 져쟝
ᄉᆞ는 어쳔수라185)

위에서 (가)의 어소저는 어천수와 장수백에게 자백하여 죽기를
청하면 살 수 있다는 말을 전한다. (나)의 어사가 어소저의 침실에
들어가 정을 돈독히 하고 몸을 피할 것을 일러준다. 궁궐에서 죽을
위기에 처한 어소저는 (다)처럼 과거에 이운학과 결혼한 사실과 도망
하여 운수동 주점의 윤상궁 본가에 잡혀가 궁인인 된 사연을 말한다.
　(라)의 이춘백이 자신의 배를 습격하고 파선한 것은 과거의 일이
고 어천수와 장수백의 군사들이 했기 때문에 그들의 죄가 없다고 말
한다. 이것은 위급한 상황에 놓인 이춘백이 어천수와 장수백의 도움
을 받아 장안을 회복하기 위해서 용서·화해한 것이다. 제3계통본
의 이러한 서사 전개는 옹서 대립을 극복하려는 의도로 보이지만,
이춘백이 그들을 용서하게 되는 명분은 미약하게 나타난다.
　이러한 원수 간의 화해와 용서하기는 활자본의 주요한 변이 내지
재창작으로 보인다. 제3계통본의 화해와 용서하기는 활자본을 수용

---

184) 덕홍서림본, 〈강능츄월옥소젼〉, 64쪽.
185) 덕홍서림본, 〈강능츄월옥소젼〉, 72쪽.

하는 독자층의 세계관과 깊은 관련이 있을 것이다. 독자의 요구에 부응하기 위해서 출판업자들이 옹서간을 화해·용서하는 방향으로 개작했다. 왜냐하면 〈강능추월전〉은 제3계통본의 상업성과 더불어 1915년 국권을 상실한 당대 사회에서 가족간의 화합이 더 중요했기 때문이다. 이렇게 제3계통본은 가족 내부의 갈등으로 국권을 상실한 책임을 통감하고 가족의 화합을 통한 사회적 합의를 수용한 것으로 보인다.

이상에서 살펴본 〈강릉추월전〉은 옹서 대립을 중심으로 이본 계통본의 선후 관계를 구체적으로 확인하였다. 제1계통본은 부모의 원수인 장인을 사위가 처벌하는 원수 갚기 효성을 적극적으로 표현하고 있다. 제2계통본은 장인을 처벌한다는 점에서 제1계통본과 동일하지만, 후반부에서 원혼으로 등장한 어소저가 위기에 처한 남편과 시부모를 도와주는 장면이 새롭게 첨가되었다. 어소저의 유교적 효열 의식에 감화된 이운학은 장인을 처벌했던 사실을 반성하고 뉘우치게 된다. 그리고 어소저의 원혼을 풀어주기 위해 무녀를 불러 굿을 한 다음 제사를 지내고 정녀와 비석을 세워 효열을 칭찬한다.

그런데 제3계통본은 옹서 간이 대립하지 않도록 장인이 지은 죄를 자백하는 단락이 첨가되어 있다. 뿐만 아니라 암행어사로 부임한 장해룡은 아내를 찾아가 정을 돈독히 하면서 장인에게 도망갈 것을 미리 알려준다. 이러한 제3계통본의 옹서 관계는 과거의 사건을 용서·화해할 수 있음을 보여준다. 따라서 활자본 제3계통본은 관념적인 필사본에 비하여 현실주의적 성격이 강화된 가족의 화합을 부각하고 있다.

제1계통본의 부모의 원수 갚기는 조선조 사회에서 유교적 이념이 절대화되는 시기에 주로 등장한 것으로 보인다. 제2계통본의 부모의 원수 갚기와 아내의 원혼 풀어주기 및 장인을 죽인 과오에 대한 뉘우침은 제1계통본 기본형보다 후대에 형성된 것으로 보인다.186) 특히 부모의 목숨을 구하려고 고군분투한 어소저의 효열 의식은 혼란한 사회에서도 유교적 모범이 될 만하다. 왜냐하면 부모의 목숨을 구하기 위해서 효성을 다하는 어소저의 고결한 정신은 시대를 초월하여 되살릴 가치가 충분하기 때문이다. 이 때문에 제2계통본의 후반부에는 어소저의 원혼을 풀어주는 대목이 새롭게 재창작된 것이다.

이상에서 부모의 원수 갚기와 장인을 처벌한 사건에 대한 반성 및 어소저의 원혼 풀어주기가 부연된 제2계통본은 제1계통본보다 후대에 형성된 것으로 생각된다. 제3계통본은 부모의 원수로 등장하는 장인을 처벌하지 않고 함께 화합하는 것으로 보아 가장 후대적인 모습으로 생각된다. 이것은 대립적인 옹서 관계를 지양하고 당대 사회상에 적합하도록 서사 단락을 변모시킨 것이다. 제3계통본은 당대의 상업적 요구와 사회적 요구를 통합한 가족 간의 용서와 화합 의식을 보여준다.

---

186) 전상욱, 앞의 논문, 50-51쪽. 여기서는 전상욱의 견해와 다르게 원작 〈소지현 나삼재합〉에 가까운 작품이 먼저 형성되었을 가능성과 옹서 대립의 변모를 추적한 결과 제1계열 기본형(축약형), 제2계열 부연형(완성형), 제3계열 변이형(활자본)의 순서로 형성 변모된 것으로 보고자 한다.

Ⅳ. 〈강릉추월전〉 작품군의 유통과 여성 향유층의 역할

　〈강릉추월전〉의 여성 향유층이 작품의 유통과 이본 계통의 변모에 이바지하고 있다. 여성 향유층은 작품의 수용자와 창작자를 겸하고 있다. 이러한 점에서 필사본 작품의 변모에 여성 향유층이 주도적 역할을 담당한 것으로 보인다. 그런데 여성 향유층과 이본 계통의 변모에 대한 연구는 상대적으로 부족한 실정이다. 작가와 작품, 독자의 상호 소통에 의해서 작품의 의미가 구체화된다고 할 때, 작품의 변모와 여성 향유층의 관계를 파악하는 것은 의미 있는 작업이 될 수 있다.[187]

　고소설의 향유층에 대한 연구는 논자에 따라 조금씩 언급을 하고 있지만 작품의 내용을 토대로 독자층을 추정한 것에 불과하다. 왜냐하면 고소설의 창작 연대와 작가를 알 수 없는 상황에서 독자층에

---

187) 이혜경, 「독자반응 이론에 있어서의 독자와 독서」, 『인문학보』 5집 (강릉대 인문과학연구소, 1988), 71쪽. 김경미, 「수용미학과 고소설 독자연구」, 『고소설의 저작과 전파』 (서울: 아세아문화사, 1994), 484쪽. 로버트C. 홀럽, 『수용이론』, 최 상규 역 (서울: 삼지원, 1985).

대한 기록이 빈약하기 때문이다.[188] 조선조 고소설의 향유층은 갈래
별로 차이가 있겠지만 대체로 양반에서부터 서민까지로 추정할 수
있다.[189] 조선후기 영웅소설의 유형은 서민과 부녀자층이 소설 향유
층으로 나타난다.[190] 영웅소설의 변화 과정에서 등장한 여성영웅소
설은 남녀이합형 소설로 변모한[191] 점으로 보아 여성 독자층의 증가
를 동반했을 것으로 보인다.

　작품을 수용하는 독자층에 대한 실증적인 연구가 이원주에 의해
서 경북 북부 지역의 양반가를 중심으로 연구된 바 있다.[192] 특정한
지역의 실증적 탐문 조사를 통해서 독자층을 조사한 결론이기 때문
에 고소설의 독자 연구에 시사하는 바가 크다. 대곡삼번은 조선후기
고소설의 독자층에 대하여 통시적으로 고찰하였으나, 기존의 논의
를 재정리하는 차원을 벗어나지 못하여 새로운 결과를 도출하지는
못했다.[193] 이주영은 고소설 독자의 실상에 접근하기 위해서 19세기
말 석유의 수입과 독서 환경의 변화에 주목하였다.[194] 이렇게 고소

---

188) 김진세, 「고소설의 작자와 독자」, 『한국고소설론』 (서울: 아세아문화사, 1993).
　　독자에 대한 기록은 주로 양반 사대부들의 문집에 간혹 나타나는데 대부분 부정
　　적인 견해이다.

189) 김동욱, 『국문학사』 (서울: 일신사, 1976), 57쪽.

190) 임치균, 「〈영웅소설〉 연구」 (서울대 석사논문, 1985), 111쪽.

191) 민찬, 「여성영웅소설의 출현과 후대적 변모」 (서울대 석사논문, 1986), 123쪽.

192) 이원주, 「고전소설 독자의 성향: 경북 북부 지역을 중심으로」, 『한국학논집』
　　3집 (계명대 한국학연구원, 1975). 양반집 여인들이 傳보다는 가정 중심의 권선
　　징악적 錄을 많이 접했을 뿐 아니라 교훈적, 도덕적인 작품을 후손들에게 권장
　　한 것이다.

193) 대곡삼번, 『조선후기소설독자연구』 (고려대 민족문화연구소, 1985).

194) 이주영, 「고소설 독자에 대한 몇 가지 문제」, 『제34회 전국어문학연구발표회
　　집』 (대구: 한국어문학회, 2000), 159쪽. 이주영, 앞의 책, 109-114쪽.

설의 독자층에 대한 논의는 작품의 구조 분석과 더불어 점차 독서 환경의 변화에 주목하고 있는 실정이다. 최근에는 경북 지역에 유통된 필사본 고소설과 향유층에 대한 실증적 연구를 통해서 경북 지역에 어떤 작품이 어떻게 유통되었는지에 대한 구체적인 검토가 이루어졌다.[195)]

여기서는 〈강릉추월전〉의 여성 향유층 변화에 따른 필사본의 변모에 대해서 실증적 고찰을 시도하고자 한다.[196)] 작품의 말미에 기록된 필사자의 다양한 정보를 토대로 여성 향유층의 필사 기록과 필사 시기, 신분 계층, 독서 의식 등을 분석하여 여성 독자의 존재 양상과 향유 의식을 살펴볼 것이다. 특히 〈강릉추월전〉의 필사기에 나타난 여성 향유층의 필사 기록을 통해서 여성 독자층의 독서 의식과 이본의 변모에 기여한 점을 밝히고자 한다.

1. 필사본에 나타난 여성 향유층

1) 여성 필사자의 증가

〈강릉추월전〉의 독자층이 여성이라는 점은 작품의 말미에 적혀 있는 필사기와 독서 의식을 표출한 대목에 잘 나타난다. 필사본 작

---

195) 김재웅, 「경북 지역에 유통된 필사본 고소설에 대한 실증적 연구」, 『고소설연구』 24집(한국고소설학회, 2007.12), 219-250쪽.

196) 〈강능추월전〉을 소장한 노재순 할머니는 경남 합천군 쌍책면 사양리에 살고 있었다. 조사자는 2000년 7월 5일, 10일, 15일, 17일, 8월 10~12일 등 여러 차례 할머니 집을 방문하여 자세한 사항을 조사하였다. 그리고 7월 20일 할머니의 올케가 살았던 합천군 초계면 원당리에서 첫째 질부 안쾌남(여, 72)을 만나서 올케의 삶에 대하여 여러 가지 상황을 살필 수 있었다.

품의 말미에는 필사자의 이름과 책의 소장자 및 필체에 대한 겸양의 말과 같은 기록들이 존재하고 있다. 이러한 필사기를 표면 그대로 받아들일 수 없다하더라도 작가와 독자의 기록이 부족한 〈강릉추월전〉의 상황을 감안한다면 주목할 만하다.

이 작품은 필사자와 작품의 소장자가 대부분 여성이라는 사실을 통해서 여성 향유층의 인기를 모았던 작품임을 알 수 있다. 또한 작품을 소장하면서 지속적인 독서를 했던 노재순 할머니의 증언은 여성 향유층의 존재를 구체적으로 뒷받침할 것이다. 이러한 〈강릉추월전〉에 등장하는 필사기의 내용을 구체적으로 제시하면 다음과 같다.

〈제1계통본〉
① 〈김광순4본〉 동셩 리소져 필셔ㅎ다[197]
② 〈박순호10본〉 이 칙 등서할미 오자 낙서가 만싸온니 보시난 여러 부인계 모다 눌너 보시기 바릭임. 칙주난 빅실[198]
③ 〈박순호3본〉 칙주이 *** [199]
④ 〈노재순본〉 노재순 할머니의 둘째 질부
⑤ 〈연세대본〉 이책쥬난 김소져요[200]
⑥ 〈여승구1본〉 책주 정소저 16세[201]
⑦ 〈여승구3본〉 책주난 여주 리소저[202]
⑧ 〈나손본〉 이대환 필사. 책주 풍기 일원 이생원 신전댁[203]

---

197) 이 작품은 김광순 1권에 수록된 필사본 〈강능추월젼〉이다.
198) 박순호, 〈강능추월이춘빅젼〉, 『한글필사본 고소설자료총서』 53권(서울: 월촌문화연구소, 1986), 714쪽.
199) 박순호, 앞의 책, 52권, 350쪽.
200) 연세대본, 〈강능추월옥소전〉.
201) 여승구본, 〈강능추월젼〉.
202) 여승구본, 〈강능추월젼〉.

⑨ 〈박순호1본〉 박보원

⑩ 〈이대본〉 변산 불암 민도ㅅ댁 동창하의 신규선등서[204]

⑪ 〈여승구10본〉 영주 장순 소롱 박승화[205]

⑫ 〈계명대본〉 이칙 쥬인은 선기소저읍고[206]

〈제2계통본〉

⑬ 〈정문연1본〉 조소저 칙이라. 조소지 필젹 괴괴 흉필 붓그럽습[207]

⑭ 〈박순호6본〉 박극신서

⑮ 〈성대2본〉 벅기기는 성니 젼주 잇씨. 책주는 양주 광암 윤지사댁[208]

⑯ 〈여승구5본〉 청계 전의 이 대부인[209]

⑰ 〈경북대2본〉 책주 최찬우[210]

위의 필사본 〈강릉추월전〉의 필사 기록[211]을 토대로 남녀 향유층

---

203) 나손본, 앞의 책, 231-232쪽. 필자는 2002년 10월 3일 작품의 필사기에 기록된
 '풍기 일원 이생원 신전댁'에 대한 실증적인 조사를 했다. 현재의 지명에 해당하
 는 경북 영주시 안정면 일원리에서 이생원 신전댁에 대한 수소문 결과 마을 주
 민과 친척의 증언을 들을 수 있었다. 마을 주민 최대규(남, 83) 할아버지의 증언
 에 의하면 이종덕씨의 할머니가 신전댁이라 한다. 그리고 안정면사무소의 호적
 과 제적부를 조사한 결과 신전댁의 이름은 이진옥이다.

204) 이대본, 〈강능추월전〉.

205) 여승구본, 〈강능츄월옥소젼〉.

206) 계명대본 〈강능츄월전〉은 한쪽에 16-21행, 한줄에 14자 내외로 편사되어 있
 다. 전체분량은 150쪽이고 뒤에 〈여자탄〉이 첨부되어 있다.

207) 정문연본, 〈강능츄월전〉.

208) 성대본, 〈강능츄월전〉 3권2책.

209) 여승구본, 〈강능츄월젼〉 상, 하권.

210) 경북대본, 〈강능츄월젼〉 하권, 35쪽. 이 작품은 상권은 없고 하권만 존재하고
 있다.

211) 김재웅, 「〈강능추월전〉의 여성 독자층과 독자 수용의 태도」, 『어문학』 75집
 (대구: 한국어문학회, 2002), 118-119쪽.

과 신분 계층을 구별할 수 있다. 제1계통본은 제2계통본보다 필사 기록이 다소 많다. 필사기를 전반적으로 살펴보면 남성 필사자보다 여성 필사자가 다양하게 등장한다. 필사자가 여성인 경우는 ①, ②, ④, ⑤, ⑥, ⑦, ⑫, ⑬, ⑮ ⑯ 등이고, 남성인 경우는 ⑧, ⑨, ⑩, ⑪, ⑭, ⑰ 등이다.

①은 작품의 주인공과 같은 성을 가진 이소저가 직접 필사한 것이다. ②는 책 주인이 백실로 적혀있어 여성임을 알 수 있을 뿐만 아니라 여러 부인께 권하고 있는 점으로 보아 여성 독자를 염두에 두고 있다. 이것은 〈강릉추월전〉의 주된 향유층이 여성임을 증명하는 것이다. ③은 책주인의 글자 판독이 어려운 상태이지만, ②, ⑧처럼 여성의 택호가 기록되었을 것으로 추정할 수 있다. 이렇게 본다면 여성이 작품을 소장한 것으로 보아 여성이 필사하고 독서했음을 알 수 있다.

④는 필사기의 기록은 없지만, 작품을 소장한 노재순 할머니의 증언을 토대로 필사자와 독자가 여성임을 구체적으로 확인하였다. 이 작품은 노재순 할머니의 둘째 질부가 직접 필사하여 시집올 때 가지고 온 것이다.[212] 질부는 친정 어머니에게 글을 배웠으며, 아버지는 한문을 읽을 수 있었던 점으로 보아 필사자의 신분 계층은 서민으로 보기 어렵다.[213] 작품을 소장하면서 지속적으로 독서를 했던

---

212) 〈강능추월전〉을 필사한 노재순 할머니의 둘째 질부는 1929년에 합천군 율곡 면 내천의 학자 집안에서 출생하였다. 친정 어머니에게 글을 배우고 15살에 〈강 능추월전〉을 필사하여 18살에 초계면 원당으로 시집왔다. 작품의 말미에 무자 년으로 기록된 것으로 보아 필사한 시기는 1948년으로 추정된다.

213) 작품을 필사하거나 독서한 신분 계층은 선비와 학자 집안에서 출생하여 부모 에게 글을 배운 점으로 보아 향촌의 생원이나 향반 계층의 여성들로 볼 수 있을

노재순 할머니를 통해서 여성 독자의 구체적 사례를 확인하였다.

이러한 사례는 문경시의 이부영과 홍시낙 할아버지가 소장한 작품에서도 동일하게 나타난다. 두 할아버지가 소장한 〈강능추월리춘백전〉과 〈강능추월전〉은 어머니가 시집올 때 필사하여 가져온 것이다. 따라서 작품을 필사하고 독서한 경우는 여성임이 분명하다. 그리고 ⑫는 책주인이 선기소저라 밝히고 있는 점으로 보아 여성이 분명하다.

제2계통본 ⑬는 조소저의 책임을 밝히고 자신의 필적이 좋지 못하여 부끄럽게 생각하고 있다. ⑮는 필사자가 전주 이씨임을 밝힌 점으로 보아 여성임이 분명하다. 전주 이씨가 경기도 양주 광암의 윤지사 집에 소장된 책을 빌려 필사한 것으로 보인다. ⑯는 전의 이대부인이 직접 필사한 것이다. 이렇게 보면 제2계통본은 제1계통본에 비하여 여성 필사자의 신분이 다소 높은 것으로 보인다.

그런데 ⑧은 필사자가 남성이지만 책의 주인은 이생원 신전댁으로 적혀있다. 필사자 이대환은 이생원 부인이 소장한 책을 빌려 필사한 것으로 짐작된다. 다시 말해 이생원의 부인이 소장한 책을 빌려 필사한 이대환은 비록 남성이지만, 남성보다는 여성을 위해 작품을 필사한 것으로 보인다.

⑨, ⑩, ⑪, ⑭, ⑰은 박보원, 신규선, 박승화, 박극신, 최찬우 등의 이름만으로 남녀를 구분하기 어렵지만 대체로 남성 필사자로 추측된다. 예컨대 ⑪에 적혀있는 '영주 장순 소룡 박승화'의 기록을 실제로 확인한 결과 그곳에 박승화의 아들이 살고 있었다.[214] 그 아들에

것이다.

214) 현재 행정구역 명칭은 경북 영주시 장수면 소룡2리이다. 필사기의 기록을 확

게 확인한 결과 〈강릉추월전〉은 모친 김임규가 시집올 때 직접 필사해서 가져왔다고 한다.

이렇게 남성의 이름이 작품에 기록되어 있음에도 불구하고 실제로 작품을 필사한 경우는 바로 여성임이 증명된 것이다. 비록 남성이 필사했다고 하더라도 남성 주변의 부녀자들을 위해서 필사했을 것으로 판단된다. 왜냐하면 〈강릉추월전〉의 가족 이합적 성격과 효열 의식이 강조된 점으로 보아 남성보다는 여성들이 읽었을 가능성이 높기 때문이다.

필사기를 분석한 결과 남성보다 여성 필사자가 훨씬 많은 것으로 보아 여성 독자층이 주종을 차지한 것으로 판단된다. ⑧처럼 여성이 소장한 책을 남성이 빌려 필사하거나 ⑨, ⑭처럼 남성이 필사했다 손 치더라도 여성들을 위한 필사로 보인다. 여성이 소장한 책을 남성이 빌려서 필사했다는 것은 남성 주변의 부녀자들에게 읽히게 할 목적이 작용했기 때문이다. 남성이 여성의 책을 빌려서 필사하고 남성이 읽었다는 것은 설득력이 부족하다.

이밖에도 여성 필사자의 존재를 확인할 수 있는 내용이 작품의 말미에 등장한다. 작품을 필사한 뒤에 남은 종이에 여성들과 관계 있는 〈여자탄〉215), 〈화조가〉216), 〈우미인가〉217), 〈부인행실록〉218),

---

인하기 위해서 2002년 10월 4일 박승화의 집으로 찾아갔다. 그런데 박승화는 1894년 11월 30일 출생하여 1989년 5월 20일 세상을 떠났지만, 그곳에 박승화의 큰아들 박용서(남, 79) 할아버지가 살고 있었다. 그의 증언에 의하면 안동 김씨인 모친이 시집올 때 〈강능추월전〉을 필사하여 가져왔다고 한다. 장수면의 호적과 제적을 조사한 결과 모친 김임규는 1897년 4월 12일 출생하여 17살(1914년)에 이곳으로 시집온 것으로 되어있다.

215) 정명기본, 〈강능추월전〉, 계명대본, 〈강능츄월젼〉.

216) 여승구5본, 〈강능츄월전〉.

〈조순일전〉[219], 〈계녀가〉[220] 등의 가사와 소설이 첨가되어 있다. 그리고 〈여승구4본〉에는 필사자의 기록이 '손씨'로 나타난 점으로 보아 여성임을 알 수 있다.

이렇게 보면 〈강릉추월전〉의 필사자는 남성보다 여성이 많으며, 비록 남성이 필사했더라도 남성 주변의 부녀자들을 위한 것임이 분명하다. 그리고 작품을 소장한 노재순 할머니의 증언을 토대로 필사자와 독자가 여성임을 확인할 수 있다. 할머니의 증언을 참고하면 여성의 필사 연령은 대체로 15살에서 20살 정도로 친정에서 작품을 필사한 것이다. 학자 집안의 여성이 친정에서 한글을 배우며 작품을 필사하거나 시집가서 읽으려고 필사했다. 따라서 여성과 남성 주변의 부녀자를 위해서 필사된 점으로 보아 작품의 주된 독자층은 여성임이 분명하다.

제1계통본은 다양한 여성 독자층의 정보가 드러나고 있지만 대체로 신분이 낮은 향촌의 유학자 및 선비 계층에서 필사한 것이다. 제2계통본은 '이대부인(李大夫人)'처럼 신분이 높은 양반 계층에서 주로 필사하였다. 이러한 〈강릉추월전〉의 필사 기록을 통해서 제1계통본과 제2계통본을 향유한 여성의 신분 계층이 어느 정도 구별되었던 것으로 생각된다.

2) 여성 생활의 반영과 향유의식

〈강릉추월전〉을 실제로 필사했던 여성 독자가 살았던 시대는 조

---

217) 여승구10본, 〈강능츄월옥통소젼〉.
218) 노재순본, 〈강능추월젼〉.
219) 홍시낙본, 〈강능추월젼〉.
220) 취암문고3본, 〈이춘백전〉. 이 작품은 경북대 도서관에 소장되어 있다.

선후기의 지배질서가 무너지던 혼란기로 생각된다. 조선후기는 1860년 개항과 더불어 서양의 낯선 문물이 조선 사회에 유입되어 사회 불안을 가중시켰다. 특히 19세기는 세도 정치와 각종 민란의 발생과 함께 1894년 갑오농민전쟁, 청일전쟁, 러일전쟁이 발생하여 사회적 혼란이 극심했던 것으로 보인다.

이렇게 혼란한 조선후기 사회에서 생활해야 하는 여성의 삶은 남성에 비하여 더욱 열악한 환경에 처할 수밖에 없다. 여성들은 생사에 직면하는 극단적인 위기를 체험하면서도 유교 이념을 준수해야 하는 의무를 강요받았기 때문이다. 이 때문에 〈강릉추월전〉을 필사했던 여성들은 고진감래(苦盡甘來)의 인내심을 강조하고 있다.

〈강릉추월전〉의 말미에 적혀있는 필사자의 독서 체험은 삶의 역경을 참고 견디다보면 즐거운 날이 온다는 낙관적 내용을 담고 있다. 이러한 고진감래의 교훈은 예측할 수 없는 인간의 미래에 대한 불안과 걱정을 버리고 꿈과 희망을 품고 생활하도록 권유한 것이다. 〈강릉추월전〉의 주인공이 겪는 고진감래의 과정과 조선후기 여성이 겪어야 했던 삶의 역경은 일치한다고 해도 지나친 말이 아니다.

〈제1계통본〉
〈나손본〉 고진감닉는 닌간의 상사라 사람의 한평셩이 웃지될쥴 그 뉘 아리 이후 셰상 사람덜라 이닉 말삼 드러보소 초연 고상 즈랑 말라 말연…… 하로밤 소일은 넉넉히 함직하나 졸필쑌 안니라 밧비밧비 등서하엿 쓴니 오즈 낙셔 만하온니 이후 보닉이 노소 읍시 눌러눌러 보압소셔
〈김광순4본〉 즈즈손손 부귀영화 천흐의 유역터라[221]
〈박순호3본〉 고진감닉난 닌간 상식라 사람의 흔평싱니 어지될쥴 몰

를너라 부귀영화 셰상의 웃듣도여 만셰 억만셰예 공덕
을 싸아더라 니후 셰상 사람들아 니닉 말삼 드려보소 초
연고상 셜다마소 마조 말연 영화 보고 효칙ᄒ여 후셰 젼
ᄒ소셔

〈박순호10본〉 이 칙 등서할미 오자낙서가 만싸온니 보시난 여러 부인
계 모다 눌너 보시기 바릭임

〈연세대1본〉 효성과 츙셩이 지이리요 일단 한가지로 우슈이 ᄒ야 공
부ᄒ기을 일슴으소셔

〈이대본〉 고진감닉난 인간의 상ᄉ자라 사람의 한평싱니 어이될줄 그
뉘알이요 이후 셰게와 사람드릭 이닉 말슴 드러보소 초연
고상 셜다 말라 만년 분복 졔일니라 이런 칙 등서ᄒ여 후셰
의 젼ᄒ리라

〈여승구2본〉 이후 셰상 사람드라 이닉 말삼 드러보소 ᄌ고 영웅준걸
들리 초두 익잇서신이 초연 고상 잘양마라 말연 복록 졔
일 이제 일연 일을 기록ᄒ여 후셰의 젼ᄒ여라

〈여승구10본〉 고진감닉 인간 상ᄉ라 ᄉ람의 한평싱을 엇지된줄 그 뉘
알이 이후 싀상 ᄉ람드라 인닉 말삼 드러보소 초연 고
상 ᄌ랑 마라 말연 분복 칙일이라

〈여승구9본〉 강능가셔 드르니 그ᄌ손이 지금도 잇셔 족보의 나려오
더라

〈경북대1본〉 이른 고로 초연 고승은 즁닉 근본이라 이련 이른 해흔흔
이라 쳔츄의 유젼ᄒ던나 이 싀승 ᄉ람드라 이련 영화 쏘
잇서랴

〈장정룡본〉 고진감닉는 인간상ᄉ라 사람의 흔 평싱 어니될 줄 그 뉘
알니 니후 셰상 ᄉ람더라 이닉 말슴 드려보소 초연 고승
ᄌ랑마라 말연 분복 졔일니라 이 ᄉ긔을 그록ᄒ여 후 셰

---

221) 김광순, 앞의 책, 1권, 377쪽.

상의 젼ᄒ로라[222]

〈계명대2본〉 구고 섬기고 너희들 장녀복녹이 무궁하와 오복이 구
전슈복의 다냠ᄌᄒ고 자손장성

〈제2계통본〉

〈김광순3본〉 고진감녀난 인간 상ᄉ라 사람의 한평싱이 어어될줄 그
뉘ᄋ리 후세상 스람드라 이닉 말삼 드러보소 초싱 고상
ᄌ랑 ᄆ라 말연 분복 제일인이 일노효칙ᄒ여 후세여 유
젼ᄒ라

〈박순호2본〉 어와 시ᄉ 스람들아 부귀는 지천이 일역으로 못하련이
와 은공 부듸 갑고 효열을 부듸 쎈바다서 스라

〈정문연1본〉 글시 괴괴 왕필부 싁싁 외인 보실젹 눌러 짐하옵소셔 조
소지 필젹 괴괴 흉필 붓그럽습 이 칙 셜화 비록 볼만하나
싯치업셔 셥셥하오니다

〈국도본〉 니씨 됴씨 최씨 어씨 츙열효힝녹이라[223]

〈계명대1본〉 이 칙이 수의난 조히나 닉닉 글씨 망측망측 자가 마이
쌔져수오나 눌너눌너 짐즉 누문고안의 검작들 ᄒ시ᄅ

　위의 인용문과 같이 제1계통본은 혼란한 사회에서 부귀공명을 성
취하기 위해서 '고진감래'를 당부한다. 제2계통본은 혼란한 사회에
서 '충효열의 실천'을 당부한다. 이렇게 〈강능추월전〉의 필사 기록에
는 필사자들의 당부의 글과 여성들의 의식을 투영한 다양한 향유 의
식이 나타난다. 〈강능추월전〉의 서사 전개에서도 여성의 고진감래
를 당부하는 내용이 자주 등장하고 있어서 필사기록과 일맥상통한

---

222) 장정룡, 「〈강능추월전〉 연구」, 『인문학보』 23집(강릉대 인문과학연구소, 1997),
　　26쪽.

223) 국도본, 〈강능츄월옥쇼젼〉 2권2책.

다고 하겠다.

〈나손본〉, 〈김광순3본〉은 고진감래는 인간 세상에 흔히 있는 일이지만 사람의 한 평생을 알 수 없고, 이후 세상 사람들에게 처음 고생을 자랑하지 말고 마지막 행복이 제일이니, 이런 일을 거울 삼아 후세에 전하라는 당부가 담겨있다. 〈나손본〉은 작품의 내용이 '하룻밤의 소일거리'는 충분하다고 하였다. 책을 읽으며 소일할 수 있는 신분 계층은 선비와 학자 및 양반의 부녀자들이라고 할 수 있다. 필사자가 이춘백 가족의 이합 사건을 '고진감래'로 파악하고 있으며, 노소에 관계없이 볼 만한 작품으로 평가한 것이다.

〈박순호3본〉은 〈나손본〉, 〈김광순3본〉보다 "부귀영화가 세상의 으뜸으로 억만 세에 공덕을 쌓을 것을 강조"하는 대목이 확대되어 있다. 〈박순호10본〉은 오자와 낙서가 많음을 독자들에 사과하면서도 작품을 읽는 독자층이 부인들임을 분명히 하고 있다. 〈김광순4본〉은 이춘백 가족의 부귀영화가 자자손손 이어지고 천하의 으뜸임을 주장한다. 〈계명대1본〉은 책의 내용은 좋으나 글씨가 많이 빠졌기 때문에 짐작하라는 당부의 말이 적혀있다. 이렇게 책의 내용이 좋다는 평가는 작품을 향유했던 여성 향유층의 욕망을 반영한 것이라 하겠다.

〈박순호2본〉은 사람의 힘으로 부귀를 마음대로 못하지만 은혜는 반드시 갚고 효열을 본받으며 살 것을 강조한다. 〈정문연1본〉은 필사자 조소저가 자신의 글씨가 서툰 점을 사과하면서 작품이 재미있는데 말미에 낙장된 것을 안타까워하고 있다. 〈국도본〉은 작품의 주제를 네 명(이씨, 조씨, 최씨, 어씨) 부인들의 '충열효행록'이라고 밝히고 있다. 이러한 '충열효행록'은 장편가문소설의 표제와 유사한 것으로 보인다.

위 필사자들의 향유 태도 및 의식을 살펴보면 인간의 삶이 불안한 상태에 놓여있지만, 고진감래로 세상사의 어려움을 극복하고 행복을 누릴 수 있다는 것이다. 이런 점에서 〈강릉추월전〉의 필사자들은 자신의 삶을 투영한 독서 의식을 통해서 세상사의 혼란함을 한탄하거나 자랑하지 말 것을 강조한다. 필사자들은 꿈과 희망을 가지고 열심히 생활하다보면 부귀영화가 온다는 교훈적인 의미를 담아내고 있다.

이와 같은 대목은 유교적인 충·효·열을 강조한 작품의 주제적 의미와 필사자의 필사 의식을 어느 정도 짐작할 수 있다. 제1계통본의 〈김광순4본〉, 〈박순호3본〉은 고진감래를 실천한 이춘백 일행에게 천하의 부귀영화가 왔음을 보여준다. 〈여승구9본〉은 작품에 등장하는 인물을 '강릉의 실제 인물'로 제시한다. 이것은 주인공의 행적을 역사적 사실로 인식하려는 의식을 보여준다. 즉 작품의 주인공 이씨의 실제적 모델이 바로 강릉 이씨의 족보에 실려있다는 제시를 통해서 사실성을 부여한 것이다.

제2계통본의 〈박순호2본〉, 〈국도본〉은 이춘백의 천상귀환 거부와 10년 기한 연장을 통해서 어소저의 효열 의식과 어소저의 원혼을 풀어주는 대목이 첨가되어 있다. 어소저가 부친을 살리려고 노력했으나 실패하여 자결한다. 원혼으로 등장한 어소저는 자신의 부친을 죽인 남편을 원망하기는커녕 죽을 위기에 처한 시부모와 남편을 구해준다. 이러한 어소저의 효열 의식에 대한 은공을 갚는 것이 바로 어소저의 원혼 풀어주기로 첨가되어 있다.

〈박순호3본〉은 세상의 부귀영화를 위해서 오랜 기간 공덕을 쌓을 것을 당부하는 말에서 불교의 윤회사상과 인연사상이 나타난다. 이러한 불교의 순환론적 세계관이 서사 전개에 여러 번 등장하고 있어서 사상적으로 중요한 의미를 내포하고 있다.[224] 따라서 〈강릉추월전〉은 변화무쌍하고 예측할 수 없는 인간의 불안한 세상사를 불교의 세계관으로 해소하려는 여성 향유층의 욕망을 표출한 것으로 보인다.

이상에서 〈강릉추월전〉은 고진감래의 여성적 삶이 서사 구조와 일맥상통하고 있으며, 혼란한 세상을 살아가는 불안한 존재가 바로 조선후기의 여성들임을 제시하고 있다. 조선후기 여성이 고된 시집살이를 참고 견디면 훗날 반드시 부귀영화를 누릴 수 있음을 역설하고 있다. 작품에 등장하는 고진감래의 세상사는 여성들의 시집살이에 적지 않은 위로를 주었을 것이다.[225] 이 때문에 많은 여성들이 〈강릉추월전〉을 필사하고 읽었던 것으로 생각된다. 제1계통본이 부귀공명을 위한 고진감래를 보여준다면 제2계통본은 충·효·열을 통한 여성의 은혜 갚기를 보여준다.

이렇게 신분 계층이 낮은 독자들은 신분 상승과 부귀공명에 대한

---

224) 김재웅, 「〈江陵秋月傳〉 硏究」, 『한국학논집』 26집(계명대 한국학연구원, 1999), 256-258쪽.

225) 김재웅, 「〈강능추월전〉의 여성 독자층과 독자 수용의 태도」, 『어문학』 75집(대구: 한국어문학회, 2002), 127-138쪽. 여기서는 〈강릉추월전〉을 소장하면서 지속적인 독서를 했던 여성 독자의 구체적 수용 사례를 실증적으로 논의하였다. 여성 독자들은 가족 상봉에 가장 관심을 보이고 있는데 반하여, 군담은 생략하거나 축약하여 수용한 것이다. 〈강릉추월전〉의 여성 독자는 여성의 시집살이와 작품의 유사성에 흥미를 보이고, 반복적 독서를 통해서 유교 이념을 체득했으며, 천상 개입과 권선징악을 긍정하고 있다. 이러한 여성 독자들의 실증적 수용 사례는 작품을 향유했던 여성의 태도를 살펴볼 수 있는 귀중한 작업이라 생각된다.

욕구를 대변한 것이다. 반대로 신분 계층이 높은 독자들은 충·효·열과 같은 유교 이념의 실천을 강조했을 것이다. 신분이 낮은 여성 독자들은 소설을 접하면서 신분 상승에 대한 염원을 투영했다면, 신분이 높은 여성 독자들은 신분적인 문제보다 유교 이념의 실천에 더 많은 관심을 표명했기 때문이다. 따라서 〈강릉추월전〉은 여성 향유층의 신분 계층에 의해서 작품에 대한 욕구와 독서 의식이 어느 정도 구별되었다.

3) 지역별 유통양상과 여성 향유층의 역할

지금까지 경북 지역에 유통된 필사본 고소설의 종류는 얼마나 될까? 작품에 남아있는 필사기록과 현장조사를 통하여 지역별로 유통된 고소설은 모두 300여 종으로 나타난다.[226] 그 중에서도 경북 지역에 유통된 필사본 고소설은 모두 90여 종으로 가장 많은 분포를 보이고 있다. 경북 지역에 유통된 필사본 고소설은 〈강릉추월전〉 8편, 〈조웅전〉 5편, 〈유충렬전〉 4편, 〈김진옥전〉 4편 등과 같이 빈번하게 유통되었다.[227] 이러한 필사본 고소설들은 경북 지역 여성 향유층의 미의식을 단적으로 보여준다고 하겠다.

필사기록과 현장조사를 통하여 〈강릉추월전〉의 지역별 유통을 제시하면 경북 8편, 경남 1편, 전북 1편, 경기 1편 등으로 나타난다. 여기에 경남 1종까지 포함하면 영남 지역에는 무려 9편의 〈강릉추월

---

226) 김재웅, 「대구·경북 지역에 유통된 필사본 고전소설의 종류와 독자층에 대한 연구」, 『대구경북학 연구논총』 3집(대구경북연구원, 2006), 133-162쪽.

227) 김재웅, 「경북 지역에 유통된 필사본 고소설에 대한 실증적 연구」, 『고소설연구』 24집(한국고소설학회, 2007.12), 219-250쪽.

전〉이 유통되었다. 이러한 측면에서 〈강릉추월전〉은 경북 지역을 대표하는 필사본 고소설이라고 할 수 있다. 그렇다면 왜 경북 지역에서 〈강릉추월전〉이 빈번하게 유통되었을까?

〈강릉추월전〉은 친부모를 습격한 도적의 딸과 결혼한 주인공이 자신의 정체성을 찾으면서 이별한 가족과 극적으로 만나는 과정을 역동적으로 그려낸 소설이다. 그 뿐만 아니라 〈강릉추월전〉은 중국의 화본소설『경세통언』제11화에 수록된 〈소지현나삼재합〉의 영향을 수용했음에도 조선후기 사회상을 반영하면서 끊임없이 변모를 거듭하여 재창작된 소설이다.[228] 이러한 〈강릉추월전〉이 경북 지역에 다량 유통되었다는 것은 향유층의 성향과 관련된 것으로 보인다. 따라서 필사본 〈강릉추월전〉은 경북 지역 여성 향유층을 대표하는 작품이라고 해도 손색이 없을 것이다.

〈강릉추월전〉의 이본은 제1계통본 기본형, 제2계통본 부연·확대형, 제3계통본 변이형 등으로 구분할 수 있다.[229] 이 작품은 중국 화본소설에 가까운 필사본 제1계통본이 형성된 뒤에 제2계통이 파생되었고 1915년에 활자본 제3계통이 출간되었다. 이러한 필사본 〈강릉추월전〉의 이본계통 중에서 경북 지역에는 제1계통 기본형이 다수 유통된 것으로 보인다. 경북에 유통된 필사본 〈강릉추월전〉 중에서 6편이 제1계통본 기본형에 해당한다. 다만, 〈정문연본〉과 〈박순호본〉은 제2계통본 부연형에 해당한다. 이렇게 보면 경북을 포함한 영남 지역에는 필사본 〈강릉추월전〉 중에서도 제1계통본 기본형

---

228) 김재웅, 앞의 논문, 36-57쪽. 서대석, 「〈소지현나삼재합〉계 번안소설 연구」,『동서문화』5집(계명대 동서문화연구소, 1973), 179-223쪽.

229) 김재웅, 앞의 논문, 59-97쪽.

이 다수 유통되었다.

제1계통본 〈강릉추월전〉은 친부모를 습격한 원수가 비록 장인이라고 할지라도 부모의 원수를 갚는 것으로 나타난다. 필사본 제1계통이 경북 지역에 다수 유통된 것은 부모의 원수는 반드시 갚아야 한다는 유교적 효성을 반영한 것이다. 예컨대 〈나손본〉의 신전댁, 〈여승구본〉의 김임규, 손씨, 〈홍시낙본〉의 김수길, 〈이부영본〉의 이유천, 〈단국대본〉의 김영이 할머니 등의 여성 향유자들은 부모의 원수를 갚아야 한다는 유교적 효성을 보여준다. 이러한 부모의 원수 갚기는 경북 지역 여성 향유층의 유교적 이념을 반영한 것으로 보인다.

그런데 제2계통은 부모를 습격한 원수를 처벌한 뒤에 헌신적인 아내의 효열 덕분에 주인공의 잘못을 뉘우치는 것으로 변모되었다. 이러한 제2계통 부연형이 안동 지역에서 유통되었다는 점이 주목된다. 안동에서 유통된 정문연본 〈강능추월전〉은 부모의 원수 갚기도 중요하지만 성급하게 장인을 처벌해 아내가 자결한 문제에 대해서 뉘우치는 대목이 첨가되어 있다. 그리고 정문연본 〈강능추월전〉은 도적의 소굴에 잡혀간 조부인의 정절시험 대목이 생략되어 있다. 특히 작품에 등장하는 군담대목이 축소되었을 뿐만 아니라 친부모와 시부모를 동일시하고 있다. 이러한 특징은 양반가의 여성이 향유하는 과정에서 변모된 것으로 보인다.

한편, 경북에서 유통된 필사본 고소설은 주로 통혼권과 연관된 것으로 보인다. 조선시대 양반은 문중끼리 혼인관계가 중첩되면서 폭넓은 연대관계가 형성되었다. 양반들이 서로 얽혀 혼반을 형성하는 사실을 퇴계파 종손가문의 통혼사례에서도 나타난다.[230] 양반과 달리 선비 및 유학자 집안에서는 당시의 통혼권이 시장권과 대부분 일치하는 것으로 보인다. 경북에서는 결혼을 통하여 한 집안의 작품이 다른 지역으로 전파되었다. 예컨대 〈강릉추월전〉을 필사한 여성들과 〈조웅전〉을 필사한 전순주는 친정에서 작품을 필사하여 시집갈 때 가져왔다고 증언하고 있다. 이러한 고소설을 필사하여 시가에 가져온 여성들은 자기 집안의 위상을 높일 뿐만 아니라 대단한 자부심을 가지고 있었다.[231]

〈강릉추월전〉을 필사한 김임규는 영주시 봉현면 하초리에서 장순면 소룡리로 시집오기 전에 친정에서 작품을 베꼈다고 한다. 현장조사에서 맏아들 박용서는 모친이 소룡리와 가까운 곳에서 살았으며 17세 때 손수 필사했다는 증언을 해주었다. 또한 〈강릉추월전〉을 필사한 김수길과 이유천, 신전댁 이진옥도 시집오기 전에 필사했다고 아들과 동네 주민들이 각각 증언해주었다. 김수길은 의성군 단밀면 위중리에서 상주시 함창읍 관암리로 시집왔고, 이유천은 문경시 산북면 우곡리에서 동로면 간송리로 시집왔으며, 신전댁 이진옥은 영주시 안정면 내에서 시집왔다. 따라서 〈강릉추월전〉을 필사한 여성들은 친정과 시가의 거리가 가까운 시장권 중심의 통혼권과 연관되어 있다.

이러한 사례는 〈조웅전〉과 〈송부인전〉을 필사한 경북 고령군의 전순주와 성주군의 장위생에서도 마찬가지이다. 고령군 개진면에서 출생한 전순주는 개진면 반운리로 시집오기 전에 〈조웅전〉을 필사하여 가지고 왔다. 전순주 할머니는 개진면 내에서 결혼한 것으로

---

230) 조강희, 『영남지방 양반 가문의 혼인관계』 (경인문화사, 2006), 161-164쪽.
231) 김재웅, 「영남 지역 필사본 고소설에 나타난 여성 향유층의 욕망」, 『한국고전여성문학연구』 16집(한국고전여성문학회, 2008.6), 5-35쪽.

보아 시장권 중심의 통혼권을 벗어나지 않는다고 하겠다. 나원섭의 조모 장위생도 인근 지역에서 시집왔다. 따라서 경북 지역의 선비집안 및 유학자집안에서는 시장권을 중심으로 통혼권이 형성되었다. 이 때문에 필사본 〈강릉추월전〉의 유통과 파급에는 통혼권이 중요한 역할을 했던 것으로 보인다.

그런데 단국대본 〈강능추월전〉를 필사한 김영이는 시장권을 넘어서는 통혼권을 보여준다. 임병동의 아내 김영이(1908-1986)는 상주 남성동에서 예천군 유천면 사곡리로 시집왔다. 이러한 경우는 〈창란호연록〉을 필사한 황재학에서 더욱 뚜렷하게 나타난다. 장편가문소설을 필사한 황재학은 상주의 장수 황씨 집안에서 칠곡군 기산면 각산리로 시집왔다는 점에서 양반의 결혼을 보여준다.[232] 손자 장세완의 증언에 의하면 조모 황재학과 5대 조모가 동일한 친정에서 시집왔다고 한다. 따라서 장편가문소설을 필사한 황재학의 경우는 작품의 분량에 따라서 통혼권의 범위가 사뭇 달라진다는 사실을 보여준다.

이렇게 경북 지역 필사본 고소설의 유통과 파급에는 시장권을 중심으로 하는 통혼권이 중요한 역할을 수행한 것으로 보인다. 단권으로 구성된 필사본 고소설은 시장권과 일치하는 통혼권에 속하지만, 여러 권으로 분권된 장편가문소설은 시장권을 넘어서 양반가와 혼인한 것으로 보인다. 이러한 필사본 고소설의 유통과 전파는 경북 지역의 범위를 넘어서지 않은 가운데 결혼이 중요한 역할을 수행하

---

232) 이러한 양반가의 필사본 고전소설의 유통에 대해서는 박영희, 「장편가문소설의 향유집단 연구」, 『문학과 사회집단』 (집문당, 1995), 319-361쪽에 구체적으로 드러난다.

였다. 따라서 경북 지역의 필사본 〈강릉추월전〉의 전파는 양반과 선비집안 및 유학자집안의 신분계층에 따른 통혼권에 의해서 유통되고 파급된 것으로 보인다.

2. 여성 향유층과 필사본 계통의 변모

〈강릉추월전〉의 필사본에 기록된 필사 시기의 구분을 통해서 이본 계통의 변모를 어느 정도 확인할 수 있다. 필사본에 적혀있는 필사 시기는 대체로 농한기에 집중되어 있다. 그런데 필사본 〈강릉추월전〉의 필사 시기를 제1계통본과 제2계통본으로 구분하여 살펴보면 상황은 다르게 나타난다.

제1계통본은 원월(〈나손본〉, 〈김광순4본〉, 〈이화여대본〉, 〈여승구2본〉, 〈계명대2본〉), 정월달(〈박순호1본〉, 〈김광순3본〉, 〈박순호10본〉, 〈여승구3본〉), 이월(〈노재순본〉, 〈박순호3본〉, 〈여승구9본〉), 삼월(〈연세대1본〉), 사월(〈연세대2본〉), 오월(〈정문연2본〉), 십일월(〈박순호10본〉), 납월(〈단국대1본〉) 등이다. 이렇게 작품의 정확한 필사 연도는 알 수 없지만 대체로 농한기에 필사된 것으로 보인다. 그런데 〈강릉추월전〉의 필사 시기를 구체적으로 확인할 수도 있다. 〈나손본〉에는 필사자의 지역과 신상에 관한 기록이 적혀있다.233) 이것을 토대로 실증적인 조사를 한 결과 구체적인 필사 시기를 확인한 것이다.

〈나손본〉은 신전댁이 현재의 경북 영주시 안정면 신전리에서 이웃 마을 안심1리로 시집올 때 필사하여 가져온 작품이다. 작품에 기

---

233) 나손본, 〈강능추월전〉의 말미에는 한자로 '책주 풍기 일원 이생원 신전댁'과 '새재 계묘 원월 이십오일 이대환 역팔'이란 기록이 있다.

록된 '신전댁'은 바로 이진옥 할머니이다. 좀더 자세한 기록을 면사무소에서 확인한 결과 이진옥 할머니는 홍화4년(1847) 출생하여 소화 10년(1935)에 사망한 것으로 기록되어 있다. 마을 주민과 친척의 증언[234]에 의하면 이진옥 할머니는 15살(1861년)에 안심1리로 시집왔다고 한다. 그렇다면 〈강릉추월전〉의 필사 시기는 적어도 이진옥의 결혼을 앞둔 1861년 이전인 것으로 생각된다.

이렇게 보면 〈나손본〉의 필사기에 기록된 '계묘(癸卯)'년의 구체적인 시대는 1903년으로 추정할 수 있다. 이 작품은 이진옥 할머니가 시집올 때 필사한 작품을 '이대환'이가 빌려서 1903년도에 필사한 것으로 생각된다. 따라서 필사본 제1계통본의 필사 시기는 적어도 1861년보다 앞서 형성, 유통된 것이 확실하다.

제2계통본은 유월(〈정문연1본〉), 정월(〈박순호6본〉, 〈정문연1본〉, 〈여승구5본〉, 〈경북대2본〉), 삼월(〈성대2본〉, 〈여승구8본〉), 사월(〈국도본〉), 납월(〈성대1본〉)[235] 등이다. 이렇게 제2계통본은 주로 농번기에 필사된 것으로 보인다. 그런데 〈성대2본〉에는 필사자의 지역과 신상에 관한 기록이 나타난다. 이 작품에는 '책주는 양주 광암 윤지사댁'이고[236] 필사한 사람은 '전주 이씨'로 기록되어 있다. 현재 '광암'의 명칭은 사용되지 않지만 적어도 1906년 이전에는 사용된 지명이다. 그

---

234) 안심1리에 살고 있는 마을 주민 최대규(남, 83) 할아버지와 사촌 이종학(남, 76) 할아버지에게 직접 확인한 것이다.

235) 성대본, 〈강능추월〉 3권3책.

236) 성대2본, 〈강능추월전〉에 기록된 현재의 명칭은 경기도 양주군 양주읍 광사리이다. '광암'은 광사리의 옛 명칭이다. 『양주군지』에 보면 '광암'의 명칭이 고주내면 광암리로 1906년 개편되었고 광사리는 1914년 주내면으로 개편되었다. 이렇게 본다면 '광암'은 1906년 이전에 주로 사용된 명칭으로 보인다. 물론 행정구역의 명칭이 변경되었다고 해서 곧바로 새로운 명칭이 사용되었는지는 알 수 없다.

렇다면 〈성대2본〉에 기록된 신해(辛亥)년의 필사 시기는 1911년으로 추정할 수 있다. 따라서 〈성대2본〉은 1906년 이전부터 형성되어 유통된 것으로 보인다.

이렇게 〈강릉추월전〉의 필사본 계통본의 필사 기록과 실증적 조사를 종합해 보면 제1계통본이 제2계통본보다 필사 시기가 다소 앞서는 것으로 보인다. 그렇다고 해서 모든 작품에 그대로 적용할 수는 없다. 다만 제1계통본이 먼저 형성되어 독자층에게 향유되다가 제2계통본으로 변모했음이 필사 연도와 필사 시기를 통해서 어느 정도 확인한 셈이다.

작품의 필사 시기는 원월과 정월은 같은 달을 일컫는 것으로 4월 5월을 제외하면 대부분 농한기에 집중되어 있다. 이러한 필사 시기를 통해서 필사자들은 농번기를 피하여 다소 시간적 여유가 있는 농한기에 작업을 한 것으로 보인다. 이것을 통해서 필사자의 신분 계층을 어느 정도 유추할 수도 있을 것이다.

노동 집약적인 우리나라의 농경문화는 논농사를 중심으로 발달했다. 벼농사의 생산 방식에 따라서 모내기와 같은 많은 노동력이 한꺼번에 필요한 농번기와 추수를 끝내고 한가하게 쉴 수 있는 농한기가 뚜렷하게 구분된다. 정월과 이월 보름까지는 농한기로 한 해의 농사를 시작하기 위한 준비 과정과 풍년을 기원하는 의식이 진행된다. 유월은 양력으로 계산하면 칠월이므로 모내기를 끝마치고 무더위에 잠시 휴식을 취하고, 십일월은 추수를 끝내고 풍년에 감사하는 기간이다. 이렇게 보면 작품의 필사 시기는 일손이 많이 필요한 농번기를 피하여 농한기에 주로 이루어진 것이다.

작품의 필사 시기를 토대로 필사 기간을 살펴보면 대체로 한 달(7

일~27일) 안에 작업을 마무리한 것으로 보인다. 〈박순호6본〉은 상, 하권을 20일간(1월 20~2월 10일), 〈정문연1본〉은 27일간(6월 3일~30일), 〈노재순본〉은 21일간(2월 4일~25일), 〈여승구9본〉은 7일간(2월8일~15일) 각각 필사한 것이다. 그리고 〈박순호10본〉과 〈정문연1본〉은 한 작품에 두 개의 필사 시기가 등장하는데 각각 정월과 십일월, 정월과 유월이다. 전자와 후자의 정월은 모본에 있던 것을 그대로 필사한 것이고, 십일월과 유월은 작품을 직접 필사한 시기로 판단된다.

〈노재순본〉은 21일 동안 개작했다고 적혀 있는 것으로 보아 작품을 그대로 필사한 게 아니라 필사자의 의도에 맞게 바꾼 것이다. 이 작품은 마지막 단락에 이춘백을 비롯한 주인공 일행이 천상 귀환을 거부하는 대목이 간략하게 등장한다.237) 이것은 제1계통에서 제2계통으로 발전하는 과정에서 첨가된 것으로 판단된다. 왜냐하면 필사자가 모본의 내용을 축소하였지만 서사 내용을 완전히 파괴하면서까지 개작하지는 않았을 것이기 때문이다. 작품의 말미에 〈부인행실록〉이 첨가된 것으로 보아 종이가 없어 후반부를 삭제한 것으로 보기도 어렵다.238) 따라서 모본의 서사 단락을 충실하게 필사하면서도 불필요한 사건의 요약과 후일담을 제거하여239) 필사 기간을 축소

---

237) 이 작품은 옥황상제의 천상 귀환 명령을 받고 삼 년의 말미를 청하는 대목이 첨가되어 있다. 작품을 필사한 둘째 질부가 십 년을 잘못 적어 삼 년으로 썼을 수도 있으나, 여기서는 기간이 중요한 게 아니라 제2계통에만 있는 대목이 제1계통에 첨가되어 있다는 점이 주목된다.

238) 단국대본, 〈강능춘월전〉에는 "조우 부족하와 아홉장 못다 벽겻다"라는 필사 기록을 통해서 종이가 부족하여 모본의 9장을 필사하지 못했음을 구체적으로 밝히고 있다.

239) 김재웅, 「〈강능추월전〉의 이본에 대한 연구」, 『한국학논집』 27집(계명대 한국학연구원, 2000), 138쪽.

한 것으로 보인다.

세책본으로 유통된 〈성대1본〉의 3권3책은 12월에 필사된 것이고, 〈국도본〉의 2권2책은 4월 30일에 필사된 것이다. 이 작품들은 각 권 말에 같은 필사 시기가 기록된 것으로 보아 직업적, 전문적인 필사자가 하루 만에 모두 작업한 것으로 볼 수밖에 없다. 전자가 "서원동 서책"이라는 기록을 통해서 세책점을 중심으로 유통된 것이라면, 후자는 농번기에 작업한 것으로 보아 논농사와 관련이 없는 신분 계층의 작업으로 보인다. 세책점에서 유통된 〈성대1본〉은 일관된 필체와 기자 치성, 혼례의 확대 및 첨가, 부녀자들의 효열 의식을 강조하는 방향으로 변모되었다. 〈국도본〉은 전체적인 서사 내용을 구비하면서도 여성의 효열 의식을 강조하는 방향으로 매우 간략한 서사 전개를 보여준다.

〈강릉추월전〉을 필사하고 읽었던 시기가 대부분 농한기에 집중된 점과 필사 기간이 한 달인 것으로 보아 여성 독자층의 신분 계층이 양반이라고 보기에는 문제가 있을 것 같다. 농한기에 작품을 집중적으로 필사할 수 있는 신분 계층은 상민과 양반의 중간 계층으로 파악하는 게 바람직할 것이다.[240] 이런 점에서 〈강릉추월전〉을 읽었던 여성 독자층은 양반보다 신분이 낮고 상민보다 높은 몰락한 선비

---

240) 한국정신문화연구원편, 『한국민족문화대백과사전』 13권 (서울: 웅진출판사, 1992), 818-819쪽. 조선조 후기의 신분구조는 17세기말까지 소수의 양반과 다수의 상민, 노비로 구성되어 있었으나 19세기로 접어들면서 다수의 양반과 소수의 상민, 천민으로 변모되었다. 그리고 시카다가 1760년에서 1858년까지 대구부 호적조사에 의하면 양반호(9.2%→70.3%), 상민호(53.7%→28.2%), 노비(37.1%→ 1.5%) 등으로 나타난다. 이것은 양반호의 급격한 증가와 노비의 급격한 감소를 뚜렷이 보여준다.

와 유학자 계층의 부녀자들이 주로 읽었을 것으로 생각된다. 이것과
관련하여 〈강릉추월전〉을 필사한 노재순 할머니의 둘째 질부가 향
촌 유학자 집안에서 출생했으며, 작품을 수십 번 읽었던 노재순 할
머니가 선비 집안에서 출생했다고 증언한 대목을 유념해 볼 필요가
있다.

〈강릉추월전〉의 제1계통본은 주로 농한기에 집중적으로 필사되
었고 제2계통본은 세책점이나 농사와 관계없는 양반 부녀자에 의해
필사된 것이다. 이러한 점을 종합해 볼 때 필사본은 여성 독자층의
필사 시기의 변화와 전문적, 직업적 필사자의 참여를 통해서 제1계
통본에서 점차 제2계통본으로 변모한 것이다.

〈강릉추월전〉을 필사하고 독서했던 신분 계층은 양반과 상민의
중간 계층의 여성으로 보인다.241) 생업에 종사해야 했던 농민과 상
인의 여성들은 특별한 경우를 제외하고 한글을 배울 수 없었다. 그
렇다면 한글을 배울 수 있었던 양반과 선비 혹은 유학자 집안의 여
성들이 〈강릉추월전〉을 필사하고 향유한 것으로 보인다.

그런데 〈강릉추월전〉은 여성 독자층의 신분 계층에 의해서 필사
시기와 필사 기간이 구분된다. 이러한 신분 계층의 분화를 통해서
이본 계통의 변모를 어느 정도 확인할 수 있다. 물론 이러한 차이가
절대적이라고 말할 순 없다. 다만 농한기에 필사된 제1계통본과 농
번기에 2권, 3권으로 분권된 제2계통본과 세책점을 중심으로 유통된

---

241) 이것은 경북 북부 지역의 소설독자가 士家女人이 중심이라는 이원주의 견해
　　와 상통하거나 약간 낮은 계층이라고 할 수 있다. 그런데 북부 지역의 독자들은
　　傳책보다 錄책을 많이 읽었다고 했는데, 이곳 서부 지역의 독자들은 傳책을 주
　　로 읽고 있다는 점이 다르다. 이러한 원인에 대하여 좀더 세밀한 검토는 다음의
　　과제로 미루어 둔다.

작품의 거리를 어느 정도 인정해야 할 것이다.

농한기에 집중적으로 필사된 제1계통본은 농사일에 일정한 영향을 받았기 때문에 제2계통본의 많은 분량보다는 적은 분량을 선호했을 것이다. 이렇게 유학자 또는 선비 집안의 여성들은 농한기라 하더라도 많은 시간을 작품 필사에 투자할 수 없었기 때문에 필체가 일정하지 않았을 것이라 생각된다.

제1계통본에 기록된 여성 향유층의 신분 계층은 주로 선비 또는 유학자 집안의 여성이다. 현장조사에서 〈나손본〉을 직접 필사한 신전댁 이진옥의 친정은 가난했다고 한다. 그런데 안심1리 주민의 증언에 의하면 이진옥의 집에 고서가 많았으며, 책을 읽는 모습을 자주 보았다고 한다. 이진옥의 집에 소장된 고서가 직접 필사한 것인지 아니면 남편 이현소의 집에 소장된 것인지는 확인할 길이 없다. 다만 작품의 말미에 기록된 '이생원'의 기록과 주민의 증언을 종합하면 선비 혹은 유학자 집안의 사람인 것은 분명하다.

〈여승구10본〉에 기록된 내용을 실제로 확인한 결과 작품을 필사한 사람은 박승화의 아내 김임규이다.[242] 김임규의 아들 박용서(남, 79)의 증언에 의하면 처가에서 글을 배운 어머니가 〈강릉추월전〉을 필사하여 시집올 때 가져왔다고 한다. 김임규는 동네의 사돈지를 대필할 만큼 글을 잘 알고 있었다고 한다. 그리고 아버지 박승화는 마을에서 한문을 가르치는 훈장을 했는데 아내가 필사한 작품을 전혀

---

242) 김임규는 1897년 4월 12일에 출생하여 시집올 당시 17살(1914년)에 〈강능추월전〉을 필사했다. 남편 박승화는 1894년 11월 30일 출생하여 1989년 5월 20일 사망했다. 아들 박용서의 증언에 의하면 김임규는 〈김진옥전〉도 필사했으며 동네의 사돈지를 대필할 정도로 글을 잘 알았다고 한다.

보지 않았다고 한다. 이러한 사실을 종합해 볼 때 김임규와 박승화의 신분은 몰락한 향촌의 선비 또는 유학자 계층으로 볼 수 있다.

이와 같이 〈강릉추월전〉을 필사한 신분 계층은 양반보다 낮고 상민보다 높은 몰락한 선비 또는 유학자 집안의 여성으로 추측된다. 이러한 사례는 예천군 김영이 할머니[243]와 문경시의 김수길[244], 이유천 할머니[245]를 통해서 구체적으로 확인할 수 있다. 따라서 〈강릉추월전〉의 제1계통본을 필사하거나 향유한 신분 계층은 유학자 또는 선비 집안의 여성으로 생각된다.

농번기에 필사된 제2계통본과 세책점에서 필사된 작품은 농사일과 크게 관계없는 양반 부녀자들을 대상으로 전문적, 집업적인 필사자에 의해 이루어진 것이다. 이 작품들은 필체가 일정하며 분권된 각 권의 말미에 동일한 날자가 기록되어 있다.

제1계통본은 주로 양반과 상민의 중간 계층의 부녀자들이 주로 애독했다면, 세책점에서 유통된 제2계통본은 양반 계층의 부녀자들

---

243) 경북 예천군 유천면 율헌동 556번지에 살았던 임병동 할아버지의 아내 김영이 할머니가 〈강능추월전〉과 같은 책을 가지고 있었다고 한다. 그곳에 살고 있는 친척인 이장 임병용의 증언에 의하면 임병동 할아버지는 선비 집안의 사람이라고 한다. 특히 김영이 할머니는 동네의 사돈지를 대필했다고 한다.

244) 경북 문경시 점촌읍의 홍시낙(남, 70) 할아버지의 증언에 의하면 〈강능추월전〉은 어머니 김수길이 시집오기 전에 친정에서 필사하여 가져왔다고 한다. 김수길은 1914년 10월 2일 출생하여 2001년 2월 5일 사망했다. 김수길은 신비 내지 학자 집안에서 조부에게 한문과 한글을 배웠다고 한다. 그리고 〈강능추월전〉의 필사 시기는 18살(1932년)이라 한다.

245) 경북 문경시 동로면 간송마을의 이부영(남, 69) 할아버지의 증언에 의하면 〈강능추월리춘백전〉은 어머니가 시집올 때 필사하여 가져온 것이라 한다. 이부영의 어머니 이유천은 1890년(고종27년) 10월 6일 출생하여 1962년 10월 20일 사망했다. 작품을 필사한 시기는 15살(1904년)로 추정된다. 아들 이부영은 아버지 이정주와 어머니 이유천의 신분을 선비 집안이라고 증언해주었다.

이 주로 애독했을 것으로 추측된다. 제1계통본에 비하여 제2계통본
은 양반 부녀자들이 좋아할 수 있는 혼례의 확대와 첨가뿐만 아니라
효열 의식이 강조되어 있었기 때문이다. 〈성대2본〉은 양주 광암 윤
지사[246) 집의 책을 성주 이씨가 필사하고 〈여승구5본〉은 청계 전의
이 대부인이 직접 필사한 것이다. 두 작품을 필사한 여성은 상층 신
분의 부녀자로 생각된다. 이렇게 보면 여성 향유층의 신분 계층의
변화와 더불어 필사본 제1계통본에서 제2계통본으로 이본의 변모가
발생한 것이다.

　〈강릉추월전〉은 처음부터 제1계통본의 향유층이 형성되어 필사
되면서 점차 제2계통본으로 변모한 것으로 판단된다. 왜냐하면 제1
계통본을 주로 탐독하던 향촌의 선비, 유학자 집안의 여성들과 제2
계통본을 탐독하던 양반 여성들의 존재를 구분하여 파악할 수 있기
때문이다. 또한 제2계통본의 이본은 제1계통본에 비하여 유교적 효
열 의식의 강화와 혼례 대목의 첨가 및 확대를 동반하고 있다. 제2계
통본 〈강릉추월전〉은 중국 명나라 통속소설 〈소지현나삼재합〉의 영
향을 받아 몰락한 유학자, 선비 계층의 여성 향유층에서 점차 양반
계층의 여성 향유층으로 변모한 것이다.

　따라서 제1계통본은 주로 상민과 양반의 중간계층이라고 할 수
있는 몰락한 향촌의 유학자 또는 선비 집안의 부녀자들이 필사하고
향유했다. 제2계통본 가운데 세책본과 농번기에 필사된 작품은 양

---

246) 성대2본, 〈강능추월전〉에 기록된 '윤지사댁'에 주목할 필요가 있다. 여기에 사
　용된 '윤지사'는 윤씨 성을 가진 지사의 벼슬을 한 것으로 보인다. 조선조의 품계
　를 살펴보면 지사는 종2품의 고위직에 해당한다. 이렇게 보면 제1계통에서 필사
　되고 유통되던 작품이 점차 제2계통의 높은 신분 계층으로 옮아간 것으로 보인다.

반 부녀자들이 주로 읽었을 것으로 보인다. 〈강릉추월전〉의 제2계통본이 양반 부녀자들의 관심사인 효열 의식과 혼례 대목을 대폭 첨가하여 유교적 윤리를 강조하는 방향으로 변모되었다.

〈강릉추월전〉은 제1계통본에서 작품의 후반부가 부연된 제2계통본의 형성 과정에 양반 여성 향유층이 일정한 역할을 했을 것으로 생각된다. 이 작품은 양반과 상민의 중간 신분 계층의 여성들이 탐독하던 작품을 토대로 유교적 효열 의식과 혼례 대목의 새롭게 첨가하여 양반 여성들의 취향에 적당한 작품으로 변모되었다. 이러한 상층 여성 향유층의 참여로 인하여 작품의 변모가 일어나게 된 것으로 생각된다. 따라서 〈강릉추월전〉의 여성 향유층은 신분이 낮은 향촌의 유학자나 선비 집안에서 점차 신분이 높은 양반 집안으로 옮아갔을 것으로 추측할 수 있다.

이상에서 〈강릉추월전〉의 필사 시기를 살펴보면 농번기보다 농한기에 필사했음을 알 수 있다. 제1계통은 농한기를 선택하여 한 달 안에 집중적으로 필사했다면, 제2계통본은 농번기에 필사된 작품도 존재한다. 제2계통본 〈성대1본〉은 세책점을 통해서 유통된 것으로 보아 양반 부녀자들을 위한 전문적, 직업적 필사자에 의해서 필사되었다. 〈국도본〉과 〈정문연1본〉은 농번기에 필사되었기 때문에 농사와 관계없는 사람에 의해 필사된 것으로 보인다.

제1계통본은 여성 독자층의 신분 계층이 몰락한 선비, 유학자 계층이 주로 탐독했을 것이다. 제2계통본 가운데 〈성대1, 2본〉, 〈여승구5본〉, 〈국도본〉과 같은 이본은 양반 부녀자들이 주로 독서한 것으로 보인다. 따라서 〈강릉추월전〉의 여성 향유층은 신분 계층의 변화에 따라 제1계통본에서 제2계통본으로 변모하는 데에 이바지한 것으로 짐작된다. 이러한 작품의 변모에는 조선후기 사회상의 변화를 수용한 측면도 배제할 수 없을 것이다.

3. 여성 향유층의 작품 수용적 태도

〈강릉추월전〉은 여성 향유층이 주로 필사하고 독서했음을 필사기의 기록을 통해서 확인했다. 여성 독자들이 작품을 실제로 어떻게 수용했는지 분석해야 할 차례이다. 우리가 흔히 책을 읽고 난 느낌을 물으면 '재미있다'와 '재미없다'로 대답하게 된다. 여기서 재미있다는 말은 독자의 다양한 계층과 경험을 토대로 작품에 동감한 경우로 볼 수 있다. 왜 동감했는지는 독자의 구체적인 삶과 소설의 내용을 비교해보아야 한다. 소설을 읽고 재미있다는 것은 그 소설의 내용과 자신의 삶이 연관되어 있거나 자신의 잃어버린 꿈에 대한 희망이 있기 때문이다. 독자는 바로 이와 같은 상황에서 동감한다.

> 우리가 일상에서 체험하는 … 실연, 이별, 죽음, 배신, 복수, 부정, 열등감, 약점, 실수 등과 함께 대중소설의 재미는 삶과 우리 자신에 대한 반항의 소리 없는 아우성일 수도 있습니다. … 상실된 자기실현의 보상, 그리고 삶의 의미[247]

여성 향유층의 작품 수용적 태도를 살펴보기 위해서 〈강릉추월전〉을 소장하면서 지속적인 독서를 했던 노재순[248] 할머니의 사례

---

247) 박성봉, 「대중소설과 독자」, 『현대소설연구』 4호(한국현대소설학회, 1996), 43쪽.
248) 필자는 2000년 7월 5일, 10일, 15일, 17일, 8월 10~12일 등 합천군 쌍책면 사양리 노재순 할머니 집을 방문하여 조사했다. 그리고 7월 20일 할머니의 올케집

를 제시한다. 할머니의 사례는 여성 향유층의 하위 범주로 볼 수 있다. 그럼에도 이러한 할머니의 사례를 통해서 여성 향유층의 한 부분을 이해하는 데 도움이 될 것이다. 또한 고령군의 전순주 할머니의 사례는 참고로 활용하기로 한다.

〈강릉추월전〉 향유층의 분석

	노재순(74, 여)		전순주(89, 여)
1. 소장 작품	강능추월전	유충렬전	조웅전, 심청전
2. 필사자	내천댁(노 할머니의 둘째 질부)	이봉림(90, 여)	전순주
3. 필사시기	시집오기 전 15살	시집오기 전 18살	시집오기 전
4. 필사자의 계층	학자 집안	학자 집안	선비 집안
5. 필사자의 시집살이	결혼 4년만에 슬하에 딸 1명을 두고 남편이 죽음	7형제를 두고 90살에 죽음, 고생을 많이 함	16살에 시집와서 슬하에 7남매를 두고 89살에 죽음
6. 글을 배운 곳	친정 어머니에게 글을 배움, 아버지는 한문을 읽었음	13살에 고령군 외가에서 삼촌에게 3년간 배움	외동딸로 친정 아버지에게 한문과 국문을 배움
7. 작품을 소장한 계기	친정 올케의 병 문안을 갔다가 가져옴		직접 필사
8. 작품이 재미있습니까?	아주 재미있다. 그래서 수만 번 읽었다.	재미있다.	재미있다.
9. 가장 재미있는 부분은 어느 대목입니까?	부자와 부모의 상봉 대목, 가족이 만나는 대목이 재미있다.	정한담을 죽이는 장면은 통쾌하고 충렬의 어머니를 만나는 대목이 재미있다.	조웅이 고생하는 대목을 보면 가슴이 저리게 아프다.
10. 작품의 내용을 어느 정도 알고 있는가?	매우 자세하게 알고 있다. 약 40여분 동안 쉬지 않고 작품의 내용을 이야기했다.	작품 내용을 아주 잘 안다.	작품 내용을 아주 잘 안다.
11. 작품과 할머니 이야기의 차이점	군담의 축소와 생략함. 이춘백 부부가 도적의		

(합천군 초계면 원당리)에서 첫째 질부 안쾌남(여, 72)을 만나서 올케의 삶에 대하여 조사했다.

	습격을 당했을 때 이춘백이 도망친 것으로 말함.		
12. 언제 작품을 읽는가?	늙어서 시간 있을 때 (초저녁, 잠이 안 올 때, 겨울밤에 많이 읽는다.)	늙어서 심심할 때 주로 읽는다.	심심할 때, 농사가 없을 때, 이웃사람이 놀러오면 읽어준다.
13. 다른 사람에게 이야기한 적이 있는가?	가끔씩 이야기한다.	가끔씩 이야기한다.	자녀와 후손들에게 덕담하고 동네사람들에게도 책을 읽어주며 효를 강조함.
14. 주변사람들의 반응은 어떠한가?	동네 할머니들은 하늘의 도움으로 사건이 해결되는 부분에서 웃으시면서 공감한다.		

　위 표는 노재순, 전순주 할머니의 실증적 조사에 의한 향유층의 수용적 태도를 분석한 것이다. 노재순 할머니는 작품을 직접 필사하지는 않았지만, 둘째 질부와 친정 올케가 시집오기 전에 필사하여 가지고 온 작품을 주로 읽었다. 특이한 점은 〈강릉추월전〉을 필사한 둘째 질부와 〈유충렬전〉을 필사한 올케는 며느리와 시어머니 관계이다. 할머니의 올케와 질부의 친정 집안 및 시집살이를 통해서 작품의 독자 수용을 실증적으로 논증하고자 한다. 고소설의 향유층에 대한 연구가 빈약한 형편에서, 실제로 책을 필사하고 읽었던 여성 향유층의 수용적 의미를 구체적으로 밝히는 작업은 고소설 향유층을 실증적으로 밝히는 단초가 되기에 충분하다고 하겠다.

1) 가족 상봉에 대한 관심

　노재순 할머니는 〈강릉추월전〉을 수십 번 읽어서 작품의 줄거리를 암기할 정도로 작품을 이해하고 있다. 그런데 작품의 상세한 줄

거리를 알고 있는 할머니가 군담의 등장에 대하여는 별다른 언급을 하지 않았다는 점에 주목할 필요가 있다. 이것은 할머니가 작품의 전체적인 줄거리 가운데서도 이춘백 가족의 상봉에 초점을 둔 것으로 보인다. 왜냐하면 할머니가 부자와 부모의 만남이 가장 재미있다고 증언한 대목에서 구체적으로 확인할 수 있기 때문이다. 이렇게 여성 독자들은 주로 가족의 이별과 만남에 많은 관심을 쏟고 있으며, 남성 독자들이 좋아할 수 있는 군담에 대해서는 생략하거나 축약하여 수용했음을 보여준다.

작품에 등장하는 가족 이합은 이춘백 부부의 이별과 모자의 이별, 모자의 상봉, 며느리와 시부모의 상봉, 손자와 조부모의 상봉, 이춘백 부자의 상봉, 최양홍과 황만적의 상봉, 조상서와 이춘백의 옹서 상봉, 이춘백 부부의 상봉, 이춘백 부모의 상봉 등이다. 도적의 습격으로 이별한 이춘백 부부의 가족 이합은 이렇게 다양하게 등장한다. 그 중에서도 모자 상봉과 부모 및 부부 상봉이 서사 전개의 축이라고 할 수 있다.

> 가) 홍옹병츄을 기우러 입의 여호니 죽웃든 슘니 통하고 또 청옥병 쥬을 지예엿코 눈의 바러니 눈을 쩌서 스람을 분귀가 열니여 말소리을 아라듯난지라 … 나난 강능스난 이감스의 아달이라한니 … 늬 몸니 이감스의 실늬라 다른 즈식은 업습고 다만 하나을 나아다가 강보유아을 이러시니 … 실푸다 운학아 네가 죽은 귀신니완나야 스란스람니 완난야 귀신니라도 반가울스 하물며 스라시니 늬 마암 엇더할쏘 반갑도다 셰숭의 이런 이리 또이실가[249]

---

249) 노재순본, 〈강능추월전〉, 53~57쪽.

나) 츈빅니 드러와 부모젼의 업드러 통곡왈 불호즈 츈복니 이졔야 왓나이 … 너을 일코 속졀 업시 죽을 목슘니 근근즈싱 스라왓나 붓들고 드러갈식 이공니 목기 믹키여 우룸소릭 즈지며 조부닌을 도라보니 부닌을 아무말도 못ᄒ고 묵묵히 서서나 다만 눈물만 흘니거날 이공니 더욱 츠목히 너기여 … 닉 슈익이 회막ᄒ여 부인을 활난즁의 일코 이 닉 인졍 믹물ᄒ야 부인을 츠자가지 못ᄒ니 실푸다 … 수견을 드러 이공의 눈물을 짝겨며왈 승공은 진졍ᄒ여 츠무소셔[250]

가)는 유복자로 출생한 이운학이 모친과 이별한 뒤 어사로 파견되어 모친의 목숨을 구하고 상봉하는 장면이다. 나)는 운학과 춘백이 중국에서 상봉하고 함께 강릉으로 돌아와 부모와 부부를 만나는 장면이다. 〈강릉추월전〉을 읽었던 노재순 할머니는 이별한 가족이 옥소를 통해서라도 상봉하는 장면에 관심과 흥미를 가졌을 것이다.

작품의 내용을 정확하게 기억한 할머니가 이춘백 부부의 이별 장면을 이야기하는 대목에서 남편 이춘백이 도망친 것으로 말하고 있다. 이것은 결혼 4년만에 남편을 여의고 슬하에 딸 1명을 키우며 50여 년을 홀로 어렵게 살수밖에 없었던 할머니의 삶과 연관된 것으로 보인다. 할머니는 자신을 홀로 두고 일찍 세상을 떠난 남편의 무정함을 무의식 중에 표출한 것으로 보인다.

작품의 줄거리를 상세하게 들려준 할머니가 군담 대목에 대해서는 별다른 언급도 없이 생략하고 있다. 할머니가 소장한 작품에도 약 6장 정도의 군담 대목이 등장하고 있다. 이 대목은 천자의 부탁을 받은 이춘백 부자가 서번을 진압하기 위한 전쟁담이다. 군담 대목은 이춘백 부자의 만남을 극적으로 만들어갈 뿐만 아니라 탁월한 능력

---

250) 노재순본, 〈강능추월젼〉, 112~115쪽.

을 발휘하여 입신양명의 기회로 제공된 것이다.

> 좌익즁 운학니 진문박계 나와 외여왈 적즁 강빅은 드러보라 … 강
> 빅은 듯다가 넉실일코 셧고 또 졍즁 슴스닌은 졍업시 듯그날 운학니
> 틈을 타 오즁한 칼의 베히고 쏘 굴도치울 연츔ᄒ고 도라오니라 … 적
> 진의 변등니라 ᄒ난 즁슈나와 조화을 부리거날 원슈 빅운션싱의 도슐
> 노 그말방즈을 써 진즁 쩐지니 풍운죠화 딕즉ᄒ야 스방으로 의왓싸서
> … 원슈 뒤을 쫏츠 변왕을 싱금ᄒ여 압펴셰우고 본진으로 드라와 승
> 젼고을 울니며[251]

 그럼에도 할머니는 〈강릉추월전〉의 줄거리를 이야기하면서 군담
을 생략하고 '강능추월' 옥소를 매개로 이별한 이춘백 부자의 상봉에
관심과 초점을 두었다. 여성 독자층이나 기막힌 삶을 살아온 여성에
게는 군담이 별다른 흥미를 주지 못하기 때문에 대부분 축약하거나
생략한 것으로 보인다. 특히 할머니의 남편이 일본의 중학교에 유학
하다가 전쟁 때문에 병으로 사망하였기에, 할머니는 전쟁에 대한 증
오심이 있었을 것이다. 이런 이유로 군담 대목이 등장해도 할머니는
간단하게 축약하거나 생략하여 수용한 것으로 생각된다. 이와 대조
적으로 남성 독자층은 군담 대목에서 활약하는 영웅의 탁월한 능력
을 자신과 동일시하여 군담을 확대하거나 반복하는 게 일반적이다.
 노재순 할머니는 〈유충렬전〉의 '유충렬'이 '정한담'을 죽이는 장면
에서 통쾌함을 느끼고, 이별한 어머니와 상봉하는 장면이 제일 재미
있다고 하였다. 여기서 정한담을 죽이는 장면에 흥미를 가지는 것은
간신을 척결하는 정치적 통쾌함보다는 유충렬 가족을 이별시킨 적

---

251) 노재순본, 〈강능추월젼〉, 95-101쪽.

대자의 처벌이 더 크게 작용했을 것이다. 할머니가 유충렬과 어머니의 상봉에 특별한 관심과 흥미를 보인 것은 권선징악에 대한 확신과 믿음을 드러낸 것이다.

여성 독자층은 〈유충렬전〉에 등장하는 군담에 대한 흥미보다는 가족 상봉에 대한 관심과 흥미를 보이고 있다. 또한 〈조웅전〉을 소장한 고령군의 전순주 할머니도 '조웅'이 고생하는 대목에 대하여 가슴이 저미도록 아프다고 하였다. 이것은 '조웅'의 고생담을 바라보는 할머니의 측은지심과 이별한 가족의 상봉을 염원하는 할머니의 소망이 표출된 것으로 생각된다. 여기서도 군담에 대한 언급은 나타나지 않는다. 따라서 노재순 할머니와 같은 여성 향유층은 군담과 같은 정치적인 대목은 생략하거나 축약하고 가족 상봉에 대하여 많은 관심을 가지고 있다. 가족 상봉의 염원이 뚜렷이 표출된 〈강릉추월전〉을 〈유충렬전〉보다 더 자세하게 이해하고 있는 점도 같은 맥락으로 볼 수 있다.

2) 시집살이와 유사성

할머니는 작품을 읽고 난 뒤에 왜 가족 상봉이 재미있다고 했을까? 작품을 읽고 재미있다는 것은 독자의 경험과 작품의 내용이 밀접한 관련성을 가지고 있는 것으로 보인다. 좀더 구체적으로 말하면 〈강릉추월전〉과 〈유충렬전〉의 내용이 할머니의 시집살이 삶과 연관되어 있다는 것이다. 노재순 할머니는 16살에 경북 합천군 쌍책면 자미로 시집와서 시어른을 모시고 살았는데 남편과 말을 할 기회도 자주 없었다고 한다. 게다가 남편은 일본의 중학교 3학년에 재학 중이어서 남편을 그리워하는 마음과 외로움은 절실했을 것이다. 또한 남편이 장가든지 4년 만에 세상을 떠나서 남편에 대한 그리움이 더욱 간절했을 것으로 짐작된다. 이런 점에서 작품의 가족 이합적 줄거리와 할머니의 시집살이 삶이 상통한다고 볼 수 있다.

> 부닌과 시비듯고 놀닉여왈 니일을 어이할 힘익니 닛쏘다 혹 차라리 니물의 쌔저 죽어 혼빅나라도 청빅홍빅의 되어 우리 이공으 혼빅을 짜라미 고향으로 도라가리라 하고 설낭을 더부러 처량니 우다가 다시 싱각하니 이공은 이미 죽어시나 복즁의든 주식니 철식니 되야시니 닉몸을 보존하여다가 다힝니 남주을 나흐면 불숑한 우리 이공 후손을 이루리라[252]

이 대목은 할머니가 남편을 일찍 여의고 딸 1명을 키우며 고생하는 부분과 너무도 흡사하다. 작품에 등장하는 조부인의 허망하고 처량한 심정이 노재순 할머니의 심정과 일맥 상통한다고 할 수 있다. 그리고 조부인이 남편 이춘백을 그리워하듯이 노재순 할머니도 남편을 그리워한다. 남편에 대한 그리움과 가족의 만남은 할머니에게 매우 절실하고도 간절한 염원이며, 천상의 힘을 빌려서라도 남편과 상봉하고 싶었을 것이다. 그런데 작품에서는 '강능추월' 옥소를 매개로 모자와 부자, 부부가 상봉하게 되지만, 할머니의 삶은 남편과 상봉할 수 없었기 때문에 작품을 읽으며 대리만족을 했던 것으로 보인다. 이런 점에서 할머니가 남편을 여의고 고생하면서 생활했던 시집살이 삶과 작품의 유사성이 확인된다.

〈강릉추월전〉에는 양자 삼기가 여러 번 등장한다. 제1계통본 기

---

252) 노재순본, 〈강능추월젼〉, 27쪽.

본형에는 양자 삼기가 3 번 정도 등장하지만 제2계통본 부연형에는 좀더 확대, 부연되어 나타난다. 제1계통본에는 운학을 서영국의 양자로 주는 대목과 도적 장수백이 서영국의 양자 운학을 데려가 자신의 아들로 삼는 대목, 삼척에서 살인 옥사를 처결한 어사가 서운길의 둘째 아들을 서영국의 양자로 삼는 대목이 등장한다. 그 중에서 조부인이 백운암에서 유복자로 낳은 이운학을 서영국에게 양자로 주는 대목을 살펴보자.

> 운수단니왈 승당니 혹가와 다르니 익기을의셔 키울수업난지라 아모리 모즈지졍의 절박ᄒ나 동국이라ᄒ난 스람이 미양 무즈식하물 한탄한지라 그스람으계 수양즈을 쥬으기우면 조흘듯하나니다 조부닌 난혜단니 한숨짓고 이윽키 싱각하다가 마지못하여 허락하고 서영국을 불너 신신당부하니 영국니 또한 조ᄒ하고 다러다가 기츌갓치 이즁니기드니[253]

자식이 없어 근심하던 서영국이 이운학을 양자로 삼는 대목과 같이 할머니도 양자를 삼았다는 점에서 유사성을 확인할 수 있다. 할머니는 슬하에 딸 1명을 두었기 때문에 양자를 삼아서 대를 이었다고 한다. 아들을 낳아 가문의 대를 이어야 한다는 할머니의 사고 방식은 투철했다. 할머니의 생각과는 다르게 뜻하지 않은 남편의 사망으로 말할 수 없는 슬픔을 속으로 감내해야 했을 것이다. 이러한 상황에서 현실적 대안으로 등장한 것이 양자 삼기이다. 그렇다고 해서 모든 여성 독자들이 다 똑같은 것은 아니다. 적어도 할머니가 작품을 여러 번 독서한 점으로 보아 자신의 시집살이 삶과 작품의 유사

---

253) 노재순본, 〈강능추월전〉, 31-32쪽.

성에 관심을 보인 것이다.[254]

이상에서 여성 향유층은 자신의 삶과 유사한 체험을 형상화한 작품에 관심을 보일 뿐만 아니라 재미있는 작품으로 오래도록 기억하고 있음을 알 수 있다. 노재순 할머니가 가족 상봉에 가장 흥미를 느끼는 것은 자신의 시집살이 삶과 〈강릉추월전〉에 나타나는 이춘백 가족의 운명적 삶이 비슷하기 때문이다. 이러한 작품과 일체감을 통해서 할머니는 남편이 부재한 현실적인 상황을 정신적으로나마 대리 충족한 것이라 생각된다.

3) 유교 이념의 체득

할머니가 작품을 읽은 시기는 주로 노년기와 시간 있을 때와 심심할 때이다. 농번기를 제외하고 주로 겨울밤의 초저녁이나 잠이 오지 않을 때 많이 보았다고 한다. 농번기에는 바빠서 책을 읽지 못했던 할머니가 노년기에 심심하여 〈강릉추월전〉을 여러 번 읽었다고 한다. 이런 점으로 미루어 할머니는 주로 환갑이 지난 나이에 심심해서 책을 접하고, 한 두 작품을 수백 차례 읽었던 것으로 보인다. 그리고 〈조웅전〉과 〈심청전〉을 소장한 전순주 할머니도 명절과 농한기처럼 한가하거나 심심할 때, 동네 사람들이 놀러오면 주로 책을 읽어주었다. 특히 전순주 할머니는 명절 때 자녀들과 가족들에게 책의 내용으로 덕담을 하고 '충효'에 대하여 여러 번 강조하였다. 〈조웅전〉을 직접 필사한 전순주 할머니는 작품 내용을 상세하게 이해하고 있어 지속적 독서를 한 것으로 생각된다.

---

254) 필사기에 적힌 고진감래의 여성적 삶도 작품 유사성과 연관되어있다.

따라서 두 할머니와 같은 여성 독자들은 여러 가지 책을 읽었다기보다는 특정한 한 두 작품을 집중적으로 읽었다. 이는 필사본이 다양하게 유통되지 못한 지역적 상황과 종이가 귀한 당시의 상황을 감안하면 충분히 짐작할 수 있다. 그리고 현실적으로 글을 배우기가 어려웠던 환경도 한몫을 했을 것이다. 이러한 사실은 현장조사 과정에서 글을 읽고 쓸 수 있는 여성이 한 마을에 한두 명 밖에 없다는 사실을 통해서 구체적으로 드러난다.

특정한 작품을 반복적으로 독서하면서 할머니들은 작품의 '충·효·열'과 같은 유교 이념을 학습한 것으로 보인다. 노재순 할머니는 〈강릉추월전〉의 가족 상봉을 위해서 노력한 아들의 효성을 통해서 유교의 이념을 체득했을 것이다. 전순주 할머니는 〈조웅전〉과 〈심청전〉을 지속적으로 독서하면서 자연스럽게 '조웅'의 충성과 '심청'의 효성을 수용했을 것이다. 반복적 독서를 통해서 유교 윤리를 체득한 할머니는 자녀와 가족뿐만 아니라 동네 사람들에게도 '충·효'를 강조하였다. 따라서 노재순 할머니보다 전순주 할머니가 유교적 이념의 학습이 투철했음을 알 수 있다.

노재순 할머니는 작품을 직접 필사하지 않았고 전순주 할머니는 손수 작품을 필사했다. 노재순 할머니는 자손들에게 작품을 읽어주거나 이야기하지 않았지만, 전순주 할머니는 후손들에게 작품을 읽어주면서 효성을 강조한 것이 차이점이다. 이것은 노재순 할머니의 슬하에 자녀가 1명인데 반하여 전순주 할머니의 슬하에 7남매를 둔 것과 관련이 있을 것이다. 또한 노재순 할머니가 글을 많이 배우지 못했다면, 전순주 할머니는 『명심보감』, 『천자문』을 외워서 쓸 수 있을 정도의 한문 공부를 한 점과 관련이 있을 것이다.

두 할머니 가운데 충·효와 같은 작품적 의미를 후손들에게 적극적으로 강조한 경우는 전순주 할머니이다. 한문과 국문을 모두 배운 할머니는 슬하의 자녀를 많이 두었기에 명절과 같은 날에 자연스럽게 자녀와 가족들에게 충·효를 강조할 수 있었다. 반대로 노 할머니는 슬하에 딸 하나 뿐으로 충·효를 강조할 분위기가 조성되지 못하여 작품 이해에 관심을 집중한 것이다. 이러한 반복적 독서를 통해서 노 할머니는 가족 상봉의 염원과 권선징악의 유교 이념을 체득했던 것으로 생각된다.

4) 권선징악의 긍정

노재순 할머니가 〈강릉추월전〉의 줄거리를 이야기 할 때 동네 할머니 7명이 듣고 있었다. 하늘의 도움으로 주인공이 위기를 해결하는 대목에 대하여 주변 동네 할머니들은 "암만 크게 될 인물은 하늘이 도와준다"라고 하면서 고개를 끄덕이며 공감하였다. 할머니들은 영웅적 인물은 하늘이 알아보고 보살펴준다는 선민의식을 저변에 깔고 있는 것으로 보인다.

작품에 등장하는 천상 존재의 개입 및 협조를 살펴보자. 이춘백에게 옥소를 선물하는 천상 선관과 옥문동에서 조낭자와 결연을 맺어주는 채약할미, 이춘백이 도적의 습격을 받아서 위기에 처한 상황에서 살려준 천불암 부처, 조낭자를 살려준 백운암 부처, 이춘백에게 무예와 천문지리를 가르쳐준 자개산 도사(백운선생), 어머니를 만나러 백운암에 가는 운학에게 약병을 주고 옥소를 불어서 모자가 상봉할 것을 예언하는 백수노인 등과 같이 다양한 천상의 협조자가 등장한다. 여성 독자들은 이러한 천상의 개입을 통하여 탁월한 인물을 도와주는 것은 하늘의 이치라고 생각한다.

> 엇더흔 션관이 월식하의 혼자안즈 옥통소잡고 월식을 히롱ᄒ니 쳐랑흔 곡조소릭 운숙간의 들니거날 … 그딕 셩명 니츈빅이 아이알 그딕을 위하여 이곳의와셔 셔로 만닉니 반갑도다ᄒ고 옥소을 듀며왈 니난 쳔승 빅옥누 션관의 퉁소라 일홈은 강능추워리라 인간의 엄난그시요 쳔승 옥뉴션관니 그딕을 위하여 보닌거시니[255]

작품의 서두에서 주인공 이춘백은 천상 선관에게 '강능추월' 옥소를 받는다. 이것은 천상에서 지상으로 적강한 주인공의 천상적 징표임과 동시에 앞으로 전개되는 사건의 복선 구실을 담당한다. 여성 독자들은 천상 징표를 가지고도 고난을 당한 주인공이 하늘의 도움으로 사건을 해결하는 장면을 긍정적으로 수용하고 있다. 특히 천상 존재자의 도움으로 주인공이 문제를 해결하는 과정에서 할머니들은 권선징악의 믿음과 실현을 기대한다. 이것은 가족의 이별로 인한 고난을 겪는 주인공의 애처로운 모습에 대하여 연민의 정을 느끼며, 하늘의 도움을 받아서라도 갈등을 극복해야 한다는 행복한 결말에 대한 소망의식을 표출한 것이다. 우리 고소설이 권선징악과 행복한 결말의 특징을 보이는 것도 독자들의 의식 속에 정의가 구현되고 삶의 행복을 성취하고 싶은 기대감이 잠재해 있기 때문이다.

그런데 할머니는 주인공의 위기 때마다 등장하는 천상의 도움을 인정하고 있으면서도 작품의 내용이 사실인가 거짓인가에 관심을 보였다. 할머니는 작품의 내용이 사실인가 거짓인가에 대하여 혼란

---

[255] 노재순본, 〈강능추월전〉, 1-2쪽.

스러운 반응을 보인다. 이와 관련하여 강독사의 패사를 듣고 있던 독자가 작품에 등장하는 사건과 인물의 내용을 혼동한 예가 있다.

> 옛날 종로의 담배 가게에 한 남자가 있었다. 어떤 사람이 稗史 읽는 것을 듣고 있다가 영웅이 몹시 실의하는 대목에 이르러서는 갑자기 눈을 부라리고 입에 거품을 내뿜으면서 담배 써는 칼로 稗史 읽는 사람을 찔렀는데 그 사람은 그만 죽고 말았다.[256]

위의 글은 강독사가 읽어주는 패사를 독자가 어떻게 수용했는지를 알려주는 사례이다. 실록에 기록될 만큼 소설을 수용하는 독자들의 단면을 엿볼 수 있다. 당시의 남성 독자는 영웅의 실의 장면을 사실이라고 생각하거나 영웅의 실의를 묵과할 수 없었을 것이다. 물론 강독사의 이야기를 모든 남성 독자들이 사실이라 생각하지 않았을 것이나, 독자가 작품에 몰입하여 사실로 수용한 것으로 보인다. 이러한 사례가 고소설을 접했던 독자의 태도를 이해하는 데 도움이 된다. 또한 전순주 할머니가 〈조웅전〉의 '조웅'이 고생하는 대목에 관심을 보인 것과 일맥상통한다.

독자가 작품을 읽고 사실인가 거짓인가를 생각하는 것은 사실과 허구에 대하여 생각하고 있다고 볼 수 있다. 작품의 내용이 사실이라고 믿고 있는 부분은 이춘백 가족의 사건이고, 허구라고 생각하는 부분은 천상의 개입 대목이라고 할 수 있다. 결국 할머니와 같은 여성 독자는 문학 작품의 내용을 사실로 인정하면서도 때로는 거짓으로 의심하기도 한다. 작품의 내용을 사실로 받아들이고 싶었지만,

---

256) 『정조실록』 14년 8월.

천상 존재의 개입으로 인하여 사실로 수용하기가 곤란하였다. 이것은 문학의 사실성과 허구성을 일정 부분 인식한 것으로 보인다.

할머니와 같은 여성 향유층은 착한 주인공이 행복해야 한다는 신념을 토대로 천상의 개입에 의해서라도 주인공의 욕구가 성취되도록 기원한 것이다. 할머니들은 주인공의 고난 대목을 극복하는 천상의 개입을 긍정하고 있을 뿐만 아니라 훌륭한 인물은 천상의 도움을 받는다는 선민의식을 가지고 있다. 결국 할머니와 같은 여성 향유층은 작품에서 권선징악의 실현과 행복한 결말을 기대하고 수용했던 것이다.

V. 〈강릉추월전〉 작품군의 계통본 특성과 의미

　〈강릉추월전〉의 이본 제1계통본, 제2계통본, 제3계통본을 분석하면 각 계통본에 공통적으로 등장하는 대목이 있는가 하면 변모된 대목도 있다. 작품에 공통적으로 등장하는 대목은 천상적 인물의 적강과 회귀, 군담적 영웅의 활동과 가족의 극적 상봉, 혼례의 첨가와 여성의 관심 유발 등이다. 계통본의 지속과 변모된 대목은 양자 삼기의 첨삭과 가족 계승의식, 여성영웅의 첨삭과 여성 의식 등이다. 계통본의 독자적 특성은 제1계통본에서 강조된 남성의 충효 의식, 제2계통본에서 강조된 여성의 효열 의식, 제3계통본에서 강조된 남녀의 화합 의식 등과 같이 다양하다.

　〈강릉추월전〉에 공통적으로 등장하는 대목은 동일 장면의 세부적인 분량 차이는 있겠지만 단락의 첨삭은 거의 발생하지 않는다. 다만 이본 계통에 따라 변모된 대목은 동일 장면의 단락을 확대, 부연할 뿐만 아니라 기존의 단락을 삭제하고 새로운 장면을 첨가하여 당대의 사회상을 반영하기도 한다. 이러한 〈강릉추월전〉 이본의 계통별 특성과 변모를 통해서 조선후기의 사회상 반영과 더불어 작가의 세계관을 추측할 수 있을 것이다.

1. 〈강릉추월전〉 계통본의 공통적 특성

1) 천상적 인물의 적강과 회귀

천상적 인물의 적강과 천상 회귀가 등장하는 고소설 유형을 흔히 적강소설[257]이라 부른다. 적강소설 중에서 〈숙향전(淑香傳)〉에 나타나는 천상 인물의 지상적 적강 대목을 주목할 필요가 있다. 특히 〈강릉추월전〉에 나타난 이춘백과 조채란이 채약할미의 중매로 옥문동에서 결혼하는 대목에 앞서 〈숙향전〉의 선군과 숙낭자의 결혼 대목이 첨가되어 있다.

> (가) 이젼의 선군과 니슉낭ᄌ도 마구할미 즁ᄆᆡ하여 니화촌의 전엿시니[258]
> (나) 니젼의 니션니와 슉낭ᄌ도 마고할미 즁ᄆᆡᄒ여 니화젼의셔 결연 허여스니[259]
> (다) 녯젹에 슉낭ᄌ도 ᄂᆞ를 맛ᄂᆞ 긔연을 ᄆᆡ자스니[260]

위와 같이 (가), (나), (다)는 이춘백과 조낭자가 결혼하는 대목에서 "이선군과 숙낭자가 마고할미의 중매로 결혼했다"는 점을 채약할미가 제시하고 있다. 이러한 점에서 〈강릉추월전〉은 17세기에 가장 인기를 끌었던 천상적 적강 모티브를 내포한 애정소설 중에서 〈숙향전〉[261]의 결혼 대목을 수용한 것이다. 왜냐하면 〈강릉추월전〉이

---

257) 성현경, 『한국소설의 구조와 실상』(경산: 영남대 출판부, 1989), 163쪽.
258) 노재순본, 〈강능츄월젼〉, 10-11쪽.
259) 국도본, 〈강능츄월옥소젼〉, 10쪽.
260) 덕홍서림본, 〈강능츄월옥소젼〉, 10쪽.
261) 황패강, 〈숙향전〉, 『한국고전문학전집』 5권(고려대 민족문화연구소, 1993), 111쪽. 이 작품에는 마고할미의 중매로 이선과 숙향의 결혼 대목이 등장한다.

형성될 때 인기를 끌었던 〈숙향전〉의 결혼 대목이 등장하기 때문이다. 다른 측면에서 보면 조선후기 〈강릉추월전〉이 〈숙향전〉보다 후대에 형성되었다는 점을 증명하는 것이다.

〈강릉추월전〉은 천상적 인물의 지상적 하강이라고 할 수 있는 적강소설의 성격을 보여준다. 주인공 이춘백 부자, 조부인과 최부인 등이 모두 천상 인물로서 옥황상제께 죄를 지어 지상에 내려오는 죄인들이라고 할 수 있다. 천상에서 득죄한 주인공들이 탁월한 능력을 가지고 지상에 내려와 다양한 고난을 거치면서 결국 천상으로 귀환하게 된다. 이런 측면에서 조선후기 적강소설은 영웅소설과 중복되는 요소가 많다.

영웅소설에서는 주인공의 탄생 과정을 ㉠중노부모, ㉡무자, ㉢기자치성, ㉣태몽, ㉤신이한 해복, ㉥영웅적 기상 등 6단계로 구분된다.[262] 이러한 6단계는 신화적 사고의 영향과 합리성을 추구하는 소설적 변용의 결과로 볼 수 있다. 영웅소설의 주인공 출생담과 비교하여 〈강릉추월전〉의 이본 계통에는 어떤 대목이 첨삭되어 있는지 구체적으로 확인해보기로 한다.

제목이 '강능추월'로 적혀있는 제2계통 〈고려대1본〉과 〈성대1본〉은 동일본으로 생각된다. 여기에는 영웅소설의 주인공 탄생 6단계가 모두 나타난다. 제2계통 중에서도 주인공의 탄생이 모두 구비되고 있는 이본이 있는가하면 생략된 이본도 있다. 오히려 생략된 이본이 더 많다고 할 수 있다. 다만 활자본 제3계통에는 천상적 인물의 지상적 하강에 대한 언급이 선관을 통해서 구체화되고 있을 뿐이다.

이러한 결혼 대목이 〈강릉추월전〉에는 요약되어 나타난다.
262) 임치균, 앞의 논문, 23쪽.

여기서는 천상 인물이 지상으로 하강하는 대목을 제1계통본, 제2계통본, 제3계통본으로 구분하여 살펴보기로 한다. 작품에 등장하는 이춘백은 천상공간에서 지상공간으로 적강한 인물이다. 이춘백이 천상에서 지상으로 하강한 사실을 알려주는 대목이 작품의 초반부에 나타난다. 천상 옥황상제께 죄를 지은 이춘백은 지상으로 쫓겨나고 지상에서 어떤 방식으로든 속죄를 해야하는 운명에 처한 것이다. 이러한 과정을 통해서 천상 인물이 지상에 하강하여 다양한 갈등과 고난을 극복해 입신양명하거나 영웅적 인물로 성장하는 것이다.

(가) 그듸 성명 니츈빅이 아이알 그듸을 위하여 이곳의 와셔 셔로 만닉니 반갑도다 ᄒ고 옥소을 듀며왈 니난 쳔승 빅옥누 션관의 통소라 일홈은 강능추워리라 인간의 엄난그시요 쳔승 옥뉴 션관니 그듸을 위하여 보닌거시니 간슈하엿짜가 공부하며 주연 주닉 실쎡 이시리라 ᄒ고 듀거날 츈빅니 이러나 졀ᄒ고 옥퉁수을 바다 단졍니 괴화ᄒ여 옥소을 바다 한변 부니 쳥아한 곡조 소릭가 션관의게 츠등 업난지라 그 션관니 칭찬왈 비볍ᄒ다 츈빅의 직조 옥경의 올나던가 션곡을 엇지 알며 오지의 노던가고 션경을 엇지 보안난고 아림답도다 이츈빅아 옥퉁소을 부듸 공부 즐하여라[263]

(나) 그듸 안니 니츈빅이신가 그듸를 보려ᄒ고 이곳의 왓더니 셔로 만나보믹 반갑도다 ᄒ고 흔년이 퉁소을 쥬며왈 이는 곳 쳔상 빅옥누 션관의 옥퉁쇼라 일홈은 강능츄월이라 삭여스니 인간의 업는 거시오 쳔상션관이 그듸를 익즁이 여겨 보닌 거시니 잘 간슈허여 공부허면 주연 일후의 쓸듸 잇슬리라 ᄒ고 쥬거늘 츈빅이 다시 이러 졀ᄒ고 옥쇼을 바다가지은 쓸러안져 ᄒ날쎅 옥쇼을 부니 쳥아헌 곡조가 션관과

---

263) 노재순본, 〈강능츄월젼〉, 2쪽.

츠등이 업는지라 그 쇼년왈 비범허다 츈빅의 지죠여 옥경의 노라든가 션곡을 어이 알며 요지의 왓던가 션결을 어이 부는고 아름답다 츈빅아 옥쇼 공부을 잘ᄒ여 두어라264)

(다) 그딕 리츈빅이 아니냐 금야 상봉ᄒ기를 위ᄒ여 이 옥소로 인도ᄒ엿거니와 진셰 즈미 엇더ᄒ뇨 션군이 읍ᄒ여왈 쇽긱이 션분이 업셧스니 상봉ᄒ기 뜻ᄒ빅 아니오 무삼 허물을 일으고져 ᄒ시나니잇가 소년왈 닉 일즉 그딕와 한가지로 왕모 요지연회에 참례ᄒ엿다가 그딕는 시비 쌍셩과 희롱홈으로 인간에 적강ᄒ엿스나 기시에 창화ᄒ던 강능츄월 옥통소를 이젓나냐 닉 오래 맛타두엇더니 고쥬를 차져 도로 젼ᄒ기 위ᄒ야 금야에 이에와 기다리논니 아 지못게라 셕일 빅옥누에셔 옥뎨를 뫼시고 알외든 여곡을 다시 듯고져 ᄒ노라 인ᄒ야 옥소를 쥬며 불기를 쳥ᄒ니 션군왈 슘싱이 여몽이라 츠싱일도 모로거든 젼셰 ᄉ를 엇지 알니요265)

(가)의 제1계통본 〈강능추월전〉은 천상의 옥황상제에게 죄를 지은 이춘백의 적강 대목이 생략되어 있다. 작품 초반부에 천상 공간의 생활이 생략되어 이춘백은 지상에서 천상 선관에게 옥소를 받는다. 이춘백에게 옥소를 준 천상 선관의 말을 통해서 천상 인물의 적강이 구체적으로 확인된다. 이러한 제1계통본은 천상 인물의 적강 대목을 생략하였으나, 옥소를 통해서 천상 인물의 적강을 상징할 뿐 아니라 세상사의 변화무쌍함을 극복할 수 있다는 점을 강조한다.

(나)의 제2계통본은 (가)와 마찬가지로 천상 인물 이춘백의 적강 대목은 생략되어 있으나, 선관에게 옥소를 받는 점과 그 옥소를 불

---

264) 국도본, 〈강능츄월옥소젼〉, 1-2쪽.
265) 덕홍서림본, 〈강능츄월옥소젼〉, 4쪽.

어서 청아한 소리가 나는 점에서 천상 인물의 적강을 암시하고 있다. 특히 〈성대1본〉에는 이춘백의 기자치성과 천상에서 죄를 얻어 지상에서 출생하는 과정이 뚜렷이 등장한다. 이렇게 제2계통본은 영웅소설의 주인공 탄생과 유사한 내용이 첨가되어 있다.

(다)의 제3계통본은 천상에서 옥황상제에게 죄를 지은 대목과 지상으로 하강하게 되는 과정이 등장한다. 천상 왕모 요지연회에 참석한 이춘백이 시비 쌍성을 희롱한 죄로 지상에 적강한다. 그때 강능추월을 잊어버리고 지상에 하강한 이춘백에게 선관은 강능추월 옥통소를 전해주고 있다. 다)의 초반부는 다른 이본과 동일하지만 이춘백이 천상에서 지상으로 적강한 이유와 옥소의 주인이 이춘백임을 보여주는 대목이 첨가되어 있다.

이렇게 〈강능추월전〉의 주인공 이춘백은 천상 공간에서 죄를 얻어서 지상 공간으로 내려온 것이다. 제1, 2계통본에는 천상의 득죄 장면을 생략하고 지상에서 천상 선관의 옥소를 받는 장면을 통해서 천상 인물이 확인된다. 제3계통본은 천상 요지연에서 시비를 희롱한 죄로 지상으로 적강한 사실과 강능추월 옥소의 주인이 이춘백이라는 사실을 첨가하고 있다. 이렇게 보면 천상 인물이 죄를 지어 지상공간으로 하강하는 적강 대목은 제1계통본, 제2계통본보다 제3계통본이 좀더 구체적으로 나타난다.

제2계통본 〈성대1본〉에는 이춘백의 출생을 위한 기자치성과 태백금성이 옥황상제께 죄를 지어 적강한 장면이 첨가되어 있다. 다른 제2계통본에는 생략된 대목이 〈성대1본〉에 첨가된 것은 양반 여성들이 좋아하는 내용을 세책점에서 첨가하여 필사했기 때문이다.[266] 이렇게 보면 제2계통본 〈성대1본〉에 첨가된 천상 인물의 적강 대목이 제3계통본보다 시기적으로 앞서 형성된 것이다.

천상 인물의 득죄와 지상으로 적강한 대목은 제1계통본과 〈성대1본〉을 제외한 제2계통본에는 간접적으로 등장하지만 제3계통본인 활자본에는 구체적으로 첨가되어 있다. 가장 후대에 형성된 제3계통본에 천상 인물의 적강 대목이 뚜렷한 것은 활자본이 간행될 당시의 상황을 반영함은 물론 활자본의 독자층이 지닌 욕구를 수용하는 과정에서 첨가되었을 것으로 보인다.

〈강릉추월전〉은 이춘백이 천상 선관에게 옥소를 받는 장면과 지상에서 천상 인물의 협조를 받는 대목에서 이춘백의 천상 징표를 확인할 수 있다. 이러한 천상 징표를 가진 주인공은 지상에서 다양한 고난을 겪으면서 작품의 말미에는 천상으로 회귀하는 특징을 보인다. 제2계통본 〈성대1본〉, 〈박순호6본〉과 제3계통본은 마지막 단락에 천상으로 귀환하는 대목이 첨가되어 있다.

그런데 〈성대1본〉에 비하여 〈박순호6본〉은 천상에서 적강한 대목이 없으면서도 천상 귀환 대목이 있는 것으로 보아 서사 단락의 일관성이 없다. 〈강능추월전〉은 천상 인물의 적강으로 인해 현실과 천상이 공존하는 이원적 공간 구조를 보여주고 있으나, 작품의 주된 무대는 지상 공간이고 현실 공간이라 할 수 있다. 제3계통본 활자본에서는 필사본 제1계통, 제2계통본보다 현실주의적 성격이 강조되어 있다.

작품에 등장하는 적강 인물들을 살펴보면 이춘백과 조부인, 최양

---

266) 필사기에 '서원동 서책'으로 나타나고 있는데 서원동의 유치와 세책점과 연관성을 추적해 볼 필요가 있다. 비록 세책점에서 필사되지 않았다고 해도 상층 양반여성들이 필사하거나 전문적 필사자가 필사해준 것으로 보인다

홍, 이운학 등이다. 도적의 습격을 당한 이춘백 부부가 이별하고 다양한 고난을 겪지만 천상적 협조자의 도움을 받는 대목에서 이춘백 부부의 천상적 징표가 잘 나타난다. 그리고 최양홍은 군담 대목에서, 이운학은 유복자로 출생하여 부친의 옥소를 불어서 소리가 나는 대목을 통해서 천상적 인물의 적강이 드러난다.

제1계통본, 제2계통본은 주인공의 천상 득죄와 지상으로 하강하는 과정이 생략되어 있다. 다만 천상 선관이 준 강릉추월 옥소를 통해서 천상적 인물의 적강을 확인할 수 있다. 이밖에도 옥황상제의 천상 회귀 명령을 전한 선관의 말과 10년 퇴정하는 대목으로도 쉽게 확인된다. 따라서 천상 인물이 지상적 공간에 출생하는 대목은 모든 이본 계통에 지속적으로 등장하고 있으나, 제1계통본보다 제2계통본 〈성대1본〉과 제3계통본에서 좀더 구체적으로 등장한다.

천상적 인물의 지상적 하강과 천상 회귀 대목은 후대로 가면서 변모의 양상이 강화된다. 이것은 필사본보다 활자본을 간행할 때 당대의 독자층을 의식하여 천상 인물의 적강 대목을 첨가한 것으로 생각된다. 제1계통본에서 생략된 천상적 인물의 적강 대목이 제2계통본 〈성대1본〉과 〈고대1본〉에는 첨가되어 있다. 이것은 제2계통본으로 변모하는 과정에서 첨가된 것을 보인다.

제3계통본은 이러한 제2계통본의 천상 인물의 적강과 회귀 대목을 바탕으로 하여 활자본을 간행한 것으로 보인다. 특히 17세기에 인기를 끌었던 〈숙향전〉의 결혼 대목이 모든 작품에 등장하는 것으로 보아 〈강릉추월전〉은 적강소설 및 애정소설의 영향을 수용한 것으로 보인다. 이렇게 보면 〈강릉추월전〉의 이본 계통의 변모에는 조선후기 적강소설이나 애정소설의 영향을 받아서 재창작한 것으로 보인다.

2) 군담적 영웅의 활동과 가족의 극적 상봉

고소설에 등장하는 군담적 영웅은 영웅소설이나 군담소설에서 뚜렷이 나타난다. 〈강릉추월전〉에 등장하는 군담 대목은 이춘백 부자가 극적으로 상봉하는 계기로 작용한다. 중국의 사신으로 발탁된 이운학은 중국 천자의 부탁으로 서번을 평정하게 된다. 출전을 앞두고 열린 위로연에서 운학은 옥소를 통해서 부친을 상봉한다. 필사본은 천자의 위로연에서 상봉하게 된다면, 활자본은 이춘백 부자가 적군과 아군으로 출전한 전장에서 상봉하게 된다. 이러한 군담 대목은 필사본이 부자 상봉을 위한 계기로 전개되는데 반하여 활자본은 치열한 군담 장면의 드라마적인 구성이 돋보인다.

(가) 디원수왈 군즁풍악니 모도다 쑥디다 하고 통소소리을 드르보라 ㅎ고 소미의 옥소을 니여놋코 즁디이 놉피 안자 티뎡지락과 영웅득실지곡을 분니 … 츈빅 바다보니 여와반갑도다 강능츄월 이라 깜쪽 놀니 통소을 즈시보며 눈물흘니 안즈다가 … 원수왈 즁군은 동국인을 말슴ㅎ온들 엇지 아이요 소장은 강능쌍의 이 감스 즈제옵고 이통소난 우리집 세전지기물리로소니다 … 츈빅니 드른니 과여 닉이 자식이 적실ㅎ도다[267]

(나) 니 원수왈 군즁풍물리 모다 쇽되도다 나의 통쇼을 드르라 ㅎ고 쇼미의 옥쇼을 니여 고금제왕의 티평지악과 영웅득실지목을 부니 … 츈빅이 바다보니 곳 강능추월 옥통쇼라 깜작 놀나 통쇼을 다시 보며 눈물을 흘니고 넉시업시 만지다가 …원수왈 쇼장은 동국 강능짜의 스는 니 감스의 즈계옵고 이 통쇼는 쇼장의 집 세젼지물이로쇼이다

---

267) 노재순본, 〈강능츄월전〉, 88-90쪽.

···춘빅이 그말을 즈셔이 드르니 원수 니 운학은 곳 나의 아들리 적실
ᄒ도다268)

(다) 어쳔수와 쟝수빅이 쟝대에 들어와 고왈 송진 딕사마는 다른이
아니라 소쟝이 금일 즈세보오니 소쟝에 슈양즈요 어쳔수에 사회로소
이다 제 근본을 즈셰 알외리다 ᄒ고 자초지졍을 셰셰히 고ᄒ니 승샹
이 다시 혜아리니 분명흔 즈긔 아들이요 옥소 곡죠도 ᄯᅩ흔 즈긔에 강
능츄월이라 ··· 쵹나라 승샹 리춘빅은 글월을 대숑 딕ᄉ마 딕쟝군 리
운학의게 부치ᄂ니 슬푸다 복즁유?을 만리젼쟝에 구슈로 맛ᄂ니 도
시 나에 죄역이 지즁하미라 닉 황희감ᄉ로 운남도에 적변을 당ᄒ여
만ᄉ여싱이 자기산 빅영도사의 뎨즈되엿다가 쵹왕에 지우지은으로
쟝안을 어덧더니 이계 부지 샹쳔은 뎐리에 죄역이라 닉 단귀로 진젼
에 나왓스니 쌜이 함거를 가져오면 닉스사로 갓치 죄를 뎐즈끠 바드
리니 이 쟝수ᄂ 어쳔수라 나의 부옹이니 의심이 업슬지라 자셰흔 말
은 이 쟝수의게 듯고 옥소 ᄯᅩ흔 강능츄월이면 나의 평싱 사랑ᄒ던 바
라 가져 신젹을 뵈이라 하엿거늘269)

위의 인용문과 같이 (가)와 (나)의 군담 대목은 서번을 평정하기
위한 출전 위로연에서 이춘백 부자가 상봉한다면, (다)에서는 전장
에서 적군과 아군으로 서로 대치한 사건처럼 좀더 치열한 군담을 통
해서 상봉하는 차이점이 있다. 서번의 반역을 평정하기 위한 천자의
군사적 행동이 실제 군담 대목이다. 그런데 서번의 반역을 중국 천
자의 힘으로 진압하지 못하여 조선에 사신을 파견한 것이다. 이런
점에서 천자는 주위의 제후를 제대로 통제할 수 있는 권위를 상실한

---

268) 국도본, 〈강능츄월옥소젼〉, 82-84쪽.
269) 덕홍서림본, 〈강능츄월옥소젼〉, 74-76쪽.

것으로 보인다. 이 때문에 이춘백과 이운학이 중국에서 군담적 영웅의 활약을 통하여 부자 상봉의 계기가 마련되었다.

실제 군담 대목은 서번의 장수와 명나라의 장수가 싸우는 장면이라고 할 수 있다. 이들의 전투장면은 긴장과 이완을 제대로 담아내지 못하고 있다. 이운학은 '강능추월' 옥소를 불어서 적장을 물리치거나 화공전과 도술전을 펼치는 환상적인 모습이 강조되어 있다. 특이한 점은 적장의 장수로 출전한 항만적은 최양홍의 외사촌이므로 명나라로 귀순하여 서번을 진압하는 데 이바지한다. 이러한 적장의 장수가 최양홍의 설득으로 아군에 귀환하여 함께 적군을 물리치는 군담 장면은 매우 드문 사건이라 하겠다.

제2계통본은 제1계통본에 없는 후반부에 군담 대목을 첨가하고 있다. 번왕의 반란을 진압한 이춘백 부자는 북적의 침략으로 재출정하게 된다. 2차 군담에서는 이춘백 부자보다 여성영웅 최양홍의 활약이 두드러지고 원혼을 품고 자결한 어소저의 효열 의식이 부각된다. 최양홍과 적장 용천두의 대결은 도술전을 방불케 할 만큼 호쾌한 싸움이 펼쳐진다.

제2계통본은 여성영웅 최양홍과 적장 용천두의 대결을 통해서 여성의 관심을 끌었을 것이다. 당대의 독자층들은 후반부에 첨가된 군담 대목을 읽으면서 대리만족과 흥미를 느꼈을 것으로 생각된다. 다른 한편으로는 어소저의 효열 의식을 통해 삼강오륜과 유교적 윤리를 강조한 것이다.

그런데 번왕을 처리하는 대목이 작품에 따라 다르게 나타난다. 제1, 2계통본은 번왕을 생포하여 항복을 받고 처벌하는 대목과 번왕을 재임명하여 선정을 베풀도록 방면하는 대목이 나타난다. 특히 제

2계통본 〈성대1본〉과 〈고대1본〉에는 번왕이 개과천선하여 선정을 베풀 수 있도록 되돌려 보낸다.

이런 점에서 번왕의 반란은 이춘백 부자의 영웅적 활동을 통한 입신양명의 기회를 제공하는 장식적 의미로 해석될 수 있다. 〈강릉추월전〉에 첨가된 군담은 이춘백 부자의 만남을 극적으로 만들어갈 뿐만 아니라 이춘백 부자의 영웅적 능력을 시험하고 입신양명하는 계기로 작용한다. 이 작품은 영웅적 인물의 군담적 활동을 통해서 가족의 극적 상봉을 성취하고 있다.

〈강릉추월전〉에는 영웅적 인물이 군담을 통하여 입신양명하는 군담소설과 영웅소설의 성격을 갖추고 있다. 주인공 이춘백 부자와 여성영웅 최양홍은 서번의 침공을 격퇴하여 입신출세를 하게 된다. 특히 서번의 반란으로 인한 군담 장면에서 이춘백은 최양홍을 만나 연분을 맺고 부자간에도 상봉하게 된다. 최양홍은 북적을 물리치는 군담 대목에서 여성영웅의 활약상을 유감없이 보여준다.

조선후기 군담소설, 영웅소설, 여성영웅소설들이 독자들로부터 대단한 인기를 얻었기 때문에 〈강릉추월전〉도 이러한 영향권에서 벗어나기 어려웠을 것이다. 이춘백 부자는 전쟁을 평정하는 군담을 통해서 이별한 가족의 상봉과 입신양명을 성취하고 있다. 이렇게 군담적 영웅의 활동과 가족의 극적 상봉을 위해서 〈강릉추월전〉은 조선후기 군담소설, 영웅소설과 여성영웅소설을[270] 수용하면서 토착화를 모색했다.

---

270) 전용문, 『한국 여성영웅소설의 연구』(대전: 목원대 출판부, 1996).

3) 혼례의 첨가와 여성의 관심 유발

제1계통본은 중국소설 〈소지현나삼재합〉에 없는 혼례 대목을 첨가하여 여성 독자들의 관심을 유발하고 있다. 작품에 등장하는 혼례는 옥문동에서 이춘백과 조채란의 천상적 연분에 의한 결혼, 이운학과 어천추 딸 어소저와 결혼, 이운학과 공주의 결혼, 이운학과 우승상 딸의 결혼, 이춘백과 최양홍의 결혼 등과 같이 다양하게 나타난다.

먼저 이춘백과 중국 조상서의 딸 채란은 옥문동에서 천상 연분에 의한 결혼으로 주목된다. 이들이 옥문동에 표류한 원인은 하늘의 지시를 받은 채약할미의 중매로 천상 연분을 맺기 위한 것이다. 이렇게 〈강릉추월전〉은 다양한 혼례를 첨가하여 여성 향유층의 관심을 끌었던 것이다.

제1, 2계통본에 등장하는 천상 연분에 의한 결혼은 별다른 갈등 없이 성사되지만, 제3계통본에서는 어소저가 장해룡의 재주를 시험하는 대목이 첨가되어 있다. 장수백의 아들로 성장한 해룡은 도적 어천추의 딸과 결혼한다. 이들의 결혼은 천상적 연분에 의한 결혼이 아니라 자신의 정체성을 찾을 수 있는 서사 전개의 실마리를 마련해 준다.

> (가) 나니 셉오시의 이르니 긇겨니 풍후하고 용모비범하여 천승즈 지리 문무간의 모를 거시업더라 즁공쳐리 무수히 스랑하여서니 도적 즁의 일등쥬절을 가리여 에을 갓초와 길에 을 기늬오니 신부의 유하 덕힝이요 또 현철하오니 즁공절과 여천츄 그깃겨하미 칭양업시 옥통소을 늬여주며왈 니 옥소난 우리집 시젠귀 보빅라 나난 아무리 부르도 소릭가 아니나니 혹 소릭나난가 부러보라 하거날 히롱니 그옥소을

바다보니 등의 싀겨시되 강능츄월리라 하여드라 인하여 한곡조을 부
니 처량한 소릭 공즁에 어리여 일장공부하난 사람갓거날[271]

(나) 나희 십오세 되여 골격이 증우ᄒ고 요모 쳥수ᄒ야 문장명필리
당당헌 장부라 장수빅이 극키 ᄉ랑ᄒ여 져의 도적즁의 일등규졀을 츄
ᄒ여 장가 보닉니 그처부의 셩명은 어쳔츄라 쳔츄 ᄯ한 그ᄉ회의 용모
을 ᄉ랑ᄒ여 옥통쇼을 닉여주며왈 이옥쇼는 우리집 세젼지 보빅나 난
는 아모리 부러도 쇼릭 아나나니 혹 쇼릭난나 네나 부러보아라 ᄒ거늘
희롱이 옥쇼을 바다보니 등의 삭여스되 강능츄월이라 ᄒ여더라 인ᄒ
여 부니 그쳥아헌 쇼릭 공즁의 어리여 일싱 공부헌 ᄉ름갓거늘[272]

(다) 네 검술이 졍묘ᄒᄂ 능히 나를 당홀소냐 나고 나기홈이 엇더
ᄒᄂ 희롱이 소왈 어쟝군이 쳔이면 모르거니와 엇지 직조를 비교코져
ᄒ시ᄂᄂ 어쳔추 소왈 네 큼말 말고 시험ᄒ여 네가지면 닉 ᄉ회 되고
닉가 지면 옥소라 ᄒᄂ 보빅를 쥬리니 그러ᄂ 칼노써 직조를 비교 홀
진딕 크면 인명이 죽을 거시오 적으면 샹ᄒ리니 칼은 그만두고 막딕에
견으로 싸고 직를 발너가지고 여러 합싸와 산상의 직무든 흔셕이 만으
면 진거시라 ᄒ고 각각 막딕를 들고 연무장에 나가 싸흘싀 오십어합의
어쟝군이 능히 당치 못ᄒ야 쉬기를 쳥하니 해롱이 즉시 물너나거늘 어
쳔수 탄왈 너ᄂ 텬신이라 닉 엇지 당ᄒ리오 ᄒ고 희롱의 몸을 살펴보
니 흔졈도 직무든 흔적이 업고 졔 몸을 보니 두엇개에 직무든 흔적이
잇거늘 심즁에 붓그러 다시 활쏘기를 쳥ᄒ니 말이 맛치며 맛춤 쳥텬의
빅됴둘이 나라오거늘 희롱왈 져싀를 쏘아 즈웅을 결ᄒᄉ이다 하고 두
ᄉ름이 일시에 활을 다러쏘니 아이오 일쌍 빅됴 들 밧게 쩌러지니 어
쟝군이 딕소ᄒ고 집으로 도라와 희롱을 더욱 ᄉ랑ᄒ여 쟝수빅을 쳥ᄒ
여 퇵셔홀 말을 셜화ᄒ고 즉시 퇵일ᄒ니 수일이 격ᄒ엿더라[273]

---

271) 노재순본, 〈강능츄월젼〉, 36-37쪽.
272) 국도본, 〈강능츄월옥소젼〉, 34-35쪽.

위에서 (가)의 장수백은 비범한 아들 해룡을 양육하여 도적의 딸 어소저와 결혼시킨다. 이들의 결혼은 장해룡의 비범함과 어소저의 덕행으로 아무런 갈등 없이 성사된다. (나)는 어소저의 덕행에 대한 대목이 생략되고 사위의 용모를 사랑한 장인이 '강능추월' 옥통소를 내어준다. 이 옥소 덕분에 사위 장해룡은 자신의 정체성을 찾게 된다.

(다)는 사위 삼기 위한 어천추와 장해룡의 대결이 첨가되었는데, 그 시험에서 해룡이 승리하여 결혼하게 되고 옥소를 선물 받는다. 사위의 능력을 시험하려는 장인의 요청에 의해서 검술과 활쏘기의 대결이 벌어진다. 어천추는 해룡의 비범한 능력을 확인한 뒤에 사위로 받아들인다. 결혼에 앞서 어소저는 장해룡에게 자신의 부친을 보호해주겠다는 약속의 증표를 받고, 장인은 사위에게 귀중한 옥소를 선물로 준다. 제3계통본은 장인과 사위의 대결에서 승리한 사위 장해룡이 어소저와 결혼하는 차이점이 있다.

제1, 2계통본은 별다른 갈등 없이 장해룡과 어소저의 결혼이 성립되지만, 제3계통본에서는 혼례를 위한 장인과 사위의 대립이 첨가되어 있다. 여성이 남성의 재능을 시험한 뒤에 결혼하는 것은 활자본이 간행될 당시의 사회적 풍습을 반영한 것으로 보인다. 이렇게 혼례의 배우자 선택에서 여성이 주도권을 행사하는 모습은 남성 중심 사회에서 점차 여성 중심 사회로 변화하고 있음을 보여준다.

도적의 딸과 결혼한 운학은 장인으로부터 옥소를 선물받으면서 잃어버렸던 자신의 정체성을 찾는다. 그 밖의 결혼은 이춘백 부자의 상봉과 군담을 통한 입신양명을 성취한 뒤에 이루어지는 보상으로

---

273) 덕홍서림본, 〈강능츄월옥소젼〉, 35-36쪽.

볼 수 있다. 그런데 〈성대1본〉에는 필사본 제1, 2계통본에 등장하는 이운학과 공주의 혼례, 이운학과 우승상 딸의 혼례가 구체적으로 확대, 부연되어 있다. 왕의 부마가 된 이운학이 공주와 혼례를 올리는 구체적인 장면을 요약하면 다음과 같다.[274]

① 왕은 공주의 혼례를 명하여 봉모상궁과 태감궁속에게 결혼준비를 서두르게 한다.
② 이춘백은 부모께 아들의 결혼을 알리고 가사를 별궁으로 정돈한다.
③ 이운학이 부모와 친척께 인사하고 백마를 타고 궐내에 들어가 전안지례를 올린다.
④ 운학과 공주가 행예교배한 뒤 왕에게 인사한다.
⑤ 운학이 공주와 함께 본궁에 돌아와 조부모와 승상 부부께 인사한다.
⑥ 공주가 별궁 영신당에 도착하여 노상공과 상공 부부께 폐백을 드린다.
⑦ 공주가 노상공과 상공 부부께 저녁 문안을 올리고 영신당에서 부마와 동침한다.
⑧ 부마가 다음날 조회에 참석하여 왕과 왕후께 인사하고 집으로 돌아온다.

왕실의 혼례 ①～⑧의 요약에서 알 수 있듯이 임금의 부마가 되는 이운학이 공주와 혼례를 올리는 장면을 구체적으로 제시하고 있다. 이러한 결혼 풍속은 『주자가례』의 법도를 따라서 행해진 것이며, 조선시대 부마의 혼례 제도를 충실히 따르고 있는 것으로 보인다. 다만 특이한 혼례 장면이 있다면 신랑이 신부의 덩문을 열쇠로 잠그고 본가에 와서 열쇠를 풀어주는 점이다. 그리고 부부가 곧바로

---

274) 성대본, 〈강능추월〉 3권3책.

부모에게 인사를 하는 게 아니라 신랑이 먼저 인사하고 신부는 나중에 시부모에게 폐백을 올리는 것이다. 제2계통본 〈성대1본〉은 부마의 혼례, 재상가의 혼례, 양반가의 혼례가 등장하는 것으로 보아 조선후기 다양한 혼례를 구체적으로 첨가하고 있다.[275]

제2계통본 〈성대1본〉의 이운학은 공주와 혼례를 올린 뒤 우승상 권웅의 딸과 혼례를 올리게 되고 두 부인은 창성과 창인을 각각 출산한다. 다른 이본에 등장하지 않는 이춘백의 손자 창성이 김한림의 딸과 혼례를 하는 대목이 첨가되어 주목된다. 이운학과 공주 사이에서 출생한 창성이 김한림의 딸과 혼례를 치르는 대목을 인용하기로 한다.

> 창셩 공즈의 나이 츠믹 미파을 널이노와 규슈을 구ᄒ되 가합헌 곳지 업더니 마춤 김한림 셩집의 녀익 알음다오믈 듯고 통혼ᄒ니 김한림이 즉시 허혼ᄒ고 뇌당에 들어가 부인계 졍혼허믈 일우니…믹픠 부마궁에 나아가 김한림 딕의셔 허혼ᄒ믈 고흔딕 … 승상이 … 부인과 공쥬의계 창셩의 혼인 졍허믈 말하니 … 김한림 집이셔 틱일이 오믹 승상이 바다보니 … 신낭으로 길복을 갓츄고 위의을 츠려 김한림 부즁의 일으믹 … 신낭을 인도하야 젼안교빅흔 후 신부을 인도ᄒ여 덩에 들믹 신낭이 금쇄로 덩문을 잠우고 집으로 도라와 조부모계와 부모계 뵈옵고 … 신붕의 덩이 일우거늘 신낭이 덩문을 금쇄로 열고 … 신부을 인도ᄒ야 졍당에 올나와 승상 부부와 부마와 공쥬계 폐빅을 들인후에 졔 부인계 힝예ᄒ니… 창셩이 조부모와 부모의 침슈을 살피고

---

275) 혼례가 확장된 성대본 〈강능추월〉 3권3책과 〈강능추월전〉 3권2책은 조선후기 가문소설의 영향을 수용했을 것이다. 가문소설에서 중시되는 가문간의 혼례뿐만 아니라 왕실의 혼례도 구체적으로 첨가되어 있다. 이러한 결혼 대목의 형성과 변모를 조선후기 가문소설과 비교할 필요가 있다.

…월봉각으로 힝ᄒ야 들어가니 … 침셕에 나가 운우지낙을 일우니[276]

위와 같이 이창성은 김한림의 딸과 혼례를 올리는 장면에서 재상의 예법을 따르고 있다. 〈성대1본〉은 이춘백 손자의 혼례 대목을 포함한 다양한 결혼 장면이 첨가되어 있어서 양반가의 부녀자들이 주로 탐독했을 것으로 생각된다. 다른 이본에 비하여 세책점을 중심으로 유통된 것으로 보아 양반 부녀자들을 위해서 혼례 대목이 대폭 확대, 부연된 것으로 보인다.

작품에 등장하는 혼례 대목은 이본에 관계없이 모두 첨가되어 있다. 제2계통본 중에서 〈성대1, 2본〉과 〈고려대1본〉의 혼례 대목이 확대, 부연되어 있다. 이본 계통에 등장하는 다양한 혼례를 통해서 당시 여성 향유층의 인기를 모았던 것으로 생각된다. 왜냐하면 여성들은 남성에 비하여 혼례와 같은 대목에 상당한 관심과 흥미를 보이기 때문이다. 따라서 제1계통본에서 제2계통본으로 변모하면서 조선후기 여성 향유층의 인기를 끌기 위해 혼례 대목이 대폭 첨가 및 확장된 것으로 보인다.

〈강릉추월전〉의 제2계통본에는 혼례에 대한 관심을 다양하게 표출하고 있다. 가문소설에서는 가문의 번영과 자손의 번창을 이룩하기 위해서 가문간의 혼례를 중요하게 다루고 있다.[277] 이러한 제2계통본에 등장하는 혼례는 주인공 이운학과 공주의 궁중 혼례, 이운학과 사대부의 혼례, 이운학의 아들 이창성과 김한림 딸의 혼례 등 매우 다양하다. 그런데 혼례에 대한 관심이 제1계통본보다 제2계통본

---

276) 성대본, 〈강능추월〉, 2권, 52-54쪽.
277) 이수봉, 『한국가문소설연구논총』 (서울: 경인문화사, 1992).

에서 강조된 것은 당대의 상층 양반 여성 향유층을 의식한 결과로 보인다.

〈강릉추월전〉은 이춘백의 3·4대기의 구성과 탁월한 능력을 가진 자손의 번창을 통해서 가문소설의 지평을 보여준다. 특히 세책점에서 유통된 〈성대1본〉과 동일 계통인 〈고대1본〉에서 혼례에 대한 관심이 강조되어 있다. 〈강릉추월전〉은 이춘백의 3대기와 4대기로 구성된 필사본 계통의 형성과 변모를 통해서 조선후기 가문소설의 혼례 대목을 첨가한 것이다. 따라서 제2계통본에서는 이춘백의 4대기로 구성된 점과 혼례의 확대 및 재창작된 점으로 보아 조선후기 가문소설의 영향을 수용했던 것으로 보인다.

이렇게 〈강릉추월전〉의 이본 계통에 혼례 대목이 첨가되어 여성 향유층의 인기를 모았던 것으로 짐작된다. 제1계통본, 제2계통본에 비하여 제3계통본은 결혼하기 전에 장인과 사위의 무술 시합 대목이 첨가되어 있다. 이것은 근대 전환기에 훌륭한 사위를 삼고 싶은 1915년의 사회상을 활자본의 개작을 통해서 반영하였다. 따라서 여성 혼례를 첨가한 활자본은 필사본을 대상으로 하여, 서사의 짜임새와 독자층의 흥미를 제공하는 방향으로 변모한 것이다.

2. 〈강릉추월전〉 계통본의 지속과 변모

1) 양자 삼기의 첨삭과 가족 계승의식

필사본 제1계통본, 제2계통본에는 양자 삼기 대목이 첨가되거나 확대·재창작되어 있는데 반하여, 제3계통본에는 이 대목을 생략하고 있다. 작품에 등장하는 양자 삼기는 가족이나 가문을 계승할 자식이 없는 상황에서 나타나며, 양자 삼기와 같은 가족의 계승의식이 점차 강화되는 방향으로 전개된다. 그런데 활자본에서 양자 삼기 대목을 생략한 것은 당대의 독자들에게 별다른 흥미를 끌지 못했기 때문에 출판 과정에서 생략된 것으로 보인다.

조선초기에는 자녀들에게 재산을 균등하게 분배하였고 조상에 대한 제사도 자녀들이 돌아가면서 지냈다. 이 때문에 아들이 없는 집에서도 양자를 삼지 않고 딸에게 재산을 상속했으며, 사위가 제사를 지내는 경우도 있었다. 그런데 임진왜란과 병자호란을 거치면서 장자의 혈연 계통을 중시하는 가부장적 가족제도와 가문의식이 점차 강화되기 시작한다. 이러한 사회적 상황을 반영하여 재산상속과 제사권이 장자에게 집중된 것이다.

조선후기에는 집안의 대를 이어갈 장자가 없을 때에는 심각한 부작용이 발생했는데, 이를 해결할 수 있는 방안으로 등장한 것이 양자 제도이다. 양자 제도는 17세기를 중심으로 새로운 전환을 맞이하게 된다.[278] 양자를 삼을 때 가족의 자녀를 우선하던 것이 조선후기로 내려갈수록 점차 약화된다. 가족 내의 혈연을 중심으로 선발하다가 친족이나 당내로 완화되고 마침내 혈연이 아니더라도 같은 성씨 내에서 양자를 삼기도 했다.

이러한 양자 제도의 사회적 변화를 〈강릉추월전〉은 반영하고 있다. 작품에 등장하는 양자 삼기는 혈연으로 맺어지는 것이 아니라, 자식이 없는 사람이 동일 성씨의 아들을 양자로 삼고 있다. 제1계통

---

278) 양자 제도의 변천에 대한 논의는 김두헌과 최재석 앞의 책 참고.

본에 등장하는 양자 삼기는 세 번 정도 등장한다. 조부인이 백운암에서 아들 운학을 낳게 되지만, 절에서 키울 수 없어 자식이 없던 서영국에게 양자로 준다.[279] 서영국은 운학을 아들로 삼아 애지중지하면서 양육했으나 잃어버린다. 양자의 중요성을 인식했던 서영국은 운학을 찾기 위해서 재산의 절반을 내놓는다. 이런 점에서 서영국은 양자를 통해서라도 가족을 계승하려는 의지가 매우 강조되어 나타난다.

마침 장수백이 탐물차 왔다가 운학의 비범함을 보고 데려가 자신의 양자로 삼는다. 장수백은 운학의 뛰어난 모습에 반해 그를 데려가서 아들로 삼고 이름을 지어준다. 왜냐하면 도적 장수백은 자신의 가문을 계승하려면 훌륭한 인물이 필요했기 때문이다. 장해룡은 장수백의 아들로 성장하면서 친부모에 대한 기억을 거의 잊어버린다. 그러나 도적 어천수의 딸과 결혼하면서 새로운 국면을 맞게 된다.

자신의 정체성을 확인한 이운학은 모친과 상봉한 뒤 울남도 도적을 소탕하여 부모의 원수를 갚는다. 운학은 고향인 강릉에 도착하여 가족과 상봉하고 그 동안의 회포를 푼다. 이때 삼척 부사가 운학에게 살인옥사 처결을 부탁한다. 운학은 죄가 없는 서운길을 방면하고 최용만을 원지정배하여 백성들의 칭찬을 듣는다. 그리고 서운길의 둘째 아들 서봉실을 서영국의 양자로 삼게 도와준다.[280] 이것은 자

---

279) 노재순본, 〈강능추월전〉, 31-32쪽. 운수단니왈 승당니 혹가와 다르니 익기을 의셔 키울 수 업난지라 아모리 모ᄌ지졍의 절박ᄒ나 영국이라 ᄒ난 스람이 미양 무ᄌ식하물 한탄한지라 그 스람으계 수양ᄌ을 쥬으 기우면 조홀듯하나니다 조부닌 난혜당니 한슘 짓고 이윽키 싱각하다가 마지 못하여 허락하고 서영국을 불너 신신당부하니 영국니 또한 조ᄒ하고 다러다가 기츌갓치 잇중니 기드니
280) 노재순본, 〈강능추월전〉, 73-74쪽. 어스 서영국의 아달 업심 불상니 네기다가

신을 키워준 서영국에 대한 감사의 표시일 뿐 아니라 서영국의 가족 계승의식을 양자 삼기를 통해서 보여준다.

제2계통본 가운데 〈성대1본〉은 양자 삼기가 확대 및 재창작되어 나타난다. 이 작품은 제1계통본의 양자 삼기 대목뿐만 아니라 장수백과 어천추에게 양자를 들여주는 장면이 첨가되어 있다. 전자는 장선달의 둘째 아들 태용으로 죽은 장수백의 양자로 삼고 이름을 해룡으로 바꾼다.281) 후자는 어천추 동생의 둘재 아들 용택으로 죽은 어천추의 양자로 삼는다.282) 이러한 양자 삼기는 가족 계승의식과 가문의식이 강화되던 당대의 사회상을 반영한 것이다.

제3계통본은 양자 삼기를 생략한 것이다. 필사본에 비하여 활자본은 당대의 상업적 성격에 맞도록 개작 과정에서 양자 대목을 삭제한 것이다. 왜냐하면 작품의 주인공 가족이 생존한 상태에서 상봉하기 때문이다. 필사본에서는 처벌된 사람의 후사를 잇기 위해서 양자

쏘한 동성니요 운길의 둘치아달 봉실러 더욱 영민ᄒ기로 운길게 분분ᄒ야 봉실노 영국겨 슈양ᄌ을 정ᄒ니 운길과 영국니 더욱 조와ᄒ더라

281) 성대1본, 〈강능추월〉 3권 15쪽. 원슈왈 염여말나 ᄒ고 즉시 장선달 시빅을 불너왈 너 드르니 네계 아들이 두리라 ᄒ니 둘지 아들을 나를 쥬면 우리소상공의 슈양뫼 ᄌ식이 업기로 양ᄌ을 졍코져허난니 네 마음에 웃더ᄒ요 ᄒ니 장시빅이 분부을 듯고 이윽히 싱각다가 다시 졀ᄒ고 왈 소인이 엇지 감히 상공의 말슴을 거역허올잇가 ᄒ고 즉시 ᄌ식을 불너 현신헌후에 노고와 생면ᄒ고 양ᄌ을 졍ᄒ야 셩예허니라… … 즉시 나라에 이일을 계달ᄒ고 티룡의 일홈을 고쳐 히룡이라 하여 히쥬즁군을 식이니

282) 성대1본, 〈강능추월〉 3권, 306쪽. 어천츄의 아오 일홈은 천슈요 ᄉ촌의 일홈은 천길이라 천슈의 아들이 숨형졔 잇스니 장ᄌ의 명은 용만이요 츠ᄌ의 명은 용틱이요 삼ᄌ의 명은 용필이라 다 쥰슈 단아ᄒ고 다 장셩ᄒ엿거늘 부미 분부ᄒ되 네 형의 후ᄉ을 이을 ᄌ식이 업기로 니 너의 아들 중 용틱으로 네 형의 후ᄉ을 졍ᄒ난이 네 마음의 엇더ᄒ요 ᄒ니 천쉬 알외되 소인이 임의 둘지 자식으로 형의 후사을 졍혈야 ᄒ야는이다.

삼기가 등장한다면, 활자본은 생존한 상태에서 가족 상봉이 성취되기에 굳이 양자를 삼을 필요가 없었던 것이다. 이렇게 보면 제3계통본은 당시의 현실성을 강조하는 방향으로 개작한 것으로 보인다.

이상에서 〈강릉추월전〉과 〈소지현나삼재합〉은 양자 삼기와 양자제도의 차이점이 드러난다. 작품에 등장하는 양자 삼기는 가족의 계승의식을 보여주는 서영국을 통해서 구체적으로 드러난다. 무자식으로 일관하던 서영국이 양자를 들이는 것은 가족 계승의식을 표출한 것이다. 그런데 제1, 2계통본에 첨가되어 확대된 양자 삼기 대목은 제3계통본에서는 생략되어 있다. 이렇게 양자 삼기의 첨삭을 통한 가족 계승의식은 필사본에서 지속, 강화되다가 활자본에서는 생략되는 변모를 보여준다.

2) 여성영웅의 첨삭과 여성 의식

여성영웅의 등장과 활약은 필사본 계통인 제1, 2계통본에 등장한다. 제1계통본의 여성영웅 최양홍은 이춘백과 동침한 뒤 번왕의 반역을 진압하는 군담 대목에서 활약한다. 제2계통본의 여성영웅은 제1계통본의 활약뿐만 아니라 북적의 침략에서도 탁월한 능력을 발휘하고 있다. 이러한 여성영웅의 등장과 활약은 남성영웅과 비교하여 손색이 없으며 새로운 삶을 개척하려는 적극적인 인식도 동반되어 있다. 그런데 활자본 제3계통본에서는 여성영웅을 생략하고 어소저의 여성 수난을 첨가하고 있어 주목된다.

〈강릉추월전〉에 등장하는 여성영웅 최양홍은 초남 죽지촌에 태어나 무술을 배우고 있었다. 최양홍은 자신의 배필이 다른 곳에 있음에도 부모의 의사에 따라서 결혼한다. 그런데 최양홍은 첫날밤에 남편을 잃고 홀로 지내게 된다. 이렇게 보면 최양홍은 결혼에 실패하여 재가한 여성여웅이라는 사실을 알 수 있다.

> 첩의 긔품이 과연 남과 달나 외람이 장부의 공명을 일우고져 ᄒ여 약간 공부허여습고 쏘 첩의 연분은 장군의게 잇수오나 첩의 부모 아지 못ᄒ고 되른디 셩혼허여다가 연분니 안니기로 첫날밤의 상부허옵고 독슉공방의 혼ᄌ 잇습다가 일젼의 ᄌ기산 도ᄉ와셔 ᄒ는말리 그되 연분잇는 ᄉ름이 늬게 뉴ᄒ다가 모일모야의 낙화졍의 잘거시이 그날은 연분 조혼날리라 ᄒ고 편지을 주오믜 첩이 임의 쓸되업는 몸이 되어스나 첩과 연분인는 ᄉ름이 잇다ᄒ오니 보고져온 마음도 잇습고 쏘 짐작허는 일리이서 뉴장찬혈지힝을 면치 못ᄒ오나 불원쳔니 ᄒ고 왓ᄉ오니이다283)

위에서 보는 바와 같이 최양홍은 백운도사의 도움으로 자개산에서 병법을 배우고 천자를 구하기 위해서 도화촌에 잠시 유숙하던 이춘백을 만난다. 백운도사가 최양홍에게 이춘백의 짝이라는 사실을 알려준다. 이춘백과 최양홍이 첫 번째 만남에서 결연한 이유는 백운도사의 주선으로 천정연분일 뿐만 아니라 전장에서 함께 성공하기 위한 실질적인 결합이 내포되어 있기 때문이다.

여성영웅 최양홍의 활약 대목은 (가)와 (나)이다. 제1계통본 (가)는 최양홍이 적장 항만적을 알아보아 그를 귀순하게 한다. 최양홍은 항만적과 함께 화공전을 대비하고 직접 출전하여 적장과 대적한다. 제2계통본 (나)는 최양홍과 적장 용천두의 대결이 장황하게 등장한

---

283) 국도본, 〈강능츄월옥소젼〉, 78-79쪽.

다. 북적의 침입을 진압하기 위해서 이춘백 부자와 최양홍이 출전하지만, 최양홍이 북적을 무찌르는 데 적극적인 모습을 보인다. 이러한 최양홍의 모습은 여성영웅의 활약을 최대한 확대, 부연한 것이다. 이춘백 부자는 별다른 군담을 보여주지 않지만, 최양홍은 도술을 사용하면서 적장 용천두를 물리치는 군담을 보여준다.

(가) 원수의 칼니 볏듯ㅎ며 항마적의 탄마리 써꾸러지거날 원수 쏘 칼을 드러 흥마적을 치라 하더니 최즁 바릭보니 곳 초남 즁마젹이라 최홍즁니 급피 소릭을 질너왈 원슈난 즘간 추무소서 ㅎ고 또 항마적을 부러니 흥마젹니 드라보믹 고주촌 최야홍니라 소릭을 질너왈 최즁은 울구하거날 최즁니 진즁의 쮜여드러 원수의 압풀 막고왈 저 즁슈난 곳소즁의 외삿촌니라 ㅎ고 직시 항마적의 소을 잡고왈 그되 엇지 기갓흔 변황을 섬기겨 되여난고 ㅎ고 다리고 본진으로 드라오니[284]

(나) 적진 선봉장 용쳔두 나와 졉견ㅎ거늘 … 창검이 공즁의 날니여 비호갓치 쏘되거늘 최장왈 이는 졉ㅅ검이라 ㅎ여 즉시 벽ㅅ검을 외으며 호령을 놉피ㅎ니… 최장이 칼을 들어 창깃츨 막다가 변신ㅎ여 도라셔며 늭다치니 용쳔두의 탄 말리 마즈 거꾸러지는지라 … 한칼은 몸을 싸고 쏘 한칼은 용쳔두의 한편 눈을 속가늬고 한편 숀을 싄어늬여 즁쳔의 놉히안져 … 최장이 우스며왈 장수는 장수로다 외팔외눈으로 져만치 노략ㅎ니 장수 아니면 져헐가[285]

(다) 긔 궁인이 머리를 조아왈 신쳡이 슮흔일노 곡읍ㅎ야 하문케 ㅎ오니 죄 만ㅅ무셕이라 지금을 당ㅎ여 흔말슴이늑 알외오고 죽ㅅ이다 ㅎ고 당초 리운학과 셩례흘찍 신젹이며 어ㅅ로 도즁에 드러와 원

---

284) 노재순본, 〈강능츄월젼〉, 96-97쪽.
285) 국도본, 〈강능츄월옥소젼〉, 2권, 26-29쪽.

슈갑든 말이며 도망ᄒ여 혹시 죄명을 버셔 다시 인연을 니을가 ᄒ와
도쥬ᄒ다가 운슈동 쥬졈에셔 윤샹궁 본가에 잡혀간 전후슈말이며 공
쥬랑랑이 ᄉ랑ᄒᄉ 지금것 잔명을 보젼ᄒ 하히지틱을 모르고 옥소 일
곡에 ᄉᄉ마음이 비장ᄒ와 곡셩을 씌닷지 못ᄒ와 죄를 범ᄒ오니 만ᄉ
무셕이로소이다286)

그런데 제3계통본 (다)에는 여성영웅의 등장과 활약 대목을 생략
하고 대신에 여성 수난이 첨가되어 있다. 여필종부하기 위해 자결하
려던 어소저는 윤상궁의 집에 잡혀가고 윤상궁의 딸 대신 공주의 시
녀로 궁궐에 들어가게 된다. 궁궐에서 공주의 도움으로 살아난 어소
저는 운학의 옥소 소리로 인하여 재회할 뿐 아니라 송사를 통해서
다시 부부의 연을 맺는다.

이러한 여성의 수난 과정을 삽입하여 고난을 극복한 어소저는 남
편 이운학을 살아서 상봉한다. 이운학 부부의 재회가 가능한 이유는
부부의 애정이 중요하게 부각되고 있으며, 여필종부와 같은 어소저
의 유교 의식이 드러나기 때문이다. 활자본 〈강릉추월전〉은 가족의
이합을 통해서 세상사의 변화무쌍함과 윤회사상을 보여주기 위해서
여성 수난을 삽입하여 개작한 것이다.

여성영웅의 등장과 활약을 통해서 남성의 영역이라고 생각되던
군담 대목에서도 여성영웅이 탁월한 능력을 과시하여 여성들의 흥
미를 끌었을 것으로 보인다. 필사본 제1계통본, 제2계통본에서는 여
성영웅 최양홍이 이춘백 부자를 제외한 모든 등장인물에게 남자로
인식된다. 심지어 왕이 최양홍에게 벼슬을 내리고 우승상의 딸과 혼

---

286) 덕홍서림본, 〈강능츄월옥소젼〉, 64쪽.

례를 주선할 정도로 남성에 가까운 모습을 보여준다.

제3계통본 활자본에서는 여성영웅의 생략과 여성 수난을 첨가하는 방향으로 개작했음을 알 수 있다. 이것은 어소저가 자결하지 않고 장인과 사위가 용서, 화해하기 위한 서사 구조의 변화에 따른 당연한 귀결로 보인다. 제1계통본, 제2계통본에서 보여준 여성영웅 최양홍의 등장과 활약이 활자본을 간행할 당시에는 독자들에게 별다른 흥미를 끌지 못했기 때문에 생략된 것으로 보인다. 여성영웅이 생략된 반면에 이별한 남편을 만나려고 다양한 고난을 겪는 어소저의 여성 수난이 새롭게 첨가되었다. 이러한 여성 수난적 구조가 당대의 사회상을 반영하면서도 여성 독자층의 인기를 모았던 것으로 보인다.[287]

이상에서 〈강릉추월전〉은 여성영웅의 첨가와 삭제를 통해서 여성의 능력을 향상시키고 있다. 특히 최양홍은 재가한 여성영웅으로 등장하고 있어서 주목된다. 최양홍이 남성에 버금갈 정도로 자신의 능력을 발휘한 점은 고소설의 여성영웅과 동일하다. 그럼에도 이 작품에 등장하는 여성영웅이 재가한 인물이라는 점은 고소설 가운데 매우 특이하다.[288] 재가한 여성영웅의 등장은 19세기 사회에서 결혼에 실패했더라도 얼마든지 탁월한 능력을 발휘할 수 있음을 반영한 것이다. 이런 점에서 여성 영웅의 활약을 통한 여성의식의 변화를 반영한 것으로 보인다.

---

287) 김재웅, 「〈유최현전〉의 구조적 특징과 가정소설의 지평 확장」, 『정신문화연구』 102호(한국학중앙연구원, 2006.3), 79-103쪽.

288) 조선후기 재가한 여성영웅에 대한 활동 모습과 여성 의식에 대한 접근이 요청되고 있다. 이러한 여성영웅의 재가에 대한 자세한 논의는 다음 기회로 미루어둔다.

3. 〈강릉추월전〉 계통본의 개별적 특성

1) 제1계통본에서 강조된 남성의 충효 의식

제1계통본은 중국소설 〈소지현나삼재합〉의 부모의 원수 갚기 대목을 수용하여 형성된 것으로 생각된다. 중국 원전으로 알려진 작품의 주인공 소운은 자신의 부모를 습격하여 가족 이별과 고통을 안겨준 도적의 수괴를 처벌한다. 소운은 도적의 수괴가 바로 자신을 양육해준 양부임에도 불구하고 친부모를 해친 원수이기 때문에 처벌할 수밖에 없었다.

〈강릉추월전〉의 제1계통본은 〈소지현나삼재합〉의 부모의 원수 갚기 대목을 수용하면서도 새롭게 변모되어 있다. 중국 원전에 등장하는 부모의 원수 갚기 대목을 제1계통본에서는 옹서 대립을 통한 부모의 원수 갚기로 변모된 것이다. 이런 점에서 〈강릉추월전〉은 중국소설의 영향을 수용했다손 치더라도 그대로 모방한 것이 아니라, 조선후기의 사회상에 적합한 고소설로 토착화되었음을 보여준다.

유교 이념을 중시하는 조선후기 사회상에 옹서가 원수로 등장하는 경우는 거의 나타나지 않는다. 가령 옹서대립이 발생한다고 해도 가문의 결혼 문제에서 발생하는 것이 대부분이다. 그런데 옹서대립이 부모의 원수 갚기로 등장하는 것은 조선후기 사회상의 변화와 무관하지 않을 것이다. 옹서의 대립은 조선후기 각종 민란의 발생과 외세의 출현으로 극심한 사회 혼란에서 발생했을 것으로 보인다.

제1계통본 친부모의 원수 갚기는 사위 이운학이 어천추의 딸과 결혼하면서 예정된 것이다. 이춘백이 해주 감사로 부임하여 선정을 베풀었지만 도적을 소탕하지는 못한다. 이춘백 부부가 도적의 습격을 당하여 이별하고 유복자로 출생한 이운학은 서영국의 양자를 거쳐 도적 장수백의 아들 해룡으로 성장한다. 울남도 도적의 수괴 어천추의 딸과 결혼한 장해룡은 장인에게 강능추월 옥소를 받으면서 자신의 정체성을 찾게 된다.

과거에 급제한 이운학은 암행어사의 직책을 수행하던 중에 자신의 정체에 대한 새로운 사실을 알게 된다. 그것은 자신을 양육해준 장수백이 친부가 아니란 점과 결혼할 때 장인이 준 옥소가 친부모를 습격해 탈취한 물건이라는 점에서 구체적으로 드러난다. 부모를 해친 도적이 바로 자신의 장인이라는 사실을 알게 된 이운학은 부모의 원수를 갚는다.

> 또 여천츄을 ᄌ바닉여 형중질할식 천하 악적 여천츄야 네 죄난 네 알니라 강능츄월 옥퉁소난 뉘게 도적질하연나야 빅의 실직물 탈최할 제 무슨 원수로 스람 죽인나야 천도가 무심치 아니하거든 강능츄월 소릭 나며 임직가 업실것가 바로 알의여라 하니 여천츈가 어슨넌 이 감스의 아달닌쥴은 보로고만 제 스회된 쥴만 밋고 강악으로 하난말니 우리 스회난 나을 닉딕지 하난고 저부모도 부모니어던 부모 죄난 일반니라 또 니감스의 직물 탈취한거시 네계 무어시 과게니시며 옥퉁소 난 네가 님직라 하니 처음 님직난 니 감스요 둘칙 님직난 닉라 처음 이직 죽웃기로 가저왓시나 네게 무신 계관인난고 어스 호령왈 그 니 감스난 닉 붓친이계니와 너난 닉이 불공딕천 원슈라하고 군수을 호령 하여 능중질할식[289]

이러한 제1계통본의 부모 원수갚기는 남성의 충효를 강조하는 방향으로 귀결된다. 그런데 아내 어소저가 부친의 목숨을 살리기 위해

---

289) 노재순본, 〈강능츄월전〉, 60-61쪽.

서 고군분투하는 장면이 첨가되면서 복합적인 대립으로 발전하게 된다. 아내는 비록 자신의 아버지가 남편 부모의 원수라 하더라도 부친이 모르고 했을 뿐 아니라 과거의 일이기 때문에 용서해 줄 것을 남편에게 애원한다. 특히 어소저는 유교 이념을 거론하면서 부친의 죄를 대신 받겠다고 한다. 이러한 어소저의 행동은 유교 이념을 내세워 남편의 인품을 높이고 부친을 살릴 수 있는 효성으로 볼 수 있다.

그런데 남편은 아내의 모든 제안을 거부하고 장인을 처벌한다. 사위가 친부모에 대한 원수 갚기의 일환으로 장인을 처벌하는 것은 남편의 충효를 강조한 것으로 보인다. 그리고 아내는 부친을 처벌한 남편과 함께 살 수 없을 뿐만 아니라 부친의 목숨을 살리지 못한 불효로 자결을 선택한다. 이와 같이 제1계통본 기본형에서는 아내가 부친의 목숨을 구하려는 효성은 상대적으로 미약하게 나타난다.

제1계통본에서는 남성의 충효와 함께 여성의 비극이 내포되어 있다. 남성의 충효는 관리로서 도적을 소탕해야 하는 국가적 충성과 함께 친부모의 원수를 갚아야 하는 효성을 동시에 실천한 것이다. 이운학이 장인 어천추를 처벌하는 대목은 도적의 진압보다 친부모에 대한 원수 갚기가 강조되어 있다. 이것은 자신을 양육해준 도적 장수백은 돈을 주어 방면하고 장인 어천추는 처벌하는 대목에서도 구체적으로 드러난다.

이상에서 〈강릉추월전〉의 제1계통본은 부모의 원수는 반드시 갚아야 된다는 점을 부각하고 있다. 남성이 친부모에게 효성을 다하는 방법은 그 원수가 장인이라 할지라도 처벌하는 남성의 극단적인 충효 의식을 강조한 것이다. 그럼에도 아내가 부친의 목숨을 살리기 위해서 고군분투한 효성에 대해서는 상대적으로 약화되어 있다. 아내의 지극한 효성은 남편의 원수 갚기에 묻혀서 비극으로 잠재될 수밖에 없다. 따라서 제1계통본은 가족의 행복을 파괴한 원수는 반드시 처벌해야 마땅하다는 남편의 충효 의식을 강조하고 있다.

2) 제2계통본에서 강조된 여성의 효열 의식

제1계통본에서는 아내의 효성에도 불구하고 남편의 충효 의식이 강조되었다. 이 때문에 자결한 어소저의 효성을 그대로 방치할 수 없어서 제2계통본에서는 작품의 후반부가 변모되고 재창작 될 수밖에 없었다. 제2계통본에서 강조된 여성의 효열 의식은 억울하게 자결한 어소저의 원혼을 풀어주는 대목을 첨가하는 방향으로 변모된다.

제2계통본에서 친부모를 습격한 장인을 사위가 처벌하는 대목은 제1계통본과 동일하다. 옥황상제의 천상 귀환을 거부하고 10년 퇴정을 얻은 이춘백 부자는 북적의 침략을 진압하러 출전한다. 북적의 침입을 격퇴한 이춘백 부자는 신병귀졸에게 포위되어 죽을 위기에 처하였으나, 죽은 어소저의 원혼이 등장하여 그들을 구해준다.

(가) 당초의 늬몸 이리되기는 부모을 살니려 ᄒ다가 구치 못ᄒ고 이모양이 되어거니와 쳔지슴강의 효렬리 일반나라 친부모만 싱각ᄒ고 시부모을 살니지 못ᄒ면 효되라 ᄒ오리가 장군은 무졍ᄒ나 나좃ᄎ 무졍ᄒ면 열이라 ᄒ오리가 시부모와 가장의 죽을 익이 목젼의 당헌거슬 구졔치 못ᄒ면 쳔추만세의 불효불열지명을 엇지면ᄒ리오 장군이 젹진을 아는잇가 과연 운남도 늬의 아바님 죽은 혼과 굿쎄 허다 죽은 ᄉ름들리 각각 준원ᄒ고 원수갑푸랴고 귀졸을 거나리고 즁간의 요되ᄒ고 잇더니 쏘 용쳔두라 ᄒ는 신장이 장군긔 죽어 원수가푸려 ᄒ고

억만귀졸을 거나리고 와셔 합진ᄒ여스니 격단코 화익을 면치 못헐거
시니 어이허시려 ᄒ시잇가[290]

    (나) 운학이 나가 안즈며 위로왈 장군은 날을 아는잇가 오날 장군
의 면목을 다시 ᄃᆡᄒ니 무싀고 죄롭도다 셕연ᄉ을 싱각ᄒ니 뉴구무언
이오 삼싀연분니 끈쳐스니 후회박급이로다 ᄒ니 어장이 운학의 위로
허물 보고 더욱 스러ᄒ여 울며왈 장군은 그ᄉ이 져다지 귀이되며 엇
지 장ᄃᆡᄒ신고 십년 우리 안면 오늘날 다시 보기 쳔만 쯧밧길세 슬푸
다 장군아 왕ᄉ는 부운이라 공쳔의 붓쳐노코 불상헌 우리짤을 셔로
만나 반기시가 슬푸다 늬짤 월믜야 넉시라도 니리와셔 너의 빅년가약
믹져는 ᄉ름을 만나보아라 ᄒ니 어쇼져 션연헌 쇼복으로 삽여니 거러
와셔 빅나건을 숀의 들고 아미을 슉이며 쳐량이 셔셔보니 늣기는듯
반기는듯 현연헌 누수옥안을 적시거늘 운학이 안져보니 간장니 쳘셕
이나 츈셜리 잠간이라 뉴명이 다른들 인졍좃ᄎ 다을숀가 셤셤한 낭ᄌ
의 숀을 후리처 셔로 잡고 최장 압헤 드러가니 최장이 어쇼져 효열을
감츅ᄒ여 압헤 안치고 머리을 쓰다듬어 체연ᄒ는 말리 아름다온 면목
싱시삼아 보고세라 낭낭헌 음셩 싱시슴아세라[291]

    위의 인용에서 보는 것처럼 어소저는 자신의 부친을 처벌한 남편
과 시부모님에게 효열을 실천한다. (가)의 어소저는 삼강오륜을 거
론하여 친부모만 생각하고 시부모를 생각지 못한 것을 뉘우친다. 이
러한 어소저의 효열 의식에 감동한 (나)의 운학은 장인 어천추를 처
벌했던 과거의 일에 대해 용서를 구한다. 후반부가 부연된 제2계통
본에서 운학과 어소저는 서로 용서하고 화합한다. 제2계통본은 어소

---

290) 국도본 〈강능츄월옥소젼〉, 2권, 34쪽.
291) 국도본 〈강능츄월옥소젼〉, 2권, 51-52쪽.

저의 효열 의식과 원혼을 풀어주는 재생 대목이 첨가된 것이다. 어소저는 시부모와 남편을 위기에서 구해주는 효열 의식을 보여준다.

그런데 어소저의 효열 의식과 반대로 시부모를 위협하고 있는 인물은 바로 아버지 어천추이다. 이러한 상황을 타개하기 위해서 어소저는 장수백을 찾아가서 도움을 요청한다. 장수백은 예전에 이운학의 도움을 받았을 뿐만 아니라 어소저의 효열 의식에 감동하여 도와준다. 장수백은 어소저의 효열 의식을 어천추에게 이야기하여 포위망을 해체하는 데 결정적인 역할을 한다.

장수백의 도움으로 이춘백 부자를 만난 어천추와 용천두는 옛일을 반성하고, 이춘백 부자는 시대 불운을 안타까워하며 지난날의 처벌에 대해 뉘우치고 있다. 이렇게 제2계통본은 과거의 잘못을 용서하고 뉘우치는 재생 대목이 첨가되어 서로 화합하는 계기가 마련되었다. 이러한 여성의 효열 의식[292]과 재생 대목을 통해서 제1계통에서 강조된 남성의 충효와 여성의 비극은 해소되고 있다.

제2계통본에서는 어소저의 효열 의식에 대한 보답으로 현실에서 단절된 이운학과 어소저의 결혼이 등장한다. 이들의 결혼은 현실에서 지속되지 못한 인간적 욕망을 원혼으로 등장한 어소저의 재생 대목을 통해서 성취된 것이다. 친부를 처벌한 남편을 원망할 법도 한데 어소저는 유교적 삼강오륜을 내세워 시부모를 구출하고 양가의 부모를 화해하는 중재자 역할을 수행하고 있다. 이러한 어소저의 효

---

292) 박광수, 「〈강능추월전〉의 결말부 부연과 그 의미」, 『어문학』 70집(대구: 한국어문학회, 2000), 188-191쪽. 여기서 박광수도 제2계통에 대한 어소저의 효와 열에 대한 논의를 하고 있다. 그런데 이러한 어소저의 효열의식이 이본 계통의 변모와 관련시켜 논의를 전개하지 못한 아쉬움이 있다.

열 의식에 대한 보상으로 왕은 정려각과 비석을 내리고 그곳에서 어소저의 원혼풀이 굿을 행하게 한다.

〈강릉추월전〉 제2계통본의 전반부는 가족의 이별로 인한 고난을 당하지만, 후반부는 재생 대목을 통해 원혼 풀어주기가 등장한다. 이런 점에서 판소리계 소설과 유사함을 보여준다. 판소리계 소설은 유교적인 윤리를 실천한 인물에 대해서는 어떠한 방법을 동원해서라도 보상을 유도하고 있다. 설사 현실에서 불가능한 상황이 발생한다면 보상 대목을 후반부에 첨가하여 행복한 결말을 제시한다. 따라서 〈강릉추월전〉은 유교적 이념을 충실히 실천한 인물에게 보상이 주어지는 판소리계 소설의 특징을 보여준다.

〈춘향전〉에서는 유교적 덕목을 고수하며 정절을 지킨 춘향이 암행어사의 등장으로 고통에서 해방된다. 〈흥부전〉에서도 흥부의 가난과 고난을 극복할 수 있게 한 토대는 박씨이다. 특히 〈심청전〉은 아버지의 개안을 위해서 목숨을 바친 심청의 효성이 하늘을 감동시켜 심청을 행복한 삶으로 재생시키고 있다. 판소리계 소설은 전반부에서 유교적 이념을 고수하여 고난을 겪지만 후반부에서 그 보상을 받는 것이 특징이다. 이러한 천상의 보상에 의해 문제가 해결되는 대목이 〈강릉추월전〉에도 등장한다.

제2계통본에는 억울하게 죽은 어소저의 효열 의식을 등장시켜 원혼을 풀어주는 재생 의식이 포함되어 있다. 〈강릉추월전〉에는 어소저의 원혼을 굿으로 풀어주는 재생 대목과 장인의 처벌을 뉘우치는 화해 대목이 첨가되어 있다. 예컨대 어소저의 원혼을 풀어주는 무당의 굿, 이운학과 어소저의 상봉 장면, 어소저와 장인에게 내리는 비석, 전각 등이 보상 대목으로 볼 수 있다. 고소설의 주인공이 억울하게 죽었을 때는 반드시 유교적인 명분을 강조하기 위해서 재생 내지 보상 대목을 첨가하는 것이 한국 고소설의 특징이라 할 수 있다. 〈강릉추월전〉도 유교적 윤리를 실천한 어소저의 죽음을 그냥 방치할 수 없어서 굿을 통한 해원 의식과 더불어 재생 대목이 첨가된 것이다.

이상에서 제2계통본은 여성의 효열 의식을 통한 재생 대목이 첨가되어 제1계통본에서 억울하게 자결했던 어소저의 원혼을 풀어주고 있다. 제2계통본은 작품의 후반부에 어소저의 재생 대목을 첨가하여 변모된 것이다. 이러한 제2계통본은 여성의 효열 의식에 초점을 두고 재생 대목을 첨가하여 양가의 대립을 해소하고 용서·화합한 것으로 보인다. 따라서 제2계통본은 제1계통본에 비하여 여성의 효열 의식을 강조하여 원혼을 풀어주는 방향으로 작품의 변모가 이루어진 것이다.

3) 제3계통본에서 강조된 남녀의 화합 의식

〈강릉추월전〉의 필사본은 조선후기의 작품이고 활자본은 근대 전환기의 작품이다. 이렇게 필사본과 활자본을 구분하여 살펴보면 근대 전환기에 활자본으로 개작된 제3계통본에서 다양한 서사의 변화가 나타난다. 활자본의 변화가 다양한 것은 상업적 출판 형태의 특수성 때문이라 생각된다.

활자본은 필사본과 달리 상업성을 강조할 수밖에 없다. 당대 소설 향유층의 성향에 부합하는 작품을 선정하여 출판해야만 이익을 산출할 수 있었기 때문이다. 〈강릉추월전〉도 활자본 출판업자들이 필사본을 대본으로 개작하여 상업적 출판을 시도한 것이다. 이러한 과정에서 활자본은 다양한 서사 단락의 첨삭과 같은 변모가 동반될 수밖에 없었다. 활자본의 개작으로 작품의 변모는 더 이상 발생하지 않는다.293) 그럼에도 필사본은 활자본의 유통과 관계없이 여전히 특정한 지역에서 필사되고 향유되었던 것으로 보인다.

〈강릉추월전〉은 조선후기에 형성되어 유통되었으나, 근대 전환기에 활자본으로 개작되면서 뚜렷한 변모를 보여준 독특한 소설이다. 한국 고소설 작품이 필사본을 토대로 활자본을 간행하면서 뚜렷한 문제의식을 지속적으로 제시한 경우는 드물다고 할 것이다. 〈강릉추월전〉은 친부모의 원수 갚기를 토대로 필사본에서 활자본으로 끊임없이 변모하여 원수를 용서하고 화합하는 방향으로 재창작되었다. 이러한 작품의 변모는 당대의 독자층을 의식한 출판업자의 의식이 투영된 것으로 보인다. 또한 일제강점기 사회상에서 가족 간의 대립보다는 가족의 화합이 더욱 중요한 구실을 했을 것이다. 왜냐하면 가족의 화합은 국권을 상실한 당대의 사회적 통합 문제와 일제에 대한 저항적 의미를 함축하고 있기 때문이다.

조선후기 필사본에서 근대 전환기 활자본으로 변모하는 과정을 좀더 구체적으로 확인하기 위해서는 신소설을 살펴볼 필요가 있다. 활자본은 1915년 이후에 작품이 출판된 것으로 보아 일제강점기로 접어든 지 5년이 경과되었다. 일제에 의해 주권이 강탈당한 시기에 고소설을 출판하기 위해서는 여러 가지 제약이 따를 수밖에 없

---

293) 〈강능추월전〉의 활자본 9종을 검토한 결과 서사 단락의 첨삭보다는 작품의 분량을 축약하는 방향으로 출판된 것으로 보아 활자본의 변모는 거의 발생하지 않는다.

다.[294] 〈강릉추월전〉의 활자본은 고소설보다 앞서 간행된 신소설의 영향을 일부 수용하면서 개작되었다.

신소설은 1906년 이인직의 〈혈의루〉[295]를 시작으로 봇물이 터진 것처럼 작품이 쏟아져 나왔다. 이러한 소설들은 신문명의 개화사상과 구습타파를 중심 주제로 하고 있다. 신소설의 인기가 당대의 독자층에게 폭발적인 영향을 끼치면서 빈곤한 작가층과 소재의 부족으로 출판사들이 어려움을 겪게 되었다. 이러한 어려움을 해소할 수 있는 방법으로 선택된 것이 바로 고소설을 개작하여 출판하는 것이다.

고소설의 개작과 활자본 출판에서 가장 중요하게 등장한 것이 상업성이다. 〈강릉추월전〉은 1915년에 활자본으로 간행된 점으로 보아 그전에 출판된 신소설의 인기를 얻을 수 있도록 개작했을 것이다. 특히 이인직의 〈혈의루〉에 등장하는 '옥련'의 수난[296]과 〈강릉추월전〉의 '어소저'의 수난이 여성 수난의 강화라는 측면에서 비슷하다. 이런 점에서 볼 때 활자본을 간행했던 당대의 사회에서 신소설의 영향을 어느 정도 수용했을 것으로 보인다.

〈강릉추월전〉의 필사본과 활자본을 비교하여 조선후기에서 근대 전환기로 변모한 작품의 특성을 확인할 수 있다. 필사본의 세계관이 유교적 충·효·열과 같은 관념적 해결을 보여준다면, 활자본의 세계관은 현실에서 고난을 극복하는 현실주의적 결말을 보여준다. 필사본에는 여성영웅이 첨가되어 있는데 반하여, 활자본에는 여성영웅을 삭제하는 대신 여성 수난을 첨가하고 있다. 그리고 필사본에는

---

294) 권순긍, 『활자본 고소설의 편폭과 지향』 (서울: 보고사, 2000), 17-57쪽.
295) 전광용, 『신문학과 시대의식』 (서울: 새문사, 1988).
296) 김교봉, 설성경, 『근대전환기 소설연구』 (서울: 국학자료원, 1991), 67쪽.

남성의 충효와 여성의 효열 의식을 강조한다면, 활자본에는 돈독한 부부의 애정을 바탕으로 남녀의 화합을 강조하고 있다.

필사본 제1계통본, 제2계통본에 비하여 활자본으로 출간된 제3계통본은 상업적 성격이 좀더 강화되어 있다. 당대의 독자층을 겨냥한 출판업자의 상업성이 〈강릉추월전〉의 개작을 가능하게 한 것이다. 활자본은 필사본에서 지속되던 내용을 과감하게 삭제하고 당대의 독자층을 고려하여 개작되었다. 그 대표적인 변모가 바로 제3계통본에서 강조된 남녀의 화합이다. 왜냐하면 필사본에서 지속되던 친부모의 원수 갚기 내용이 활자본을 간행하던 1915년 일제강점기에는 독자층에게 별다른 영향을 주지 못했기 때문이다.

제3계통본은 아내의 적극적인 노력을 통해서 옹서간의 원한이 풀어져 용서하고 화해하게 된다. 유복자 이운학은 필사본과 같이 부친을 습격한 도적의 손에 양육되는 기구한 운명을 겪는다. 그런데 아내의 선견지명과 적극적인 노력 덕분에 이운학은 무술을 배우고 과거에 급제한다. 이렇게 이운학은 아내의 도움을 받아 입신양명했기 때문에 장인을 처벌하지 않는다.

> (가) 쟝수빅이 어쳔수를 쳥ᄒ야 영젹홀시 어소져가 나아와 읍고왈 사세 급ᄒ오니 딕젹ᄒ면 급화를 면치 못홀거시오 스스로 결박ᄒ야 죽기를 쳥ᄒ면 혹ᄌ 소즁구싱홀가 ᄒ나이다[297]

> (나) 장슈빅 어쳔쉬 셔로 의론왈 우리 이 셤즁에 다시 용납지 모소홀지라 셔북 복녕도라ᄒᄂᆞᆫ 셤은 예셔 슈쳔리라 인민이 부요ᄒ니 우리 그리로가 안신ᄒ고 위령을 세워 쥬장ᄒ미 올타 ᄒ고 힝장을 그밤에

---

297) 덕홍서림본, 〈강능츄월옥소젼〉, 45쪽.

수습ᄒᆞ야 가지고 빅를 갈이여 나졸 사오빅명을 다리고 쩌ᄂᆞ갈식[298]

(다) 어ᄉᆞ 어소져 침실로 바로 드러가니 소졔 셔안을 의지ᄒᆞ야 만면수심이여날 어ᄉᆞ 나아가 옥수를 잡고왈 낭ᄌᆞ는 몸을 피ᄒᆞ야 쩌를 기다리라 닉 이졔 년윤을 자즌후 도적의게 국법을 시힝ᄒᆞ리니 쌜니 피ᄒᆞ라 소졔 셩음만 듯고 반기며 손을 썰쳐왈 대쟝뷔 엇지 궤슐노 ᄉᆞ름을 놀닉 시ᄂᆞ뇨 어ᄉᆞ 웃고 그졔야 칼을 거두니 낭군이 완연이 곗틱 안져거날 소졔 위로왈 쳥운에 놉히 올으시고 왕명을 밧쟈와 이곳에 오시니 힝역의 귀톄안강 ᄒᆞ시니잇가 죄인은 도적의 자식이라 부부지의ᄂᆞ 중ᄒᆞ오ᄂᆞ 연좌지법이 크기로 감히 우러러 보옵지 못ᄒᆞᄂᆞ이다[299]

위의 (가), (나), (다)는 장인과 사위의 대립을 문제삼아 서사 전개 방식이 새롭게 변모한 것이다. 어소저가 부친에게 어사와 대적하지 말고 다른 곳으로 피신할 것을 당부하여 어천수와 장수백은 섬으로 도망간다. 이렇게 어사 부부의 돈독한 애정과 어소저의 피신 당부로 장인과 사위의 대립은 일단 피할 수 있었다. 이렇게 보면 필사본에 비하여 활자본이 부부간의 의사를 존중하고 있다.

제3계통본은 부모의 원수를 용서·화해하는 방향으로 마무리 짓고 있다. 작품에 등장하는 어소저는 부모를 살리고 자신은 유랑하다가 궁궐의 궁녀로 들어가게 된다. 어소저는 자신의 정절을 지키면서 일편단심 이운학을 생각한다. 이러한 어소저의 고난은 바로 여성 수난의 과정이라 할 수 있다. 그런데 뜻하지 않게 궁궐에서 어소저는 꿈에도 그리던 이운학과 상봉하게 된다.

---

298) 덕흥서림본, 〈강능츄월옥소견〉, 51쪽.
299) 덕흥서림본, 〈강능츄월옥소견〉, 46쪽.

한편 장수백과 어천추는 딸의 도움으로 도망간 뒤에 작품의 후반부에서 이춘백에게 용서받고 장안 회복을 위해 함께 싸운다. 이들이 용서받는 이유는 과거의 일이라는 점과 그들이 직접 운학의 부모를 습격한 게 아니라 부하들이 했다는 점 때문이다. 그리고 이춘백이 서촉의 승상으로 출전하여 어려움을 겪고 있었던 점도 한 몫을 했을 것이다.

> 리공왈 왕스를 말ᄒ면 무익이요 허물며 군스에 흔일이요 그대 시긴거시 아니어날 무삼혐의 잇스리요 내 일즉 셔촉 대승상으로 일됴에 군스를 픠ᄒ야 이곳에 왓스니 쏘흔 뎐수이라 그대 나와 동심ᄒ야 쟝안을 다시 회복ᄒᆯ소냐 이인이 허락ᄒ여왈 소장은 장수빅이요 져 장수는 어천수라 수하에 군사 삼쳔이 지ᄂ오니 승샹은 묘칙을 졍ᄒ소셔 비록 수화라도 페치 하니 ᄒ리이다[300]

위의 인용에서 보듯이 이춘백은 자신을 습격한 도적을 용서·화해한다. 이러한 용서와 화해적 의미는 과거의 잘못을 추궁하는 것보다 현재가 중요하다는 의식을 분명히 하고 있다. 따라서 당대의 독자들은 과거의 잘못을 추궁하기보다 현재의 문제를 극복할 수 있도록 화합하는 의식을 열망한 것이다.

활자본의 이운학 부부는 필사본에 비하여 적극적인 모습을 보인다. 이러한 〈강릉추월전〉의 개작은 부모의 원수를 용서하고 화합하는 방향으로 진행된다. 가족의 화합은 활자본을 간행할 당시의 독자층에게 흥미를 끌기에 충분했기 때문이다. 일제에 의해 국권이 강점된 상황에서 가족 간의 불화보다는 가족 사이의 화합이 필요했기 때

---

300) 덕흥서림본, 〈강능츄월옥소젼〉, 72쪽.

문에 작품의 개작 과정에서 첨가된 것으로 보인다.

그런데 제3계통본은 남녀의 화합과 함께 여성의 수난을 강조하고 있다. 〈강릉추월전〉은 어소저가 궁궐의 궁녀로 들어가서 그곳에서 이운학을 만나는 대목이 첨가되어 있다. 이렇게 부부가 이별한 뒤에 다시 만나는 여성의 수난이 상대적으로 강조된 것이다.[301] 다시 말해 일제강점기에 수난을 당해야만 했던 여성의 모습을 어소저를 통해서 작품 속에 담아내고 있다.

제3계통본은 중국소설 〈소지현나삼재합〉에서 시작하여 필사본 제1, 2계통본을 거쳐 최종적인 변모를 보인 것이다. 제3계통본은 여성 수난의 극복을 통해서 남녀의 화합 의식을 강조하고 있는데, 활자본이 간행된 뒤에 작품의 변모는 더 이상 진행되지 못한 것으로 보인다. 왜냐하면 활자본의 출간과 더불어 동일한 다수의 작품이 유포되면서 활자본의 내용을 의식하지 않을 수 없었기 때문이다.

사건의 전개 과정을 살펴보면 활자본이 필사본보다 현실주의적 성격이 강화되어 있다.[302] 활자본은 필사본에 등장하는 여성영웅 대목을 삭제하고 여성이 사회에서 적극적으로 활동하는 모습을 제시한다. 또한 제2계통본에서 여성의 원혼을 풀어주는 재생 대목을 생

---

301) 이러한 점에서 〈강능추월전〉 제3계통은 신소설과 연관성을 내포하고 있는 것이다. 적어도 〈강능추월전〉의 개작과 활자본 출판이 시작된 것은 신소설의 폭발적 인기를 얻고 난 뒤에 간행되었다는 점에서 그 원인을 찾을 수 있다.

302) 김교봉, 「구활자본 고소설의 출현과 그 소설사적 의의」, 『고소설사의 제문제』 (서울: 집문당, 1993), 927-939쪽. 여기서는 구활자본 고소설이 전통문학의 재편집적 창작과 관념주의와 현실주의의 갈등과 타협, 읽는 소설로서의 기법 개선과 감정의 시각화, 암흑세계 탈출로서의 위안 등을 제시하고 있다. 〈강릉추월전〉도 필사본에서 활자본으로 변모하면서 이와 같은 변화를 보여준다. 특히 필사본의 관념성을 벗어난 활자본은 점차 현실주의적 성격이 강조되고 있다.

략할 수 있도록 제3계통본의 서사 단락을 개작한 것이다. 따라서 활자본은 관념적인 필사본을 개작하여 당대의 사회상에 적합한 현실주의적 모습을 담아내고 있다.

이렇게 각 계통본의 독자적 특성은 이본 계통에 따라서 차이가 나타난다. 제1계통본은 비극성이 강화되어 있는데 반하여 제2, 제3계통본은 점차 후대적 변모를 통해서 행복 결말로 바뀌고 있다. 이것은 부모의 원수를 처벌하는 남성의 효와 부모의 목숨을 구하려는 여성의 효가 대립하지 않고, 부부의 애정이 강화되면서 양가의 화합으로 변모되었다. 〈강릉추월전〉의 제3계통본은 부부간의 애정을 생각하여 용서·화해하는 현실적 논리로 변모된 것이다.303) 유교 이념을 절대시한 필사본에서 새로운 사회적 이념을 반영하는 활자본으로 변모된 것은 시대적 요청과 독자층의 요구에 부응한 결과이다.

---

303) 김일렬, 『조선조소설의 구조와 의미』 (서울: 형설출판사, 1991). 김일렬, 『숙영낭자전 연구』 (서울: 역낙, 1999). 여기서는 〈숙영낭자전〉을 중심으로 효와 애정의 대립을 분석하고 있다. 고소설에 등장하는 갈등 중에서 효와 애정보다 효와 효의 대립이 가장 후대적 변모로 생각된다.

Ⅵ. 〈강릉추월전〉 작품군의 소설사적 의의

1. 중국소설의 영향과 재창작

　〈강릉추월전〉 작품군은 중국소설『경세통언』제11화 〈소지현나삼재합〉의 영향을 수용하면서도 조선조의 사회상을 반영하여 한국적 토착화에 성공한 소설이다. 한국과 중국은 동아시아 한문 문명권에 속하기 때문에 작품의 영향 관계와 지역적 토착화를 함께 고려해야 한다. 지금까지 〈소지현나삼재합〉과 〈강릉추월전〉 작품군의 이본 3계통을 대상으로 공통점과 차이점을 비교하여 중국소설의 영향을 극복하고 조선후기 사회상을 반영한 특징을 검토하였다. 이러한 비교문학적 연구를 통해서 번안소설과 창작소설의 경계선을 넘나들고 있는 〈강릉추월전〉의 개별적 특징을 발견할 수 있다.

　〈강릉추월전〉 작품군의 이본 계통은 〈소지현나삼재합〉의 영향을 받아서 필사본 제1계통 기본형, 필사본 제2계통 부연·확대형, 활자본 제3계통 변이형 등으로 형성·변모되었다. 제1계통본은 친부모의 원수를 처벌하고, 제2계통본은 부모의 원수를 처벌한 뒤 아내의 원혼을 풀어주는 대목이 첨가되었으며, 제3계통본은 부모의 원수임에도 용서·화해한다. 이러한 〈강릉추월전〉 작품군의 이본 계통의 변모는 중국 원전을 수용하면서도 조선후기의 사회상에 알맞게 토착화와 재창작을 끊임없이 모색한 결과로 보인다.

중국소설 〈소지현나삼재합〉과 조선후기 〈강릉추월전〉 작품군의 서사 구조적 공통점과 차이점을 비교한 결과 공통점보다 차이점이 많을 뿐 아니라 공통점도 세부 단락의 내용은 다르게 변이되었다. 특히 〈강릉추월전〉은 조선후기 고소설에 빈번하게 등장하는 천상적 인물의 등장, 영웅적 군담, 다양한 혼례 등을 통해서 변모와 토착화를 거듭하였다. 서사 전개의 역전식 구성은 단락의 공통점이 발견되더라도 서사 전개 방법의 변형을 통하여 조선후기 사회변화를 반영하고 있다. 〈강릉추월전〉의 서사 단락을 확장하는 과정에서 새롭게 재창작된 내용은 제1계통본보다 제2계통본이나 제3계통본에서 뚜렷하게 나타난다. 이러한 서사 전개의 역전식 구성방법을 통해서 〈강릉추월전〉은 조선후기 고소설로 재창작되었다.

작품에 등장하는 인물의 성격과 기능면에서도 공통점보다 차이점이 훨씬 많이 나타난다. 〈소지현나삼재합〉의 소우와 서용이 〈강릉추월전〉에는 생략되고 여성영웅 최양홍을 포함한 군담적 인물, 조부인의 친정 가족, 이운학과 결혼하는 어소저, 공주, 우상의 딸, 김치운 등 다양한 인물이 새롭게 첨가되어 있다. 이러한 등장인물은 군담이나 혼례 대목과 연관되어 조선후기 사회변화를 반영하는 새로운 인물의 기능과 역할을 담당한다고 하겠다. 공통적인 등장인물 중에도 성격과 기능은 상당한 차이점을 보여주는데 주인공의 영웅적 능력이 중국 원전에 비하여 조선후기 〈강릉추월전〉에 상당히 강화되어 나타난다.

가족의 이합구조를 내포한 〈소지현나삼재합〉의 형제갈등이 〈강릉추월전〉에서는 옹서갈등으로 변모하였다. 착한 소운형제와 악인 서능형제를 대비하여 형제간의 우애를 강조한 〈소지현나삼재합〉에서는 도적 서능이 재물 탈취와 살인을 일삼는 악인으로 등장하나 동생 서용은 형의 잘못을 방지하려는 선인으로 등장한다. 〈강릉추월전〉은 친부모를 습격한 도적이 장인이라는 사실을 인식하면서 장인과 사위의 갈등이 전개된다. 필사본 제1계통은 친부모를 습격한 장인을 처벌한다면, 제2계통은 처벌한 장인에 대한 뉘우침과 억울하게 자결한 아내의 원혼을 풀어주고, 제3계통은 가족 간의 용서·화해한다. 이렇게 〈강릉추월전〉은 중국 원전의 형제갈등 대신에 옹서갈등이 새롭게 첨가되었을 뿐만 아니라 이본 계통에 따라서 옹서갈등이 변모되었음을 뚜렷이 보여준다.

〈소지현나삼재합〉의 중국 배경을 조선후기 〈강릉추월전〉은 시·공간적 배경의 자국화와 국제화를 통해서 서사 무대를 조선과 중국으로 확장하였다. 이러한 시·공간적 배경을 토대로 〈강릉추월전〉은 영웅적 인물이 천상에서 적강하여 현실의 고난을 극복하고 탁월한 능력을 발휘하여 조선과 중국에서 동시에 인정받는 새로운 고소설의 미학을 창조한 것이다.

이상에서 〈소지현나삼재합〉과 〈강릉추월전〉 작품군을 종합적으로 검토하여 중국소설의 수용과 조선후기 사회상의 반영을 통한 재창작 과정을 분석했다. 〈강릉추월전〉 작품군은 친부모의 원수 갚기 대목을 수용하면서 제1계통 기본형, 제2계통 부연·확장형, 제3계통 변이형으로 변모하여 조선후기 적강소설, 군담소설, 영웅소설, 가문소설, 판소리계 소설 등과 같은 고소설의 영향을 수용한 것으로 보인다. 이러한 비교문학적 연구를 통해서 〈강릉추월전〉은 중국소설의 영향을 받았을지라도 조선후기 사회문화적 특징을 새롭게 반영한 재창작소설로 자리매김해야 할 것이다.

2. 옹서갈등의 문학적 형상화

옹서갈등은 조선시대의 혼례제도 이전부터 인간의 내면에 존재했던 것으로 보인다. 한국 신화와 전설, 무가, 구비설화 등에서도 다소 빈약하지만 옹서대립이 등장하고 있다. 이러한 옹서갈등의 문학적 형상화에 초점을 두고 역사적 변천을 고찰하고자 한다. 고구려 〈동명왕 신화(東明王 神話)〉에서는 천제의 아들 해모수와 하백의 딸 유화가 연분을 맺게 된다. 그런데 부모의 중매 없이 시집간 딸에게 일방적인 시련이 닥친다. 부모의 허락 없이 정을 통한 유화에게 고통을 주는 것은 혼례를 올리지 않은 사위에 대한 장인의 노여움을 딸에게 전가한 것이다. 이러한 〈동명왕 신화〉에 등장하는 옹서갈등은 무의식 속에 잠재된 것으로 보인다.

서사 무가 〈제석본풀이〉도 〈동명왕 신화〉처럼 옹서갈등이 잠재되어 나타난다. 부모가 없을 때 중이 시주를 청하여 당금아기를 임신시키고 떠났는데 부모가 이 사실을 알고 딸을 토굴 속에 가둔다. 그런데 아들 3명을 낳은 딸은 아들에게 아버지를 찾아가게 하여 부자 상봉한다. 여기서도 비정상적인 임신 때문에 시련이 닥치는 점은 〈동명왕 신화〉와 비슷하다. 그럼에도 아버지는 딸을 임신시킨 중보다는 딸에게 고통을 준다. 따라서 서사무가 〈제석본풀이〉에서도 옹서대립은 잠재된 것으로 볼 수 있다.

구비설화에서는 다양한 형태의 옹서대립이 등장한다. 장인과 사위는 혼인한 뒤 거주 형태에 따라서 갈등의 요소를 내포하게 된다. 사위가 처가에서 일정 기간 머무는 경우에는 옹서대립이 발생할 가능성이 높고 분가해서 생활할 때는 낮다고 할 수 있다. 구비설화에 등장하는 옹서갈등은 주로 성격적인 결함에서 발생하는 경우가 많다. 장인이나 사위의 성격이 괴팍하거나 어리석은 경우에 상대편에서 깨우쳐주는 것이다. 이러한 구비설화의 내용 속에 장인과 사위의 대립이 내포되어 있다.

고소설에 나타나는 대립과 갈등은 대부분 충신과 간신의 정치적 대결과 한 남자의 사랑을 차지하기 위한 처와 첩의 대결 내지 전처 자식과 후처의 대결 등이 중심을 이룬다고 할 수 있다. 조선조 사회에서 이와 같은 대립과 갈등이 유교적인 명분을 강화하는 방향으로 결말되는 것은 당연하다. 그런데 결혼을 중심으로 생겨난 후천적 가족들의 대립과 갈등은 옹서와 고부 사이에서 발생했을 개연성이 높다.

옹서갈등은 가족 관계에서 발생할 수 있는 개연성을 지니고 있다. 옹서갈등은 고부갈등과 관련하여 생각할 수 있는데 모두 혼례를 통해서 형성되는 후천적 가족관계이다. 조선시대의 혼례제도를 살펴보면 결혼은 가문간의 결합적 성격이 매우 중요했던 것이다. 이러한 조선시대 혼례를 통해서 새로운 가족 간의 대립과 갈등이 수반되는 것은 자연스러운 일인지도 모른다. 조선시대 옹서갈등을 내포한 고소설은 〈명주기봉(明珠奇峰)〉, 〈옥원재합(玉鴛再合)〉, 〈옥원전해(玉鴛箋解)〉 등과 같이 대부분 장편가문소설이다. 특히 〈명주기봉〉은 18권부터 42권까지 7권에 걸쳐 옹서대립이 등장하고 있다.[304]

조선후기 옹서갈등은 〈강릉추월전〉의 핵심 갈등으로 등장하고 있어서 주목된다. 조선후기 고소설은 다양한 인간의 삶에서 발생할 수 있는 옹서갈등을 제시하여 당시의 사회상을 반영한 것이다. 옹서갈등은 조선시대 결혼제도의 변천과 연관되어 있다고 하겠다. 17세기를 기점으로 결혼제도의 변천에 따라 옹서갈등에서 고부갈등으로 변모하였다. 이 때문에 조선후기 고소설에는 옹서갈등보다는 고부갈등이 빈번하게 발생했을 것으로 추측된다. 고부갈등은 시집살이 민요에 빈번하게 등장하고 있다.

그런데 조선시대 옹서갈등 및 고부갈등이 소설화되기 어려운 점은 당대의 유교윤리에 적당하지 않았기 때문으로 보인다. 장인과 사위, 시어머니와 며느리는 부모와 자식 같은 위치에 놓이기 때문에 이들이 대립한다는 것은 유교윤리에 배치되는 것이다. 이러한 조선후기 사회적 배경 속에서 옹서갈등이 〈강릉추월전〉의 핵심 갈등으로 등장하고 있다. 〈강릉추월전〉에 내포된 옹서갈등은 중국소설 〈소지현나삼재합〉의 영향으로 보인다.

〈강릉추월전〉은 중국소설의 영향으로 옹서갈등을 수용하는 제1계통 기본형이 형성되었다. 제1계통본은 주인공은 장해룡이 어천추의 딸 어소저와 결혼하면서 자신의 정체를 확인하였다. 장해룡은 자신의 친부모를 습격한 도적이 바로 자신의 장인 어천추라는 사실을 알게 된다. 주인공은 친부모의 원수를 갚기 위해서 장인을 처벌한다. 이러한 상황에서 아내 어소저는 아버지의 목숨을 구하기 위해서 남편에게 애원한다. 주인공은 아내의 간청에도 친부모를 습격한 원

---

304) 송성욱, 「혼사장애형 대하소설의 서사문법 연구」 (서울대 박사논문, 1997), 106쪽.

수인 장인을 죽인다. 따라서 〈강릉추월전〉의 제1계통본은 친부모를 습격한 장인을 사위가 죽이는 비극적 옹서갈등을 보여준다.

〈강릉추월전〉의 제2계통 부연형은 제1계통 기본형의 옹서갈등의 비극성을 완화하는 방향으로 변모하였다. 제2계통본은 친부모를 습격한 도적의 수괴가 장인이라는 사실을 알고 처벌하는 것은 제1계통본과 동일하다. 다만, 제2계통본의 후반부에 친부모의 원수인 장인을 성급하게 처벌한 결정에 대한 반성과 장인의 원혼을 풀어주는 새로운 대목이 재창작되어 있다. 이러한 제2계통본의 옹서갈등은 제1계통본의 비극성을 변모시켜 억울하게 죽은 아내와 장인의 원혼을 풀어주는 대동풀이로 토착화되었다. 제1계통본의 비극적 옹서갈등에서 제2계통본의 반성과 원혼풀어주기로 변모하는데 양반가 여성 향유층이 중요한 역할을 수행하였다.

〈강릉추월전〉의 제3계통 변이형은 제1계통본과 제2계통본을 계승하여 새로운 옹서갈등의 변모를 보여준다. 제3계통본은 기존의 필사본을 바탕으로 1915년 활자본으로 출간되었다. 제3계통본의 옹서갈등은 당시의 사회상을 반영하여 옹서가 화합하는 변모를 보여준다. 제3계통본은 상업적 활자본으로 출판하는 과정에서 옹서갈등을 서사 전개의 변모를 통해서 화합하는 방향으로 재창작하였다. 이러한 제3계통본의 옹서갈등은 친부모를 습격한 원수를 처벌하는 것이 아니라 서로 화합하는 방향으로 변개시켰다는 점에서 주목된다.

이상에서 〈강릉추월전〉의 옹서갈등은 제1계통본의 비극적 처벌에서 제2계통본의 반성과 원혼풀어주기, 제3계통본의 옹서화합으로 변모하였다. 중국소설 〈소지현나삼재합〉의 영향으로 옹서갈등이 〈강릉추월전〉에 수용되었지만, 조선후기 유교윤리에 의해서 이본계

통의 변모를 통해서 끊임없이 재창작되었다. 이러한 〈강릉추월전〉
의 옹서갈등은 이본계통의 역사적 변천과 더불어 조선후기 사회상
의 반영 및 여성 향유층에 의해서 새롭게 변개되고 재창작되었다는
점에서 소설사적 의미를 부여할 수 있다.

3. 여성 향유층에 대한 실증적 조사와 수용 미학

〈강릉추월전〉 작품군은 84종의 이본이 존재하는 것으로 당시에
상당한 인기를 모았던 작품으로 보인다. 노재순 할머니는 〈강릉추
월전〉을 직접 필사를 하지 않았지만 그 작품을 소장하면서 수없이
읽었다. 작품의 내용을 상세하게 인식하고 있을 뿐 아니라 문학의
본질에 대해서도 어느 정도 인식하고 있었다. 이러한 여성 향유층의
수용의식을 고찰하여 작품의 수용 미학을 밝힌 성과는 고소설 향유
층에 대한 실증적 사례로 주목해야 한다.305)

〈강릉추월전〉 작품군의 독자층은 여성이 다수를 차지하고 있음
이 분명하고 여성의 작품 수용적 태도를 구체적으로 확인하였다. 작
품의 말미에 기록된 필사기의 기록과 이본의 변모, 그리고 실제 작
품을 소장하면서 지속적 독서를 했던 노재순 할머니의 독서의식을
실증적으로 조사하여 독자층과 수용적 태도를 이해할 수 있었다.

〈강릉추월전〉 작품군의 독자층은 여성이 대부분이며 신분은 양
반과 평민의 중간 계층의 일종인 향촌 선비와 학자 집안의 여성들이
다. 필사자는 남성보다 여성이 절대적으로 많을 뿐 아니라 남성이

---

305) 김재웅, 「〈강능추월전〉의 독자층과 독자수용의 태도」, 『어문학』 75집(한국어문
학회, 2002), 115-140쪽.

필사했다고 하더라도 남성 주변의 여성 향유층을 위한 것으로 보인다. 필사 시기는 주로 농번기를 피하여 농한기에 집중적으로 이루어졌음을 필사기의 기록과 노재순 할머니의 증언을 통해서 구체적으로 확인했다. 필사 기간은 보통 1달 정도의 시간이 필요했다. 그런데 〈성대본1〉(3권3책), 〈국도본〉(2권2책)은 세책점에서 유통되거나 농번기에 필사되고 분권된 것으로 보아 양반 여성들을 위한 전문적, 직업적 필사작업으로 보인다.

노재순 할머니가 소장한 〈강릉추월전〉을 필사한 사람은 둘째 질부이다. 그녀는 시집오기 전에 〈강릉추월전〉과 〈유충렬전〉을 필사하여 시집올 때 함께 가져왔다고 한다. 필사자와 할머니는 모두 친정에서 글을 배웠으며 그들의 신분계층은 양반과 서민의 중간계층인 향촌의 학자집안, 선비집안이라고 하였다. 노재순 할머니는 가족의 만남에 대한 관심을 지속적으로 표출했으나 군담 장면은 생략하거나 축소하고 있다. 이것은 여성 향유층이 정치적인 군담보다는 가족 상봉에 흥미를 보인 것이다.

노재순 할머니의 시집살이 삶과 작품의 내용과 연관성을 가지고 있다. 남편이 장가든 지 3년 만에 요절하여 할머니는 외로움과 그리움으로 생활하였기에 작품의 모자, 부자의 상봉과 같은 가족의 만남을 염원한 것이다. 노 할머니는 주로 노년기에 특정한 작품을 지속적으로 독서하였으며, 독서를 좋아하는 성격을 가지고 있었다. 이것은 여러 작품의 필사본을 접할 수 없고 종이가 귀한 상황에서 새로운 작품을 필사하기가 어려웠기 때문이다. 또 글을 배우기가 쉽지 않았다는 점도 고려한다면 쉽게 알 수 있다. 노재순 할머니는 작품의 내용을 반신반의하고 있는 점으로 보아 문학의 본질을 어느 정도 인식한 것으로 보인다. 특히 천상의 개입을 긍정하고 있으면서도 이 때문에 작품의 내용을 반신반의하고 있는 양면성을 보인다.

노재순 할머니와 전순주 할머니는 합천과 고령의 여성 독자 수용에 대하여 일면을 보여주고 있다. 전자는 자손과 후손들에게 효성을 강조하지 않았다면 후자는 효성을 매우 강조했다. 전자는 글을 많이 배우지 못했다면 후자는 한문과 국문을 두루 배웠다. 전자는 직접 필사하지 않았지만 후자는 직접 필사했다. 이러한 두 할머니의 차이점은 전자가 슬하의 자녀가 딸 한 명인데 반하여 후자가 7남매를 둔 것과 연관이 있다. 노재순 할머니는 한문을 배우지 않았다면 전순주 할머니는 한문을 배웠기 때문에 후손들에게 적극적으로 효성을 강조한 것으로 생각된다. 물론 독자 개인적 성격일 수도 있겠지만 할머니들의 삶의 환경과 밀접한 관련성을 보이는 것이 사실이다.

여성의 작품 수용적 태도를 살펴보면 주로 여성의 시집살이 삶과 경험의 유사성에 초점을 맞추고 있다. 노재순 할머니는 〈강릉추월전〉을 지속적으로 독서하면서 가족의 상봉과 군담의 생략, 시집살이 삶과 작품 내용의 유사성, 반복적 독서와 유교 이념의 학습, 천상 개입과 권선징악의 실현 등과 같은 태도를 보여주고 있다. 노재순 할머니의 독자 수용적 태도를 뒷받침할 수 있는 고령군의 전순주 할머니의 사례도 같은 맥락을 보여준다. 다만 전 할머니는 한문과 한글을 교육받아서 작품을 직접 필사했을 뿐만 아니라 슬하의 자녀와 후손 및 동네의 사람들에게도 충·효·열과 같은 유교 이념을 강조했다. 반면에 노재순 할머니는 유교 이념을 강조할 여건을 갖추지 못했기에 작품의 내용을 상세하게 알 수 있을 만큼 독서에 치중한 것이다.

이상에서 〈강릉추월전〉의 여성 향유층과 수용의 태도를 필사기의 기록과 이본의 변모 및 향유층의 실증적인 사례를 통해서 확인한 점은 조그마한 성과로 볼 수 있다. 작품을 소장하면서 지속적인 독서했던 여성 향유층의 소설 수용적 태도에 대하여 실증적으로 고찰한 것은 고소설의 향유층 연구에 디딤돌이 될 것이다.

4. 조선후기 고소설의 수용과 변화

동아시아 한문 문명권의 중심부인 중국소설의 영향을 받은 〈강릉추월전〉은 조선후기 고소설로 변모하는 과정에서 기존의 적강소설, 영웅 및 군담소설, 판소리계 소설 등을 수용하였다. 이런 점에서 〈강릉추월전〉은 동아시아 한문 문명권의 보편성과 개별성을 동시에 내포하고 있어서 주목된다. 중국소설의 영향을 벗어나기 위해서 조선후기 사회변화를 반영한 〈강릉추월전〉은 다양한 고소설의 자양분을 수용하면서 재창작되었다.

첫째, 〈강릉추월전〉은 주인공이 천상에서 득죄하여 지상에 하강한 적강소설적 성격을 보여준다. 주인공 이춘백 부자와 조부인과 최부인 등이 모두 천상적 인물인데 옥황께 죄를 지어 지상에 내려오는 죄인들이라고 할 수 있다. 천상에서 득죄한 주인공들이 탁월한 능력을 가지고 지상에서 재 출생하여 다양한 고난의 과정을 거치면서 결국 천상으로 귀환하게 된다.

이러한 적강소설적 구조를 간직한 〈강릉추월전〉은 조선후기 적강소설과 영향관계를 맺고 있음을 알 수 있다. 특히 〈숙향전〉과 깊은 관련을 맺고 있다. 왜냐하면 〈강릉추월전〉의 작품 내용 가운데

〈숙향전〉의 일부 내용이 등장하고 있기 때문이다. 옥문동에서 이춘백과 조낭자가 결연을 맺는 대목에서 채약할미가 그들에게 "이선군과 숙낭자가 마고할미의 중매로 결혼했다"는 점을 제시한다. 이것은 〈강릉추월전〉이 〈숙향전〉보다 후대에 형성된 점을 반증하는 것일 뿐만 아니라 당대의 인기를 누리던 〈숙향전〉의 내용을 일부 수용한 것으로 보인다.

둘째, 〈강릉추월전〉에는 영웅적 인물이 군담을 통하여 입신양명하는 군담소설과 영웅소설의 성격을 갖추고 있다. 주인공 이춘백 부자와 최양홍은 서번의 침공을 격퇴하여 높은 벼슬을 받는 입신출세를 하게 된다. 서번의 반란으로 인한 군담 장면에서 이춘백은 최양홍을 만나 연분을 맺고 부자간에 상봉하게 된다. 특히 최양홍은 군담 대목에서 여성영웅의 활약상을 유감없이 보여준다. 〈강릉추월전〉은 군담소설, 영웅소설, 여성영웅소설을 내포한 것이다. 조선후기 군담소설, 영웅소설, 여성영웅소설들이 독자들로부터 대단한 인기를 얻었기 때문에 〈강릉추월전〉의 형성과 변모에 영향을 미칠 수밖에 없었던 것이다. 작품에 등장하는 이춘백 부자는 전쟁을 평정하는 군담을 통해서 이별한 가족의 상봉과 입신양명을 성취한다.

셋째, 〈강릉추월전〉의 부연형 이본에는 혼례에 대한 관심을 다양하게 표출하고 있다. 고소설의 가문소설에서는 가문의 번영과 자손의 번창을 가장 중요하게 등장한다. 가문의 번영과 자손의 번창을 이룩하기 위해서는 가문간의 혼례가 매우 중요하다. 〈강릉추월전〉의 제2계통본 에 등장하는 혼례는 주인공 이운학과 공주의 궁중 혼례와 이운학과 사대부의 혼례, 이운학의 아들 이창성과 김한림 딸의 혼례 등과 같이 매우 다양하다. 작품에 등장하는 궁중 혼례와 사대부 혼례는 별다른 차이가 없는 것으로 묘사된다.

　그런데 다른 이본에 없는 혼례에 대한 관심이 등장하는 것은 당대의 여성 향유층을 의식한 결과로 보인다. 〈강능추월전〉에 등장하는 혼례에 대한 관심은 조선후기 가문소설과 연관 관계를 맺고 있다고 할 수 있다. 〈강릉추월전〉은 30여 명의 자손을 낳아서 모두 뛰어난 인재로 성장한 것으로 보아 가문소설의 성격과 유사한 지평을 보여준다. 이러한 자손의 번창은 가문의 번영과 번창을 가져오는 것이다. 세책점에서 유통된 〈성대1본〉과 동일 계통인 〈고대본〉에서 혼례에 대한 관심을 표출한 것은 〈강릉추월전〉과 가문소설의 연관 관계를 주목해야 할 것이다.

　넷째, 〈강릉추월전〉의 전반부는 가족의 이별로 인한 고난을 당하지만, 후반부는 군담을 통한 가족의 상봉과 전반부에서 죽었던 사람의 원혼을 풀어준다. 판소리계 소설의 후반부는 현실에서 불가능한 상황을 가능하게 해주거나 보상 대목이 첨가되어 있다. 이 점에서 〈강릉추월전〉과 판소리계 소설은 유교적 이념을 실천한 인물에 대한 보상이 첨가되는 한국 고소설적 특징을 보여준다.

　〈춘향전〉에서는 유교적 덕목을 고수하며 정절을 지킨 춘향에게 암행어사의 등장으로 고통에서 해방된다. 〈흥부전〉에서도 흥부의 가난과 고난을 극복한 토대를 마련한 것은 박씨에 의한 것으로 볼 수 있다. 특히 〈심청전〉은 아버지의 개안을 위해서 목숨을 바치는 심청의 효성에 대하여 하늘이 감동하여 재생하게 도와준다. 판소리계 소설은 전반부에서 유교적 이념을 고수하다가 고난을 겪지만 후반부에서 그 보상을 받는 것이다. 이러한 천상의 보상에 의해 문제를 해결하는 대목이 〈강릉추월전〉에도 등장한다.

〈강릉추월전〉의 제2계통본은 억울하게 죽은 어소저의 효열의식을 등장시켜 원혼을 풀어주는 재생의식이 포함되어 있다. 어소저의 원혼을 무당을 불러 굿으로 풀어주는 재생 대목과 장인의 징치를 용서하고 뉘우치는 화해 대목이 첨가된 것이다. 예컨대 어소저의 원혼을 풀어주는 무당의 굿과 산자와 죽은자의 결연을 맺는 장면, 어소저와 장인에게 내리는 비석, 전각 등이 보상 대목으로 볼 수 있다. 고소설의 주인공이 억울하게 죽었을 때는 반드시 유교적인 명분을 높이기 위해서 재생 내지 보상대목이 첨가되는 것이 한국 고소설의 특징이라 할 수 있다. 〈강릉추월전〉도 유교적 윤리를 실천한 어소저의 죽음을 그냥 방치할 수 없어서 굿을 통한 해원의식과 더불어 보상을 주는 대목이 첨가된 것이다.

이상에서 〈강능추월전〉은 중국소설의 영향을 벗어나, 조선후기 고소설로서 변모되는 과정을 뚜렷이 보여준 매우 독특한 소설이다. 이 작품은 적어도 1861년 이전부터 필사본이 존재했으며, 1915년 활자본으로 개작되면서 다양한 변모와 재창작을 끊임없이 보여주었다. 이러한 작품의 변모 과정에 나타난 조선후기 고소설의 자생적 토착화와 창조적 생명력이 바로 〈강능추월전〉의 개별적 특징이다. 따라서 〈강능추월전〉은 한국 고소설사의 정당한 평가와 함께 올바른 자리매김이 새롭게 동반되어야 한다.

Ⅶ. 맺음말

〈강릉추월전〉 작품군은 중국 명나라 소설 『경세통언』 제11화 〈소지현나삼재합〉을 수용한 번안소설로 규정되어 연구자의 관심을 끌지 못했다. 중국소설 〈소지현나삼재합〉과 조선후기 고소설 〈월봉기〉, 〈소운전〉, 〈강릉추월전〉, 〈봉황금〉 등의 이본을 검토한 결과 공통점과 차이점이 존재하고 있다. 그 중에서 〈강릉추월전〉이 조선후기 고소설로 뚜렷이 변모된 차이점을 보여주고 있다. 여기서는 이러한 개별성에 주목하여 조선후기 고소설로 정착되고 변모한 특징을 집중적으로 살펴보았다.

〈강릉추월전〉은 중국소설의 영향을 받았다고 할지라도, 조선후기 고소설로 변모를 거듭하여 정착되고 활자본으로 개작되면서 새로운 문제의식을 담아내고 있다. 특히 조선후기 필사본에서 근대 전환기 활자본으로 개작되면서 뚜렷한 이본 계통의 변모를 보여준다. 이렇게 〈강릉추월전〉은 중국소설의 영향을 벗어나, 조선후기의 사회변화와 고소설의 특징, 신소설의 영향을 반영하면서 변모와 토착화를 끊임없이 보여준 재창작 소설이다.

지금까지 〈강릉추월전〉이 중국소설을 수용하면서도 끊임없이 조선후기 고소설을 반영하여 형성, 변모한 과정을 종합적으로 살펴보았다. 특히 〈강릉추월전〉이 조선후기 고소설로 변모된 이본 계통의 공시적, 통시적 특징에 주목할 필요가 있다. 여기서는 앞에서 논의한 내용을 정리하고 남은 과제를 제시하는 것으로 마무리 짓고자 한다.

첫째, 〈강릉추월전〉은 〈소지현나삼재합〉의 영향을 받았다고 할지라도 지속적인 토착화를 모색한 소설이다. 이 작품은 동일 계열의 〈월봉기〉, 〈소운전〉, 〈봉황금〉과 다르게 새로운 단락을 첨삭하여 재창작되었을 뿐만 아니라 필사본에서 활자본을 거쳐 뚜렷이 변모된 특징을 보여준다. 〈강릉추월전〉의 원류가 된 화소는 정절, 결혼, 충효, 여성 수난, 가족애와 권선징악 등이다.

그런데 〈강릉추월전〉은 동아시아 유교 문화권의 공통 화소를 수용하는 데 머물지 않고, 조선후기 사회에 적합한 개별 화소를 첨삭하여 토착화되었다. 그것은 정절과 결혼 화소를 수용하여 새로운 내용의 첨삭과 다양한 변화를 모색했으며, 군담을 첨가하여 영웅적 인물의 충효 화소를 강조하고 있다. 작품에 등장하는 가족애와 권선징악이 뚜렷이 변화되어 있고, 여성 수난도 이본 계통에 따라서 다르게 나타나기도 한다. 따라서 〈강릉추월전〉은 동아시아 중국소설의 공통 화소를 수용하였으나, 조선후기 고소설에 적합한 화소를 첨삭하여 변모를 거듭한 재창작 소설이다.

둘째, 〈강릉추월전〉은 〈소지현나삼재합〉의 영향을 벗어나, 조선후기 고소설로 토착화되는 양상을 다양하게 보여준다. 플롯 전환을 통한 서사 구조의 변화는 구조의 공통점과 차이점이 뚜렷할 뿐만 아니라 서사 전개의 재구성을 통해서 분량의 장편화로 나타난다. 군담 영웅을 통한 인물의 성격 변화는 군담 영웅의 활동이 첨가되고, 새로운 인물의 성격과 기능의 변화가 나타난다. 옹서 대립을 통한 주제의 변화는 원전에는 없던 옹서 대립을 첨가하여 작품의 주제를 변화시키고 있다. 시·공간의 자국화를 통한 배경의 변화는 시·공간적 배경이 중국에서 조선으로 토착화되어 나타난다. 이러한 토착화 양상은 조선후기 고소설로 지속적 변모를 거듭하여 재창작된 〈강릉추월전〉의 개별적 특징이다.

셋째, 〈강릉추월전〉의 이본 84종을 계통별로 구분하여 각 계통의 선본(善本)과 선후 관계를 제시하였다. 〈강릉추월전〉은 필사본과 활자본만 존재하는데, 제1계통본 55종, 제2계통 본 19종, 제3계통본 9종 등으로 뚜렷이 구분된다. 이본 계통 중에서 필사본이 활자본보다 선행본이고, 필사본 중에서는 제1계통본이 제2계통본보다 앞서는 것으로 보인다. 왜냐하면 중국소설에 나타난 친부모의 원수 갚기 양상이 〈강릉추월전〉에는 옹서대립으로 변화되어 등장하고 있어서, 그 영향 관계를 파악할 수 있기 때문이다. 제1계통본은 부모의 원수인 장인을 처벌하고, 제2계통본은 장인을 처벌한 사실을 뉘우치고 용서를 구한다. 그런데 제3계통본은 장인을 처벌하지 않고 용서, 화해한다.

필사본 계통의 선본(善本)은 전반적인 서사 단락과 짜임새를 갖춘 제1계통본 〈노재순본〉과 제2계통본의 〈국도본〉을 선정했다. 이본 계통본의 서사 단락은 제1계통본, 제2계통본, 제3계통본이 각각 1~29단락, 1~44단락, 1~29단락으로 구성되어 있다. 그런데 제3계통본은 제1계통본에 비하여 서사 단락의 첨삭과 변모가 다양하게 나타난다. 이렇게 〈강릉추월전〉은 필사본 제1계통본이 형성, 유통된 뒤에 제2계통본의 재생대목을 첨가하는 방향으로 변모했으며, 제3계통본 활자본으로 개작되면서 약 150년간 세 계통의 이본으로 파생된 소설이다.

넷째, 〈강릉추월전〉은 가족 이합의 구조를 토대로 조선후기에 유행하던 적강소설, 군담소설, 영웅소설, 가문소설, 판소리계 소설 등을 수용하여 재창작되었다. 그리고 조선후기 사회상을 반영하여 새로운 내용을 첨삭하거나 특정 대목을 확대, 재창작하여 변모되었다. 이 작품은 천상 인물의 적강과 회귀 의식이 첨가되고, 작품에 〈숙향전〉의 결혼 대목이 등장하는 것으로 보아 적강소설을 수용했다. 그리고 영웅과 여성영웅의 군담을 첨가해 입신양명과 가족의 극적 상봉을 보여주고 있는바, 영웅소설, 여성영웅소설, 군담소설을 수용하여 재창되었다. 또한 이춘백의 3·4대기적 구성과 분량의 장편화 및 혼례의 첨가를 통해서 가문소설의 영향을 받았다. 특히 제2계통본에서 확대, 재창작된 어소저의 재생과 원혼 풀어주기 대목은 판소리계 소설의 구조와 유사하다. 이러한 재생 대목을 수용한 〈강릉추월전〉은 유교적인 이념을 실천한 여성의 원혼을 풀어주고자 하는 한국 고소설의 특징을 잘 보여준다.

다섯째, 〈강릉추월전〉의 여성 향유층과 이본 변모의 연관성을 실증적으로 고찰했다. 필사본에는 여성 독자층의 증가와 여성 필사자의 생활을 반영한 기록이 등장하고 있다. 필사기에 나타난 독자층은 대부분 여성이고, 실제로 작품을 소장한 여성을 통해서도 구체적으로 확인된다. 그런데 〈강릉추월전〉은 필사본 제1계통본에서 제2계통본으로 변모하는 데 여성 향유층이 상당한 기여를 하고 있다. 필사 시기와 기간은 제1계통본이 농한기에 주로 필사되었다면, 제2계통본은 농번기와 세책점에서 필사된 것이다. 제1계통본 향유층의 신분 계층은 몰락 양반의 유학자, 선비 집안의 여성이라면, 제2계통본의 신분 계층은 양반 집안의 여성이다. 따라서 몰락 양반의 여성에서 양반의 여성으로 향유층의 신분 계층이 변화하면서 필사본 계통의 변모가 발생한다.

여섯째, 〈강릉추월전〉의 지역별 유통양상과 전파에 대해 실증적 연구를 시도하였다. 유교문화의 전통이 풍부한 경북 지역은 다른 지역에 비하여 필사본 고소설의 유통이 매우 빈번하였다. 〈강릉추월전〉은 경북 지역에서 가장 많이 유통된 필사본이다. 경북에서 유통된 작품은 제1계통 기본형이 대부분을 차지하지만, 안동에서 유통된 제2계통 부연형은 군담의 축소와 여성의 정절시험 대목을 생략한 것으로 보아 양반가의 여성이 향유한 것으로 보인다. 이러한 〈강릉추월전〉의 지역별 유통에는 여성 향유층의 역할이 중요하게 작용하고 있다. 〈강릉추월전〉의 유통과 전파에는 여성 향유층의 통혼권인 시장권 대체로 일치하고 있다. 따라서 〈강릉추월전〉은 여성의 혼례와 더불어 유통되고 전파된 것으로 보인다.

일곱째, 〈강릉추월전〉 계통본의 특성과 변모를 분석하여 공통성, 지속과 변모, 개별성을 살펴보았다. 이본 계통의 공통적 특성은 조선후기 고소설의 보편성으로 볼 수 있으며, 개별적 특성은 19세기 사회상의 변화와 맞물려 새롭게 변모된 것이다. 계통본의 지속과 변모는 이본 계통의 형성과 변모 과정에서 필사본과 활자본으로 발전하면서 첨삭된 것으로 보인다. 계통본의 공통적 특성은 천상적 인물의 적강과 회귀, 혼례의 첨가와 여성의 관심 유발, 군담의 첨가와 가족의 극적 상봉 등이다. 이러한 적강, 혼례, 군담 대목은 세 계통본의 공통적 특성으로 당대의 독자층을 의식한 조선후기 고소설의 특징을 보여준다.

계통본의 지속과 변모 대목은 양자 삼기의 첨삭과 가족 계승의식, 여성영웅의 첨삭과 여성 의식이다. 양자 삼기 대목이 필사본에 첨가되어 가족 계승의식을 강조하는데 반하여, 여성영웅 대목은 필사본에 첨가되어 개가한 여성영웅의 활약을 강조하였다. 이렇게 필사본에서는 양자와 여성영웅을 첨가하여, 가족 계승의식과 여성 의식을 강화하고 있다. 그런데 활자본에서는 이러한 관념적인 대목을 생략하여 현실적인 구성을 보여준다. 따라서 활자본의 변모는 일제강점기의 사회상과 독자층의 요구를 반영한 개작으로 보인다.

개별적 특성은 제1계통본에서는 남성의 충효 의식을, 제2계통본에서는 여성의 효열 의식을, 제3계통본에서는 남녀의 화합 의식을 각각 강조하고 있다. 제1, 2계통본은 여성의 비극과 재생을 통한 원혼 풀어주기가 첨가되어 있고, 제3계통본은 모든 인물이 행복하게 상봉하는 방향으로 변모되는 특징을 보여준다. 이렇게 〈강릉추월전〉은 〈소지현나삼재합〉의 영향과 조선후기 사회상의 반영, 조선후기 고소설의 영향을 동시에 수용하여 필사본 제1계통본이 형성되었다. 제1계통본이 당대의 독자들에게 유통되면서 여성의 효열 의식을 강조하기 위해 재생 대목을 첨가하는 방향으로 제2계통본이 변모된다. 그리고 제3계통본은 1915년 활자본으로 간행되면서 남녀의 화합을 강조하기 위해 필사본을 모본으로 새롭게 개작되었다. 따라서 〈강릉추월전〉은 이본 계통의 형성과 변모를 통해서 제1계통본에서 제2계통본, 제3계통본으로 끊임없이 변모되고 재창작되는 과정을 뚜렷이 보여준다.

여덟째, 〈강능추월전〉의 필사시기를 실증적 자료를 통해서 제시하였다. 제1계통본에 적혀있는 필사시기를 실증적으로 조사한 결과 적어도 1861년 이전에 이미 모본이 존재한 것으로 보인다. 이렇게 보면 〈소지현나삼재합〉에서 〈월봉기〉, 〈소운전〉, 〈강릉추월전〉, 〈봉황금〉 등은 순차적인 영향 관계로 전개되는 것이 아니라 상호 관계로 파악해야 한다. 따라서 〈강릉추월전〉은 1861년 이전부터 필사본이 유통되어 1915년 활자본으로 개작될 때까지 다양한 변모를 거듭하면서 재창작된 소설로 보아야 한다. 물론 활자본이 출판된 뒤에도 필사본은 여전히 향촌의 선비집안 및 유학자집안의 여성 향유층에 의해서 유통되었다고 하겠다.

이상에서 〈강릉추월전〉은 중국소설의 영향을 지양하여, 조선후기 고소설로서 변모되는 과정을 뚜렷이 보여주는 매우 독특한 작품이다. 이 작품은 서사 구조의 재구성, 군담적 영웅의 첨가, 새로운 인물의 첨삭, 배경의 자국화 등을 통해서 조선후기 고소설로 재창작되었다. 그리고 조선후기 고소설에서 1915년 활자본 고소설로 개작되면서 신소설의 영향을 일부 수용하였다. 이렇게 〈강릉추월전〉은 조선후기 고소설로 변모를 거듭하여 활자본으로 개작된 것으로 보아, 동아시아 한자 문명권의 문화가 어떤 변모를 거쳐 국내에 정착되었는지를 살펴볼 수 있는 중요한 작품이다.

이러한 〈강릉추월전〉의 지속적 변모와 토착화를 통해서 조선후기 고소설의 자생적 창조력을 엿볼 수 있다. 이본의 변모 과정에서 끊임없이 재창작되었던 〈강릉추월전〉의 창조적 생명력이 바로 한국 고소설의 특징이라 할 수 있다. 이렇게 외부의 문화 수용과 내부의 자생적 창조력이 결합되어 조선후기 고소설로 재창작되었던 〈강릉추월전〉의 생명력을 높이 평가해야 한다. 이런 점에서 〈강릉추월전)에 대한 정당한 평가와 함께 고소설사의 자리매김이 새롭게 동반되어야 한다.

지금까지 〈강릉추월전〉의 형성과 변모에 대하여 다각적으로 검토하였다. 비록 작품의 원류가 중국소설에서 비롯되었다고 해도, 조선후기 고소설로 끊임없이 변모되고 재창작된 점에 주목하였다. 〈강릉추월전〉은 중국소설의 영향을 벗어나, 조선후기 사회상의 반영과 조선후기 고소설의 영향 및 신소설의 영향을 반영하면서 끊임없이 토착화와 변모를 거듭한 재창작 소설이다. 이러한 성과에도 불구하고 중국소설 〈소지현나삼재합〉의 영향을 받은 것으로 추정되는 작품에 대한 다양한 이본을 검토하지 못한 아쉬움도 남는다. 이러한 문제점은 다음의 과제로 남겨둔다.

참고문헌

1. 자료

계명대학교 소장본, <소학사전>, <강낭츄월젼>, <강능츄월젼>.

고려대학교 소장본, <강능추월>.

고려대학교 소장본, <강능츄월옥소젼>.

고려대학교 소장본, <강능츄월>.

국립중앙도서관 소장본, <강능츄월옥쇼젼>.

김광순, 『필사본 한국고소설전집』 1권, 2권, 48권, 49권(서울: 경인문화사, 1993).

김광순, <소학사전>, 『필사본 한국고소설전집』 35권(서울: 경인문화사, 1994).

김근수 소장본, <江陵秋月傳>.

노재순 소장본, <강능츄월젼>.

단국대학교 소장본, <강능추월전>, <강능춘월전>, <강능추월젼>, <이춘빅전>.

단국대학교 소장본, <봉황금전>.

덕흥서림본, <강릉추월옥소젼>, 『고전소설』 9권(민족문화사).

동국대학교 한국학연구소, <강릉츄월옥소젼>, 『활자본 고전소설전집』 5권(서울: 아
　　　세아문화사, 1976).

박순호, 『한글필사본 고소설자료총서』 1권, 52권, 53권(서울: 보경문화사, 1986).

사재동 소장본, <강릉츄월녹>.

서울대학교 소장본, <江陵秋月玉簫傳>.

성균관대 소장본, <강능츄월젼> 3권2책, <강능추월> 3권3책.

여승구 소장본, <강능추월전>, <강능추월젼>, <강능츄월젼>, <강능츄월젼>, <강
　　　능츄월젼>, <강능츄월젼>, <강능츄월옥소젼>, <강능츄월옥소젼>, <강능
　　　츄월젼>, <강능츄월옥소젼>, <이춘백젼>.

연세대학교 소장본, <강능츄월옥쇼젼>, <강능츄월젼>.

민족문화연구소, 『구활자본 고소설전집』 2권(인천대 민족문화연구소, 1983).

이부영 소장본, <강능추월리춘백전>.

이수봉 소장본, <강능추월전>, <강능추월전>.

이화여대 소장본, <강능츄월전>, <월봉기>.
정명기 소장본, <소운전>, <강능추월전>, <강능추월전>.
정신문화연구원 소장본, <강능츄월젼>, <강능츄월젼>, <강능츄월젼>, <추월젼>.
조동일, 『국문학연구자료』 17권, 20권(서울: 박이정, 1999).
포옹노인집, <최소저인욕보구>, 『금고기관』 (중국: 절강고적출판사, 1992).
풍몽룡, <소지현나삼재합>, 『경세통언』 (중국: 강소고적출판사, 1993).
풍산김씨 소장본, <강릉추월전>.
학산문고 소장본, <강능추월전>.
홍시낙 소장본, <강능추월전>.
홍윤표 소장본, <강능츄월옥소전>, <강능추월전>, <소한림전>.
황패강, <숙향전>, 『한국고전문학전집』 5권(고려대 민족문화연구소, 1993).

2. 저서 및 논문

강은해, 「한·중·일 설화의 나무모티프 형성과 변화」, 『한중인문학연구』 10집(한중
　　　인문학회, 2003), 125-158쪽.
고승제, 『전통시대의 민중운동』, (서울: 풀빛, 1981).
권순긍, 『활자본고소설의 편폭과 지향』, (서울: 보고사, 2002).
김경미, 「수용미학과 고소설 독자연구」, 『고소설의 저작과 전파』 (서울: 아세아문화사,
　　　1994).
김광순, 『한국고소설사와 론』 (서울: 새문사, 1990).
김교봉, 「구활자본 고소설의 출현과 그 소설사적 의의」, 『고소설사의 제문제』 (서울:
　　　집문당, 1993), 927-939쪽.
김교봉·설성경, 『근대전환기 소설연구』 (서울: 국학자료원, 1991).
김동욱, 『국문학사』 (서울: 일신사, 1976).
김두헌, 『한국가족제도 연구』 (서울대 출판부, 1983).
김민호, 「풍몽룡『삼언』 소설 연구: 작품상의 교화성과 통속성을 중심으로」 (고려대
　　　석사논문, 1990).
김용섭, 「철종조의 민란발생과 그 지향」, 『동방학지』 94집(연세대 국학연구원, 1996),
　　　49-109쪽.
김일렬, 『숙영낭자전 연구』 (서울: 역낙, 1999).
＿＿＿, 『조선조소설의 구조와 의미』 (서울: 형설출판사, 1991).

김재웅, 「<강능추월전>의 독자층과 독자 수용의 태도」, 『어문학』 75집(대구: 한국어
　　　문학회, 2002), 115-140쪽.
______, 「<강능추월전>의 이본 형성과 변모에 관한 연구」 (계명대 박사논문, 2003).
______, 「<강능추월전>의 이본에 대한 연구」, 『한국학논집』 27집(계명대 한국학연
　　　구원, 2000), 125-155쪽.
______, 「<江陵秋月傳>硏究」, 『한국학논집』 26집(계명대 한국학연구원, 1999),
　　　243-265쪽.
______, 「<낙천등운>의 서사 구조와 문체 연구」, 『고소설연구』 6집(서울: 한국고소
　　　설학회, 1998), 355-380쪽.
______, 「<원자실전>의 전기소설적 성격과 의미」, 『어문연구』 53집(어문연구학회,
　　　2006.4), 63-89쪽.
______, 「경북 지역에 유통된 필사본 고소설에 대한 실증적 연구」, 『고소설연구』 24
　　　집(한국고소설학회, 2007.12), 219-250쪽.
______, 「대구·경북 지역에 유통된 필사본 고소전설의 종류와 독자층에 관한 연구」,
　　　『대구경북학 연구논총』 3집(대구경북연구원, 2006), 133-162쪽.
______, 「영남 지역 필사본 고소설에 나타난 여성 향유층의 욕망」, 『한국고전여성문
　　　학연구』 16집(한국고전여성문학회, 2008.6), 5-35쪽.
______, 「<유최현전>의 구조적 특징과 가정소설의 지평확장」, 『정신문화연구』 102호
　　　(한국학중앙연구원, 2006), 79-103쪽.
김정육, 「『삼언』소설 연구」 (성균관대 박사논문, 1987).
김진세, 「고소설의 작자와 독자」, 『한국고소설론』 (서울: 아세아문화사, 1993).
김진영, 「<강능추월옥소전>의 이합구조와 음악의 관계」, 『한국어문학』 51집(한국어
　　　문학회, 2003).
______, 「<江陵秋月傳>의 형상화와 소재적 전통」, 『古典說의 전통과 변이』 (태학
　　　사, 2006), 429-453쪽.
김태준, 『조선소설사』 (서울: 예문, 1989).
김학주, 『중국문학사』 (신아사, 1994).
김현룡, 「고소설사에 끼친 중국 설화·소설의 영향」, 『고소설사의 제문제』 (서울:
　　　집문당, 1993).
______, 『한중소설설화 비교연구』 (서울: 일지사, 1976).
대곡삼번, 『조선후기소설 독자연구』 (고려대 민족문화연구소, 1985).
로버트C. 홀럽, 최상규 역. 『수용이론』 (서울: 삼지원, 1985).

민관동, 『중국고전소설사료총고』 (서울: 아세아문화사, 2001).

민 찬, 「여성영웅소설의 출현과 후대적 변모」 (서울대 석사논문, 1986).

박광수, 「<강능추월전>의 결말부 부연과 그 의미」, 『어문학』 70집(대구: 한국어문학
    회, 2000).

______, 「<江陵秋月傳> 流通系列 一考察」, 『어문연구』 32집(대전: 어문연구회,
    1999).

______, 「<江陵秋月傳> 一考察」, 『한국언어문학』 42집(한국언어문학회, 1999).

______, 『江陵秋月傳硏究』 (대전: 충남대 출판부, 2002).

박성봉, 「대중소설과 독자」, 『현대소설연구』 4호(서울: 한국현대소설학회, 1996).

박영희, 「장편가문소설의 향유집단 연구」, 『문학과 사회집단』 (집문당, 1995), 319-361쪽.

박일용, 『조선시대의 애정소설』 (집문당, 1993).

박혜인, 『한국의 전통혼례 연구』 (서울: 고려대 민족문화연구소, 1988).

백운용, 「<강능추월전>의 구조와 헤어침과 만남」, 『어문론총』 38호(한국문학언어학회,
    2003), 109-141쪽.

서대석, 「<소지현나삼재합>계 번안소설 연구」, 『동서문화』 5집(대구: 계명대 동서
    문화연구소, 1973). 179-223쪽.

______, 「이조번안소설고」, 『국어국문학』 52집(서울: 국어국문학회, 1971).

______, 『군담소설의 구조와 배경』 (서울: 이화여대 출판부, 1992).

설성경, 『춘향전의 통시적 연구』 (서울: 서광학술자료사, 1994).

설중환, 『금오신화연구』 (고려대 민족문화연구소, 1983).

성현경, 『한국소설의 구조와 실상』 (경산: 영남대 출판부, 1989).

송성욱, 「명말청초 소설의 번안과 한국소설: 장편소설을 중심으로」, 『여름국제학술
    대회 발표자료집』 (한국고소설학회, 2001).

______, 「혼사장애형 대하소설의 서사문법 연구」 (서울대 박사논문, 1997).

신기형, 『조선소설발달사』 (장문사, 1960).

신동일, 「한국고전소설에 미친 명대단편소설의 영향」 (서울대 박사논문, 1985).

신정숙, 「강능추월전연구」, 『논문집』 15집(경기공업전문대, 1981).

심재숙, 「소운전·월봉기계 작품군의 유형변이와 담당층에 대한 연구」 (고려대 석사
    논문, 1990).

안병욱, 「19세기 임술민란에 있어서의 <향회>와 <요호>」, 『한국사론』 14집(서울대
    국사학과, 1986).

유연한, 「한국고전번안소설의 연구」 (고려대 박사논문, 1990).

육재용, 「<강능추월전>의 창작성 고찰」, 『어문학』 93집(한국어문학회, 2006), 253-272쪽.

______, 「<월봉기>의 이본 연구」 (서강대 박사논문, 1994).

______, 「<월봉기>류 자국화 양상 연구」, 『어문학』 81집(한국어문학회, 2003), 245-274쪽.

이경선, 『한국비교문학논고』 (서울: 일조각, 1976).

이명구, 「이조소설의 비교문학적 연구」, 『대동문화연구』 5집(성균관대 대동문화연구소, 1968).

이상익, 『한국소설의 비교문학적 연구』 (서울: 삼영사, 1983).

이수봉, 『한국가문소설연구논총』 (서울: 경인문화사, 1992).

이영신, 「국외원정 군담소설연구」 (한국학대학원 석사논문, 1982).

이원주, 「고전소설 독자의 성향」, 『한국학논집』 3집(계명대 한국학연구원, 1975).

이윤석 외, 『세책 고소설 연구』 (혜안, 2003).

이재수, 「한국소설 발달단계에 있어서 중국소설의 영향」, 『경북대논문집』 1집(대구: 경북대, 1956).

이재정, 「『삼언』을 통해본 명말 독서인의 사회의식」 (고려대 석사논문, 1987).

이주영, 「고소설 독자에 대한 몇 가지 문제」, 『전국학술대회 발표자료집』 (한국어문학회, 2000).

______, 『구활자본 고전소설 연구』 (서울: 월인, 1998).

이창헌, 『경판방각소설 판본 연구』 (서울: 태학사, 2000).

이혜경, 「독자반응 이론에 있어서의 독자와 독서」, 『인문학보』 5집(강릉대 인문과학연구소, 1988).

이혜순, 「중국소설이 한국소설에 미친 영향」, 『국어국문학』 68·69합집(서울: 국어국문학회, 1975).

임치균, 「<영웅소설> 연구- 탄생과 투쟁을 중심으로」 (서울대 석사논문, 1985).

장개종, 「월봉산기와 삼언의 관계」 (성균관대 석사논문, 1984).

장정룡, 「<강능추월전>연구」, 『인문학보』 23집(강릉대 인문과학연구소, 1997), 5-35쪽.

______, 「강능추월전 이본연구」, 『평사민제선생화갑기념논문집』 (간행위원회. 1990).

장효현, 「한국고전소설 비교연구의 현황과 전망」, 『고전문학연구』 20집(서울: 한국고전문학회, 2001).

전광용, 『신문학과 시대의식』 (서울: 새문사, 1988).

전상욱, 「<월봉기>군 소설의 작품세계」 (연세대 석사논문, 1995).

전용문, 『한국 여성영웅소설의 연구』 (대전: 목원대 출판부, 1996).

정규복, 『한국고전문학의 원전비평』 (서울: 새문사, 1990).

정래동, 「중국소설이 한국문학에 끼친 영향」, 『국어국문학』 27호(서울: 국어국문학회, 1964).

정명기, 「세책 필사본 고소설에 대한 서설적 이해」, 『고소설연구』 12집(한국고소설학회, 2001), 445-479쪽.

______, 「세책본소설의 유통양상」, 『고소설연구』 16집(한국고소설학회, 2003), 71-97쪽.

정병설, 「조선후기 동아시아 어문교류의 한 단편」, 『한국문화』 27집(서울대한국문화연구소, 2001).

정상진, 「옥소계 소설 연구」, 『한국고전소설연구』 (서울: 삼지원, 2000).

정주동, 『고대소설론』 (대구: 형설출판사, 1994).

조강희, 『영남지방 양반 가문의 혼인관계』 (경인문화사, 2006), 161-164쪽.

조동일, 『공동문어문학과 민족어문학』 (서울: 지식산업사, 1999).

______, 『문명권의 동질성과 이질성』 (서울: 지식산업사, 1999).

______, 『소설의 사회사 비교론』 1-3권(서울: 지식산업사, 2001).

______, 『하나이면서 여럿인 동아시아문학』 (서울: 지식산업사, 1999).

______, 『한국문학통사』 3권(서울: 지식산업사, 1991).

______, 『한국소설의 이론』 (서울: 지식산업사, 1985).

조윤제, 『국문학사』 (서울: 동국문화사, 1949).

조희웅, 『고전소설 연구보정』 (서울: 박이정, 2006).

______, 『고전소설 이본목록』 (서울: 집문당, 1999).

______, 『이야기문학 모꼬지』 (서울: 박이정, 1995).

증천부, 「한국소설의 명대화본소설 수용연구」, (부산대 박사논문, 1995).

최미정, 『고려속요의 전승 연구』 (대구: 계명대 출판부, 1999).

최재석, 『한국가족제도사 연구』 (서울: 일지사, 1987).

한국정신문화연구원, 『한국민족문화대백과사전』 13권(서울: 웅진출판사, 1992).

[강릉추월전 교주본]

<일러두기>

1. 원전 자료는 박순호 소장본(한글필사본고소설자료총서 53권)으로 하였다.

2. 원전은 세로 줄글이나 가로쓰기와 띄어쓰기를 첨가하였다.

3. 원전의 내용을 정확하게 옮기고 오류는 각주에서 바로잡았다.

4. 참고도서는 박광수, 『江陵秋月傳硏究』(충남대출판부, 2002)와 한국정신문화연구원편, 『한국고전소설독해사전』(태학사, 1999)을 활용하였다.

강릉추월전(江陵秋月傳)

강릉추월 상편

1. 당나라 문종항지 적외[1] 초에 조선국 강능 짱에 한 명인이 이스되 성은 이시오 명은 영슈요 그 웃더의서[2] 디디명족[3]으로 금후작녹이 끈치지 안이 흐던이 영슈 늣기 아달 두어스되 일홈은 춘빅이라 나이 십스 시의 이르려 용모청수[4] 흐、여 옥으로 깍끈 듯 하고 귀질[5] 영민흐야 고금 시서을 무불 통지[6] 흐고 문장 명필로 천면[7]

2. 흐더니 외인이 항홀하야 희장[8] 풍경을 탐하여 사곡봉으로 올라갈지 시안중반의 월색은 명모흐고 수목은 심수흔디 홀연 풍변의 옥소리 이상히 들이거날 마암에 고히흐야 소리을 짜라 스곡봉 두로 올나가이 엇더흔 청아 소년이 당정히[9] 안즈 옥소얼 잡고 월색을 희롱

---

1) 즉위(卽位) : 왕이나 황제의 자리에 오름
2) 윗대에서
3) 대대명족(代代名族) : 조상 대대로 가문의 이름이 널리 알려진 집안
4) 용모청수(容貌淸秀) : 용모가 빼어남.
5) 재질(才質) : 타고난 재주
6) 無不通知(무불통지) : 세상에 모르는 것이 없음
7) 천명(擅名) : 이름을 알림
8) 해상(海上) : 바다
9) 단정히

흥이 그 청아한 소리 운간이 어리여 사람에 심신을 자연 감동게 흐드리 진누명월[10]에 장양[11]의 통소런가 기명산[12] 추야월의 장자방의

3. 옥소난 오히려 속태[13]로다 춘백이 마암이 자연 비감 인스을 통흐고저 흔디 그 소년이 이윽히[14] 보다가 곡조을 긋치고 문왈 그디는 이춘백이 안인가 그디을 보려흐고 이곳까지 왔삽든이 서로 만나이 밧갑도다 흐고 소년이 통소을 주면 왈 이는 곳 천상 백옥누[15] 선관이 옥소리 일홈을 강능추월리라 시겼스이 인간의 업난 것시라 빅옥누 선관이 그디을 어엽비 여

4. 기스 보니 것이니 간슈흐야 공부히 두면 즈년 쓸디ㄱ 잇스리ㄹ 흐고 주거늘 춘빅이 다시 이려나 절흐고 옥소을 바다 단정히 안즈 흔번 부이 청옥한 소리 운간이 어리여 선관가[16] 차등이 업난지라 그 선관이 왈 춘빅이 지조난 비범흐도다 옥경[17]의 올라든가 선곡[18]을 엇지 알며 요기의 와던가 선경[19]을 엇지 보난고[20] 아름답다 춘빅아 옥소 공부 잘흐여라 남이 시상의 적선[21]이 말리 갓고 인간 만

---

10) 진루명월(秦樓明月)

11) 장양(張良) : 중국 한나라의 건국공신으로 자는 자방(子房)이다. 한나라 고조를 도와 천하를 통일하였다.

12) 계명산(鷄鳴山) : 중국 남경시 서북쪽에 있는 산

13) 속태(俗態) : 고상하지 못하고 세련되지 못한 모양

14) 이윽히 : 한참 동안

15) 백옥루(白玉樓) : 천상에 있는 옥황상제의 누각

16) 선관(仙官)과 : 천상 옥황상제의 명을 수행하는 관리

17) 옥경(玉京) : 도가에서 하늘 위에 옥황상제가 산다고 하는 공간으로 백옥경(白玉京)이라 부른다.

18) 선곡(仙曲) : 신선의 노래

19) 선결(仙闋) : 신선의 곡조

20) 부는가

5. ᄉ 창희중셩22)이라 그러나 엇지 미리 아리요 강능추월 닛 글즈
언 천추의 전한들 그 일홈23) 업서지며 말리 박계 쩌난들 그 곡조을
쏘길손가 오날밤 삼경추의 초당이 부펑이ᄅ 다시 만내기 으엽또다24)
ᄒ고 운간25) 수풍이 몸을 소소와 간고절26) 모르드라 춘빅이 마음의
이연ᄒ야 두로두로 비하27)ᄒ다가 집으로 도라와 그 후의 나지면 글
을 일으고 밤이면 월색을 탐ᄒ야 옥

6. 소을 불어 양춘백설28)로 시월을 보내드라 아난29) 춘삼월 호시절
망간이라 청아인 ᄌᄌᄒ고 언의의흔디 만경창파30) 벽하승이 일렵편
주31)을 타고 희상 풍경을 옥소로 희롱ᄒ더이 홀여32) 광풍이 파그33)
가 만경의 이려나며 일렴편주가 츄풍 낙엽가치 떠나가이 봉산이 어
디민요 심강승이 어디민요 묘향산이 묘암ᄒ다 졍신을 차려 사

7. 천34)을 살펴보니 천이지각이라 지형을 알 순 업던니 인ᄒ야 광

---

21) 전정(前程) : 앞으로 살아갈 길

22) 창해상전(滄海桑田) : 푸른 바다가 뽕나무밭으로 변하는 상전벽해(桑田碧海)와
비슷한 뜻으로 세상의 모든 일이 심하게 변하여 덧없음을 말한다.

23) 이름

24) 어렵도다

25) 운간(雲間) : 구름 사이에

26) 간 곳을

27) 배회(徘徊) : 아무 목표도 없이 돌아다님

28) 양춘백설(陽春白雪) : 음악의 곡조인 양춘곡과 백설곡을 말한다.

29) 이때는

30) 만경창파(萬頃蒼波) : 한없이 넓고 끝없이 넓은 바다나 호수의 푸른 물결

31) 일엽편주(一葉片舟) : 한 척의 조그마한 배

32) 홀연(忽然) : 갑자기

33) 파도

34) 산천(山川) : 산과 내를 포함한 자연의 모습

풍은 잠을 즈고 파도는 줌줌하야 순식간 흔 편 언덕에 다히거날 비
닷줄얼 다라민고 살펴보이 심디장섬에 석문이 달려거날 홍천즈[35]로
새겻스디 옥문동이라 색견스디 흐연나르[36] 문 앞에 나아가 니곳 방
할흔이 속가도 안이요 승가도 안이로다 망년흐여 도라

8. 나올나 흐던니 홀현 치상한 우름소리 풍편의 들이거날 희풍의
비겨서 남디히을 바라보이 엇더한 옥낭즈 두리 녹의홍상으로 금수단
장[37]흐고 일월쌍피[38]는 옷긴세 쟁쟁흐고 혼서는 우수로 차연흐고
청사나건[39]으로 좌수로 눈물 닥그며 영하보열[40]로 단정이 거러오거
날 춘빅이 그 용모을 보니

9. 아마도 조선 물싯기 안이로다 길을 피흐여 주저하다가 무러 가
로디 낭자는 어디 잇스며 무삼 일로 서려하신난잇가 그 낭즈 저 두리
치서으표 낫을 가리고 아못 말도 못흐고 도라섯거날 춘빅이 다시 문
왈 이 낭즈이 지상 본니 가정가이라 아지 못게라 어디 인는 낭즈가
후비[41]도 업시 여자 두리 온이 혹 동힝을 일코 우난인가 혹 갈길을
일코 우난인가 흐니 그 디[42]의 섯난 낭즈는 압희 섯난 낭즈만 보고
압희 섯

10. 는 낭즈는 뒤이 섯는 낭즈만 보며 서로 주저하더니 압희 섯난

---

35) 홍전자(紅篆字) : 붉은 글씨의 전서체

36) 하였거늘

37) 금수단장(錦繡端裝) : 수를 놓은 비단으로 단정하게 차린 모양

38) 일월쌍패(日月雙佩) : 해와 달을 닮은 한 쌍의 패물

39) 청사나건(靑絲羅巾) : 푸른 실로 만든 비단 수건

40) 연화보혜(蓮花寶鞋) : 연꽃 무늬의 신발

41) 후배(後陪) : 뒤따르는 하인

42) 뒤

낭즈 마미[43]을 슉기고 목성을 나지이 ᄒ여 엿자오디 우리는 중국 녀
남 스람으로 이리 오거니와 이곳슨 어디미옷인가 뒤의 선 낭즈는 과
년 여남 소주 쌍이 조상서 딕 소주 쌍이 조상서딕 낭즈옵고 나는 낭
즈이 시비[44]로소이다 춘빅이 왈 과년 그려ᄒ면 이가치 궁중을 쩌

11.나 무삼 일로 오난인가 한니 시비 더왈 슬푸다 우리 낭즈 엇지
규중을 쩌나리요 만는 춘풍 하선[45]츳로 희상에 유선ᄒ옵다가 홀연
광풍을 만나 이곳가지 왓사오나 이곳슨 어디라 하나잇가 하거날 춘
빅이 왈 이곳은 옥문동이라 ᄒ거니와 나도 과년 조선국 스람으로 풍
파을 만나 이리 왓스니 소희 동이라 ᄒ고 우리 시 스람 맛낫스니 서
로 불상히 생각

12.하고 허수히 여기지 말라 날이 님이 저물엇스니 또한 무인지경
의 엇지 사람을 지니리요 저 석문을 보니 밧다시 인가가 이슬 듯한니
들려가 보ᄉ히다 ᄒ고 앞에 서서 인도ᄒ거날 시비 낭즈을 다리고 따
라오거날 이하 도ᄒ[46] 만발 속으로 들려가니 규중피궐[47]이요 요조
한 동학[48]에 엇더한 집이 잇거날 의심ᄒ다가 도로 생각한이 일모항
혼이라 점점 나아간니 인적은 고요하고 수목

13.은 심슈한디 살펴보니 고문이 달려거날 빅옥으로 추치하고 청
옥으로 기동ᄒ고 혹목[49]으로 문을 다라른디 그 문 우이 현판이 달려

---

43) 아미(蛾眉) : 아름다운 여인의 눈썹
44) 시비(侍婢) : 곁에서 시중을 드는 계집종
45) 화전(花煎) : 부녀자들이 봄을 맞이하여 꽃을 구경하는 놀이
46) 이화도화(梨花桃花) : 배꽃과 복숭아꽃
47) 규중패궐(閨中貝闕) : 집안의 건물과 치장이 화려함
48) 동학(洞壑) : 깊은 골짜기에 형성된 마을
49) 홍옥(紅玉) : 붉은 옥

거날 청호주 비단으로 디주 특서하여 스디 부첫거날 살펴보니 흐엿스디 모월 모일에 조선국 강능 짱이 이춘빅과 중국 조낭주와 시비 설낭을 다리고 들어오리라 흐엿거날 마음의 놀리고 쏘 고히흐야 삼인

14.이 이윽히 보다가 차츠 들어가니 청학 빅학은 당전이 왕니흐고 잉무 공작은 하음[50]의 넘노난디 인적이 적막흐고 쏘 한 문을 들어간니 청쌉사리 짓난 소리에 한 노구[51] 의복을 단정히 입고 은넛니 웃고 나와 춘빅을 보고 왈 선군 어이 더디 오신난고 흐며 외당을 인도흐고 그 다음이 낭주의 손을 잡고 왈 어이 차즈 오시난인가 하며 너당으로 다리고 들려가니 낭주 살펴

15.보니 그 집의 살펴보니 남정은 업고 다만 노구 분일러라 장차 무르려 할지 노구 석반을 외당의 들이고 춘빅달려 왈 선군은 이가치 초박한 음식을 엇지 먹을고 하니 춘빅이 왈 노구는 오날날 할인지 불[52]리라 엇지 그런 말슴을 하시난잇가 날 가한[53] 힝긱을 구면가치 디접한이 감스 무지흐여니다 뭇잡난이 노구는 누시잇가 노구 왈 나는 날미[54] 이르기을 옥문동 치략

16.할미[55]라 흐나니다 춘빅 왈 그려하며 우리 오나줄 어이 알고 문이 써 붓천난잇가 노구왈 월전이 천상 선관이 나려와 날달려 일려 가로디 선군과 조낭주와 시비 설낭을 달리고 들려올 것이니 부디 성

예 씨기라 하더시다 춘빅이 이 말을 듯고 아지 못하여 석반을 먹거날 노구 안으로 들려가 낭즈 머리얼 어류만지면 왈 아름답다 낭즈여 져려ᄒ거든 엇

17. 지 하나리 모르리요 ᄒ며 너의 음식이 누초하오냐 만히 즈시오 낭즈 왈 음식은 만히 먹스온나 노구는 뉴시잇가 ᄒ니 노구 왈 나는 이 동구에 잇는 치약할미오나 너 집에 남정은 업너 혼자 잇스니 낭자는 편이 시옵소서 낭자 왈 날 갓한 사람을 낭자 옵이는 하날리 감동ᄒ미라 하고 외당 춘빅게 들려 왈 너 집에 남정이 업서서 날밤 경과[56]가 미우

18. 미안하오니 선군은 평안이 쇠옵소서 ᄒ고 너당으로 들어가 등촉을 발키고 낭자얼 아[57]리고 히롱한니 낭자 일위 갓한 심장이 천힝으로 우연니 노구을 만너 편이 시오나 노구 덕티으로 고국으로 도라가이을 이도[58]ᄒ옵소서 노구 왈 낭자 이 어인 말삼인가 선군 만너기 천희 이저 노구 만너기 천힝이라 하리요 일전에 화날[59]이 새긴 일얼 노구에 덕티이라 하리요 ᄒ니 낭자 수괴

19. 지심[60]을 머금 고기을 숙고 아못 말도 못ᄒ고 안자거날 시비 설낭이 왈 우리 낭자는 구중처자라 너무 히롱 마옵고 고국으로 돌아가기을 인도ᄒ옵소서 노구 왈 슬푸다 엇지 히롱이라 ᄒ리요 낭자에 수익[61]은 화날리 씨긴바라 쏘 청정연분[62]이 이선군과 맛스니 선군

---

56) 경과(經過)

57) 다

58) 인도(引導) : 길을 안내함

59) 하늘

60) 수괴지심(羞愧之心) : 부끄럽고 창피함

풍파 만닉기도 화날리요 조낭자 풍파 만닉기도 쏘흔 천정 일리ᄅ 일전에 천상 성관리[63] 나

20. 려와 옥문동이 써 부치고 날다려 일이일이 하라 흐고 갓스온이 명일은 이선군과 상생가약[64]을 미질 나리라 시비도 그리 알고 척편천심을 어기지 마라 설낭이 이 말을 듯고 다시 싱각한니 우연치 안니할이로다 낭나[65] 시운이 불힝흐야 이 지경이 더여스니 고국으로 도라 가기는 만은 밧기라 쏘한 노구 말을 들르니 분명 하나리 정한비오 천신연분을 어기오면 낭즈의 신

21. 시 또 어니 될 줄 아리요 낭즈 한 수기치심[66]으로 빅년가약을 난처이 생각지 마르시고 더스을 어기지 마르소서 낭즈 이 말을 듯고 만단으로 생각하여도 핵척이 업살 듯하여 말슘얼 나죽이 하야 말 그연 일얼 엇지 니가 간녀하리요 니가 누구[67]와 의논흐여라 노구 왈 낭즈는 설려 마르소서 예전의 이선군과 숙낭즈을 천틱산 마고할미 중흐여 이하정[68]의

22. 서 결연흐여스니 이지 이선군과 조낭즈과 치약할미 중미흐야 옥문동이서 결연흐며 무삼 허무리 잇스리요 쏘 조낭즈는 이선군과 연분을 미자 조선을 나가 디국 부모 소식이 들을 말리 잇스리라 흐고

---

61) 수액(數厄) : 운수가 나빠서 생기는 재앙
62) 천정연분(天定緣分) : 하늘이 정해준 인연
63) 선관(仙官)이
64) 삼생가약(三生佳約) : 삼생을 두고 끊어지지 않을 아름다운 약혼
65) 낭자(娘子) : 결혼하지 않은 처녀를 부르는 호칭
66) 수괴지심(羞愧之心) : 부끄럽고 창피함
67) 노고 : 나이 많은 할머니
68) 이화정(梨花亭) : 배꽃이 핀 정자에서 숙향이가 놀았음

밤이 이윽도록 담하하다가 각각 침소을 정하고 노구 그 이튼날 춘빅의 모디장복을 갖추고 외당이 나가 선후 사기을 말하 후의 춘빅의 의관을 정지한니 노구 니당으로 들

23. 러가 낭즈이 압퓌 안즈 홍장석식(69)을 갓추고 전안천을 비설하고 선군과 낭즈와 기거하는 양연 천상선관과 갓더라 예팔 후의 동방 하초이 들러간이 구으신정이 원왕조가 노구의 만닌갓더라 나리 발그미 노구 각색 음식을 가초와 서로 권한히 다 첨 보닌 음식이요 첨 보난 일리로다 수일 후의 노구 무신 편지을 지어 학에 발례

24. 민니 중천으로 쩌나가더라 노구 춘빅더러 왈 선군은 이곳에 오레 차지 말고 니일은 본가로 도라가라 이갓치 숙작할지 그 학기 도라오면 엇더한 한인이 교즈을 가지고 와 신힝을 직촉하거날 노구 춘빅을 흥직하여 왈 니 본디 가난하여 왈 선군 잘 디접지 못하야슨니 창긔하여니다 다시 만너기 어려울지라 여한니 무궁토다 선군 낭즈야 니 말 들으라 차시

25. 이 인싱니 천변만하(70) 흥난 양을 만니 보앗는디 보아도 알 수 업거던 하물며 보지 못한 것이야 엇지 아리요 우선 선군과 낭즈의 일얼 볼진딘 이상코도 히한하다 시상 괴괴한 일 엇지 다 층양하리요 나는 옛 말삼을 들으니 노소도 변한 일이 쏘 잇고 남녀도 변한 일도 잇고 승속도 변한 일리 닛고 싱피도 잇다 한니 슬프다 선군 낭즈야 우리 삼인이 오날날 서로 이별하

26. 고 어느 날 다시 볼고 사람에 종적은 청천에 백운 가트니 엇지

---

69) 홍장성식(紅粧盛飾) : 연지 등으로 붉게 치장함
70) 천변만화(千變萬化) : 여러 가지로 변화가 많이 일어남

만니기을 기필하리요 만안 사람의 안면는 강산물색과 가흔니[71] 만니
면 엇지 아리요 슬프다 부디부디 잘가거라 흐고 쏘 설낭다려 왈 벽히
말리의 무스히 미시고 가거라 흐고 옥문동 거리에 나와 전송한니 춘
빅과 낭즈와 설낭이 노구에긔 하직 왈 슬프고 결연하나니다 우

27. 리 갓한 신시 기협흔 스람을 노구 덕택으로 빅년가약얼 미즈슨
니 천만 년얼 지닌들 엇지 옥문동을 이즈리요 고서의 흐여스더 싱아
가자도 부모요 활아즈도 부모요 일로 볼진딘 헐헐단신 니 몸미 싱면
강산 와서도 도로 영흐로도라 흐옵스니 홍진비리[72]히 어닌 시월에
다시 홍안할올고 만시 문안하옵고 다시 만니기을 바라나니

28. 다 할 말삼 총총흐오나 더강흐나니다 하고 인하여 낙수 티누환
환 소상강 시우 중에 원성이 치령한 갓혀 산천초목 금수 다 슬려흐는
듯 압기을 싱각한니 초수오산이 묘망흐야 글르글르 천지도지[73]하야
희상의 다다나서 표주의 올르니 사공니 돗더을 지어 말리 창희이 살
갓치 가던니 한 곳히 이르 니려본니 반가올스 가능[74] 사곡봉이 안전
에 다 보거날 다 비의 나려 집으로 들어가니

29. 춘빅의 부모 엇지 밧갑고 놀납지 안니 하리요 서로 손잡고 왈
여취중인가 몽중인가 어디 갓다가 인지 오난양 아히 나가 도리 변희
들려온니 깁브기는 층냥할 수 업도다 하고 처음 낙누흐거날 춘빅이
절흐고 가로더 불초 자식은 희상 풍경차로 구경 유선흐옵다가 풍파
을 만니 옥문동을 가온니 이외에 조낭즈도 풍포을 만닌 일리며 규중

---

71) 같으니
72) 홍진비래(興盡悲來) : 기쁨이 다하면 슬픔이 찾아온다.
73) 전지도지(顚之倒之) : 엎어지고 자빠지며 아주 급하게 달아나는 모양
74) 강릉(江陵) : 강원도 강릉시를 일컬음

30.퍼궐에 들어가 치약할미 만닌 말리며 쏘 학에 발리 편지을 보니
서 서너 사람의 교자을 가지고 와 신힝 온 일까지 낫낫치 주달한니
그 부모 경탄 왈 너의 비필리 말리 밧게 잇겨든 엇지 일력으로 만니
리요 네가 엇지 풍포을 안이 만니면 조낭즈가 엇지 풍포 안니 만너리
요 옥문동의서 치약할미 중미하기도 ᄒ나리라 ᄒ고 니당의 들어와
더연

31.을 비설ᄒ고 시비 설낭을로 예석을 차려 구고기 헌할ᄒ니 춘빅
의 부모와 친척 빅긱이며 구경ᄒ는 스람이며 다 쳠 보난 일리로다
하거날 혼실ᄒ기 층양업스나 조부인는 항상 고국 부모을 싱각하여
비희을 이기지 못ᄒ더라 일일은 금강산 쳔불암의 인는 승이 권성75)
을 올리거늘 가지고 들어와 시주ᄒ기을 쳥ᄒ거얼 조부인이

32.그 여승드러 왈 만니 하오면 가군의 전정을 잘디게 ᄒ난잇가
여승이 답왈 우리 친형76)하신 분치임이 인간 명복을 만니 점지ᄒ시
니 소승이 도라가 지성으로 발월ᄒ사니다 ᄒ니 조부인니 권성을 피
여 놓ᄒ고 쳔양을 시주한니 여승이 조부인 니외 싱기얼 적거 음양
포태77)와 주역 팔괴얼 손금의 올려 신수78)얼 가리 차탐하여 왈 이
신수는 극히 어렵도다 부인

33.은 전싱의 지익으로 이싱에 와 고국 부모얼 이별할 수요 공즈는
쏘흔 운익인니 탁국의 고성할 수라 너외 지수가 미구에 반다시 주길
익기 짜랏스니 이 익만 지너만 부귀공면니 쳔ᄒ의 지일리라 달리는

---

75) 권선(勸善) : 권선책의 준말로 불가에서 시주한 사람의 이름과 금액을 적은 책
76) 신령(神靈) : 신성하고 영묘함
77) 포태(胞胎) : 풍수지리에서 생물의 열 두 과정을 써서 길흉을 점치는 방법
78) 신수(身數) : 사람의 운수

소익할 수 업스니 소승이 들라가 불전의 지성으로 발원ᄒ오리다 하
거날 조부인니 일말을 듣고 차경 츠탄ᄒ여 왈 선사언

34. 엇지 우리 집 일을 그다지 소상이 마나잇가 니가 과연 타국 사
람이라 날 갓탄 인명이야 죽어도 설지 안니 하나 우리 낭군니나 잘되
기 경계ᄒ옵소서 천빅 부탁ᄒ나 여승니 딕답ᄒ고 도라가드 수넌니
지닌니 국가의 경스 잇서 태평영절 알성과거[79]얼 보니거날 춘빅이
과거 기별얼 듯고 힝장얼 단속ᄒ야 경성의 올라가 과거

35. 날얼 기다려서 지필얼 녹코 단스시석[80] 용미년년[81]이 은금선
자 먹얼 가라 호항모[82] 두심필[83]로 일필휘지ᄒ야 일천의 선장ᄒ니
안탑[84]의 지명하고 홍노[85]이 창반[86]하니 천은얼 축슈하고 어스하얼
꼽고 궐문이 나는니 일문광치 빗나더라 보는 지 누 안니 충찬ᄒ리요
니직이 위직이며 차리로 승직ᄒ며 보국지성[87]이 조정이 지지일리라
상이 스랑하시고 황희 감스얼 지수하

36. 시거날 춘빅이 고향이 도라와 도라와 수일 유련ᄒ다가 길얼 쩌
날시 춘빅이 부모계 고하여 왈 희주는 고적이 극히 험ᄒ옵고 머오닛
가니 왕치 못ᄒ오리다 니힝 다리고 쩌나기 어렵도다 희주는 중국 지

---

79) 알성과거(謁聖科擧) : 조선시대 임금이 성균관의 문묘를 참배하고 나서 보던
   과거시험

80) 단산세석

81) 용문연(龍紋硯) : 용무늬가 조각된 벼루

82) 호황모(胡黃毛) : 만주에서 나는 족제비 꼬리털

83) 무심필(無心筆) : 다른 털로 속을 박지 않고 맨 붓

84) 앙탑(昻榻) : 임금 앞에 있는 책상

85) 홍노(鴻臚) : 중추부를 일컫는 다른 이름

86) 참방(參榜) : 과거에 급제하여 방목(榜目)에 이름이 오르는 것

87) 보국지성(輔國至誠) : 나라에 충성을 다하는 정성

경이라 산천니 험악ᄒ고 인적이 부도처라 쎠나 여려 날 만이 도임ᄒ
여 정사 명참하미 일도에 진동ᄒ더라 희동 중 도정[88]이 극성

37. 하야 종종 노락한이 빅성도 희롭고 열읍 봉물[89] 갈지마다 탈치
한니 감시의 위력으로 잡지 못하고 근심하더라 시월리 여류하여 춘
빅이 희주의 과만[90]ᄒ고 니직으로 성풍[91]하야 희상얼 차려보다가
중누의 일르려 희적을 만니 슬고오난[92] 치물얼 탈취ᄒ고 쏘한 비얼
쎄치고 나문 하인들이 다 물레 쌔저 죽난지라 이싱 경한실식ᄒ여 살
펴보

38. 니 부인과 설낭이 쏘한 간듸 업거날 씌여진 비쪽얼 틀려잡고
만경창파의 쎠나가며 디성통곡 왈 불상ᄒ다 우리 조부인아 살앗는가
죽엇는가 슬프다 이춘빅아 고기밥이 디단말가 정신업시 중중유로 쎠
나가며 바리보니 한 노승니 구름을 타고 일러 왈 불상ᄒ다 이춘빅아
정신차려나 보아라 만경창파의 너 하나 죽어지면 그 뉘 누가 아잔말
고 ᄒ거날 이공이 다시 정신차려 말ᄒ고

39. 저 하던니 그 노승은 간듸 업고 선천이 희가 지고 동영의 달리
뜨고 광풍은 잠을 자고 수풍이 인도ᄒ여 비쪽이 한 편 뭇터 단혀거날
뭇희 나려 ᄉ방을 바려보니 불비치 보이거날 ᄌ서 보니 암상의 수간
초옥이 인는듸 한 노승이 안ᄌ거날 전지도지[93]ᄒ여 나아가 지비하여

---

88) 도적(盜賊) : 남의 물건을 훔침

89) 봉물(封物) : 지방의 관리가 중앙에 보내는 세금이나 물건

90) 과만(過慢) : 관리의 임기가 만료됨

91) 승품(陞品) : 높은 관직으로 승진함

92) 싣고오던

93) 전지도지(顚之倒之) : 엎어지고 자빠지며 급히 달아나는 모양

왈 노인는 누시잇가 하변[94] 당한 스람을 구하소서 노인이 왈 나는 히변의 고기잡난 어옹이

40.라 초강어부 안니거던 오자선을 구할손가 하며 무슨 음식을 주거날 바다 먹으니 명식은 모르나 기갈을 면ᄒ더라 만스여성으로 다시 고왈 죽은 목심이 우연니 노인얼 만니스오니 그은히 빅골난망[95] 이로소히다 노인이 존후는 누시라 하시며 이곳은 어디잇가 노인 왈 이곳은 중국 쌍이오나 니의 명얼 알아 슬터 업스니 하로밤 쉬감을 무삼 은히라 ᄒ리요 공중의 나는 소리 주긴줄[96] 몰으난데 편지[97]

41.상의 만닌들 명호 듯고 알소냐 수만그[98] 실은 지물 리잇다고[99] 한탄말아 일천양 씩주고더[100] 업슬손가 ᄒ며 구름을 타고 공중으로 올라가거날 즈서히 본니 노승니 가스 치복이 뇩한장을 들고 가거날 에심ᄒ여 살펴보니 수간목옥은 간더 업고 암상물정 일니라 일변 놀라와 생각한니 아마도 처불암 분치님이 날얼 살려녹코 갓도다 이곳시 중

42.국 쌍니면 고향의 돌라가기는 쯧밧기요 차라리 이길로 여남 조상서 딕을 차자가 응셩[101]지불이나 말하고져 한냐 조부닌의 족적이 업서스니 허탄ᄒ다 ᄒ고 암상 소로노 들어가며 명상철승지지도 구경

---

94) 화변(禍變) : 매우 심한 재앙
95) 백골난망(白骨難忘) : 뼈에 새겨서 잊지 않음
96) 누군지
97) 평지(平地) : 땅
98) 수만 금
99) 잃었다고
100) 시주공덕(施主功德) : 재물이나 돈을 바치고 복을 얻음
101) 옹서(翁壻) : 장인과 사위

ㅎ며 사디부 스한가102)도 구경ㅎ고 츠츠 들어가 글시도 써드며 글도
지어 준니 보화중물얼 주난 지물얼 무수ㅎ나 부인과 설낭얼 생각한
니 흉격이 막히고

43.정신이 아득ㅎ여 시상만스가 귀한 것이 업더라 일일은 여남 조
상서얼 츠즈가니 노소한 동학에 고루걸약103)이 층층이 히한한디 사
면얼 살편본니 천만상 봉항스는 쥬요이 크여104) 잇고 양류천천105)
백마강은 힝디수로 둘러잇고 동편의난 화원이요 서편의난 즉일106)
이라 중문의 들러가 통좌한니 조상서 설월누의 올라 물식을 구경ㅎ
다가 영접하거날 이공이 지비 문왈

44.이 딕이 조상서 딕이 잇가 과연 그러ㅎ거니와 존빈는 누기시며
어디 잇닌인가 이공이 왈 나는 조선국 강능 사람으로서 성명은 이춘
빅이로소히다 상서 왈 조선국 계시오면 무삼 일로 중국의 와 엇지
니 집얼 문안잇가 이공이 디왈 시운이 불힝하와 고국얼 써나 유리표
박107)하야 들려와 상서 딕 명호을 듯십고 차즈 완난니다 상서 왈 니
집 션성108)이 무엇

45.이 놉피 나서 타국 존빈이 차즈 오리요 하며 더불려 놀미 이공
이 외면의는 처량ㅎ나 중심이는 미양 조부인얼 생각ㅎ야 슬품얼 먹

---

102) 사환가(仕宦家) : 대대로 벼슬살이를 하는 집안
103) 고루거각(高樓巨閣) : 높고 화려한 누각
104) 되어
105) 양류청청(楊柳靑靑) : 버드나무가 싱싱하고 푸른 모습
106) 죽림(竹林) : 대나무 숲
107) 유리표박(琉璃漂迫) : 일정한 집과 직업이 없이 이곳 저곳으로 정처 없이 떠돌
    아다니며 지냄.
108) 선성(善聲) : 좋은 소문이나 명성

음고 지니며 조부인의 말흐고저 흐나 조부인의 신적이 업스니 말한
들 어이 알며 만약 말흐엿다가 초면 빈주지[109] 마암얼 아지 못계라
상서 마음이 엇더할지 무한 의심이요 무한 즈지라 일일은 상서다려
문왈 타국 천생이 존더흐신 상서

46. 딕을 츠저와 오리 지치한니 빈주지의가 시별[110]하난니다 감히
뭇삼난니 상서계옵서 자연 가랏치시며 형지는 면분니신가 상서 왈
나는 본더 독신이요 즈식언 삼 남미로서 이즈 성혼흐나 흐고 여식
하나는 죽은 지 오리로소히다 흐고 안색이 불편흐거날 이공이 그 말
얼 듯고 감히 설희치 못흐야 마음만 비창[111]할 따름일니르 일일은
설월누의 올라 무색[112]얼

47. 구경하던니 비회가 즈발하야 노리되고 노리가 탄식되야 그 노
리의 흐여스더 무정한 저하유야 북희도 통흐던가 바람아 부지 말라
일렵표주 외태흐다 아난 인는 알건마는 모르난 니 어이 아리 노리얼
근치고 여광여취하거날 조상서 이윽히 보다가 무심히 여기드라 이공
이 수심 삭을 먹기다가 서로 이별한니 피츠 반주지정 익연흐더라 이
공이 상서 댁얼 쩌나 주류 사방흐야 감산절승얼 구경할지 자기봉

48. 명승지지라 죽장망희로 편답산천하고 삽십이 동학얼 들어가니
층암절벽의 석문이 총총흐고 기화요조 만발흐고 무심한 백운는 봉봉
들려잇고 청청한 폭표수는 장천의 걸려잇고 심상한 원학은 속긱 보
고 조롱흔 듯 심하가 살난흐여 츠츰츠츰 들어가니 엇더한 노승이 치

---

109) 빈주지의(賓主之義) : 손님과 주인의 올바른 도리
110) 자결(自別) : 친분이 남보다 특별함
111) 비창(悲愴) : 몹시 슬퍼함
112) 물색(物色) : 자연의 경치

에말견113)으로 빅운상114)얼 들고 암상의 놉피 안즈 노리흐거날 즈서
히 들어보니 그 노리의 흐엿스더 말리 타국 저 소년아 네

49. 힝지 고히흐다 강능추월얼 어디 두고 파선은 무삼 일고 고향으
로 도라올지 부인는 엇지흐여스며 디장부 스업으로 근면도 족헌만안
옥문동 옛 연분은 잇기가 어렵도다 봉힝 백마강의 무삼 일로 갓다
오나 설월누의 부른 노리 알 사람이 누기는고 흐고 표연115)니 가거날
이공이 뒤얼 싸라 들어가 지비흐고 연실 단좌흐여 문왈 심산궁곡의
노인을 만니스오니 질겁기는 그지 업

50. 스오나 원컨딘 존호얼 아라리다 노인이 왈 잠시 지니는 손님이
무엇이 즐거우며 초초면으로 잠간 만니 명호 아라 무엇흐리 이싱이
왈 천성은 원방의 잇스오나 무리한 마암으로 한공감스흐여이 다 뭇
짭닌니 앗가 그 노리을 어이한 곡조인가 노승 왈 노리는 니의 일이라
너 일은 네가 아지 다시 무러 무엇하리 비록 그려흐나 즈니 신시 극
히 불상하다 니계 잠간 쉬여

51. 가라 이공이 더욱 다힝흐여 노인으로 더불려 시월을 보인는디
노인는 무슨 서칙을 니여주면 왈 남아 시상의 나서 이글을 아라 두면
사람의 전정을 어이 아리요 일후의 혹 쓸디 잇스리라 흐고 주거날 이
공이 바다본니 천문지리와 육도삼약이며 손모병서116)며 황석공의 비
결이라 노인니 쏘흔 칼얼 주거날 검무검가는 장부지니라 즈니 이곳세
저117) 다른 일할 것 업고 이게나 공부흐여라 한니 이공이 바다본니

---

113) 채의갈건(彩衣葛巾) : 무늬가 있고 빛깔이 울긋불긋한 옷과 갈포로 만든 두건
114) 백우선(白羽扇) : 새의 흰 깃털로 만든 부채
115) 표연(飄然) : 바람에 나부끼어 가벼이 팔랑거림
116) 손오병서(孫오兵書) : 손자와 오자서의 병법을 적은 책

52.칼의 시겻스디 장부 보신지물리요 풍운조하 용문검이라 낮이
면 글얼 일으고 밤이면 칼스기을 비와 세월을 본너더라 각설 잇대
조부인이 도적에 한난 당ᄒ고 경한실싁ᄒ야 정신을 츠려 살펴본니
이공은 간더 업고 다만 설낭으로 더부러 도적의 비의 안즈거날 그
도적이 비을 모라다가 한 섬쑥에 디니고 한 집으로 들어가던니 여러
계집들리 나와 부

53.인을 억지로 끌고 들어가 여려 연들이 둘려 싸고 인스ᄒ는 말이
부인 잠관 츠마 진정ᄒ압소서 부인에 가군은 임에 죽엇스니 생각하
여도 쓸더 업고 쏘라갈 수 업스니 차아리 이곳의 잇스면 우리들이
부인을 외ᄒ여 현현한 장부을 골라너여 줄 것인니 잠말 말고 우리말
들으소서 한니 부인니 분기을 이기지 못하여 호령하여 왈 너이 망한
년들이 양반의

54.압희 그런 옥설118)로 ᄒ난냐 한니 여려 기집들이 서로 도라보
며 웃어 왈 부인은 그 말 마소 이곳에도 잘난 장부 잇고 쏘한 보하
등물도 잇스니 이곳 사람이 되여스면 무삼 근심이 잇스리요 쏘한 부
인의 신치을 돌아보소서 함정의 든 범이요 우물에 든 고기라 백 변ᄒ
여도 쓸더 업스니 승천입지하면 월강도희을 ᄒᄅ 잠말 말고 순종도
희을 하소서 한니 부인이 더욱

55.분기을 이기지 못ᄒ야 고성디졀 왈 니분면하걸 엇지 니의 쓸슬
굽혀 욕얼 보리요 ᄒ면 방중의 노인 쇠하로얼 두려치니 여려 계집들
이 쒸여나가며 어장군을 부르니 어장군이ᄅ 하는 놈이 문박게 와서

---

117) 이곳에서
118) 욕설

웃으면 하는 말리 부인에 마음이 혹 그려ᄒ기 여시ᄅ 하고 문을 자무
고 가거날 부인니 설낭얼 붓들고 울면 왈 엇지 니 팔지 이같이 곤궁
한고 분ᄒ고 분ᄒ도다 극히 흉학한 욕

56. 얼 이니 귀로 듯고 스라 무엇ᄒ야 이지 우리 가군이 죽어스니
나도 ᄯᅩ한 죽어 이공의 뒤을 ᄯᅡ르리라 ᄯᅩ 발등 불이 급ᄒ엿스니 엇지
할고 수건으로 목얼 미니 설낭이 부인을 들어잡고 함계 죽스ᄒ다 할
지음의 홀년 잠긴 문니 소리 업시 열이면 엇더한 여승이 들어 ᄌ치
업시 들어와 민수건을 글려녹코 손을 잡고 문 박으로 인도ᄒ여 그르

57. 디 갓치 가던니 ᄒ변 다다나 비의 올으니 여승이 돗더을 지어
디ᄒ얼 건너가니 부인과 설낭이 귀신의계 홀림갓치 정신을 이려던니
다시 정신을 차려 여승 압페 나ᄋ가 지비ᄒ여 왈 속절업시 죽은 스람을
구하여 디ᄒ을 건너스니 존ᄌ는 진실로 할인지불리ᄅ 어느 절의 인난
잇가 은ᄒ을 싱각하면 빅골난망이하며 본닌 여승이 빅발염줄 목에

58. 걸고 공중으로 가면 왈 수만 금 실은 비을 이려타고 한탄마라
네 목숨미 사라나기 천ᄒ일시 험한 익이 아즉도 머렷도다 ᄒ고 표현
니 간곳이 업거날 부인 인말 듯고 놀레 생각한니 반다시 천불암 분처
님이 와게서 나얼 구하엿도다 ᄯᅩ 험한 익이 잇다 한니 엇지 할고 만
약 험한 익이 잇스면 차라리 바다의 ᄲᅡ져 혼히라도 청빅한 혼이 되여
우리 이공 혼을 ᄯᅡ라 고향으로 도라 가리라 하고

59. 설낭으로 더부러 ᄒ천낙일119)의 두로두로 비ᄒᄒ다가 다시 생
각한니 우리 이공이 죽엇스니 니 복중이 두건이 친ᄒ으로 아이면 우
리 의공의 후사나 이르리라 ᄒ드라 ᄀ능 산천을 바리보고 혐혼 길과

---

119) 해천낙일(海天落日) : 바다위로 해가 지는 저녁 무렵

무인지경으로 들어가니 만첩첩산[120]은 좌우이 둘려잇고 기화요초난 동구에 심수ᄒ고 수빅장 폭포는 창에 걸려잇고 찬찬낙일 시 김싱[121]은 우난 소리 사람에 슬품얼 돕난지라 ᄒ고

60.즈로 드려가니 벽게수에 흔 나무입이 쩌나려 오거날 괴상ᄒ야 주어보니 그귀[122]가 스었스디 선후이 보송ᄒ[123]니 치란이 회이니라 ᄒ엿거날 시상 천지간이 회이니라 하엿거날 시상 천지이 기이흔 일 리로다 처란은 곳 니 일홈이라 뉘가 니 이홈얼 알며 니ᄀ 오난 줄 엇지 알고 걸[124]얼 부천난고 만단으로 의심ᄒ고 화낙석정[125]으로 올나가니 어더흔 노인이 송당에 홀노

61.안자 원상얼 바러보고 노리ᄒ여 왈 화이에 오난 손님 힝석도 괴상ᄒ다 여자에 몸으로서 거름이 무삼 일고 빅마 화전노름 여자에 힝실 저려흔가 옥문동이 지니 일는 부모가 씨기든ᄀ 부모얼 이별ᄒ 타국이 왓스니 슬푸도다 식각ᄒ니 불효얼 면할손가 히[126]로 도라올 지 이공은 어디 가고 적굴에 사라나언 시주공덕 니 알손가 실푸도다 조치량야 혼자 도라가면 시부모

62.빈울 쩌에 무슨 면목 이슬리요 차라리 입산ᄒ야 니 몸얼 감추우 고 이길로 가다가 또 무슨 수익이 업슬손가 빅혹산이 이산일다 구할 사람 그 뉘는 ᄒ고 고운임으로 들려가거날 조부인이 그러[127]얼 듯고

---

120) 만첩청산(萬疊靑山) : 푸른 산이 여러 겹으로 둘러싸인 모양
121) 새 짐승
122) 글귀
123) 보송하(報松下) : 소나무 아래에서 갚음
124) 글
125) 화낙석경(花落石逕) : 꽃잎 사이로 돌이 깔린 좁은 길
126) 해주(海州) : 황해도 해주

일변 홀니고 일변 의심ᄒ여 실푼 망암[128]을 진정치 못ᄒ야 치량이
우다가 다시 신각ᄒ니 그 노인이 말이 올토다 니가 무삼 낫으로 돌아
가고 혐흔 익이 잇다 ᄒ니 놀닌 간장

63. 이오 썩난 곡이ᄅ 이 산이 과연 빅흑산이면 맛당이 구할 사람이
니슬지 몰나 그 노이 홀련 가디 업고 청정흔 암자 잇스되 자서이 살
펴본니 헌파[129]얼 부쳣스되 빅운암이라 ᄒ얏거날 점점 들어나 암자
에 여승이 나와 합장 비리ᄒ여 왈 존귀ᄒ신 부인언 어디서 오시나요
아이 누추흔 암자에 오실얼 모르고 사문 박게 나와 맛지 못ᄒ온니
황공ᄒ여이다 부닌이 왈 날갓흔

64. 사람이 오난디 엇지 문에 나와 맛지리요 여승이 왈 부인언 어디
잇난잇가 힝파 그덕지 곤권ᄒ신지 뭇갑니이다 부인 왈 나는 강능 이
감사이 니질이라 희주의 갓다가 돌아오는 길이 희적을 만니 가군얼
일고 이려흔 이명이 정처업시 단이다가 이곳이 왓나니다 ᄒ며 되음
ᄒ거날 여승이 그 말얼 듯고 왈 부인언 신시 참옥ᄒ다 아모리 고향익
가고저 흔들 엇거지 가리요 차라리 이곳

65. 익서 나와 같이 산중에 시월얼 보니코 삭발외승[130]ᄒ고 불전의
소원디로 축원이나 ᄒ사이다 흔이 부인이 그 말을 듯듯고 족히 당힝
ᄒ나 삭발ᄒ기얼 싱각흔니 천지가 아득ᄒ야 설낭의 손얼 잡고 묵묵
히 안자 서로 보민 눈물얼 머금고 마지 못ᄒ 허락흔니 여승이 삭[131]

---

127) 그 노래

128) 마음

129) 현판(懸板) : 글자를 새기어 문 위에 다는 널조각

130) 삭발위승(削髮爲僧) : 머리를 깎고 승려가 됨

131) 삭도(削刀) : 절에서 스님들이 머리털을 깎는데 사용하는 칼

얼 ᄀ지고 부닌 압히 안자 노주이 어리132)얼 짜근니 부인과 설낭이 서로 붓들고 통곡한니 치량흔 우름 소리 시닌물이 목이 민듯 청

66.산이 기울고 빅일이 무광ᄒ더ᄅ 여승이 보다ᄀ 외오 왈 사람이 팔자 쏘기지 못ᄒ난니 너무 설여 말으시고 불전에 들어가 지승으로 발원ᄒ오면 고짐감닌난 천지지간 상사라 장내에 신명이 쏘 엇더 홀 줄 알리요 여승이 명은 운수당이라 조부인이 명은 낭히당이라 ᄒ야 낭히당133)이 상재134) 디야 각각 승복 차려 빅팔염줄과 가사채복얼 ᄒ고 불전에 들어가 삼시로 축원ᄒ면

67.낭히당이 심회가 불안ᄒ야 운수당과 설을당으로 더부러 ᄌᄒ 디의 올라 원근 산천을 바라보고 시름 없시 비회ᄒ더니 호련 선천으로 오운풍이 이려나며 홍운이 쎄치던니 한 노승이 홍운을 타고 공중 얼 지나가며 한 일 봉서을 주면 왈 빅학산 빅운암의 조부인을 주라 하기로 전한다 ᄒ고 표연니 가거날 난히당이 ᄌ서히 본니 완년니 그 전니 동구의서 보든 노인일니라

68.봉서을 찌여본니 서중의 ᄒ여스더 강능 李春白이 설월누의서 지은 노레ᄅ 하엿거날 부인니 ᄌ서히 보고 쏘 경항 실색하여 왈 이 노리는 우리 이공이 지는 노레로다 서히 요부의 주더ᄅ 한니 물에 쌔저 죽음미 직심토다 설월루는 우리 친정 누각이라 아지 못게ᄅ 서히 용부의도 설월누가 쏘 인는가 반다시 물리 쌔저 죽은 ᄉ람이여날 설월누의 인

---

132) 머리
133) 운수당
134) 상좌(上佐) : 스님을 모시는 행자

69.기는 만무하도다 더저 고이하다 ᄒ고 지삼 숙시한니 이공을 데한 듯 ᄒ야 눈물얼 비오 듯 ᄒ고 일천간장이 썩는 듯 ᄒ더ᄅ 운수당과 설월당이 갓치 운니 난희당은 처언이 한실하고 왈 슬프다 우리 공의 영혼니 요부의 쏘 인난가 설월누 노리 곡조는 천천만 보미외라 백운암을 엇지 알고 니 여기 인는 줄 엇지 알고 당정한 이 노리을 이속으로 보니난고 지

70.니가든 저 논인은 선관인과 도스던가 이 심희을 알거든 이니 전고 전희주소 ᄌᄒ디의 씨기고 눈물을 부리며 도라와 불전의 들려가 분향지비 발원ᄒ더니 그럭적 이삼 삭을 지닌니 십 삭얼 치와 희복한니 천금 옥동ᄌ라 형신면목이 완년이 이공일니ᄅ 일홈을 지으미 백학산 백운암을 웅ᄒ야 운학이라 ᄒ고 마음의 더욱 질기오나

71.슬프다 승당의서 길일 수 업다 한니 운수당이 쏘 들어와 이로더 산당은 속가와 다르니 아모리 ᄌ성135)인들 이곳에서 길일 수 업스니 동구의 서영국이라 ᄒ난 사람이 양무자식이 한탄ᄒ던니 그 스람의게 수양아달로 주어 길리면 조흘 듯 하나니다 한니 낭희당이 한숨 짓고 생각ᄒ다가 마지 못ᄒ야 허락ᄒ거날 양국

72.불러 신신이 부탁한니 영국기 쏘한 조하하야 아희을 안고 둘라가 기출136)갓치 기르니 운학니 나이 삼 시 이르려 얼굴리 형상빅137)과 갓흐니 뉘 안니 귀히하며 뉘 안니 스랑하리요 일일은 운학이 거름비와 마당의 놀다가 홀연 간더 업거날 영국이 스방으로 수명하여도

---

135) 사정 : 안타까운 처지나 형편
136) 기출(己出) : 자기가 낳은 자녀
137) 형산백옥(荊山白玉) : 중국 형산에서 나는 흰색의 옥

종혼적이 없난지른 노방 힝인138)과 이웃 사람을 갑설 후히 주며 무른

73.더 보앗단 스람이 업거날 영국이 왈 우리 운학을 츠즈주면 보희
을 만히 주리른 흐고 희변이면 산곡이며 두로두로 수명흐야도 차즐
다139) 흐는 사람이 업거날 영국이 부처 서로 탄식하여 왈 슬프다 우
리 운학은 어디로 간난고 앗갑도다 운학아 니가 어디로 갓닷 말고
희변의 놀다가 물에 빠전난전난냐 산중의 가 혹 김생의게 상햿는가
이갓치 답

74.답한 일리 쏘 어디 잇스리요 지 얼골도 압갑건니와 지 인명이
더욱 불상흐다 실푸다 이니 팔즈 엇지 다시 지궁할고 평싱의 즈식
업시 지니다가 천금 갓탄 남아 즈식 비려다가 기출가치 스랑흐여 후
사을 전코저 흐던니 이지난 그도 저도 안니 딘니 슬프고 한심토다
고금천지의 이니 팔즈 갓한 사람이 쏘 어디 잇스리요 니 팔즈도 이례
커니와 무슨 낫흐로 난희당을 디하리요 슬프다 난희당이 이 말을 들
려스면 그 마암이 쏘 엇더할고 흐

75.며 그 모양이 엇쩌할고 가라치기 난치흐고 안니 가라치기도 난
치흐다 이갓치 답답한 일 쏘 어디 잇스리요 천만가지로 싱각하여도
슬디 업서 말이 못흐여 빅운암으로 들어가서 전후사기을 말한니 운
수당과 설월당이 천연이 안즈 말얼 못흐고 난희당이 천연이 하는 말
이 저노인은 우리 운학을 다려다가 잘거두어 천금갓치 길려 지롱이
커다 흐고 조용흐나잇가 없다하면 뉘가 고지을 들으리요 영국이 이
말 듯고 더욱 억색

---

138) 노방행인(路傍行人) : 길가는 사람
139) 찾았다

76. 하야 아문 말 못ᄒ고 묵묵히 안즈다기 울기만 한니 난희당이 그 거동얼 보고 참거련줄 알고 천지 아득하야 목기 미여 말 못ᄒ고 흉격이 막히여 가슴얼 두다리여 통곡하여 왈 불상하다 우리 운학아 죽언난냐 슬프다 인명도 불상하다 늬의 인시얼 어이할고 젼싱의 지악으로 인생이 이려한가 원수로다 원수로다 희선 풍파 만니 부모국얼 이별ᄒ고 만경창파 도적 만니

77. 할난 중의 가장 일코 초록가튼 이니 즈슥 참마참마 못 중난니 이씨의 혈믹이 니 복중의 기친고로 천행으로 아달얼 나아 후스을 젼코저 하엿던니 이지난 그도 저도 안니 된니 조물리 시거흔가 항천도 야슥하다 실푸다 설낭아 너 난 밋고 나는 운학이만 미덧던니 이지는 운학이 죽엇으니 이니 혼즈 사라 무어시 쓰잔말가 나는 죽을지르도 너 니 혼을 초혼ᄒ여 고향

78. 의 도르가서 곤고한 이 스연을 시부모님계 고ᄒ여르 ᄒ고 슬피 운이 운수당이 위로 왈 아모리 우려도 슬더 업스니 혈마 난희당의 신명이 그디도록 혐ᄒ리요 쏘 운학의 용모와 골격얼 본니 뇨수[140]할 사람이 안이오 비명의 죽을 사람이 안니라 분명이 어더가 살 거신니 복원 난희당은 일시 아득한 심회을 너무 상우치 마르소서 ᄒ고 ᄒ즉하고 도라가더라 각설 잇째의 울남도 도적놈이 탐물차로 단

79. 니다가 맛참 운학을 보고 다려다가 길을시 그 도적의 성명은 자수빅이라 운학의 성명얼 고쳐 창희롱이라 한니 슬프다 운학은 삼시유아라 저의 성名 곤칠 줄 어이 아리요 시월이 여류ᄒ야 희용의 나이 십 시의 이르려 골격이 풍우하고 용모 청수하여 천싱가질이 불

---

140) 요수(夭壽) : 나이가 어려서 죽음

분장이라 수븍이 극히 亽랑흐야 저의 도적놈 중 일등규절을 골라니 성취흐니 처부의 성은 어천추라

80. 그 사외[141]을 사랑흐야 옥소을 주어 왈 이 옥소난 우리집 시전 지물리라 아모리 부려도 소리 업스니 혹 너난 불어보아라 흐고 주거날 히용이 바다본니 그 옥소의 쎄겻스디 강능추월리〿 세겻거날 ᄆ음의 ᄌ연 감동하여 옥소을 분니 소리 공중의 이르려 일싱 공한 亽람 갓더라 모도 보고 의심흐야 괴상타 흐더라 슬프다 히룡이 저의 부모 부든 옥소 어이 알며

81. 어천추가 저의 부모 지물 탈취한 줄 어이 아리요 히용이 옥소 어든 후로 날마다 옥소을 부려 시월을 보니던니 잇디 마참 경과 잇서 히용이 과거 기별얼 듯고 히장얼 차려 히선얼 잡아타고 경성얼 향하야 쏫디얼 지어 중유로 쩌나던니 홀현 풍파을 만니 부지거처 하던니 천신만고[142]의 바람미 ᄌ고 존즌흐던니 비가 뭇히 단니거날 닷줄얼 잡아믜고 한곳으로 들어

82. 가니 청산는 심수[143] 흐고 폭포는 청천의 걸여거날 쏘 한 구비 들어간니 중문니 심쇠하고 의당이 적조하거날 마로의 올라 주인을 차즈니 시비 나와 문왈 손님계서 어디 인난잇가 이딕 주인는 아모도 업난이다 하거날 히룡이 왈 나는 원방 사람으로 이리 왓거니와 이곳은 어디 쌍이며 이 딕언 뉘 딕이라 흐난냐 시비왈 이곳은 강능 쌍이옵고 이감亽 딕

---

141) 사위

142) 천신만고(千辛萬苦) : 여러 가지 어려운 일을 당해 무한히 애를 쓰는 고생

143) 심수(深邃) : 깊숙하고 그윽함

83. 이로소이다 이딕 주인은 년전의 황해 감사로 갑삽다가 돌아오는 길에 히중의 복선ᄒ옵고 아모도 업난니다 ᄒ고 ᄌ서히 보고 안느로 들어가 디감계 급피 고ᄒ여 왈 밧게 오신 손님의 형용면목이며 어언범절리며 청영한 우리 죽는신 영감님과 방불ᄒ더니다 디감이 왈 시상의 혹 갓한 얼골이 인난이다 하고 외당의 나아가 영접한니 과연 형용이 흡ᄉ하거날 마음의 자연 비감ᄒ여 유심코 문왈

84. 귀직은 성名이 누시며 어디 잇난잇가 히룡이 답왈 싱은 항히울남도 ᄉ옵고 성명은 장희룡이로소이다 디감이 왈 항히도 살면 십년년 전의 항히 감ᄉ 물에 ᄲ져 죽은 줄 아난잇가 니의 ᄌ식 니외가 그런 소[144]을 당ᄒ고 이런 신명 이적지 죽지 안니하고 사란난이다 히룡이 왈 나는 년천한 소년이라 그난 모르난니다 디감 왈 년시가 얼마나 디난잇가 히룡이 왈 니 나는 십五 세로소히다

85. 니 자식 죽은 히 낫스니 엇지 아리요 그려하나 시상의 갓흔 얼골도 잇도다 쳠 보난 인ᄉ의 미안하오나 손님의 면목이 정영한 니의 죽은 ᄌ식과 갓흔니 오날날 자식을 디흔듯 슬픈회포을 참지 못한니 이 늘근 ᄉ람 망년디을 허물치 마르소서 히룡이 왈 세상의 갓흔 ᄉ람이 만하온니 엇지 허물이라 하릿가 ᄒ고 인하야 석반을 먹은 후의 헌함[145]을 비겨 안ᄌ 사방얼 구경하던니 황혼니 월출 동영[146]한디

86. 힝장의 옥소얼 니의 분니 소리 ᄌ년 비감하여 사람에 마음 감동킈 하더라 디감이 듯고 이전 듯든 소리 갓하여 창항실색ᄒ야 쏘

---

144) 소조(所遭) : 고난이나 부끄러움을 당함
145) 헌함(軒檻) : 누각 따위의 대청기둥 밖으로 돌아가며 깐 난간이 있는 좁은 마루
146) 월출동령(月出東嶺) : 달이 동쪽 산봉우리 위로 솟아오름

차자가 본니 놀라울사 강능추월니 쏘 어디서 낫단말고 눈물얼 흘리며 왈 이 옥소난 어디서 난 옥소잇가 희룡이 왈 이 옥소난 우리 빙장에 시전지물이라 하던니다 디감게서 엇지 놀라시며 이갓치 설펴흐시난잇가 디감 왈 시상의 고이한

87. 이리로다 니 자식이 살라슬더 저 사옥봉이 올라가 선관의긔 어든 강능추월이라 다른 사람은 불면 소리 안니 나고 저 혼즈 두고 부던니 희주의 갈 째의 가지고 저와 갓치 물러 빠저 죽엇난가 아지 못흐야던니 오날 다시 볼 줄 어이 알며 쏘 하물며 선관니 강능추월이라 식겨 강능 사람을 사람을 준 것인이 시상의 강능추월리릇 두리 잇스리요 아지 못게

88. 라 손님의 빙장은 뉘라 하시며 시전지물리라 말은 오히려 당돌한 마리로다 희용이 왈 빙장의 성은 어씨라 하옵난이다 디감이 왈 빅가지로 생각하여도 이 옥소난 우리집 물건니 분명흐도다 어씨가 강능 사람미 안니면 엇지 옥소을 강능추월리릇 하리요 박절한 사람이 말리온나 이 늘근 사람얼 위하여 옥소을 주고 돌라가 자저히 물러보소서

89. 하고 눈물얼 흘리며 마음얼 이기지 못하야 하거날 희용이 그 동정을 보고 비창한 마음을 이기지 못흐야 묵묵히 안즈다가 싱각한니 일이 진실로 히한타 강능추월리릇 색겻스니 강능 사람의 옥소가 분명하고 천상 선관의긔 어덧단 말은 오히려 당한흐나 강능추월리릇 색긴 옥소가 울남도 어천추 집의 잇기가 쯧밧기요 쏘 주인니 이역집 물

90. 건니 안니면 이가차 설려하기가 만무하고 쏘 사람마다 부러도 소리 안니 나난 옥소가 엇지 니가 부려 소리 나리요 이씨의 물견니

분명하고 어씨의 물견니 안니로다 하고 주인을 위로 왈 더감기옵서
너무 설려마옵소서 물각유주147)라 하온니 아즉 주고 갈 수 업사오나
돌라가 도라가 빙장의게 ᄌ서히 아라보고 오리다 ᄒ고 즉시 발힝한
니 더감이 의년한 마음얼 진정치 못하여 다시 돌

91. 라오기을 신신 부탁하더ᄅ 히용이 ᄒ직하고 경성의 올라가 과
일 당하고 월중단계148)을 손의 걱거 쥐고 용용문149) 창반의 장원낭
이 모여 홍피150) 어사하얼 물류와 천은을 갓초고 상이 인격을 사랑하
ᄉ 특별이 황히도 어ᄉ얼 지수하거날 히고주의와 마피을 가지고 방
향으로 암힝하던니 천륜니 무심치 안니하야 이 더감이 권권151)하든
정을 생각하야 먼저 강능으로 가자하고 어ᄉ 힝

92. 식을 숨기고 더감을 차ᄌ간니 더감이 질겨 연접접하여 문왈
금번 장원급지는 항히도 장히룡하미 질거하얏던니 ᄌ니 힝식이 엇지
그려한고 히룡이 소왈 시상의 강능추월도 두리 잇거든 장원급지 장히
룡인들 엇지 동성명이 업스리오 종니 은적152)하고 수일얼 유하다가
써나간니 더감이 왈 이지 가면 언지 다시 보리요 이 늘근 것이 언지
죽을 줄 모르온니 그 통소을 주고가면 니의 자식 보난다시 두고 보

93. 지만안 물각유주라 하고 난처이 여기니 부디든 다시 차자 오기
얼 잇지 말나 하고 바로 히주로 들어가면 연문하고 오입차로 한 주점

---

147) 물각유주(物各有主) : 물건에는 각각 임자가 있음
148) 월중단계(月中단桂) : 달 속의 계수나무로 월중계화(月中桂花)와 동일한 뜻으
　　　로 사용됨.
149) 용문(龍門) : 벼슬길에 오르는 것을 말함.
150) 홍패(紅牌) : 문과에 급제한 사람에게 임금이 하사하던 종이 꽃
151) 견권(繾綣) : 정이 두터워 서로 떨어질 수 없음
152) 엄적(掩迹) : 흔적을 가려 숨김

의 들어간니 한 늘근 아전이 술얼 먹고 노다가 가오되 히주의는 울남
도 도적 디문의 봉물 왕너치 못할니라 시상의 참옥한 일도 엇더라
아모 연분의 강능 쌍 이감사 딕 준작하고 돌라갈지 그중의 흔 도적놈
미 지물을 탈취하고 비을파선ㅎ야 스람미

94. 무수히 죽엇다 한니 이번 어스는 어더서 난줄 모르거니와 그
도적을 잡으면 설쉬디지만언 한니 쏘 한 놈미 가로디 이감스 올라갈
지 감스 딕을 겁탈하고 쏘 옥소을 쎄슷다 하던니 그 옥소는 엇지 한
줄 모르거니와 이번 급지는 울남도의서 낫다한니 진적히 아지 못하
건니와 도적놈미 급지하면 무어세 쓰리요 하거날 어사 한참 안즈 들
으니 기시 너 말리ᄅ 울남도 도적잇 다 도적이면 나도 도적

95. 인가 과연 그려하면 한심한 일리로다 전의 들으니 강능 니감스
딕 파선[153)]하고 물에 쌔저 죽엇다 ㅎ던니 이지 저의 말 들르이 죽기
가 적실하고 쏘 생각한니 옥소난 이감스의 옥소가 분명ㅎ도다 ㅎ고
천년니 문왈 노장계옵서 그 일을 아난잇가 한니 그 아전니 보다가
답왈 엇지 문난 말인지 모르거니나 그디 비힝하나니 하나도 스라갓
단 이 업다 하나니다 하거날 어스 듯고 분기을 이기지 못하여 발로
울남도 도적 진위을 탈취

96. 코저ㅎ여 밤의 배을 타고 울남도을 들려가서 수목의 은신하고
안즈본니 한집 마당의 등하불 질려녹코 여려 놈미 모여 안즈 각각
도적질한 것을 자랑하다가 그 중의 한 놈미 가로디 저 스람 장서방은
즈니 아달이 이번 급지하엿단 말리 잇스디 일 삭이 잇스디도록 도문
기별도 안니 본닌다 한니 그 디답하는 말이 자니 스난 모르난가 시상

---

153) 파선(破船) : 배가 장애물에 부딪혀 파괴됨

의 나무 자식 햇길레 아모 년분의 빅

97. 한산 동구의 지니다가 영국의 집 압히 엇더한 아히 혼즈 안즈거날 탐지한니 서영국의 수양즈라 하거날 그 익히가 명인하기로 다려다 기출가치 키왓던니 산계야목 갓하여 이지 안니 온다고 엇지 할고 쏘 한놈 가로디 저 스람은 그려하거니와 만약 안니 오면 어서방 즈니 쌀은 엇지 하난고 그 디답ㅎ는 말리 자니니난 그 말 마소 과거하야 유과ㅎ면 자연 더밀 것신니 쏘 부모와 안

98. 히 두고 안이 올가 참니 안니오면 니 설마 다다른디 시집가면 그만니건니와 지일 분한게 한 가지 인니 으모 연분의 강능 이감스 지물 탈취할 째의 어든 강능추월 옥소난 기히흔 보비릭 심장ㅎ야 두어든니 스외라고 주엇다가 이지는 일혓도다 ㅎ거날 어스 듯고 극히 분ㅎ여 심장이 썰일ㄴ 엇지 급히 하리요 백학산 동구 서영국의 집을 츠즈가 시공을 무르리릭 ㅎ고 즉시 비을 타고 미일 발힝하야

99. 보기장터의 술 먹고 말을 먹어 이화촌의 길얼 무러 항혼의 빅학산 동구얼 득달한니 곳 서영국의 주점이라 줄겨하여 들려가 쉬던니 석반을 먹은 후의 영국을 상면하고 외면는 유산식객갓치 근처 산천 명승지지을 다사수을 나와 쉬객이 취토록 먹고 천연이 문왈 노인는 춘추가 얼마나 되면 쏘 즈지는 몃친잇가 영국이 눈물을 먹금고 디왈 시운 불힝하여 힝년 칠 십의

100. 일장[154] 혈륙이 업서 설워하던니 이 중년의 나무 즈식 강보 유아[155]을 달려다가 수양즈로 길일던니 나히 시 살의 이르려 마당의

---

154) 일점(一點)

155) 강보유아(襁褓幼兒) : 포기기에 쌓은 아이

놀다가 전각각156)간의 간곳이 업거날 사방으로 찻다가 못ᄒ여 말년 슬픔을 참지 못하야 잠시라도 잇지 못하나니다 하고 눈물얼 먹음거 날 어ᄉ 이말 듯고 비감하여 왈 노인 신시 극히 불상하도다 그 수향 ᄌ는 엇더한 사람일넛인가 영국이 왈 이 말을 하

101. 면 홍격이 맛키고 목이 미여 말을 못하나니다 ᄒ고 이식이 안ᄌ다가 하난 말리 저기 저 백학산 백운암의 난희당이라 ᄒ는 ᄉ람 이 잉태ᄒ고 들려와 삭발위승ᄒ고 잇던니 승다의서 탄싱ᄒ야 길일 수 업서 난희당이 니기 수향ᄌ로 주엇난이다 어ᄉ 왈 그 난희당은 어디 잇는 사람인잇가 영국왈 일시지너난 손님이 이리 찬찬이 무리 어 무엇하리요 이 늘근 것을 심장을 더욱 상케 ᄒ난잇가 어ᄉ 듯고 가로디 말삼 듯자온니 간절잇

102. 슬프고 이연ᄒ여 다만 물을 뿐더려 긱장그등157)의 잠도 업고 이야기 ᄉ마158) 못난이다 영국이 왈 그 난희당은 본디 강능 사으신 이감사의 너실리라 황희 감ᄉ 갓다가 오는 길의 희도중 도적을 만니 가장 일고 시비로 더부려 간신이 ᄉ라와 구명도생159)으로 빅학산 빅 운암의 들려가 여승이 디엿난니다 한니 어사 듯고 슬픈 마음미 울울 하여 눈물이 소시나160) 압홀 보지 못ᄒ디 강작히 참고 취침하던니 일는극히161)ᄅ 명월이 잠인들 엇지

---

156) 경각(頃刻) : 눈 깜박할 사이의 아주 짧은 시간
157) 객창고등(客窓孤燈) : 객창에 쓸쓸히 비치는 등불로 객창한등(客窓寒燈)이라
   고도 한다.
158) 삼아
159) 구명도생(救命圖生) : 근근이 목숨만 이어나감
160) 솟아나
161) 인륜극체(人倫極體) : 사람의 신세가 극히 불상함

103. 올가 전전방친162)의 마음도 수탄163)하야 강능 집을 생각하니 누의 삼삼 귀의 쟁쟁하고 쏘 울남도을 생각한니 이가 절로 갈인다 살점이 쩔리더르 하나리 너의 수정을 알면 어서 밧비 세여 백운암을 들얼가서 어만님을 만니 보련만안 간장이 석고인들 온천키 어렵도다 공산반야164)의 무슨 시가 슬피 우노 한강이 어디미요 북소리도 들려온다 강초의 저 달소리 시벽소식 반갑도다 청실에 이려 안즈 심희을 불던니 곡조을 못맞쳐서 동방이 발가온다 조반을 먹은 후의 백학산을 들려간니 천봉만학은 건

104. 곤의 걸여잇고 수석운무는 인시간니 안일너라 기이한 꼿봉아리 가지가지 작작하고 이상한 세 소리난 나무마다 귀귀한디 엇더한 빅발노인니 구름을 타고 청학을 압히 녹고 노려하여 왈 빅학산는 선경이러 속긱오기 뜻밧기요 장희용이 변성명165)이 무삼 일고 슬프다 이운학아 한부역조166) 무삼 일고 일운이 변한여 불효을 면할손가 사곡봉 강능추월 네가 올줄 어이 아라 원수라도 은인이라 은인으로 아지 마라 강능 짱의 너 집 두고 두 변 가도 몰러거든 백운암 오날날의 너 안면 뉘가 아리 슬프다 너의 모친 만

105. 너보기 어렵도다 승당의 우한 잇서 치약으로 갓더르 도라오기 기다린들 어느 천년 돌라오리 정성이 지극하면 잠긴 문이 열이리라 홍옥 청옥병의 글월 자서히 보아라 죽은 목숨 회싱하거든 선성각

---

162) 전전반측(輾轉反側) : 근심이 있어서 잠을 이루지 못함
163) 수란(愁亂) : 근심으로 정신이 어지러움
164) 공산반야(空山半夜) : 사람의 종적이 없는 산중의 밤
165) 변성명(變姓名) : 본래 성명을 다른 이름으로 바꾸는 것
166) 환부역조(換父易祖) : 아버지와 할아버지를 바꾼다는 말로 지체가 좋지 못한 사람이 부정한 수단으로 자손이 없는 양반 집의 뒤를 잇는 것

의 얼른 나와 옥소 부려보라 노리을 근치고 학얼 타고 표연이 가거날 어스 급히 뒤얼 쪼츠간니 님의 불급니다[167] 그 노인 안즈든 즈리의 옥병 두리 노엿스더 홍옥병의는 회혼주[168]라 색겻고 청옥병의는

106. 기안니명수[169]라 색겻거날 마음이 고히ᄒ여 옥병 둘을 가지고 수삼 십이을 들러간니 적적한 승당의 치량한 우름 소리 간간이 들이거날 마음의 고히턴니 잇더의 난희당이 한 꿈얼 어든니 평생의 길이든 운학이 오색 구름얼 타고 소의난 명월얼 밧들고 공중으로 나려와 지비ᄒ여 왈 불초즈 운학이 왓난니다 어만님은 나을 일코 어이스라낫난잇가 하고 지비하거날 부인이 급히 쪼차 나와 운학의 손얼 잡고 실피 통곡하다가

107. 기다른니 운학은 간더 업고 일몽 중 허사로다 홍격이 막혀 발광이 절로나 치량이 우다가 기절한니 조부인 난희당이 삼혼구빅[170]이 흔터지난지라 운수당과 설월당이 슬프고 항검ᄒ야 지성으로 구완하더 빅약이 무호한니 다만 울기만 하더ᄅ 잇째의 어사 문박기 와 기침ᄒ던니 한 여승이 눈물얼 흘리며 왈 지금 승당의 우한잇서 초상 당하여 손님을 접더 못하온니 다른 더로 가옵소서 어스 올째 선관의기 노

108. 리을 들은 고로 급히 물려 왈 무삼 병으로 죽엇난잇가 니가

---

167) 미치지 못하다
168) 회혼주(回魂酒) : 죽은 사람의 혼을 불러내어 살린다는 술
169) 개안이명주(開眼耳明酒) : 눈을 보게 하고 귀를 밝게 한다는 술
170) 삼혼구백(三魂九百) : 삼혼은 사람의 몸 가운데 있는 태광(台光,), 상령(爽靈,), 유정(幽精) 등과 같은 세 가지를 일컫는다. 흔히 구백과 함께 사용하여 사람의 넋을 말한다.

비록 일시 지니는 속긱이오나 소음 의약을 아난니 원컨딘 신치을 보

스이다 흔니 설낭당이 의약이 비록 명약이오나 죽기 전의는 혹 약이

잇사오면 호흡을 보건니와 죽근 후의도 엇지 쓰리요 어스 왈 비록

죽엇스나 다시 살일 약이 잇슨니 남이 지조얼 엇지 알이요 설월당이

왈 죽은 사람 살이 약이 저 편작171) 갓흔 사람도 업삿거든 엇더흔

속긱이 들어와

109. 그리 수다흔나잇가 어사 왈 비록 죽은 사람도 살인 약이 잇다

흔들 지주지도이 엇지 그다지 구박흐나잇가 운수당이 설월당더려 일

어 왈 가련흔 목숨이 죽엇스니 황천이 감동흐여 이 사람얼 보닛는가

빅운암은 선경이라 속긱이 임의 들어와 신지얼 보자흐니 괴상흐다

흐고 무얼 여러 죽거날172) 급피 안이 흐였디라 어사 왈 이 중이 원왕

흔 이리 잇서 막헛도다 흐고 직시 홍옥병주얼 기울려 입이 바르니

인흐야 일신 수

110. 죽이 헐믹이 들엇고 또 청옥병얼 기우려 귀에 너흔니 이윽히

잇다가 줌얼173) 통흐고 말 소리얼 이라 듯거날 운수당과 설월당이

놀너고 쏘 질거흐여 우음얼 기치고 속긱 압희 안자 왈 산주의 무지흔

천승이 손님이 녹푼 지조얼 모르옵고 무리 타심흐온니 노희174) 말으

소서 죽는 사람 살인 일은 싱각흐면 은히 빅골난망이로소이다 어서

선관에게 들은 말노 니언엄 조심흐여 왈 잠시 흐온 일리 무

111. 삼 공덕이라 흐리요 흐고 즉시 승선각이 나와 서서 두로두로

---

171) 편작(扁鵲) : 중국 전국시대의 명의

172) 주거늘

173) 숨을

174) 화를 내지

비회ᄒ다가 시사로 노리ᄒ여 왈 슬프다 우리 모친은 치약ᄒ려 갓다
ᄒ던니 어분니 기성이 노노연연ᄒ야 만단비회얼 차리로 분니 잇쩌에
조부인이 정신얼 차려 신약으로 사라난 치ᄒᄒ고저 ᄒ야 설낭얼 보
니여 속긱얼 청ᄒ니 설월당이 명얼 바다고 급히 가본니 이상ᄒ다 강
능추월 우리 집 옥소 소린고 급히 가본본니 낫단 말고 정신 일코 돌
아와 난희당

112. 에기 고ᄒ니 난희당이 이말 듯고 놀니여 왈 시상 천지이 이
어인 말이고 이 말이 춤말인가 어서 급히 나가보자 ᄒ고 바람갓치
쫏차간니 표표175)ᄒ 소연이 인사ᄒ거날 우선 통소얼 살펴본니 과연
강능추월이라 경황실식ᄒ여 울적ᄒ 마음으로 달여들고저 ᄒ다가 다
시 싱각ᄒ되 이난 우리 가군이 반다시 물에 쌔저 죽은난디 내 죽은
줄 알고 이 사람이기 옥소을 보내주은난가 천만 괴상ᄒ다 ᄒ고 천녀
이 서서 문왈 속긱은 이 옥소얼

113. 어되 가서 어더난잇가 어사 왈 이 옥소난 우리 집 새전지물이
로소이다 ᄒ고 무신 일로 문난잇가 난희당이 왈 그 옥소을 들은니
실푸고 처량ᄒ여 애전의 듯듯 소리 갓ᄒ여 뭇난이다 ᄒ고 새전지물
이라 ᄒ면 속긱은 어되 살며 썽씨는 눗시라 ᄒ나잇가 어사 되왈 내
썽은 이고 고향은 강능이로소이다 ᄒ거날 난희당이 더욱 괴상ᄒ여
싱각ᄒ직 강능 사의신다 ᄒ오면 이감사에 일가잇가 의심ᄒ여 왈 강
능 이씨라 ᄒ오

114. 면 뉘덕 자즌인잇가 어스 노인의게 들른 말로 가로디 나난
본디 이감사의 아달이라 ᄒ니 난희당니 이 말을 듯고 놀리여 왈 이

---

175) 표표(表表) : 표가 나게 두드러진 모습

어닌 말리신고 이감사는 본더 하나 뿐이요 손님은 과년 이감사의 아
달이면 엇지 너가 몰으리요 기신명 팔즈가 가치 업서 기궁하와 이지
심산궁곡의 분치으게 의탁하엿건니와 중영의 이감사의 닉실노서 니
가 다른 자식 업고 다만 한 아만 나아 강보유아 쩨 이렷스니 이 어마
기 신고ᄒ며 년년한 눈물리 비오 듯하여 옷깃을 적시드라 어사 이감
사의 닉실176)라 말을 듯고 즐겁고 슬피하여 다시 문왈 우리 모친은
난희당이라 ᄒ여 방작 치약하려 갓다 ᄒ던

115. 니 중이 쏘ᄒ 이감사의 닉실이라 하면 별호을 난희당이라 ᄒ
난잇가 즈식을 강보유아 쌔의 일혀스면 서영국의 수양즈로 좃다가
일현낫닛가 과연 영국의 수양즈 갓튼 강보유아 운학이로소이다 조부
인 난희당이 말얼 못ᄒ고 닉의 즈식이 적실177)하고 분명하다 운학의
손을 잡고 더성통곡 왈 너가 과연 난희당잇다 항천니 감동하스 이
산중의 들려보니 죽은 날얼 살려닌나 운학아 운학아 너가 죽여 귀신
인냐 귀신이라도 반갑거던 하물며 사람미 니 마암 엇어할고 운학아
운학아 쑴인냐 생신냐 쑴이라도 밧갑거던 하

116. 물며 생시일시 이닉 마음 엇더하리 이상코도 즐겁도다 억만
고이 이 천지의 일련 일이 쏘 잇스리요 하고 모즈 서로 붓들고 슬피
운니 운수당과 설월당도 가치 실성 통곡ᄒ니 실프고 즐거운 일 참마
보지 못할너라 어사 정신을 진정하야 모친의 사미을 붓들고 눈물얼
흘려 왈 어만님은 진정하옵소서 이지 모자 서로 만닉스니 히한만만
ᄒ오나 슬프다 아바님은 시상을 바렷는가 어만님과 한가지로 한난

---

176) 내실(內室) : 남의 아내를 점잔하게 부르는 말
177) 적실(的實) : 틀림없이 확실함

당할 째의 엇지 몰라난잇가 이별설더의 만닌 일을 생각하면 깜짝깜
짝 놀

117. 리게고 어만님 죽어슬데[178] 들려와 살인 일을 생각하면 앗스
앗스 십헛스니 엇지 모르난잇가 손을 서로 잡고 승당의 들려가 츠츠
비히을 통절할지 설월당이 기히의 나려 복지주 왈 소비는 상공 딕
시비 설낭이로소이다 삼시 전의 만너 압고 이지와 상면하오니 형용
이 방불하도다 이지 죽사온들 무슨 천함니 일슬잇가 명천니 감동ᄒ
사 심삼산곡의 들려와서 죽은 목숨을 구저하신니 신기ᄒ고 이상ᄒ여
이다 아미타불 과음보살이라 하거날 어사 즉시 설낭이 손을 잡고

118. 모친 모시고 활난지닌 말과 고싱 무궁함을 무수히 치하ᄒ고
운수당을 향ᄒ여 모친 구지하심얼 빅비 치ᄉᄒ고 즉시 서영국얼 청
한니 영국이 부처 기별얼 듯고 천지도지 급히 사문의 들려오면 물여
왈 운학아 우리 집에 자고가면 날을 쏘기난냐 형용이 방불하나 성명
이 달라스니 알기가 어려워ᄅ 억기의 불근점과 등의 칠성 사마귀 잇
스면 적실ᄒ다 하고 어ᄉ을 붓들고 실싱 통곡ᄒ거날 어ᄉ도 치음ᄒ
고 만단 외로하여 모친게

119. 엿즈오딕 올남도의 가 장수빅의 수양즈 딘 말리며 쏘한 어천
추의 사회[179] 되여 옥소 어든 말이며 과거 가다가 표풍ᄒ야 강능 사
곡봉 ᄒ의 조부인 만너빈 말이며 과거하야 어사로 나여오다가 히주
읍이서 여러 도적의 공논ᄒ든 말리며 빅학산 동구의 즈고 들려오다
가 학 탄 노인이 노러하여 옥병 어든 말얼 낫낫치 설화한니 부인과

---

178) 죽었을 때
179) 사위

운수당은 정신을 일코 영국은 무려 안즈 엿즈오디 수익스도 힝차전
의 답들리 호명하와 법문하

120. 엿스니 지스 무석이로소이다 영국이 손을 잡고 왈 삼 년 양육
지은을 갑자ᄒ오며 태산이 부족한지ᄅ 엇지 지ᄅ하시며 날얼 외더ᄒ
시난잇가 ᄒ고 모친의긔 고왈 불고디천지 원수을 엇지 일신들 지치
ᄒ릿가 즉시 쩌나가 급희 탄문 후의 희주의 분부ᄒ고 갓곳 역졸을
거나리고서 이 역졸과 수작ᄒ디 모월 모일의 희주로 모이라 가급 지
인과 각도 병말을 지지히 모와 일시의 희주로 달린 감사와 성니 백성
들이 왼이린 줄 모르더ᄅ 군사 參千여 명을 거나리

121. 고 불각간의 비을 타고 울남도의 들여가 남문반야의 줄도ᄒ
야 여러 놈의 집을 들여 싸고 우선 장수백과 어천추을 잡아니야 결박
ᄒ고 굴문할지 사방의 동ᄒ불 질으고 형상밍호[180]가치 놉히 안즈 우
선 장수빅을 형출[181]할지 이놈 천ᄒ 도적 장수빅아 너 지을 네가 알
가 바로 직고ᄒ고 나을 즈서희 보아라 장수빅이 머리을 들어보고 왈
우리 즈식 희룡아 아비도 이력케 ᄒ난냐 니가 무슨 지가 잇슨냐 설마
지가 잇기로 천ᄒ의 그른 부모 업다 ᄒ니 아비을 이렇케 ᄒ난 법이

122. 인는냐 어사 호령ᄒ여 왈 주장으로 이놈의 앞을 지르라 이놈
장수빅아 네가 도적질하며 무엇을 못ᄒ여 백학산 동구 서영국의 집
압희서 누얼 도적질하엿는냐 이것도 죄가 만스무석이라 ᄒ디 수빅
왈 임의 형로ᄒ여 곳 죽을 지경의 들엇슨니 본사기을 말하리라 서영
국도 즈식 업시 지닌다가 남의 자식 다려다가 수양자하옵고 나도 쏘

---

180) 형상맹호(衡山猛虎) : 중국 오악(五嶽)의 하나인 형산과 사나운 호랑이
181) 형추(刑推) : 형장으로 죄인을 때리던 형벌

한 자식 업시 지니다가 남의 자식 달려다가 수양ᄌ홈은 마참가지라 ᄯ 네 일로 말하여도 서영국이 자식질ᄒ기나 장수빅의 자식질ᄒ기나 남의 자식질하

123. 기는 일반이라 마참 너을 쏘긴건[182]만 허물리지 한니 어사 호령ᄒ여 왈 이놈 무슨 잠말할고 형장 오 십의 한 편 꿀리라 ᄒ고 ᄯ 어천추을 잡아니여 형장 칠 십 도을 하여 왈 천하 악적 어천추야 네 지을 너가 알가 강능추월 옥소을 뉘가 도적질하연는냐 비의 든 지물 탈취할 ᄯᅢ의 무삼 원수로 사람초자 주견난냐 천도가 무심하면 강능추월이 엇지 소리 업시리요 종실적고하라 ᄒ니 어천추난 어사가 감ᄉ의 아달인 줄 모르고 지 ᄉ의[183]던 줄만 강각을 써

124. 갈오디 우리 ᄉ의는 날얼 이다지 하난고 처부모도 부모는 마참가지라 이감사 지물 탈취한 것이 너가 무슨 게간니며 ᄯ 옥소는 니가 어이 임자하난냐 천 임ᄌ는 감ᄉ요 둘지 임자는 니라 천 님ᄌ 죽엇기로 무신 기관니 인는야 어사 왈 설령 기관나 업기로 도적 잡난 경우의는 너이 갓탄 놈은 죽일연이와 하물며 이감사는 니의 부친이라 너는 불고디천지[184] 원수라 엇지 일각인들 용서ᄒ리요 군ᄉ을 호령하여 왈 형장을 갓초와 노으ᄅ 천추라 한 놈미 그지야 이감사 아달인 줄 알고 창항실색하야 다시 아못 말도 못ᄒ고 다만 죽기만 기

125. 기다리더ᄅ 천추의 ᄯᅡᆯ은 어사의 니실리라 그 아비 죽을 지경을 보고 왈 나알님은 어이 그려신지 모르건니와 왕ᄌ는 부윤 유수

---

182) 속인 것
183) 사위
184) 불공대천(不共戴天) : 하늘 아래 같이 할 수 없는 것을 말한다.

갓흔니 인정을 하창ᄒ옵소서 적의 아비 죽인들 무어시 상쾌ᄒ리요
나알님갓치 귀한 몸미 엇치 날 갓한 천첩을 싱각하릿가 마는 귀왕ᄉ
난 물른하다 첩의 압의 아비 살려주옵소서 무수히 익결하거날 어ᄉ
왈 니 무슨 잠말하는냐 ᄒ고 군졸을 호령한니 군졸이 변긔갓치 달려
들려 벽역갓치 날려친니 천

126. 추의 여식은 어소지라 이홈은 월미로라 방성통곡하여 급히
뛰여나려 아비 등의 업펴저 익결하여 왈 비난니다 나알님기 비나이
다 첩의 아비 디신이 첩을 주겨주옵소서 첩비 비록 천하온나 나알님
의 니실지명이 잇서 첩의 아비을 살리지 못하면 첩이 죽은들 엇지
조흔 귀신이 되며 산들 엇지 무삼 낫흐로 사람을 디하리요 각골하옵
신 분을 잠시 참아 저의 아비을 살려주어 나알님 갓한 착하신 마음의
싱각하여 주옵소서 첩의 머리을 각가 은희을 미자가면 갑흐리다 적
선[185)의 살려주오 첩의 정성을 지극ᄒ여 조부님 봉직ᄉ[186)을 밧들

127. 어서 아비 지을 삭ᄒ오리다 적성의 살려주오 황송한 말삼이
오나 첩의 정성으로 천상일월기 비려 디자귀손을 비려 조선항하[187)
을 천빅시라도 전ᄒ오면 아비 지을 지을 삭하오리다 적선의 살려주
오 나알님은 옥소 안님은 이감사의 아달인 줄 엇지 아릴잇가 첩으로
ᄒ여금 옥소 ᄎᄌ삽고 옥소 근본을 차잣스니 원수라도 은인이라 적
선의 살려주오 지성으로 익결ᄒ나 그 아비 천추난 죄 지은 놈미라
엇지 죽지 안니 하리요 유혈만순ᄒ니 상혼구백이 흔터지난지라 어사
추삼 갓흔 외염[188)으로 천추의 기집을 잡아니여 형장시외[189)한니 외

---

185) 적선(積善) : 착한 일을 많이 함
186) 봉제사(奉祭祀) : 집안의 제사를 지내는 일
187) 조상향화(祖上香火) : 조상을 위해 향불을 피워 제사함

128. 염의 기절영사ᄒ더라 어소지 그 부모 다 죽음 보고 치량한 혈눈물을 무수히 흘려 왈 나알님은 들어보소서 첩의 부모가 죽을 죄가 잇더러도 슈반위으[190]라 한난 말리 잇슨니 국ᄉ이도 사정이라 엇지 이갓치 하난잇가 원수라도 왕ᄉ옵고 인정이 목전이라 엇지 이다지 박절한난잇가 ᄉ이도차[191] 한니 말ᄒ여도 쓸쎄 업사오나 첩이 부모 죽엇슨니 첩을 갓가히 ᄒ기도 만무하옵고 첩도 ᄯᅩ한 나알[192] 미시기도 ᄉ시의 맛당치 못ᄒ온니 부모 다 죽고 가군을 이별

129. 한즉 이 시상의 혼ᄌ 스라 무엇하리요 슬프다 첩이 신명이 니렬진딘 동방화초[193] 그 전날의 부지 업시 연분 미ᄌ 상전 사후의 한니 더난니다 첩은 일로ᄶᅩ차 자지지도[194]가 잇스오나 나알님이나 잘더여 만시만시 장수하옵고 비록 원수 사람 여식이나 조고만한 니 실지명[195]을 생각하여 공혼을 저바리지 마옵소서 ᄒ고 칼을 잡아 자문한니 본은 사람이 다 극히 불상토다 ᄒ고 원귀가 무심친 안니 ᄒ리라 한니 어사 ᄯᅩ한 중심의 조치 못ᄒ여 도로허 원정을 지지어 선산의 안장ᄒ고 모든 도적을 다 버히고 장수빅을

130. 나입하와 주죄[196]한니 수빅이 실성 복지주 왈 전일 지도 적기

---

188) 위엄

189) 형장시위(刑杖示威) : 죄인을 심문할 때 사용하는 몽둥이로 위엄을 보임

190) 수반위은(讎反爲恩) : 원수가 도리어 은인이다.

191) 사이도차(事而到此) : 일이 여기에 이르다.

192) 남편을

193) 동방화촉(洞房華燭) : 혼례를 치른 후에 신랑이 신부 방에서 자는 일

194) 자처지도(自處之道) : 자기 스스로 그렇게 함

195) 내실지명(內室之名) : 부인

196) 수죄(數罪) : 죄를 낱낱이 밝힘

합당ᄒ오나 다만 수양자 은으로 싱각하고 극히 불안케 하엿사온니 날얼 죽여 천ᄒ 경기 지은드로 경기 조심하게 ᄒ옵소서 어사 그 형상을 보고 말을 들은니 도적은 도적이나 영웅은 영웅은일아 급히 싱각하고 왈 너도 맛당이 죽일 터니오나 어천추와 갓한 지인니라 무자식한 마음으로 일시 욕심이 그렷 듯한니 ᄯᅩ 심연 수양자 한 은희로 참아 죽기단 못ᄒ고 방송ᄒ여 갈로디

131. 다시 의난한 마음을 먹지 말고 양인 되여라 신신 기유한니 수빅이 부처 빅비 축수ᄒ더라 어사 군ᄉ로 ᄒ여금 적굴의 지물을 거두어본니 여러 억만 금이라 심만 금을 수백을 주면 왈 이만ᄒ면 자족할 것인니 이곳의 잇지 말고 희주의 들어가 분금하고 어사 감사을 보고 장기을 ᄶᅡᆨ은디 모친 상봉한 연유왈 본성이 이씨되 장씨된 사연과 울남도 도적 잡아 원수 갑고 모친 미시고 나온 연유을 주달한니 상이 장기을 보시고 비답하는 말이 이운

132. 학의 일은 충교겸성이라 만고의 없도다 ᄒ고 다시 강원 감ᄉ을 지수ᄒ디 모친을 미시고 본가의 돌라가 조손 모ᄌ 서로 상면ᄒ고 봉면ᄒ라 하라 하엿거날 어ᄉ 유지을 밧들여 분향 사빈하고 즉시 발횡ᄒ니 감사 수령들이 전곡표박을 부조한니 가불증수라 도로 거도와 빅운암으로 실려보너고 감ᄉ와 수령들이 다 빅운암으로 모여라 하고 장막을 비설하고 들려올지 풍치가 늠늠하여 빅학산니 문어지난 듯던니

133. 어사 모친기 지빅ᄒ여 왈 울남도 도적 잡은 사기며 ᄯᅩ 나라의 상지ᄒ여 비답ᄒ여 한말을 낫낫치 주달한니 모친과 운수당이며 설월당이 다 기이타 ᄒ더라 어ᄉ 먼저 보닌 지물을 운수당기 정표ᄒ고 천금얼 니여 불전이 시주하고 ᄯᅥ나기을 지촉ᄒ야 운수당의기 치ᄒ하

여 왈 우리 모친을 구지하여 흣든 정을 생각하면 죽은들 엇지 이즈리요 인정이 무궁ㅎ오나 갈길이 밧브온니 섭섭이 이별하난니다 천리 박기 잇슬더와 잇잇

134. 지마라 하고 쪼 서영국을 불려 왈 날로 하여금 중간간의 이쓴 일을 말ㅎ며 쪼 삼년 수양즈 은희 중하온니 니 엇지 이질이요 쪼 무 자식ㅎ야 신명이 가령한니 니 다려다가 은공을 갑흐리라 ㅎ니 영국 이 감축하고 치하ㅎ거날 조부인과 설월당이 설월당이 쩌나기을 당하 야 불전의 들려가 분향 빅비 발월ㅎ고 운수당을 서로 잡고 눈물을 흘려 왈 슬프다 우리 팔즈 엇지 이갓치 궁ㅎ여 만사여승으로 송님을 만니 십여 년 동

135. 거하야 니의 구완을 운학과 갓치 히엿슨니 그 인정 은희을 싱각하면 황희가 여래ㅎ고 태산니 약여토록 엇지 이즈리요 황천이 ㅎ팔하스 귀신이 지위하여 일엿든 즈식을 다시 만내스니 이지는 무 삼 근심이 잇스리요 눈물을 흘이면 어스 주든 표박을 니여녹고 운수 당의기 주면 왈 나는 자식을 짜라 영화로 고향을 가난이다 이것이 비록 약속하오나 인정을 표하온니 불전의 본니여 시주ㅎ옵고 우리 아달 전전

136. 생의나 잘되기 발원하옵소서 부디부디 잇지 말으소서 ㅎ고 불승연한니 운수당이 왈 초분의 고싱과 후분이 영낙을 팔즈 소관이 라 엇지 일력으로 ㅎ리요 조분인 왈 니의 고상한 일을 싱각하면 목기 미도다 왕사 연분이라 다시 생각지 말으소서 인간 영낙이 목전이 잇 스니 此소위 고진감러라 엇지 한탄하리요 한니 운수당이 왈 쪼 십년 동거한 인정이라 ㅎ면 인정이라 은공이라 말은 불성서리라 시주와

상금을 이다지 만니 주온니 도로

137. 혀 수기 불안하며이다 부인을 이별을 한치 마소서 소승의 스승이 금강산 천불암의 잇사온니 쏘한 이곳의 오리 지처유 못할 스람이라 심 연 후면 스승을 짜라갈 터인니 만닌 날이 잇스오리니다 쏘 이별지시의 길던 비감지실은 여즈의 본색이라 고금천지의 이별이 만스온니컨니와 이런 이별도 잇는가 호미의 모즈 이별 양광의 고인 이별용산의 兄弟移別[197]현 오히려 허스로다 창창낙일 쩟난갈제 손얼 서로 잡고 눈물을

138. 쑤리고 십구희수하고 연연 작별하더라 인마을 지촉ᄒ여 수일니로 강원도 지경의 이르려 노문 녹고 츠츠 들려가 감사게 통자한니 감스 전후주말을 듯고 창광불이하여 왈 이런 스기난 전고의 업난 이리로다 즉시 발광ᄒ여 이 사기을 통ᄒ야 모월 모일로 사곡봉 ᄒ 이감사 딕 디연을 비설하고 이런 일이 통천ᄒ의 쏘 업난 일이로다 ᄒ고 나도 가 갓치 참의ᄒ리라 ᄒ고 인근 일읍 수령들 모다 모히라 ᄒ엿더라 어사 발

139. 힝한 선각을 본 딕의 보너고 각곳 역졸을 거날이고 발힝한니 기치창금은 산천을 움직이고 사곡봉 동구을 들어간니 본관니 먼저 디연을 비설하고 각곳 수령들 사방의 구름 못튼 조석등절과 장막기지을 찰난케 ᄒ니 자우 남녀노소 업시 구경ᄒ는 사람미 하살 묵거 서운듯 ᄒ고 스산의 산해난과 갓더라 어사 먼저 들어가 조부모님 전의 복지주 왈 불초손 운학이 완난이다 전일 두본 와 비옴은 다 천수온니 과연 끼닷치 못

---

197) 형제이별(兄弟離別) : 형제간의 헤어짐

140. 하엿건니와 조부모님은 그동안 안녕하시던잇가 어마님을 차즈 한가지로 완난이다 일가지니 경동흐든 차의 조부인 탄 교즈 닷치며 방성통곡 복지주 왈 시부모님언 기치알향 만강흐옵신잇가 불초한 며나리 소생으로 사라왓난니다 슬프다 할난 중의 가장 일고 혼즈 들라완난이다 시부모님게 비올 낫치 업난이다 하고 실성 통곡한니 시부모 눈물을 흘이려 왈 가련 그지업다 우리 즈부야 날을 바리고 어디로 갓다온

141. 는냐 너을 죽은 걸로 아랏던니 이적지 무양이 잘인듯냐 싹근 머리을 어로만지며 왈 이무신 모양인고 가련흐하다 너의 신시 이리 딜 줄 어이 아리 슬프다 우리 아달은 어디 가고 너 모양을 이렇게 하연난고 이기다 네실여 소관이라 니의 억만가지 상흔 마음 너무 상케마라 오날날 너얼 본니 히한고도 천금 사고 만금 싼 손즈 본니 저의 아비 얼골 보난듯 더욱 다행하다 쏘 국운이 망극

142. 하여 이갓치 귀한 영화가 목전의 가득한니 이지난 오날날 죽어도 무슨 한니 이스리요 설낭을 보고 등얼 어로만지며 왈 가련하다 설낭아 네가 엇지 곤곤하여 사생 동거하엿난냐 풍산고익 저근 모양 보난닷 히한고도 익잔하다 흐고 눈물 금치 못하거날 어스 엿즈오디 슬픈 회포난 종차하련이와 오날날은 귀긱이 만히 모엇슨니 지수지도 접디하난니다 흐고 외당의 나아가 빈주지예198)을 극진한니 풍악이 낭즈흐여 길기던니

143. 감사 어사다려 문왈 디감 디개199) 강능추월 옥소은 사람마다

부려도 소리 안니난다 한니 구경ᄒᆞᆫ스이다 하거날 어스 ᄉᆞ미의 옥소을 니여 노혼니 감스는 본디 통소을 잘부난지라 먼저 부귀을 시험ᄒᆞ디 아모리 부려도 소리 안니 나거날 감스 왈 영감기옵서 부난 소리을 듯스이다 한니 어스 당중의 놉히 안즈 양춘백설곡을 분이 장조다조 공중의 이르려거날 감스와 수령들이 친찬한여 왈 디저 고이하다 천상선관의 물건이요

144. 인간의는 업난 것이니 진실로 영감딕 보비ᄅᆞ 하고 풍악이 진동하더라 삼일 후의 과연ᄒᆞ고 감스와 수령들이 다 부조ᄒᆞ니 각처 ᄒᆡ긱이 물목얼 적어 올인니 사만 오천 육빅여 금이라 어사 왈 우리얼 외ᄒᆞ야 모히엿스니 광치 적지 안니홀디 ᄯᅩᄒᆞᆫ 부조ᄒᆞ니 무안ᄒᆞ여이다 ᄒᆞ고 님발시 어사왈 천은이 만극ᄒᆞ야 ᄯᅩᄒᆞᆫ 강원어 삼척부사 왈 다르 골은 언지 픽실지라도 삼척은 살옥 인난지 오리 픽결단ᄒᆞ기 어려온니 출도얼 ᄒᆞ옵소 어사 그윽 사기얼 듯고 서로 비별ᄒᆞ다 어사 조부님기 엿자오디 영

145. 국얼 다래다가 은희 갑사이다 ᄒᆞ디 조부 허락ᄒᆞ거날 즉시 다려다 각별 후대ᄒᆞ더라 조부인이 시부모님 전에 나와 안자 전후 고싱ᄒᆞ던 말이며 울남도 도적 만내 가군을 실승 말일며 도적에 비이 잡여가 적굴에서 죽으라고 설랑으로 더부려 목을 멜 때에 천불암 분처님이 박이서 구ᄒᆞ헌 말이며 ᄯᅩ 일외 노승이 서희 용부이서 이공의 편지 전하연 말이며 과장과 자식을 싱각ᄒᆞ야 기절ᄒᆞ고 죽을 때 운혹이 들어와 약을 써서 살아난 말이면 난낫이 주달ᄒᆞ니 시부모 더욱 실식ᄒᆞ더라 어스 사ᄒᆞ고 즉시 발행ᄒᆞ여

146. 지수 역졸을 거라리고 삼척 죽설누이 올라 안자 야반 출도ᄒᆞ

니 본관이 임이 아난지라 일읍 일면이 엇지 경동치 안이 흘리요 죽시 동원 다기ᄒ고 본관을 청ᄒ여 본후의 옥중 지인 자바들여 무지[200]ᄒ 지 지인이 성명은 서운길길이라 긔 지목을 물은 후이 지책은 치용만 이요 중인중참얼 다 초사 밧고 물은 후이 서운길은 빅비 의미한 놈이 죽을 지경이 일으럿고 치용만이는 지가 중대ᄒ더 일새 청촉[201]으로 삼기 던니 어사 형장 질문ᄒ여 왈 옥죄 중더

147. ᄒ더 너 갓흔 놈이 청촉을 어더 옥사을 상쾌ᄒ다 ᄒ니 직각 타살ᄒ리ᄅ 하고 힝장을 치우의 다시 주지 왈 너을 죽이연이왈 십분 짐작ᄒ고 원처 정비ᄒ노라 ᄒ고 기타 칭찬을 다 방송ᄒ고 서운길을 불려들려 분부하여 왈 너이 신주 불길하여 힝억 무지ᄒ다 ᄒ고 즉시 방송한니 이 읍인니 뉘 안이 명어스라 하며 서운길이 빅비 축수하고 춤을 추며 돌라가더ᄅ 어스 본관으로 더부려 읍스을 편논하여 왈 서 운길이란 엇더한 사람잇가 본관이 왈

148. 이곳 읍인는 중인으로소이다 어스 왈 그 사람은 아달이 및치 나 인난잇가 본관이 왈 수을 모르건니와 지아비 옥소로 잇슬 더이 그 아달 삼 형지 들어와 저 아비 원통한 일을 익달한난이다 어스 왈 만약 그려ᄒ면 다한복진인이로다 ᄒ고 니 유모가 잇던니 일점혈육이 업서 태일한다 ᄒ던니 운길이 또 작시중의 양즈로서 한니 엇더할고 본관이 왈 유모가 무자식하면 그련 듯 하난이다 ᄒ고 운길을 불려 분부한니 운길이 왈 소인이 죽으면 열 자식인들

149. 무어시 쓰린잇가 불감천니언정 고수원이로소이다 ᄒ고 그 아

---

200) 수죄(數罪) : 죄를 낱낱이 들어 밝힘
201) 청촉(請囑) : 청을 들어주기를 부탁함

달 三人兄弟을 부르든니 어사 보고 왈 너히 아달이 기시명인출등하다 너히 장즈는 네가 치지하고 둘지을 들리라 한니 운길이 허락하고 此子의 名은 봉실이라 봉실을 불려들려 보고 어스 급히 본가의 돌아와 조부인과 모친기 고하고 그 조부 영국을 불려 왈 즈니 인정을 오리 갑지 못하엿던니 즈니 무자식하기로 양즈할 사람을 달려왓스니 보라 하거날 영국이

150. 감측하고 운길을 상면하고 봉실을 어류만지면 왈 너 갓한 자식이 잇거든 엇지 혈육이 잇스리요 이지 너을 본니 지금 죽어도 한니 업도다 무신 근심이 잇스리요 어스 영국을 불려 왈 이지야 즈식이 인슨니 만복 다힝ᄒ다 니 경성 갈길이 밧븐니 니가 가중범스을 니 가람하고 니당의 들려가 조부인과 모친게 하직하고 왈 이지 봉면하기 급하엿고 몸미 국사의 미겻슨니 가나니다 ᄒ고 발힝ᄒ여 경셩의 올라가 봉면한니 상이 즐거할사

151. 품직을 나리시고 사랑하시드ᄅ 잇쩨 이의 중국의 일이 어서 사신을 보닐시 맛당한 사람이 업서 근심하시든니 이운학을 하교 왈 경익 충성이 중국 사신을 갈 듯한니 경의 듯이 엇더한고 하신니 운학이 복지주 왈 신이 본디 ᄒ방원싱으로 천은을 만히 입사와 수하중인들 퓌릿가 상이 중찬 왈 호후충신이로다 이갓치 보국지신니 시상을 타스리요 ᄒ고 즉시 치항하야 주시거날 운학이 복지주 왈 소인 말이 타국의 쩌날지 근친하거날

152. 바ᄅ난니다 ᄯᅩ 신니 간절한 스정이 인난이다 신으 모가 중국 여남 조상서 딕 ᄯᅡ임으로소이다 이지 외가을 차즈 가오면 어물[202]

설간을 분칠 듯 하나니다 한니 상이 경탄 왈 히한한 일리로다 중국 조상서 짜님이 엇지 경의 모친니 되연난고 운학이 전후 준말알 주달 한니 상이 층찬 왈 족히 고감사203) 들일 듯하다 하시고 왈 이변 이른 비단 국사의 중할불안이라 경으 사정이 간절하도다 하시거날 운학이 급히 힝장을 차려 본가의 들리와 그 스연

153. 을 말한니 조부인이 왈 니가 부모을 이별한지 종츠 수십 년이라 사성 종말얼 알지 못하여 철천지원204)이 골수의 박히여 일신들 이질 쩨가 없든니 이지 국은이 망극하여 너로 하여금 중국 사신을 들여가라 한니 부모 안부을 들은든 즐겁고 쏘 다힝하다 마난 니가 아즉 석더치 못한니 말리 타국의 왕한하리요 놀닌 간장이 곳썩난 심곡이랴 엇지 놀납지 안니 하리요 엇지 염여 업스리요 눈물을 홀이며 일편심곡으로 니여 만지장서205) 써서 주고 쏘

154. 비단 저고리을 니여주며 왈 이 저고리는 니가 집을 써날 쩨 입고 왓슨니 모친의 수품206)이라 네가 우리 집을 차즈가 조상서을 보고 이 편지을 전하고 외손자라 하면 엇지 의심이 업스리요 만약 듯지 안니 하거든 이 저골이을 들어보너라 쏘 부친니 날을 사랑하야 일월금피 성신주픠와 은봉즈 금봉즈 옥지한가 은장도을 주며 왈 네가 성이하거든 차지라 흐기로 옥함의 담아 거처하든 부용당

155. 창문 앞에 서함의 무던슨니 다른 사람은 모르고 이적지 인슬 것신니 네가 말을 즈서히 하면 무삼 의심이 잇스리요 니 눈의 보난다

203) 고담(古談) 삼아 : 이야기 삼아
204) 철천지원(徹天之寃) : 하늘에 사무치는 크나큰 원한
205) 만지장서(滿紙長書) : 사연을 많이 적은 긴 편지
206) 수품(手品) : 손으로 만든 물건

시 ㅈ서히 말ㅎ고 ㅈ서이 엿ㅈ위ㄹ 슬프다 우리 부모님이 이 니 말을
무거든나 네가 소견디로 말하여라 슬프다 니가 목이 미여 말을 못ㅎ
난다 ㅎ고 등신갓치 안ㅈ거날 운학이 급히 위로 왈 어만님은 이갓치
슬펴하시난잇가 말이 타국의 가는 날을 생각지 안니 하시고 마음을
상우시난잇가 황명

156. 이 급ㅎ온니 오러 지치 못ㅎ난니다 ㅎ고 조부 전의 들어가
쩌나기을 지촉하고 인발한니 조부인니 아달의 손을 잡고 거리의 나
와 부디부디 잘단녀오너라 ㅎ고 눈물을 흘리고 묵묵히 섯거날 운학
이 비별하고 말을 지촉하야 수일 니로 경성의 들달ㅎ여 숙비 하직ㅎ
고 미일 병힝하야 의주의 숙소ㅎ고 압녹강을 건니 명산디천을 왕왕
이 구경한니 힝하옥절207)이라 말머리의 쮜놀더라 추풍강 추월 구경
하고 조삭산 본상선의 득달하여

157. 天子게 숙拜한니 天子 보시고 왈 경으 성은 옥절보첩208)의 보
왓스나 용모가 기묘한이 나은 몃치나 디는냐 하시거날 雲學이 주왈
臣의 나혼 十七歲옵고 小國 생각하와 아못 견문이 업사온니 외남이
중님을 바다 디국의 의지ㅎ미 각향의절얼 몰르온니 무슨 무리지도가
잇슬지ㄹ도 용서ㅎ옵소서 ㅎ거날 천子曰 二十 전의 소년니 天文의 올
라 황히옥절 말리 타국의 들려왓슨니 忠臣이요 人才로다 예절과 지질
이 출등치 안니 ㅎ면 디국을 엇지 들려왓스리요 짐이 十國사신을 만
이 밧스디 경 갓한 니는 첨 보아

---

207) 황화옥절(皇華玉節) : 황화는 중국사신을 칭찬하여 일컫는 말이고 옥절은 옥
    으로 만든 부신(符信)을 말한다.
208) 옥설보첩(玉屑寶帖) : 훌륭하게 지은 글을 기록한 책

158. 슨니 무슨 시리지도가 잇스리요 하시고 쏘 갈아스더 지금 西
변니 반ᄒ야 임의 八十里지경을 범하엿다 한이 장ᄎ 불의지변[209]이
잇서 여간 장쭈이 잇스나 경 갓흔 이을 엇지 못하여 근심하엿던니
경이 일실이 수고얼 히아리지 말고 짐을 도우라 하신니 운학 복지주
왈 소인니 연기가 츠지 못하엿고 장약이 업실더려 분명이 능치 못ᄒ
온니 외남이 더일을 담당ᄒ오린가 천子曰 경의 지조는 경[210]이 님의
아난빅ㄹ 너무 사양치 마라 짐이 경을 많너기도 ᄒ날이요 쏘 경이
잇더을 당하야

159. 지조을 시험하고 말리 전장이 나가 일홈을 어더 죽비[211] 올례
天秋愛 올례 전ᄒ면 엇지 아름답지 안니 하리요 하시고 주유을 정ᄒ
야 주신이 운학이 再拜 曰 피하계옵서 신의 용열함을 끼닷지 못ᄒ고
이갓치 하교ᄒ신니 비록 수하중인들 엇지 피ᄒ릿가 천子 즐겨하시고
兵모[212]을 의論ᄒ더라 각설 잇더의 李春白이 ᄌ가산 도스로 시월을
보넌든이 일일은 도스 무슨 소관이 있다 ᄒ고 가던니 수일 후의 돌라
와 一封서을 주며 왈 엇더한 사

160. 람이 이 글을 주면 왈 나는 북희 용부의 사는 사람이라 이
글을 중국 자기산의 유하난 이공을 주라하기로 가ᄌ왓난이라 하거날
이공이 고히하여 쒸어본니 즐겁고 괴히ᄒ다 우리 조부인의 노리로다
슬프다 북희 용부의서 주드라 한니 무리 쌔저 죽금이 적실하도다 ᄌ
ᄒ더가 어느 곳인고 용부의서 잠긴 혼니 ᄌ하더의 노랏난가 슬프다

---

209) 불의지변(不意之變) : 뜻밖의 재앙

210) 짐(황제)

211) 죽백(竹帛) : 대쪽이나 명주에 글을 적어 남기는 책

212) 병무(兵務) : 병사들의 사무

니가 설월누의서 노든 줄 어이 알며 자기산 인는 줄 어이 알고 이
글을 보닌는고 비희을 이기

161. 지 못하고 눈물을 흘리면 도스기 문왈 이 글 주든 사람을 다
리고 왓스면 답장을 써서 보낼 것을 쏘한 아지 못하니 니지 뉘친들
어이 흐리요 정성이 지극하면 죽은 사람도 혹 만너볼 것이요 쏘 글
주든 사람이기 들은니 물의 빠질 째의 북히 龍王이 다려다가 수양여
로 살맛다가 쏘 뭇히 잉팅흐고 옥동자을 나으 장성하면 일후의 즈니
을 차즈오리르 하더라 이공이 탄식하여 왈 시상의 이수업난[213] 이리
로다 물러 빠저 주근 사람을 용

162. 왕이 다려가기는 혹 고이치 안니 흐거니와 그디의 잉티는 하
엿스디 물에 빠저 죽은 사람이 엇지 아희을 나으리요 마음을 진전치
못하고 다만 글 준 사람 몬만닌 건만 한탄하다가 헛싱각 쓸디 없다
흐고 검술과 병서로 시월얼 보닌든니 일일은 도사 가로디 즈니 공부
착실하고 지조 유여한니 엇지 심산궁곡의 시월을 허수히 보니리요
지금 디국의 병하 잇서 근방 영웅호걸이라 모혀

163. 든니 급히 전장의 나으가 선공을 흐고 고향의 돌아갈 기회도
잇슬 듯 흐고 쏘 날과 더부려 동거히도 슬디 업스니 속히 힝장을 츠
려 바로 황성을 가라흐고 괴장[214]을 열고 갑오슬 너여주거날 이공이
왈 이 어닌 말리신고 말리 타국의 들여와 선싱님만 밋고 싱천의 미시
즈흐엿던니 원컨딘 아라지리다 도사 왈 그디 뜻지 글얼 듯흐고 니
역시 이곳 사람이 안너라 한니 이공이 왈 선싱은 만약 이곳 사람이

---

213) 알 수 없는
214) 괴장(槐藏) : 느티나무로 만든 옷장

안이라 ᄒ면 어디서 완난잇가 도사왈 너 인는 곳은 영주 봉너산 방장산이요 별호는 백운선생이라 하거니와 그디 급히 디국

164. 의 들어가 성공ᄒ고 돌아가라 ᄒ고 구름을 타고 표연니 간곳이 업거날 이공이 공중을 향ᄒ야 탄식하고 갑주와 보금을 단속ᄒ고 힝장을 차럿더ᄂ 天地가 즈옥하던니 風雲이 자옥ᄒ던니 너성병역이 山악기 진동ᄒ거날 경황ᄒ며 돌아본니 五色영농한 龍初馬 구름을 타고 나려왓거날 이공이 갈길을 쓰고다듬어 굴리을 스니고 갑주을 단속ᄒ야 용문검을 놉히 들고 마상의 놉히 안즈 항성얼 향한니 용초마 구름 타고 그 조

165. 미갓치 지너난니 말이 강산이 안전의 어리여 봉임관의 들어즈고 그 잇튼날 쌀리 거려 도花寸의 들어갈지 긱창이 홀로 누어 고향을 생각한니 잠인들 엇지 올가 월색얼 짜라 낙하성을 올라 두로두로 비히ᄒ던니 시이장반215)의 인적은 적막ᄒ고 홀련 남천의 말소리 들리거날 인ᄒ야 엇더 한 일월 갓한 소장 투구을 쓰고 노포운갑을 입고 七尺長검을 놉히 들고 마상의 놉히 안즈 바람갓치 들여와 말을 정숙목의 미고 누각이 올라와 읍ᄒ

166. 고 가로디 장군님은 자긔산의 유하던 니 디장이 안인신가 이공이 왈 나는 과연 그려ᄒ거니와 장군님은 어디서 왓난잇가 그장수 답曰 나는 초국 죽지촌 사는 최장이로소히다 ᄒ고 편지을 너여 들이거날 이공이 ᄶ여본니 봉너산 백운선생의 편질너라 片紙의 하엿스디 낙하성의 유하든 이 디장은 이별후 무량한가 초남 사는 치장은 과연 남즈가 안너라 이전 병부상서 치공의 여식이라 용모을 보면 절디가

---

215) 시야장반(時夜將半) : 한밤중

인216)니요 장약217)은 항우218)들목이라 금슬과 병법은 진실로 長軍의 짝이라 長軍으로 더부

167. 려 天上년분이요 오날밤 낙하정의 더욱 아름답다 만냑 오날밤 그저 보니면 장군이 전장의 만분219) 위태한니 삼생가약을 믹진 후의 전장의 나가 갓치 성공하고 고향의 돌아가라 하엿거날 이공이 글을 보고 치장다려 문왈 이글 사연얼 본니 여차여차 한니 과연 여자신가 흔이 崔長이 曰 첩으 이리 임혈노하엿슨니 첩의 기품이 남과 달라 외람이 장부의 공명을 하고저 하야 공부을 하엿든니 쏘 첩의 연분니 장軍익기 잇기로

168. 첩으 부모가 아지 못하고 다른 곳이 구혼하얏던니 연분이 안니기로 천날밤의 상부220) 흐고 공방 녹칩하얏던니 일전이 자기산 도 스 와 일려 왈 연분 인는 사람이 모월 모일 묘夜의 낙사성이서 잘거신이 그리아라 흐기로 첩비 비록 슬디 업난 몸으로 유장천혈221) 기힝을 면치 못흐여 왓난이다 이 공이 왈 스기 그려흔니 무삼 근심이 잇스리요 과연 그러하거든 갑오슬 벗고 안즈면 모양을 보고저 하난니다 치장이 갑옷슬 벗고 안지며 우슨니 용모는 옥으로 깍끈 듯흐고

169. 연연한 틱도난 스람의 정신을 드얼니라 이공이 그 탐탐한 흥을 이기지 못하야 히롱흐여 왈 힝금갑주 딕장부난 홀지의 간딕 업고

---

216) 절대가인(絶代佳人) : 이 세상에서 빼어나게 아름다운 여인

217) 장력(壯力) : 씩씩하고 굳센 힘

218) 항우(項羽) : 중국 진나라 말기의 무장으로 한왕 유방과 함께 패권을 다투다가 패배하여 오강에서 자살함

219) 만분(萬分) 대단히

220) 상부(喪夫) : 지아비가 죽음

221) 유장찬헐(流長竄歇) : 이리저리 떠돌며 숨거나 쉬는 것

절디가인 이 사람이 니 압희 안즈도다 남즈던가 女子연가 정영한 남
즈른도 장부풍정 어렵거던 항물며 여즈로서 장부 간장 엇더할고 손
을 잡고 문왈 신년는 얼마나 되난고 치장이 답왈 첩으 나흔 二十 세
로소히다 이공이 왈 나와 연갑이로소이다 이 안니 천정인가 이 안니
연분인가 서로 손을 잡고 직당의 돌라와 밤을 지닌이 외인이야 엇지
아리요 그 잇흔날 가로디 이 갓한 묘묘한 장수가 어더서 왓단

170. 말고 서로 갑주을 단속항고 마상의 놉히 안즈 풍운갓치 달여
간니 멀고 먼 항성을 숨식간의 득달항여 궐문 박기 다다라 납연222)한
니 천즈 즐겨항여 왈 장군 등은 어디 살며 성은 뉘라 항시며 명장을
엇지 못하얏던니 장군 등을 만니니 엇지 다힝치 안이 항리요 이장이
주왈 소장은 여남 자기山 스옵던 니춘빅이로소이다 국가 일이 잇서
안연223)니 안즈지 못항여 왓난이다 하거날 쏘 치장이 주왈 소장은
초남 죽지촌 스난 치양홍이로소이다 듯스온니 서번224)니 범하여 외
남이 황성을 범한

171. 다 하옵기로 중부지 못잇서 전장의 나아가 칼을 들어 도적을
멸하고 펴하의 근심을 덜고저 왓난니다 하거날 천자 즐겨하시고 슬
을 권항시고 각각 성명은 무른 후의 디원수 이운학을 불려 지조을
시험하라 하신니 운학이 두 장수을 다리고 처소로 돌라와 밤을 지닐
시 이장이 문曰 디원수난 조선국 잇다 한니 놉흐신 명은 임의 들엇건
니와 조선 어느 짱의 사르시난잇가 원수 왈 소장은 강능 스난이다
이즁이 왈 스곡봉 항의 이감사 집을 알으신난잇가 원수 왈 이감사는

---

222) 납명(納名) : 웃사람에게 왔다는 것을 알리기 위해 이름을 전함
223) 아연(啞然) : 너무 어이가 없어 입을 딱 벌리고 말을 못하는 모양
224) 서번(西藩) : 중국의 서쪽 지방에 있는 나라

니의 붓친이로소이다 이장이 왈 이감사는 혈육

172. 이 없사온니 혹 양자ᄒ신잇가 원수 놀이 문왈 장군은 엇지
강능 이감사을 아으며 혈육유무을 문낫잇가 소장이 칠삭 유복즈오
중국 여남 조상서의 외손이로소이다 이장이 다시 문왈 강능추월 옥
소을 아난잇가 원수 다시 일여나 쑤려안자 공경 답왈 소장이 부친게
옵서 사랑하시든 옥소을 수적으기 일엽삽던니 소장이 도로 차즈 짐
의 인난이다 ᄒ고 힝장을 푸려 옥소을 니혀 노흔니 이장이 옥소을
보고 달려들여 원수의 손을 잡고 왈 나난 너의 아비라 칠삭 유복자을
이지야 만

173. 닐 줄 엇지 아리요 부모님도 알녕ᄒ시며 너의 모친도 평안ᄒ
여 설낭도 엇지 목숨을 보전ᄒ얏난냐 즈서이 말ᄒ라 원수 통곡ᄒ고
왈 부친얼 십칠 년 후의 처음으로 승안ᄒ온니 천지귀신이 인도하신
비ᄅ ᄒ고 전후 곡조을 낫낫치 말의이 이공이 등을 어로만지며 즐거
ᄒ고 슬픈이 비할 쎄 업더라 이공이 쏘한 전후 곡조을 낫낫치 설화한
니 ᄒ고 낙하성의서 치장 상봉한 사기얼 일으니 원수 치을 보고 치치
ᄒ고 이튼날 궐니의 들여가 복지주 왈 어지 낙면한 장

174. 수는 신의 아비라 父子 상봉희와 전장의 나와 항상의 덕택을
입어 척촌지공을 엇사오면 무사히 고국으로 도라 가기을 바러난이다
천자 놀리시며 즉시 이춘빅을 불러 사기을 무르신이 춘빅이 즈초시
종을 기기이 주달ᄒ니 황지 들으시고 왈 리상ᄒ고 디망ᄒ도다 짐의
복인가하시고 이춘빅으로 디독독을 삼고 치량으로 선봉장을 삼고 디
연을 비설ᄒ고 삼군을 호괴 후의 즉시 군졸을 직촉하야 서변을 향할
시 기치장금은 일월을 히롱하고 고각함성은 천지 진동ᄒ더라 원수

마상의 두려스 안즈 홀

175. 비로 날빗을 가리온니 사람ᄉ람은 천신 갓고 말은 비용 갓하여 일디 기남즈요 만고영웅이라 선봉풍치을 볼작시며 얼골은 관복이요 풍신은 두목지라 선군을 지위하여 나가난 냥은 형산 밍호발을 다루난듯 디도독은 전후지군을 총득ᄒ여 청초마 상의 은근이 놉히 안자슨니 빅히쌍용이 여의줄을 희롱ᄒ야 득천함 갓더ᄅ 장안 디소민인이 칭찬 왈 삼 영웅 삼 절색이라하더라 힝군ᄒ여 가다가 적병 바리고 광능곳 열은 들이 진을

176. 치고 접전할시 이쩌 적장 강빅이 나와 디군장 황팔 항언을 버혀들고 좌친 우돌하거날 자익장 운학이 나가 외여 왈 적진 장각빅 아 니 엇지 더부려 너로 하여금 창금으로 싸호리요 ᄒ고 마상의 놉히 안자 옥소을 분이 그 청아한 소리 운간의 어리여 사람의 마음을 감동게 하난지ᄅ 적진 장졸이 놀니 왈 초한석 장즈방은 적송자 된지 오리거든 계명山 퉁소 소리 엇지ᄒ야 들이난고 강빅은 듯다가 정신을 일코 섯거날 운학이 듬을 타 목을 벼히고

177. 돌아온니 의기 양양한지ᄅ 이튼날 변왕이 후봉장 항만적얼 명ᄒ야 출진ᄒ니 항만적이 진전의 나서며 외여 왈 중원디장 조선국 이운학은 너의 아비와 빨리 나와 항복ᄒ여 잔명을 보전하라 나는 초 남장 항만적이라 시시초장으로 말이 전장의 첨오미 사정이 업난지라 음아잘타ᄅ 호령이 산천니 뒤놉난 듯ᄒ난지라 원수 나가 디적코저 할지 선봉장 치량홍이 출반주 왈 원수난 노을 참으소서 항만적은 소장의 외삼촌

178. 촌이라 힘으로는 능히 잡지 못할 것신니 소장이 나가 유인하

여 다힝이 우리 진중의 오면 함역하야 성공ㅎㅅ이다 ㅎ고 응성출마
왈 나는 죽지촌 치량홍이른 한심토다 항장은 디장부로서 시상의 처
ㅎ여 맛당이 중원 천자을 섬겨 공명을 죽빅의 올려 빈난 일홈을 후시
의 전함이 올커니와 엇지 계갓한225) 변왕을 삼겨 엇지 후시의 누명을
이브리요 한니 항장이 비로소 치량홍이 중국 진중의 든줄 알고 거진

179. 싸호난 치하다가 점점 퇴병ㅎ여 본진으로 도라온니 변왕이
본노ㅎ여 항장을 꾸지신이 항장이 ㅅ지하고 그날 밤의 도망하여 치
장의 진의와 원수이기 납영하시거날 치장이 나가 마즈 원수기 비온
디 옐필자정 후의 원수 왈 황장이 지즈와 놉흔 명관은 치장으기 들얼
삽던니 서로 만너니 이 엇지 늦지 안니 하리요 천윤을 다 생금함이
장부의 당당한 이리라 한니 사리 왈 소장이 치장과 동문 수업하여
전장의 디접ㅎ오면 양호 공후지상이라 피차간 지조는 차등이 업사온
니 승

180. 부는 곤아하고 니외종 간의 엇지 적진이 되오면 변왕은 쏘한
강포한 사람이라 소장의 ㅅ기을 일오면 살희226)할 듯ㅎ기로 목숨을
외하여 왓사온니 복원 원수난 용서ㅎ야 마하의 두시면 한팔 힘을 도
희리라 원수 칭찬ㅎ고 밤이 맛도록 변국지시을 의논한니라 항이 원
수지을 보자을 마음의 히오디 조선 갓한 소국의서 저런 명장이 잇스
면 쏘한 치장을 어더슨니 변국을 엇지 금심하리요 ㅎ더라 엇튼날 변
왕이 항만적이 도망한 줄 알고 디분니여 칼얼 들고 니다라 꾸지저
왈 반적 항만적아 너 놈을 우선 벼혀 분을 푸고

---

225) 개 같은
226) 살해(殺害) : 사람을 죽임

181. 쏘한 디장 부자을 잡으 천흐을 평정흐리라 원수 치장을 명흐야 먼저 나가 접진흐라 흐니 치장이 웅성 출마흐야 변왕과 접응한니 창번이 피차 승승흐여 삼십 여흐이 승부을 결단치 못하난지루 변왕이 즉시 용수을 힝흐야 공중을 향흐야 풍빅을 부른니 사방으로 거문 구름이 이려나며 구진비 오고 지척을 분별치 못하는 중 모든 악귀들이 스람을 침노흐여 치장이 간곳이 업난지루 원수 급히 말을 타고 칼을 들고 옥소을 불고 니다른니 홀련 운무 사가지고 일월이 명난흐니 치

182. 장이 몸을 은신하엿다가 승니흐여 원수난 앞을 치고 치량은 뒤을 친니 번왕이 엇지 당흐리요 급히 도망흐여 본진으로 도망흐거날 원수 짤으지 안니 흐고 치장을 다리고 돌아온니 변왕이 지장으로 더부려 의논 왈 중국 디장의 지조얼 본니 변장 안이 흐고 치장의 지조 쏘한 신통한니 실로 근심이로다 니 지조을 심 년을 비와 풍운조와 을 임의로 부르니 한국절 지갈양도 칭량치 모할 지조런니 운학의 통소 일곡의 풍운을 지와한니 분명한 천상선관의 통소 조하라 쏘한 그 신시

183. 을 만기한니 두우선 기운과 청초마 소리 울이들인니 분면한 보검과 청초마 인난지라 십분 두렵고 쏘한 항만적이 도망흐여슨니 장츠 엇지 하리요 흐면 칼로서 안을 친니 장하이 일월디장이 니달라 출반주 왈 디왕은 근심치 마으소서 흐며 칼춤 초와 지조을 즈랑한니 이난 오월빅이라 진전의 나서며 일성디호 왈 중원 장수난 쌜리 니와 니 칼을 바드라 항만적이 보고 왈 오원빅의 지조난 소장의 적수라 소장이 나가 디적하오리다 흐고 니달 싸홀시 오

184. 원빅이 항장을 보고 디욱 극분ᄒ여 달려든니 수십 여합의 승
부을 결단치 못하던니 문득 공중의 칼이 빈나며 한 장수 머리 마희의
써려지거날 다시 본니 이난 곳 오원빅이라 변왕의 오원빅의 죽은글
보고 너달나 디호 왈 반적 항만적아 천도가 무심치 안니 ᄒ거던 너을
지우금 살려둔니 니 장수을 히롭게 ᄒ난냐 칼로 친니 항장이 거진
픠하야 보진으로 도라오거날 원수 연고을 무른디 항중이 왈 소장이
검난227)비 안니라

185. 전의 군신지의을 생각ᄒ야 참아 못하엿건니와 엇지 변왕 잡
기을 근심하리요 이튼날 변왕이 칼을 들고 말을 타고 전정을 지촉한
니 디독독 이춘빅이 웅성 출마하여 왈 너 이 보검이 오날 전장의 임
함의 사정이 업난지라 하고 용초마을 지촉하여 달려든니 용초마 주
홍 갓한 입을 벌리고 크기 소리하여 양장이 합전한니 원수 쏘한 칼을
들고 너닷고 치량이 쏘한 칼을 들고 너다라 즈우로 달여든니 변왕이
엇지 당하리요 춘빅이 칼

186. 이 벗든하여 변왕이 탄말을 지르니 변왕이 몸을 소소와 수심
보을 쮜여나간니 치장이 달려들여 창든 손을 친니 변왕의 쌍의 써려
지거날 결박하여 본진으로 도라온니 변진 장졸이 모다 국기을 바리
고 달아나거날 원수 승전고을 울리며 군ᄉ을 호괴ᄒ고 즉시 힝군할
시 변왕을 함거의 실여 압시우고 승전 첩서을 먼저 항지기 주달한니
황지 첩서을 보시고 디히하ᄉ 지신을 다리고 남문 박기 나와 맞아
즐기시며 쏘 항만적을 디

187. 하야 갓치 성공함을 치ᄉᄒ시고 황군하ᄉ 터평연을 비설하고

---

227) 겁난 : 겁을 먹음

삼군을 함괴ᄒ고 출전지장을 각각 차리로 비수228)을 도들시 이춘빅
으로 용누각 티학사 겸 이부상서을 ᄒ이시고 운학으로 병부상서을
하이시고 학만적으로 디사마을 하이시고 치량홍으로 문역각 티학사
을 하이신니 치양홍이 투구을 벗고 실사을 긔긔 주달한니 상이 칭찬
하ᄉ 충열부인을 봉ᄒ시고 금은 치단을 만이 상

188. ᄉ하신이 천은을 축수ᄒ고 물려나와 번와을 잡아들여 주지하
여 방송한니 변왕이 발본하여 ᄶᅩ 팔이 하나 업슨니 창독으로 죽난지
라 치양홍의 아비 치두경으로 변왕을 봉ᄒ다 이부상서 이춘빅이 주
왈 병난는 임의 평정하엿건니와 신의 ᄉ정이 잇삽던니다 과연 여남
ᄉ난 조상서 신의 빙옹온니 상면하기 임의 느젼난이다 천ᄌ 왈 이리
그릇 듯ᄒ다 하시고 짐도 ᄶᅩ한 경을 위하야 교서을 보니리라 ᄒ시거
날 상서 아달 운학과 치장

189. 얼 달이고 쩌나 먼저 노문을 녹코 상서딕을 차ᄌ간니 조상서
선문을 보고 긱당을 정지하고 거리의 나와 영접ᄒ여 좌정 후의 이춘
빅을 보고 왈 이별한 지 ᄒ표딘니 그간의 어디 가서 저리 귀히 되연
난잇가 이부상서 왈 타국 천생이 어디 가지 못ᄒ오릿가 천만외의 천
으을 입사와 외남이 上서지외의 이르런난니다 연전의 上서집을 차ᄌ
오면 다름미 안니라 상서와 나와 옹서지분이 잇기 로와 수삼 삭을
머무다가 초면이라 미안ᄒ기로 방

190. 서치229) 못ᄒ고 갑삽던이 천천만고의 자식이 동국사신으로
들얼올 쩨의 저의 모친의 편지와 표적을 가지고 왓기로 설하ᄒ난이

---

228) 벼슬
229) 발설치

다 흐니 조상서 왈 옹서지분이란 말은 힝당흐도다 사서 합부인니 朱
氏라 하난잇가 설살 조시라도 비부의 딸은 안니라 중연의 여식 하나
을 돗던니 춘풍의 하설의 저기 저 빅마강의 화전차로 비을 타고 노다
가 표풍하야 바다로 들어갓슨니 분명이 죽은지라 시상 천지의 이린
마리신고 편지가 잇

191. 다 한니 보수히다 흐고 면면이 인사여 왈 이난 뉘귀시며 저난
누구신잇가 상서 왈 이난 곳 니의 자식이요 상서의 외孫子옵고 저난
병부상서 치공이라 맛참 친의지별이 잇서 왓난이다 흐고 교서을 들
이거날 상서 밧즈와 북향 수비하고 쏘 편지을 가지고 니당의 들어간
니 조상서 합부인은 양시르 양분인니 이 말을 듯고 편지을 찌여본니
흐엿스디 불초의 子息 치량은 지비흐고 혈루 봉서을 부모님 좌하의
올리난니다 슬프다

192. 니 팔자야 부모님 슬흐을 써나 말리 타국의 외완는고 한니로
다 한니로다 하전노름 한니로다 원수로다 원수로다 빅마강의 맛친
것이 원수로다 만경창파 써나갈지 父母任이 아르신가 죽자한니 원통
흐고 사즈흐니 아득하다 슬프다 이니 몸이 고기밥이 되단 말과 슬프
다 설낭아 어이 하여 수잔 말고 옥문동의 들어가서 이공즈을 만니온
니 니니일이 윈이린고 이니 성예할올 적의 아반님이 권하신가 이니
멀이 쌀를 적의 어만님이 바기신가 한심흐

193. 고 가련흐다 살아도 불효인명 죽어두 불효귀신 어느 시상 용
납할고 귀험할수 이니 팔자야 설상가상 윈이린고 희주로 돌아올 쩨
의 지물 일코 가장 일워슨니 신영인가 운익인가 삭발외승 윈이린고
이니 멀이 쌀끌 째의 부모님이 바기시면 그 모양이 엇더할고 슬프다

七朔 有복즈을 새살 먹어 이렷다가 하날님의 덕택으로 拾年後의 다시 만니 이지난 大탈 업시 조히조히 지니오나 보고저르 보고저르 부모님을 이지 다시 보고저라 다정한 부모면

194. 목 누니 삼삼 보고저르 간절한 부모 말삼 귀의 징징 듯고저르 무정한 日月色하 부용쌍의 비처거든 이니 소식 전희다고 無情한 저기력아 설月롱을 지니거든 이니 편지 전희주련만안 슬프다 부모님아 이중한들 위날 쌀을 보고접지 안니한가 알들이도 보고저리 이니 肝장230) 녹이닌다 살들이도 보고저라 이니 骨격 썩어난니 슬프다 이니 아달 날 본다시 여기보소 紙筆을 들고 비회을 쓰즈한니 눈물이 압흘 가리우고 흉격이 막히여

195. 단분지일231)을 기록한니 슬프다 부모님이 날 갓한 쌀 즈식을 죽은 걸로 치부하고 싱각지도 마르소서 千哀故의 女子八自만 한팔이라 韓나라 王松君은 호지의 첩이 되고 당나라 양구비는 마의파이 죽언슨니 엇지 다 말하리요 이후 己體後 康寧하시와 萬守萬守 만만수의 富貴영화 극진하여 기려난 소식을 祝원하난니다 하여더라 조상서와 양분의인이232) 편지을 두렵잡의 푸섭고 불상한 心흠을 지정치 못하여 방성 통곡하다가 정신을 진정하여 기우우 하는

196. 말이 글시도 분명하고 이름도 분명하고 사기도 적실한이 무삼 의심 잇스리요 쏘 표적이 인다 한니 츠자 보스이다 하고 외당의 나가 표적을 청흔니 운학이 표적을 들이고 쏘 가라더 써날 쩨의 어난

---

230) 간장(肝腸) : 간과 창자
231) 만분지일(萬分之一) : 매우 적거나 작은 것
232) 양부인의

님 말삼이 은봉즈 금당도을 금봉츠을 부친이 주시든 보비릭 부용쌍 서창門 박기 石함의 너혀 무더슨니 차즈보릭 하시드라 한니 조상서 표적을 가지고 안으로 들여가 쒸여본니 과연 입고 간 비단저골이라 양분닌의 수품이 적실하고 부용당 서창문 압의 파

197. 본니 과연 石합이 잇거날 그지 이상서 父子을 불려들여 맛쳐 인스할시 업시 통곡ᄒ여 왈 슬프다 우리 스외야 가련한 우리 쌀을 엇지ᄒ여 만닌난고 쏘 무삼 수익으로 싱이별ᄒ는냐고 ᄒ며 운학의 손을 잡고 왈 히혼ᄒ다 우리 외孫子야 불상한 너의 어미 무양이 잘인 는냐 아득ᄒ고 이상ᄒ다 너의 부친 여기 온줄 엇지 알고 왓스며 千金 사고 만金 사라 너 갓혼 이 아달을 말이 타국의 보닌 적의 불상한 너의 어미 심장이 온전할가

198. 썩고썩는 간장 어디 비ᄒ리요만안 반다시 물의 바저 죽은 줄 아라던니 이런 표적이 업서스면 네가 빅 번을 말한들 우리가 엇지 아리요 ᄒ고 무수히 통곡한니 그 설여ᄒ는 거동을 차마 못볼너라 이 상서 눈물을 거두우고 외로하여 왈 빙부님 진정ᄒ옵소서 인정이 무궁ᄒ오나 기치을 너무 손상케 말으소서 조상서와 양부닌니 그 쌀 본 것갓치 못니못니 사랑ᄒ다가 왈 수일유희 가거라 ᄒ던니 쏘 운학의 손을 잡고 가라디 우리 신희을 싱각ᄒ면 가급가의라 쏘 너의 어미가 가련

199. 한 정지을 닉가 싱각ᄒ야 너 돌아오기을 바릴 것이요 쏘 이럿튼 父親을 차즈슨니 급히급히 돌아가면 그 모양이 엇더ᄒ며 그 마음이 엇더할고 우리 참아 말유난 못한니 이지 가면 슬프다 언지 다시 올가 이 늘근 것이 사들아 얼마 스며 즉드리도 못볼 것이요 사라도

다시 볼가 初面으로 만닉슨니 만닉즈 이별이요 이별이 영결이르 영결인지 이별인지 우리 모양이 이려ᄒᆞ다고 우리 ᄯᆞᆯ을 보히여라 답장을 서 봉ᄒᆞ고 금봉ᄎᆞ 은봉차 옥지환 은장도과 일월픽 성신주픽을 봉ᄒᆞ여 주면 왈 이난

200. 저의 ᄋᆡ중ᄒᆞ든 보ᄇᆡ라 가저다가 주고 이 저고리는 저 본다시 두고 보리라 ᄒᆞ여드르 李上書 天子 주시든 황금비단을 빙부모긔 전표ᄒᆞᆫ니 조상서 양부인니 중국 보ᄇᆡ을 만히 바다 치ᄒᆞ하더르 이상서 부자 외연지심으로 ᄒᆞ직ᄒᆞ고 ᄯᅥ난니 조상서 양부인니 슬품을 이기지 못ᄒᆞ며 결연 이별ᄒᆞ더르 이상서 父子와 崔陽洪이 ᄉᆞᆷ긔 항성의 들어가 천자긔 비온ᄃᆡ 항상이 친창ᄒᆞ시고 조상서의 아달 조관국을 승품ᄒᆞ야 승품ᄒᆞ앗스니 니부시랑을 하이시고 朝鮮

201. 축사로 틱송ᄒᆞ야 날ᄂᆡ 상봉ᄒᆞ고 돌아올아 ᄒᆞᆫ니 천은을 축ᄉᆞᄒᆞ고 조선으로 나온히 선문의 ᄒᆞ연스ᄃᆡ 중원 大學와 이부상서 조선국 이공 양위며 이부시랑 조공이라 하엿더라 도로의 영하은 보든ᄇᆡ 천음이라 압록江의 다다른니 위주 부윤니 감변의 긔ᄃᆡ하여 뫄질식 풍악이 진동ᄒᆞ며 본부의 숙소ᄒᆞ고 ᄯᅥ나 여려 날만의 무학진을 넘어 모화관의 다다른니 성상이 마초나와 축ᄉᆞ 영접 후의 이상서 부자의 손을 잡고 성공ᄒᆞ야 조선을 빛나긔 함을 ᄇᆡᆨ비 치ᄉᆞ하시고 어주 ᄂᆡ여 친니 권ᄒᆞ시고 수유하야 근친ᄒᆞ르 하신니 춘ᄇᆡᆨ이 다시 엿ᄌᆞ오ᄃᆡ

202. 이번 전장의 崔陽洪 힘얼 입어 다힝이 승전하엿삽기로 한가지로 왓난니다 상이 칭찬 불예ᄒᆞ시고 춘ᄇᆡᆨ으로 이조판서을 하이시고 운학으로 좌의정의 겸 강능군을 봉하시고 치장으로 우상의 시회을 정한니 치양홍이 왈 남자 같흐며 조흐런니와 여자지신으로 여자얼

취한들 무엇의 스잔말고 우숩고도 우숩도다 이공이 부득이하여 여하
의남[233] 한 사기을 말한니 상이 왈 우승의 규중여자 밧말로 히롱하엿
도다 ᄒ시고 치량홍으로 충열부인을 봉ᄒ신니 이공

203. 이 왈 다시 주왈 신의 자식은 가실지낙이 업스온니 고향의
나려가 구혼ᄒ여 성취 후의 한조ᄒ리다 한니 우승상의 ᄯ알을 청하야
공주을 살마 즉시 택일하야 궐니의 들어가 힝예ᄒ고 우승상의 집가
더연을 비설한니 그 장하 외예얼 엇지 다 기록ᄒ리요 장한갑 조혼
집을 지어 부마궁을 정하이시고 노비 전장을 ᄎ리로 힉급ᄒ이시더라
곳 운학의 빙부는 라주 박시현인이라 현인니 ᄒ는 말이 십데 상서로
나려와도 이서 갓흔 스회 보기는 처음이라 ᄒ고 못닉 길

204. 기들아 이상서 부자와 모두 함계 궐니의 들어가 연유을 주달
한니 상이 즉시 치힝 기교을 ᄎ려주거날 이공과 하직하고 선문을 江
陵本家로 ᄶ위우고 감사와 각급의 청영ᄒ디 더연을 비설ᄒ라 하고 운
학이 몬저[234] 거마을 모라 집의 들어가 조부모와 모친 전의 지비ᄒ고
무후한 후의 울면 고ᄒ여 왈 조부모님 아바님 스라오난니다 한니 엇
지 즐겁지 안니ᄒ리요 엇지 슬푸지 안니ᄒ며 온지반니[235] 경동할 지
음의 이춘빅이 들어오거날 이공이 부모 전의 복지 통곡 왈 불효자
춘빅이 왓난이다 아반님 그동아닉 기치후 알

205. 령ᄒ신인가 슬프다 아반님은 날 갓한 외자식을 조직 업시 아
조 일코 엇지 지닌난잇가 ᄌ식이 무양하와 부모님을 모르고 유리 포

---

233) 여화위남(女化爲男) : 여자가 남자의 의복을 입고 남자와 같이 행동함
234) 먼저
235) 온 집안이

빅ᄒ야 말리 타국의 들어갓ᄉ온니 죄ᄉ 무석이로소이다 ᄒ고 슬피
통곡한니 그 부모 춘빅의 손을 잡고 왈 슬프다 춘빅아 우지 말고 정
신을 차려ᄅ 우리 모친 숨이 이적지 죽지 안고 살라나서 너을 다시
본니 슬프다 춘빅아 적영 죽근 걸로 아랏던니 어이ᄒ야 사란난냐 야
속히도 그립더ᄅ 이지 다시 너을 마너 오날날 죽드러

206. 도 무삼 한니 잇스리요 너의 안히 만경창파의 너을 일고 간신
이 사라나서 장성호접236)으로 지닌더라 슬프다 너의 아희 얼골 다시
보라 ᄒ고 전전이 이공의 머리을 들고 치량이 울며 도라본니 조부인
는 아모 말도 못하고 무무히 섯다가 우기만 ᄒ고 섯거날 이공이 더욱
깁분심회을 이기지 못ᄒ야 조부인의 손을 잡고 왈 슬프다 부인아 어
이ᄒ야 살련난고 그 동안의 잘잇든가 죽은 니가 사라왓니 수익이 지
험하야 활난 중의 이별ᄒ고 니 니 인정이 미물하야 부인을 찻지 못ᄒ
고 이적지 잇서슨니 슬프다 부인아 니

207. 종적을 어이 아리요 거록할ᄉ 부인의 심덕이여 유복자 어이
ᄒ여 나아 말리 타국의 들여보니 江陵秋月 玉소 곳 안이면 부자 엇지
만너스리요 그려치 안니 ᄒ면 오날날 부모와 부인을 엇지 만너리요
ᄒ고 익년 통곡한니 조부인니 오장이 썩고 비희가 심중의 가득하여
흉격이 아며도 억지로 참고 다만 눈물만 흘여 외로ᄒ여 왈 상공은 진
정ᄒ옵소서 보고저운 심희을 싱각ᄒ면 빅 연을 두고 말ᄒ온들 다ᄒ오
릿가 나도 우자하면 상공갓치 눈물도 잇삽고 상공갓치 실품도 잇

208. 사온니 상공이 상한 심회 더욱 상할가 ᄒ난니다 슬프다 상공
은 니 속 썩난 줄 아난잇가 이말 저말 多바리고 만닌 것만 천힝이지

---

236) 청상호금(靑孀縞衾) : 젊어서 과부가 되어 상복을 입고 지냄

부모님을 외로ᄒᆞ야 외당의 나가시고 접빈할시 조부인이 운학과 시량을 불려 왈 너 외가을 차스본니 조부모 기치후 알영ᄒᆞ시든냐 ᄒᆞ고 ᄯᅩ 시량의 손을 잡고 디성통곡 왈 나는 팔자가 기험하야 부모 동기 이별ᄒᆞ고 말리희의 ᄶᅥ나갈지 엇지 다시 만너기을 ᄯᅳᆺᄒᆞ리요 ᄒᆞ고 편지을 ᄶᅵ여본니 그 글의 ᄒᆞ엿스되 슬프다 닌 ᄯᅡᆯ 치랑아 무양이

209. 잘인는냐 너가 엇지 나을 바리고 말리 타국의 갓단 말고 ᄒᆞ나리 보니던냐 귀신니 다려가던냐 슬프다 우리 치랑아 너을 길려니여 千金갓치 스랑ᄒᆞ고 주옥갓치 스랑ᄒᆞ여 장니을 보고저 하엿던니 슬프다 너의 신명 그리될 줄 어이 아리 풍파 만니 ᄶᅥ나갈지 놀너지는 안니 ᄒᆞ연는냐 슬프다 설낭아 한가지로 어이간고 도적 만니 할난 중의 어이 ᄒᆞ여 사란난고 슬프다 너의 신명 삭발외승 무삼 일고 고상이 무흔흔이 너의 심장 엇더할고 슬프다

210. 설낭아 사싱동거 고이ᄒᆞ다 가련한 니 ᄯᅡᆯ이야 가장 일코 자식 일코 너가 엇지 살아나서 만첩풍산 너 얼골이나 맛난냐 슬프다 치양아 너의 가장 너의 아달 너 본다시 만니본니 히흔코도 즐겁도다 죽은 줄로 아랏던니 천천만 몸미237) 박게 만지장딀238) 바다본니 너의 안면 디한다시 너의 음성 든난든시 발광239)이 절로난다 언지나 다시 볼고 山川이 막막한니 소식이나 들을소냐 사랏신들 보며 죽어신들 어이 아라 너 보닌 저고리는 너 본다시 두고본다 은봉차 금봉차와 은장도 옥지한

---

237) 몽에 : 꿈에
238) 만지장서(滿紙長書) : 사연이 많은 편지
239) 발광(發狂) : 미친 듯이 날뜀

211. 은 날 본다시 두고바라 이번 편지 막죽이요 막죽이 영결이라 부디부디 잘잇거릭 너의 동생 함게 간니 날 본다시 여게바라 니의 심히심히 쓰즈하면 소상강이 천류로다 흐엿더릭 편지을 다본 후의 골수가 녹아진듯 흉격이 막히난듯 실성 통곡한니 눈물리 소스나 족히 금강을 본틸니라 운학이 외로 왈 어만님은 진정하옵소서 너가 외가의 가보고 왓스온니 오히려 다힝하고 쏘 시량이 왈 아밧님 만니슨니 무삼 한니 잇스리요

212. 아바님 보와 참으소서 조부인니 아달의 말 조신들고 우름을 근치고 친정 소식을 즈스이 뭇더릭 운학이 외당의 나가 손님을 접더 흐고 니당의 들어와 고생흐든 일얼 설하할시 빅운선생이 물너 단니면 노리흐든 스연을 감측흐며 쏘 천불암 분처님이 구하든 말이며 치장과 성공한 말이며 기기 주달한니 조부인니 시량다려 왈 설낭언 나을 짜라 험흔 익이 형지와 다룸 업슨니 성품이 괴상흐야 영실지낙을 모르고 쏘흔 강평흐야도 듯지 안니 이변의 시

213. 량이 설낭을 불려 쏘한 권흐여 어진 실낭을 구흐야 속약성혼 흐게 흐릭 시량이 설낭을 불려 만만게유 흐고 죄으정 디감으게 부탁흐여 가랑을 구하라 흐니 본동의 금치운이라 흐난사람이 인물이 준수흐고 문필이 유여흐나 조실 부모흐고 가시 영낙흐여 연관이 십여의 성취 못흐고 학방의 무처 잇서 학동을 다리고 식월을 보닌든니 디감이 그 스람을 정흐여 고구문장과 시서빅가을 문답한니 약필강흐릭 진실

214. 노 일른바 풍진의 놀린 봉이요 쯧글의 무친 옥이라 즉시 청혼 흐야 택일성혼 후의 시량이 수천양금 올의여 집 지어 거처흐고 서양

국을 불려 은즈 천양을 주면 왈 비록 저그나 싱질 두호한 정을 표ᄒ
노라 영국의 아달 봉실을 불여 칭찬 왈 너난 나을 ᄯᅡ라 경성으로 올
라가자 ᄒ고 급주을 보니 빅운암의 가 운수당을 차진니 업고 다른
여승이 잇거날 무른니 여승이 왈 운수당이 스승을 차즈 천불암의 갓
다 ᄒ거날 할시 업시 돌아와 아러

215. 니 시량이 왈 두로 올라갈지 금강산수을 구경ᄒ고 천불암 운
당을 차즈리라 ᄒ고 여러날 유한 후의 하직하고 경성의 올아갈지 조
부인니 부모님기 문안 서찰을 부치고 원정의 무사히 감을 당부하고
눈물로 작별한니라 금강산을 향ᄒ야 들어간니 만학천봉이 운무간의
솟아 봉니 방장이 여기 만폭동 언푼지니 만물초 구경하고 유점사 중
ᄒ고 장아사 숙소하고 일만 이천 봉을 역역히 구경ᄒ고 천불암 차자
간니 ᄒᆫ 노승이 빅발염줄 목계 걸구 절죽장을 집고

216. 운빅의 나와 합장비리 왈 소승은 청혜당이라 ᄒ난니다 시량
이 왈 이절의 운수당일 ᄒ난 중인 잇난잇가 노승이 왈 소승의 지즈
로소니다 즉시 청한니 운수당이 합장 비러ᄒ거날 시량이 조부인 구
함을 치사ᄒ고 은자 천양 상급하여 왈 이것이 약속하나 인정을 더강
표ᄒ노라 ᄒ고 익일의 등정하여 경성의 올라간니 성상이 영접ᄒ여
원노의 근고함을 위로한니 시량이 엿자오디 강능의 김치운이라 하난
스람이 문장하검이 거록ᄒ여 인기 준수하온니 디왕은 인지을 가리소
서 상이 즉시 문무과을 보이시고 김치운

217. 운을 장원급지 별천하여 강능 부사을 지수하시고 서봉실은
무과장원으로 별천ᄒ야 삼천 영장을 지수하신니 각각 천은을 축사ᄒ
고 물련난니라 시량이 환국할시 좌의정 부자 빅이 박기 나와 작별ᄒ

니 첩첩한 정희을 엇지 다 형언ᄒ리요 이판서 집을 경성이 옴겨 원님
지택은 장안의 지일이라 부귀영화는 일국의 웃듬이라 조부인는 일남
일여요 崔夫人은 이남 일여ᄅ 용모 준수하고 지질이 명문ᄒ야 모다
천문의 올라 외염이 혁혁한지ᄅ 상공 부부 시상을 바리시고 선산의
안장ᄒ고 삼년 초로을 지닌 후의 이판서 한가한 째을 쎠 조 치양

218. 홍 부인을 다리고 주찬을 비설ᄒ고 명월을 대ᄒ야 히롱ᄒ고
치부인은 거문고을 히롱한니 그 자미을 엇지 다 측양ᄒ리요 일일은
상공이 운학 달이고 일너 왈 강능은 고향이라 누디 성영240)과 친척
고구가 잇고 ᄉ곡봉은 너의 노든 터이라 너의 모친 양외와 동힝하여
선보ᄒ고 친척 고구을 ᄎᄌ보고 들아오리라 운학이 부친의 명을 어
기지 못ᄒ여 힝장을 ᄎ려 전송ᄒ고 수히 돌아옴을 아뢰더ᄅ 판서 양
분닌을 다리고 강능 고토241)을 나려온니 옛집이 이구한디 산천도 반
기난듯 김치

219. 운과 서봉실이 별살을 갈고 집의 잇다가 판서 오심을 보고
만반친수로 존중이 디접ᄒ더ᄅ 일일은 판서 김치운과 서봉실을 불어
왈 오날은 ᄉ곡봉의 올라 구경할 것신니 약간 주찬을 비설ᄒ라 ᄒ고
양부인을 다리고 사곡봉의 올라 옛일을 싱각ᄒ야 옥소을 니여 일곡
을 슬피 분니 부인니 비감을 이기지 못ᄒ거날 판서 왈 전일은 통소을
부러도 설혀 함이 업던니 오날은 엇지 그리ᄒ난요 부인이 왈 미상불
괴상ᄒ여이다 오날 통소 소리 먹어 사람의 마음을 감동키 ᄒ난니다
ᄒ고 주찬을 니노와 다시 질

---

240) 선영(先塋) : 조상의 무덤이 모여 있는 곳
241) 고토(故土) : 옛 땅

220. 기더라 홀련 공중으로 무지기 빛이며 한 선관니 나려와 우스며 왈 춘빅은 인간 즈미 엇더한고 자서히 본니 옥소 주든 선관니라 황공 비사한니 선관이 왈 춘빅은 십 연 험익을 타적고 십 연 후면 양위 부인과 한가지로 천상의 상봉할 것이니 홍진비리ㄹ 당한 운익을 엇지 면하리요 ᄒ고 구름을 타고 간곳이 업거날 공중을 향ᄒ고 무수히 절하고 탄식 왈 우리 팔즈 험ᄒ야 기우 싱명을 보전ᄒ야 자식의 덕으로 조금 한가한 시절을 만니 태평알낙얼 바릿던니 쏘한 십 년 험익

221. 이 잇다 한니 엇지 ᄒ리요 ᄒ고 수일 유연 후의 즉시 경성으로 올라간니라

강능추월 상편종이라

江陵秋月上扁終下扁始

강능추월하편시라

222. 강능추월하편

각설 잇쩨 춘삼울 호실절 망간242)니라 이공 부자 누의 비회하다가 홀연의 전일얼 싱각하야 강능추월 옥소을 부러 심희을 부치던이 홀련 남천으로 홍운니 빗치면서 선관니 학을 타고 나려와 이공을 보고 우스며 왈 이공은 인간 잠미 엇더흔고 왕스는 험ᄒ오나 목전 연관이 지극한가 이공 부즈 두 번 절ᄒ고 공순답예 왈 기치강영ᄒ신잇가 선관니 가라더 상공 부자 조 치 양부인는 다 선관 선여라 옥항상지 하

---

242) 망간(望間) : 음력 보름

교흐스 니의 길흉을 고사흐고 인간 기한니 찬슨니 날노 한가지로 하날로 가즈한니 넷 사람이 답왈 시상

223. 명영지흐의 엇지 거역하리요 만난 우리 넷 스람이 적강흐야 인간 고상은 만고 낙은 적온니 비난니다 십 연만 퇴송흐옵소서 선관이 왈 욕심이 만흐면 식물을 근난다 하엿스나 소원이 일어한즉 천상의 올라가 상지기 비려 퇴정할 것신니 욕심이라 흐면 익이 이슬 것인니 조심흐ㄹ 흐고 구름을 타고 흐날로 올라가거날 이공 부즈와 두 부인니 곤익을 의심흐여 놀닌 간장이 더욱 놀니여 공중을 항흐야 지비흐고 의연니 지닌더라 잇쎄 국운이 불힝흐여 북적243)이 지경을 범흐여 침노흐거날 션상이 극히 근심흐스 지신을 모와 의론할시 뉘라서 능히 북방을 평정흐야 짐으 근심을 덜게 할고 지신이 합주 왈

224. 이춘빅 부즈난 천흐명장이리 춘빅 부즈을 불러 도적을 방비기 하옵소서 직시 이공 부즈을 불러 도적을 막으ㄹ 한니 이공 부자 감히 스양치 못흐여 장스 수십여 원과 군스 오만여 명을 거나리고 성상게 하직흐고 집의 돌아와 부친기 품달흐고 조 치 양부인기 스기을 설화한니 치부인이 왈 국명이 그려하온니 감히 거역지 못흐오며 쏘한 층층시하의 난처함이오나 조금도 마음얼 흐렴치 마옵소서 첩이 말리 전장의 장군을 보니시고 궁니운 마음얼 엇지 견디릿가 첩도 짜라가서 갓치 성공흐고 빛난 일홈을 죽빅244)의

225. 전하고저옵난니다 흐고 갑주얼 가초와 짜른니 이공 부즈 즉시 탑전의 스연을 주달한니 성상이 가라스디 니 역시 전일 용밍얼

---

243) 북적(北狄) : 중국 북쪽에 사는 오랑캐
244) 죽백(竹帛) : 대나무나 천에 공신의 이름을 기록하는 책

위흐여 싱각이 만흐디 규중부인이라 부인이 주원흐니 진지충열이요 만고영웅이라 만조빅관니 모다 치흐 분분흐더릭 즉일 힝군흐야 항海道 地境의 이르여 빅학산의 바로 들어간니 슬프다 우리 모친 스승 운수당이 죽고 업난지라 왕스을 싱각흐야 비창한 마음을 이기치 못하야 지문 지여 치지흐고 불전의 들어가 시주발원

226. 하고 그 잇튼날 힝군흐여 적진을 바리고 낙월지의 유숙한니 울남도가 십이인라 운학이 왕스을 싱각흐야 두로두로 방황할시 야식은 치량흐고 월색은 광명한디 적막한 공적의 옥미흐 만발흐고 달비튼 할홀할시 호련 아지 못기라 청조시 나라 옥미花 柯枝의 안즈 우다가 운학의 억기의 안즈 흐면목 흐면목 울거날 운학이 괴히 여겨 돌라볼 쩨의 머리 우의 안즈 철천지원 철천지원

227. 울거날 운학이 더욱 괴히 여겨 붓드고저 하던니 청조시 나리 옥미花 가지 속의 날아들어 가던니 아요이 잇다가 옥낭즈 소복으로 완연니 나와 서서 치한 목소리로 말흐여 왈 장군님은 그 스이의 편안흐시오며 저다지 귀한 몸으로 이갓치 험노의 와 기신잇가 운학이 더욱 고히흐여 즈서이 본니 이난 본딕 어천추의 쌀 월민너릭 운학이 놀니여 한 말도 못흐고 믹믹히 서서 보기만 한니 월미 다시 문왈 장군님은 날을 모르난지 아모 디답 업나잇가 슬프다 장군님은 날 이별한 후 무삼 낫흐로 더

228. 답이 잇스린가 나난 고정을 싱각흐여 접담을 득고저 하나니다 슬프다 너으 신시 이럴진딘 장군님으로 흐여금 이닉 몸미 이팔청춘의 무주고혼245)니 되어 벽희공천246) 구진비이 슬퍼우고 단니다가

---

245) 무주고혼(無主孤魂) : 주인 없는 외로운 혼령

천만 쯧바기 다시 보온니 일변은 즐겁고 일변은 슬프고 일변은 철천
원이로소이다 장군님은 부모 미시고 무슨 낫흐로 이곳의 완낫잇가
초목도 무식지 안니 하면 산천도 붓그럽지 안니 ᄒ신잇가 이지 장군
님의 부모님은 스라건니와 첩의 부모도 살

229. 려주옵소서 바당247)물 바우틈의 빅골수심ᄒ고 바당 물고기의
비 쓴긴 살 주어모아 치천낙일248)의 외로온 혼을 부르니 천지 이 시
상의 우리 부모 살펴주면헌 첩으 혼니 비록 무정ᄒ나 장군님의 머리
우의 싸라단니며 은희을 갑흐리라 슬프다 장군님은 비록 무식하나
말삼 대답ᄒ소 장군님은 팔즈 조ᄒ 일은 부모 차즈삽고 임군의 어진
쌀과 정승의 귀한 쌀로 빅연가약 길기 미즈 부귀영화 저려하건니와
이니 팔즈 어이하여 이지경의 이르러서 저 갓한 장군님

230. 얼 오리도록 못미시고 우리 부모을 살리지 못ᄒ고 무수고혼
디단말가 장군님아 디답ᄒ소 장군님아 나을 보소 이니 몸의 쏩힌 칼
얼 뉘라 쎄여주며 이니 눈의 피눈물을 그 뉘구라서 싹가줄고 이니
혼빅 그 뉘구라서 불여니야 아명절249) 춘추절스의 지스할고 운학이
정신 업시 서서 싱각한니 이난 밧다시 魚小弟의 원혼이라 물어서 대
답하디 魚小弟 들으라 어소지 하는 말은 시시이 그려ᄒ나 무색하다
니의 마음 뉘친들 엇지ᄒ리요 가련하다 어소지야 이리오르 너 목의
쏩힌 칼얼 니 손으로 쎄여주고 니으

231. 눈의 피눈물을 니 손으로 싹가주고 혼을 불려니여 지스하마

---

246) 벽해공천(碧海空天) : 짙푸른 바다와 빈 하늘
247) 바다
248) 해천낙일(海天落日) : 바다 위에 지는 해
249) 사명절(四名節) : 우리나라 4대 명절인 설날, 단오, 추석, 동지 등을 일컫는다.

하고 이려 서서 붓들고저할시 월미 정색하여 몸얼 헌들어 쒸처 미하
가지의 서서 왈 이리난 못하난니다 장군님은 들으소서 연분니 끈친
지 오리온니 이지 각가이 오기는 만무하고 첩의 부모도 살이지 못ᄒ
옵고 첩의 압히 오기는 만무하여니다 ᄒ고 홀지의 변하하여 청조가
디여 나라가거날 운학이 마음 심히 죳치 못ᄒ여 치련니 한숨 짓고
시름 업시 비회ᄒ다가 최부인기 들어가 말삼을 낫낫치 설화한니 상
공은 듯고 경탄ᄒ고 최부인은 듯고 눈물을 흘리며 왈

232. 사기 이 갓할진딘 반다시 원혼니 되엿도다 지가 와 말할 쎄의
니기 통기을 엇지 못하연난고 아랏드면 기의복하고 원혼이나 혹 마
음을 풀어거진 탄식ᄒ고 왈 가련ᄒ다 어소지야 부모을 쌀아가 구원
광디한티 의탁하고 일부호원이 뉴월비상이라 ᄒ니 진중이 엇지 무스
하리요 쏘한 교하로 비ᄒ건딘 양호유한이라 정의부항 천긱이 되엿슨
니 불상하고 불상ᄒ다 어소지야 무삼 지가 잇스리요 마만 저의 부모
명을 조차 출가하엿스니 어소지는 지 업시리로다 부모 살이고저 비
난 모양 슬프고도 잔일하다 그 부모 죽은 후의 즈문이

233. 스하여스니 심한 곤경은 여즈의 본색이라 엇지 원혼이 되지
안이 하리요 한번 보와 그정을 외로한엿듯면 조을 것이요 초혼하기
어렵도다 ᄒ고 탄식만 하더라 그 잇튼날 군스을 거날이고 적진의 이
르려 적시을 살편본니 감히 디적지 못할너라 최장이 ᄆ니의 진중의
장수만치 안니 한니 니 먼저 접전하여 소멸하리ᄅ 하고 갑주얼 가초
와 팔척장검을 들고 비용마을 타고 나가 외여 왈 무지한 반적아 너
무삼 연고로 잔병을 모와 무지을 깁고저 하난냐 오직 니의 억만

234. 시 태령국250)을 감히 침노하난냐 너 갓한 도적놈을 어지 용서

하리요 하고 급히 처서 들어간니 적장 용천두 너달라 접전하거날 용
천두야 장수 오즉 니 하나 쑨니냐 불상하다 너 죽기을 앗기지 못ᄒ고
감히 나왓난냐 서로 싸와 이빅 여 합의 승부을 결단치 못하난지ᄅ
용천두 창검을 들고 공중의 던진니 창금이 나라 공중의 비호갓치 왕
니ᄒ거날 치장이 보고 왈 용천두 창금이 분면한 첩ᄉ한 물건니라 하
고 빅ᄉ경을 일려서 호령한니 칼 멀이이

235. 귀신니 울고 다라나던니 홀련 칼이 쌍의 쩌려지거날 그 칼을
주어가지고 호령하여 왈 용천두야 들으라 니 만한 귀술로 날을 쏘기
고저 하난냐 ᄉ불범정[251]이라 날을 당할손냐 이지 너ᄒ 칼을 가지고
너ᄒ 머리을 버힐 것인이 밧비 명태[252]을 올리ᄅ 한니 용천두 왈 니
비록 칼리 업스나 너을 당치 못하리요 ᄒ고 군ᄉ의 창을 나와 잡고
달여들거날 치장이 칼을 들어 급히치다가 그른 말을 처 업지드거날
용天頭 분기을 이기지 못

236. 못하여 창을 들고 거려오거날 치장이 右手로 용천두을 디적ᄒ
고 右手로로 軍兵을 친니 장졸으 말리 추풍낙엽 갓흔지ᄅ 치장의 옥
성으로 트기[253] 불러 왈 용천두야 들으ᄅ 너의 신니 외급한니 원통ᄒ
고 분하난니 예일이여 싱각하여도 씰디 업고 분희도 씰째 업슨니 급
히 도ᄅ와 항복ᄒᄅ 네 ᄂ의 충효을 보ᄅᄒ고 공중의 더서 칼춤 춘니
두 손의 칼날이 변기 갓한지라 우스며 용천두을 불러 왈 안즉 니의
지조을

---

250) 태평국(太平國) : 전쟁이 없이 평화로운 나라
251) 사불범정(邪不犯正) : 간사함은 바름을 범하지 못함
252) 명패(名牌) : 이름을 적은 패
253) 크게

237. 모르난냐 밧비 맹피을 올아르 한니 천두 더욱 분기을 이기지 못ᄒ야 우리 갓한 소리 백역갓치 지르며 한손으로 창을 들고 천병만마 억진254) 중의 달려들여 손 업난 팔로 東兵을 치고 西兵을 치고 南兵을 오도라 친니 치장이 우서 왈 장수는 장수로다 외팔 외손으로 저갓치 장난한니 앗갑도다 용천두야 수월 아지 못하야 이진중의 죽을 것인이 불상하다 용천두야 너 말을 들으르 니 죽은 혼나라도 지ᄒ이 도라

238. 가 염ᄂᆞ디왕이 무를 대의 뉘 손의 죽언는냐 하거던 너 디답ᄒ디 천ᄒ명장 치량홍의 손의 죽엇다 하면 네기 영락이 디리라 한니 용천두 그말 듯고 더욱 분기을 이기지 못ᄒ여 ᄊᆞ지저 왈 너의기 곤욕을 당ᄒ 천지방아요 비전지지255)르 예날 초픠왕 갓한 영웅도 ᄲᅥᆯ을 만니지 못ᄒ야 희성추야 발근달의 팔천 정병 다 죽기고 동성으로 다 라날ᄉ 오강256)수는 물의 자문니ᄉ 하엿슨니 우습도다 치량홍아 날 갓한 영웅이 네

239. 손의 죽으면 후시의 목슴을 명치 못할 것인니 차라리 초패왕과 갓치 ᄌᆞ문ᄒ리르 ᄒ고 창을 들어 죽고저 ᄒ거날 치장이 ᄶᅩ 칼을 들어 그 창든 손을 치고 눈을 비고 우서 왈 용천두야 니 감히 초패왕을 ᄶᅩ바드라 니 엇지 손으로 죽기리요 너 눈을 가지고도 날 갓한 영웅을 몰너보고 희고저 한니 손니 잇서도 술디 업고 눈이 잇서도 슬디 업다 불상하다 용천두야 차라리 니 손의 죽으면 영광이라 참아 죽기

---

254) 적진(敵陣) : 적들이 진을 치고 있는 곳

255) 비전지죄(非戰之罪) : 싸움에 전력을 다했으나 운수가 나빠서 성공하지 못함을 탄식함

256) 오강(烏江) : 중국 안후이 성 동쪽 끝에 있는 강

가 가련ᄒ다 용

240. 천두 다만 귀로 드을 분이라 분을 이기지 못ᄒ야 왈 이전의 南在雲이 갓한 스람도 죽을 디의 굴치[257] 안니 ᄒ엿슨니 ᄒ물며 날 갓한 영웅이 운수가 불힝하나 홀인들 굴ᄒ리요 츠라리 동희수의 ᄲᅢ 즈 죽어 어복충신[258] 굴원이ᄅ 버슬 살마 고국의 돌아가리라 ᄒ고 눈까진 등신니 본지으로 가노라고 점점 나무 진으로 들어간니 빅주의 독가비[259]요 찰팟미든 독기라 만신의 피가 흐르니 일군장졸이 손빅을 치고 크게 웃스며 짐즉 침로

241. 한니 용천두 싱각ᄒ디 살기가 만무한지라 죽을 박기 무가니 ᄒᄅ ᄒ날알 우려려 벽역 갓한 소리로 탄식 왈 만고영웅 용천두는 조고만한 치량홍의 진중의 허탐이 죽기 된니 슬프다 창천아 이 니 혼을 인도하여 고국의 돌아가기 ᄒ옵서서 ᄒ고 일얼 갈고 수십 장을 ᄲᅱ다가 목이 ᄲᅮᆯ어저 죽은니 홀지의 풍운이 디작하야 무지기 중천의 빛이면서 난디 업난 시 한마리 슬피 울고 공중으로 나라간니 일진장 졸이 기이타 하더ᄅ 적진의 용천두 죽음을 보고 황급하야 다 도망하더라 치장이 호령

242. 하고 장졸을 무수히 진처 들어간면 승전고을 울리면 돌아올 시 고각함셩[260]은 천지 진동ᄒ더라 승전첩서 먼저 주달하고 수일 유

---

257) 항복함

258) 어복충신(魚腹忠臣) : 중국 초나라의 충신 굴월을 말한다. 굴원은 초의대부로서 성품이 청렴 강직하여 세속과 어울리지 않았기 때문에 간신의 참소를 받아서 강남으로 유배를 가다가 멱나수에 투신하여 자살하였다.

259) 도깨비

260) 고각함성(鼓角喊聲) : 북과 피리와 사람들이 다 같이 지르는 소리

련ᄒ야 진을 들어 양진영을 너머 호탐간을 지니 수십이 항공란의 이
른니 홀연 천지가 혼미ᄒ고 니성벽역261)과 광풍이 디작ᄒ고 지척얼
분별치 못ᄒ이 지장 군졸은 눈을 쓰지 못ᄒ야 황오을 정치 못ᄒ거날
할 수 업서 머물여 유진ᄒ던니 풍운 운무중의 고각함성이 동서남북
의 이려나며 천병만마 물끌난 듯 ᄒ거날 이공 부ᄌ와 치장이 계우
정신을 차려 左右을

243. 살펀본니 운무중의 엇진 일인지 아지 못ᄒ야 군사을 단속ᄒ
고 섯던니 아요기잇아가 풍운이 씨려지고 일낙서산의 월출동명이ᄅ
치장이 갑주을 단속ᄒ고 진시을 살피던니 창금은 빅설갓치 걸엿고 장
수와 군ᄉ는 수을 아지 못할리라 이공과 운학이 가로더 반다시 적진
후는이 이선지 피함을 보고 뉘진한 거신니 승천입지262) 못ᄒ려던 만
분 위티하다 ᄒ고 근심ᄒ더라 그 잇튼날 평명의 다시 살펴본니 고각
함성이 정요ᄒ고 기치창금은 용동치 안이 ᄒ며 진중이 고요하거날 진

244. 실로 천시을 아지 못할니ᄅ 바로 싱각ᄒ나 회칙263)이 만무ᄒ
야 다만 적장이 나와 싸홈ᄒ기만 기달일시 소식이 돈무ᄒ고 군난이
지진ᄒ야 군ᄉ 서로 주례 죽고 이공 부ᄌ와 치장이 길갈이 자심하야
기력이 쇄진ᄒ야 ᄉ경당ᄒ야 서로 손을 잡고 탄식ᄒ던니 야색삼경의
월식이 광명흔디 이공 부ᄌ 기운이 곤ᄒ여 ᄌ난다시 누워잇고 치장
이 혼ᄌ 비회을 ᄒ던니 공중으로 엇더한 여인니 만신의 피온 입고
목의 칼을 쑵고 치장 압의 서서 가는 목성으로 말을 나직히ᄒ여 왈

---

261) 뇌성벽력(雷聲霹靂) : 천둥소리와 벼락
262) 승천입지(昇天入地) : 하늘로 오르고 땅으로 들어간다는 뜻으로 자취를 감추
   고 사라짐
263) 획책(劃策) : 계책

장군님은 엇지 날을 아리요 나

245. 는 울남도 스는 어소지로소이다 장군님을 한번 비옵고저 완난니다 디장 부즈의서 기갈이 저갓치 심ᄒ온디 장군님은 엇지 구지 치 안니 ᄒ시며 평시ᄂ 난시나 음식하는 것은 여즈의 직분이ᄅ 장군 님은 만금 갓흔 가장과 천금 갓혼 자식을 전중의 와서 고여이 주례 죽게 ᄒ난닛가 치장이 어소지 한 말을 듯고 놀리고 의심ᄒ여 급히 불여 왈 어소지야 모양도 가련ᄒ고 불상ᄒ다 아장으기 즈니 말얼 듯 고 한번 보기을 원일넌니 천만목미의 오날밤의 만니본니 질겁고도 기의하다 일이 각가이 오옵소서 부르 누

246. 명이 다르나 피차 여즈의 몸으로 쏘한 고부지히가 잇슨니 인 정이 엇지 정의하리요 ᄒ고 나아간니 어소지 눈물을 흘이고 공순 지 비ᄒ여 왈 장군님은 이장을 급히 씨우소서 치장이 이공 부즈을 씨와 어소지 왓다 통기한니 이공이 어소지을 향ᄒ야 기뉴ᄒ여 왈 너 보기 무안ᄒ고 무식하다 니으 즈식이 무상ᄒ야 너 혼을 저지경이 디기한 니 지 누친들 엇지 ᄒ리요 질겁고도 드무도다 오날밤 엇지ᄒ야 츠즈 완노 어소지 눈물을 흘리며 지비 왈 기왕스을 시부모님 심회만 상할 거디요 다만 니 달근만 한

247. 탄ᄒ나니다 ᄒ고 무슨 음식을 니여 이공 부즈의기 들이거날 바다 먹은니 기갈을 면ᄒ고 정신을 차리거날 어소지 왈 니으 심중소 화 빅 년 두고 말한들 엇지 다 말하릿가 우선 당두지하가 급ᄒ온니 디강 말ᄒ오리다 당초 니으 몸이 이려힌기는 부모을 살이고저 하다 가 구치 못하엿스니 천지삼강의 효열이 일반이라 친부모만 싱각ᄒ고 시부모는 싱각지 안니 ᄒ리요 장군님은 비록 무정하나 첩도

248. 엇지 무정ㅎ리요 시부모님과 장군님은 적진을 아난잇가 이지 목전의 죽을 익기 잇스니 만약 첩이 그 한 익을 구치 안니 ㅎ면 천추만디의 불효불열 엇지 면ㅎ리요 울남도 도적 부모 죽근 혼이며 그쩌의 허단이 죽은 혼이 다 각각 원수을 갑고저 ㅎ야 귀졸 신병을 거날이고 죽간의 기달이고 쏘ㅎ 일전의 용천두 죽은 귀신이 억만 귀졸을 거나리고 함진ㅎ엿스니 장군님은 이하 익을 피할 기교을 싱각하옵소서 한니 이공 왈 너 말을 들은

249. 니 만고의 착한 스람이로다 너난 으문 회칙이라도 푸려 나을 살여주며 우리 돌아가 너의 혼을 천추의 저하리ㄹ 소지 왈 무슨 회칙이 잇난잇가 천부암 분치님과 빅운암 분치님기 수중공적이 혹 잇을다 만은 봉너산 빅운선싱이 침숙한 정이 잇스니 구ㅎ면 구ㅎ온지 시부모기옵서 옥항상지기 십년 정한 일로 노ㅎ사 천불암 분치님과 빅운암 분치님과 빅운암

250. 선싱을 요독기 안니 ㅎ온니 쏘ㅎ 낭픽로소이다 그러치 안니 ㅎ면 빅마픠 잇스면 혹 기이타 ㅎ연이와 진중의 빅마 업스면 쏘ㅎ 낭픽로소이다 치장 왈 소지는 엇지 너으 집을 알면 옥항상지 진노ㅎ사 이지 우리 등의 지화익을 면치 못ㅎ기 하신니 우리을 살여주면 존망지은니 잇슬 것인니 다만 소지난 천지감동 효열을 직히고저 하니 천추만시의 정정한 디의ㄹ 소지난 신기한 목책을 지어 낭낭한 목숨으로 푸려일여 억만군졸이 회심기 ㅎ

251. 옵소서 여중여웅이요 여중소진이라 옛말삼의 ㅎ엿스디 영인무아는 정무아부난이ㄹ 한니 ㅎ물며 어소지 갓한 구변으로 요만 진을 풀지 못ㅎ리요 오국 천명이 일기 비난을 이기지 못ㅎ엿스니 픽군

장 용천두도 엇지 어소지을 당ㅎ리요 오날날 무수히 파진ㅎ기는 다 어소지의 덕이로소이다 어소지 왈 이지 회칙이 업스나 종츠 보린니 시부모님은 삼가 조심ㅎ옵소서 이공 부즈와 최장이 다만

252. 고스만 싱각ㅎ고 쓰흔 목전 일이로다 항만적은 중국의 잇서스니 머려 통로 못ㅎ고 흔탄니 무궁ㅎ던니 잇더외 일낙서산ㅎ고 월출동영이 기명성264)이 흔두 마디 들일 적의 홀연 천지 즈옥ㅎ고 운무 침침ㅎ여 만시퓌야흔더 번기난 번듯번듯 니성은 우룽룽 두루룽 울드니 은솔솔 일신 번기일에 나며 외신 호랑이 흐르룽 흐르룽 ㅎ고 광목의 까마까치 경동이을 지지고 공중의 헌가비265)는 오락

253. 가락 무수흔 귀졸들이 후기 업난 우름소라 쓰러지기 울물면 츠난 말소리 두령두령 ㅎ난 말이 원수갑즈 원수갑즈 ㅎ면서 스방으로 들여들시 승천입지 못ㅎ여던 할정의 든 범이요 그무리 든 고기르 쎄고저 한들 어이 버슬이요 상설 갓한 찬글은 스방이 변젹니듯 한지르 최장이 일즈본니 불측한 한 이 힝각이 경각의 인는지라 창황 급조ㅎ던니 이공이 풍빅을 호령ㅎ여 오방신장266)을 부른니 오방신장이 일시의

254. 니다르 창금을 막은니 피츠 신장 조하르 아모리 막아도 무가 니하르 앙천탄 왈 명천은 살피스 우리 삼인이 죽을 지경이 더엿슨니 명지 경각이라 중국의 들어가 성공한 것도 고스하고 우리나르 명성이 앗갑도다 어소지야 슬프다 어디가고 못오난고 우리 목숨이 경각

---

264) 계명성(鷄鳴聲) : 닭의 울음소리
265) 허깨비 : 마음이 허하여 착각으로 일어나는 현상
266) 오방신장(五方神將) : 중앙을 중심으로 동서남북의 방위를 다스리는 신

의 인난줄 모르난가 ㅎ며 ᄌ탄할시 호련 서천으로 풍운이 일여나며 난디 업난 옥미화 치장의 압히 쩌려져 변하던니 올연267) 어소지 나오거날 놀니며 물겨 왈 어소지야 날 살여ᄅ

255. 한니 어소지 품안으로 한 방울을 너여주면 왈 이 방울 일홈은 홍로연이라 첩이 시부모을 위하여 서희 용국의 가서 고ㅎ고 비록 안슨니 압히 녹고보면 창금을 방비할거리요 ᄯᅩ흔 엄식을 주면 왈 이 음식을 이장과 시부모씨 들이소서 흐니 치장과 이장 부ᄌ 바다먹은니 ᄯᅩ한 기갈이 업난지ᄅ 압에 잇듯 방울이 시시로 울며 소리 업시 적진의 들어가 창금을 다 주어먹은니 서으로 가난듯 서장창금을 주어먹고 남으로 가는듯 남장창금을 주어먹고 동서남북

256. 창금 다 주어먹고 이리가면 달랑 저리가면 달낭한니 귀신의 도술로도 금치 못한지라 귀졸신병이 서로 글니고 어천추 용천두 분기을 이기지 못ㅎ여 방울을 잡아다가 압히 녹고 창금으로 치려한니 방울이 달낭하여 ᄯᅩ흔 창금이 간디 업난지ᄅ 어장 용장이 분기을 이기지 못ㅎ여 발로 발바 피쇠코저 한니 방울이 찌여지지 안니 ㅎ고 발의 붓터서 발이 간디로 달낭흐니 어장과 용장이 극분하야 ᄯᅩ흔 우스며 ᄯᅩ한 방울을 손으로 잡아 멀이 던지고저 한니 손의 붓터 손 놀이는 디로 달낭흐니 어장이 벽역 갓한 소리로 호령

257. 하고 그 방울을 들치디 쩌려지지 안니 ㅎ고 ᄯᅩ 어장의 칼을 주어먹은니 어장이 창금을 다일코 적수탄신으로 탄식 왈 치장과 이공의 창금은 쇠것이 안닌냐 엇지 그난 먹지 안니 하얏난냐 ㅎ고 귀졸을 호령ㅎ야 천빅 첩268)으로 둘에 싸라 만약 일삭만 싸이면 반다시

---

267) 홀연(忽然) : 갑자기

죽을 것이라 흐니 방우리 비록 신기하나 길갈을 엇지 구흐리요 첩첩
들여 싸인니 치 삼장이 방울얼 무수히 달너더 길갈이 자질하여 탄식
하더 빅기무식이르 신병귀졸이 스방의 들여 싸홈을 통치 못흐난지르
엇지 답답지 안니 흐

258. 리요 이 치 삼장이 죽을 지경의 당흐야 이지 싸오고저 흐나
엇지 싸흐면 달아나고저 한들 엇지 다라나리요 다만 어소지 오기만
기달이던니 잇더 어소지 공중의서 양진 형시을 구경하던니 그 방으
리 일진병기는 다 막아스나 여려 첩의 싸힘을 바리보고 급피 희주
飛逢山의 가서 장장군을 보고 왈 장군을 보은 지 오리오나 정막공산
의 엇지 지너난잇가 장장이 급히 나와 어소지을 여접 와 어소지는
천만 외외로다 무슨 급한 일로 힝식이 저다지 급한냐

259. 어소지 曰 다름 안이로라 양연의 이어스 울남도의 들어와 첩
의 부모얼 죽일더의 첩도 부모을 구치 못흐고 함기 죽업삽고 장군님
은 그 은공이 빅골이 진토딜듯 어지 이질잇가 인시간의 갑지 못한
은희을 수흐중인들 엇지 피흐릿가 이지 어스 동국 더원수로 그 부친
과 치장과 군졸을 거날이고 부변전장의 가서 명장 용천두을 다 버히
스 도라오다가 낙원진의 이르려 부친 어장군님이 전일 원수얼 갑고
저 하야 용천두로 함역하여 빅만 귀졸신병을 거날이고 수

260. 빅 첩을 둘여싼지 七八日리르 李崔 三將이 위틱함이 경각의
잇슨니 장군님은 이전 인정을 싱각흐여 급히 가 구흐옵소서 장장이
듯고 호연 탄시 曰 너으 정이야 구코저 흐건니와 어소지는 원수을
구코저 하는냐 어소지 왈 장군은 어인 말슴인잇가 당초 시스을 보오

<hr>

268) 겹

면 원수난 원수오나 슬프다 삼식 연분을 미즈슨니 가장은 가장이라
만약 원수로 싱각흔즉 삼강오윤의 여즈가 중흐온니 시부모난 시부모
르 엇지 원수라 흐리요 쏘한 출가외인이르 흐엿고 쏘한 천지삼강의
효열이 웃듬이르 첩이 비록 인간을 흐

261. 직하고 황천니 돌아 갓스오나 호열 직히고저 흐난니다 옛글
의 하엿스디 충신은 불스이군니온 열여는 불경이부라 하연습고 영인
무아정 무아분닌이라 한니 첩이 구흐고저 흐난니다 장장이 감연탄
왈 영웅효여로다 어소지의 말삼이 그려흐온니 이 엇지 스양흐리온
흐고 즉시 그곳 귀졸 천여명을 모으 거날이고 몸의 무은갑을 입고
右手의 신금을 들고 左수의 삼인창을 들고 千崔신츠마을 타고 만첩강
산을 그림즈갓치 지니 한공파을 바르고 우리 갓흔 소리을 벽역갓치
지르고 달여드니 태산이 움직이고 빅희가 쓸난듯 흐고 광풍이 디작
흐야 지척을 분별치 못할니르 어장 용장이 엇전 일인줄 모으고 항

262. 급흐여 섯고 李崔 三將은 창항 실식흐여 왈 이 엇던 신장이
우리을 주기고저 완난가 흐야 혼비빅삼흐던니 장장이 외품이 늠늠흐
여 장창을 비겨들고 일성방포의 용장의 진으로 오거날 어장이 바러
본니 장장일니르 어장군을 바라보고 불여 왈 빅희공천의 무스히 인
난잇가 용장은 아자 못흐고 묵묵히 서서 보고 어장은 혼연이 음비
왈 장장은 어지 이곳의 완잇가 장장이 왈 장군임은 무삼 일로 이갓치
외신하연난잇가 어장이 왈 저장군은 아국명장 용천두라 하난니다 급
변 목면전장의 갓다가 동국 치량홍의 손의 죽어든

263. 니 치량홍은 운학 부즈와 함기 왓고 우리도 역시 운학 손의
죽엇기로 원수갑고저 흐난니다 한니 장장이 어장을 꾸지저 왈 장군

니 당초의 죽을 지을 짓지 안니 하여도 이장이 엇지 죽이던냐 장군님
의 죽을 지로 죽엇건니와 장군님의 여식 어소지는 천만 무지ᄒᆞ디 장
군님을 구코저 ᄒᆞ다가 원통이 죽어슨니 어소지는 장군과 원수가 안
이잇가 만은 천싱 효열지심으로 이장 父子을 구코저 한니 어소지 효
열은 천추 만시의 당당하리의ᄅ 장군니 원술닌 소식 듯고 급희 왓슨
니 어장은 속히 회진ᄒᆞ여 도라가라 상설 갓한 절기을 한천과 일월이
감동ᄒᆞ며 鬼神이 품격한니

264. 장군니 만약 고집ᄒᆞ여 듯지 안니 ᄒᆞ면 니 한칼로 소멸하리니
장군 등은 각별 조심ᄒᆞ야 급히 티진ᄒᆞ면 어소지 효열은 종차 흠항ᄒᆞ
리ᄅ 한니 어장이 듯고 슬픔을 먹을고 왈 니 여식의 효열이 이 갓한
니 과연 아지 못ᄒᆞ건니와 의일신으로 ᄒᆞ야 만고효열을 모르리요 장
군의 말 듯고 희전하리ᄅ 한니 용천두 그말 듯고 분기 충천ᄒᆞ여 까진
눈 부릇쓰고 이을 갈면 크기 소리하여 왈 어장군은 어인 말고 장장으
간ᄉᆞ한 씨로다 니 엇지 희진ᄒᆞ리온 한여 장장이 디질 왈 용장은 긴지
농농한 장수로다 천외을 모으고 당ᄒᆞ니리 그다건 나무 손의 죽어슨
니 명장이라 하던

265. 니 밍장이로다 생시의 부당지ᄉᆞ을 ᄒᆞ다가 치장의 손의 죽엇
슨니 치장은 삼국 명장이라 여중 영웅이ᄅ 엇지 일기 용장의기 큰의
글 당하리요 용장이 고집ᄒᆞ면 니 칼로 용장의 목을 버혀 두불 죽음
딜거디온 또 십디관기 고ᄒᆞ여 지옥으로보 너리ᄅ ᄒᆞ니 용장이 듯고
분기 불승ᄒᆞ여 충천코저 ᄒᆞ나 진중 창금을 다 주어먹고 적수단인이
ᄅ 아무리 영웅인들 죽을 지ᄅ 엇지 ᄒᆞ리온 밍목을 부릇쓰고 티소ᄒᆞ
며 장장기 압히 가 죽변을 잡고 왈 장군 엇지 나을 이다지 ᄒᆞ난냐

166. 즁사난 고스ᄒ고 원수난 갑풀라 한니 장장이 디소하ᄉ 장수
는 장수로다 과연 나무 손의 죽기는 원통ᄒ다 ᄌ너 죽기는 천지 망ᄒ
온 비적지지ᄅ 봉시 불ᄒ니외 엇지 두렵지 안니ᄒ리요 여웅호걸이
가소롭다 장군은 니 말을 들으지 여말산 초픠왕도 年관가 싸우다가
오강외 ᄲ라진 후의 죽은 혼이 디분ᄒ야 미양 굼익 들어가서 한태조기
현몽ᄒ야 천ᄒ을 달라 호령ᄒ엿ᄉ니 오날 장군을 보온디 초픠왕과
갓다 ᄒ니 용장이 이말 듯고 왈 장군의 말삼은 진시 디장부라 시상의
니서 불ᄒ이 죽엇ᄉ니 엇지 저을 원망ᄒ리요 초픠왕 일얼 날로 ᄒ

267. 야 말ᄒ신니 진시영문 당펑월의 말이로다 니 엇지 초픠왕과
갓치 돌아가지 안니 ᄒ리요 ᄒ더ᄅ 장장이 어장으로 더부려 고금영
웅 득실유말ᄒ고 기동ᄒ더ᄅ 잇째 이 치 삼장이 엇듯 귀신인지 아지
못ᄒ고 놀니든니 홀연 공중으로 어소지 날아와서 日 시부모님은 이
다지 싸예 긔시와 기갈을 엇지 견디익가 ᄒ고 옥병의 향수을 들엇거
날 바다 마슨니 기갈이 업고 정신니 씩씩ᄒ지라 소문 왈 전진 중의
인는 장수는 뉘구냐 소지 왈 그 장수은 예전 울남도 사든 장수빅이로
소이다 운학이 장수빅이란 말얼 듯고 다시 문日 장수빅이 멋째 죽어
스면 ᄯᅩ 엇지 저 진중의

268. 완낫냐 ᄒ고 이 치 삼장이 디경ᄒ여 왈 필경 어장의 구완병이
로다 ᄒ니 어소지 왈 의심 마옵소서 첩이 시부모을 외ᄒ여 海州 비용
산의 가서 장장군으기 고ᄒ고 시부모을 하여 은희을 밋ᄌ고 다려완
난니다 장장이 전진의 들어가 여츠여츠 ᄒ고 진을 푸려 무ᄉ기 ᄒ엿
ᄉ니 조금도 염여마옵소서 이 치 삼장이 석ᄉ을 싱각ᄒ야 어소지의
빙옥 갓흔 효열을 칭찬ᄒ더ᄅ 잇째 어장 용장이 스스로 ᄒ직ᄒ고 퇴

병하고 흐거날 장장이 신병을 거나려 갑주 갓초우고 치장을 보고 이장으기 들어간니 운학이 급히 장장을 영

269. 접 왈 장군을 보온 지 오리온니 즐겁고 반갑도다 석수을 싱각흔니 슬프고 깁부도다 흔니 장장이 어소지 흐는 말을 기기이 주달흐여 왈 소장이 이장의 은희로 스라나서 희주의 가서 잇스나 일점혈륙이 없삽고 다만 노처을 다리고 곤곤이 지너난니다 운학이 탄식흐고 장장을 다리고 이공과 치장 압히 들어가 비리 왈 소장은 울남도 스든 장수빅이옵던니 피츠 보온지 업스온니 인철이원정의 낙이지환을 만니슨니 불안흐더이다 이공 왈 니 성명은 들엇건니와 니의 자식이 장군의 은희 만니 입어스나 쏘 오날 태산 갓한 덕을 엇지 다 갑흐리요 장장이 읍왈 엇지 은희르 흐오잇

270. 가 어소지의 말을 듯고 왓슨니 모다 어소지 효열이르 엇지 소장의 덕이라 흐오릿가 이장이 왈 이 다 즈니 말삼이라 어지 다른 스람의기 비흐리요 일변 슬푸고 일변 무안토다 니의 즈식이 무상흐나 이왕스라 시비는 막설흐고 슬프다 낭자야 공명이 죽어서 빅희공천 구진비의 고혼이 디넌난냐 낭즈을 위흐여 노러을 지어 왈 희성추야 옥항월의 우미인의 원혼인가 소승강 눈물 뿌려 반죽도 빈빈흐다 송죽 갓한 호열이여 일월도 광명흐다 인간 호열 허다흐나 사후 호열 쏘 인난가 큰산의 무친 옥도 오히려 험이 잇고 동지남월강수빙도 차라리 어둡도다

271. 슬프다 어소지야 저 갓흔 정열이여 상설로 무안흐고 빅옥도 무식흐다 슬프다 이니 마음 아모리 무상한들 저갓한 효열보고 그 안니 감동흐며 그 안니 불상한냐 여츠지지의 어장군니 그 노러을 듯고

ᄌ탄 무언하고 묵묵히 안ᄌ슨니 운학이 외로 왈 장군님은 날을 우난 잇가 장군의 면목을 오날날 보온니 후히 막급이라 이별한 후 오날 서로 만니이 천천만 의외롭다 어장 왈 슬프다 장군아 왕ᄉ난 부운이라 오날날 니의 여식을 상면흔니 슬푸고 슬프도다 니의 딸 월미 혼이여 빅년가약 미잣드라

272. 한니 어소지 소복을 입고 깁수건을 손의 들고 아미을 숙이고 치량이 서로 보고 슬프듯 늣기난듯 넝넝한 누수가 옥안을 적신니 석목 간장인들 그 안이 설여흐며 뉘 안이 불상할가 낭ᄌ 옥수로 서로 잡고 치장 압에 들어간니 치장이 늣기면서 어소지의 머리을 어로만지며 치읍 왈 미지라 魚小弟夜 면목을 生時갓치 볼지른 낭낭하다 어소지야 음성을 싱시갓치 듯고저른 무수이 탄하할시 잇째 용장이 들어와 상면 후의 치장이 왈 소장의 지조로 장군의 신명을 그다지 흐엿슨니 무안흐오며 만약 원수 갑ᄌ흐면 녹녹

273. 필부로다 한니 장장이 쏘한 회리 ᄌ칙흔건날 치장이 왈 장부의 실수는 병가의 상ᄉ른 장군의 지조 부족함이 안이요 다만 봉실불희269)이라 이지 장군의 말슴 들으이 소장의 마음이 도로혀 궁여흐여이다 용장이 왈 소장은 본더 픽군지장이이른 엇지 다 말하리요 원통이 죽은 건만 한니라 소장은 옛날 초한 째의 용저의 자손이라 다 더 장지종일넌니 소장이 지기 과인흐여 ᄉ촌으로 더부려 시상 공명을 엇고저 흐야 서ᄎ 金江山 玉東先生乙 추자 지조와 술법을 빅와 시상의 겹난 것이 업던니 선싱이 소장들의기 일으더 너의 지조 시상의 드문더 일기 여

---

269) 봉시불행(逢時不幸) : 때를 잘못 만나 불행함

274. 자 손의 죽을 것인이 삼과 조심ᄒ라 ᄒ옵든니 과연 여ᄌ의 손의 죽엇쏘다 사촌 펑군만니와 초남장 치량홍의 손의 죽엇슨니 장 군의 성명이 치량홍이ᄅ 하면 천ᄒ의 엇지 치량홍이 두리 잇스리요 장장이 왈 옛날 삼국시절의 동의 ᄌ롱 서의 ᄌ롱이라 하니 어지 두리 잇스리요 이지 초국 치양홍이 동국 치량홍이요 동국 치량홍이 초국 치양홍이라 용장 퓌장이 다 치량홍의 손의 죽엇슨니 치량홍은 이원 수의 닉실이라 장군 등이 마참 여ᄌ의 손의 죽엇슨니 옥동선생 말삼 이 엇지 부족다 하리요

275. 한니 용장이 듯고 더욱 놀니 曰 소장의 지조 용열ᄒ와 만스 무석이오며 쏘한 치장은 만고영웅이요 여중호걸이라 소장은 구상누 치로소이다 장장이 왈 어소지 여츠여츠ᄒ다 ᄒ니 용장이 디검ᄒ야 유구무언한니 치장과 어소지와 니니소ᄒ더ᄅ 잇써 장장이 어장 용장 으로 더부려 회진홈을 의논한니 이공이 왈 디장 등으로 일후 상면 ᄒ변 잇스리라 ᄒ고 어소지 쏘흔 갈나ᄒ거날 치장이 왈 치량코도 섭 섭ᄒ다 어소지야 만만ᄒ다 어소지야 이별마자 어소지야 이별 곳치ᄌ ᄒ니 이닉 눈물 어두워ᄅ 낙월 지닉서 미리 만너지 못ᄒ여서 지우금

276. 자탄이ᄅ ᄌ니 말이 갈나ᄒ니 호겨명천ᄒ여서ᄅ 일후 상봉 한 번이서 미진 희표 푸려보시 그리저리 다 보닌 후의 이공이 전영ᄒ 디 만동역 창곡을 헛터 빅성을 구지ᄒ라 ᄒ고 쏘한 장기을 쓰디 항공 판의 이르여 신병 귀쫄의기 싸이여 겨의 죽기 되엿든니 어소지 구함 을 입어 스란난 말삼을 기기이 주달한니 성상이 글너시고 비답의 ᄒ 여스디 어소지난 천고 효열이오 만고 충열이라 소지 곳안일느면 만 분외리ᄒ다 ᄒ시고 하교 ᄒ시디 그 짱의 충효열 비각을 정표ᄒ라 ᄒ

엿다 이공이 즉시 희주의 접영ᄒ여 석수 불어 비석ᄒ고 목수

277. 불어 비각 지어 어소지의 충열효열얼 표ᄒ며 ᄯᅩ 장장의 그 처을 불여 치ᄒᄒ고 왈 날점혈류이 업스니 더욱 슬프도다 혹 이성 중의 양ᄌ할 ᄶᅦ 업난냐 노구 잘기 왈 이성 중의 장시빅이라 ᄒ난 선 달이 아달 형지 잇스디 형은 운용이요 아우난 티용이ᄅ 준수ᄒ여이 다 이공이 즉시 장선달을 불려 왈 너으 아달 두리ᄅ ᄒ니 딕유보고 두 ᄌ식ᄒ여 양ᄌ을 정고저 ᄒ니 엇더ᄒ냐 시빅이 청병ᄒ고 잇슨니 싱각ᄒ다가 지비 왈 소인이 엇지 거영ᄒ리잇가 운용 티용을 불려 분 분하옵서 이공으로 노구 양ᄌ을 정ᄒ시고 즉시 나라의 상겨하고

278. 티용의 일홈을 고처 희용이ᄅ ᄒ고 선달의 부귀 희주의 가득 ᄒ고 희용 모ᄌ와 시빅 부ᄌ 치ᄉ 무궁ᄒ더ᄅ 잇디 조부인니 이공 부ᄌ와 치장이 중노의 봉면한 소식을 듯고 경항실식하여 음식을 전 퓌ᄒ고 주야 신음ᄒ고 병이 점점 중ᄒ여 빅약이 무효ᄒ고 명지 경각 이라 ᄌ부 왕부인과 우부인이 슬퍼 통곡ᄒ며 어만님 어만님 불으며 울 ᄶᅢ의 엇던 가미 문박기 이르드니 꼿갓한 옥낭ᄌ가 무슨 약을 조부 인기 들이거날 바다 먹은니 업난 정신니 도라오고 병이 쾨칙한지라 왕부인 우부인니 그 낭ᄌ 압희 안ᄌ

279. 치ᄒ 왈 이상코도 신기ᄒ다 무순 약인냐 ᄒ면 조부인 전의 고한니 조부인니 듯고 눅기면 왈 낭ᄌ는 엇더한 낭ᄌ관디 무슨 약으 로 너 죽은 명을 살이난고 낭ᄌ 왈 비첩이 원방 사람으로 이곳의 지 니다가 드른니 귀공ᄌ 댁 우한 급다 하온미 들어와 한약 일기로 살여 난니다 부인 왈 원방의 산다한니 어디 살며 어디로 오며 무삼 연고로 가난인가 낭ᄌ 왈 비첩의 사난 곳은 가랏친들 어이 와잇가 비첩이

시가의 우환 잇다 소식 듯고 가던니다 부인니 ᄌ한왈 아지 못기ᄅ 낭ᄌ의 시가는

280. 어딘지 아지 못ᄒ거니와 엇던 스람은 저른 며나리을 두언난고 ᄒ니 낭ᄌ 왈 부인은 엇진 말삼인심잇가 부인은 상서 귀공ᄌ의 ᄯᅡᆯ임을 보시고 날 갓한 비첩을 보시고 흡모ᄒ시난잇가 부인 왈 너의 명이 죽기 디엿던니 낭ᄌ의 선약으로 졸지의 스랏슨니 그 안니 괴상ᄒ며 그 안니 히훈훈가 너의 신명 왈 자곤곤ᄒ여 ᄌ식을 싱각ᄒ야 그런 병이 드려든니 ᄌ니 와서 살여슨니 그 안니 이상한가 ᄒ고 왕부인 우부인 조부인니 그 은공을 갑ᄌᄒ고 은ᄌ 빅양과 비단 오빅 필을 사ᄉᄒ신니 낭ᄌ 왈 은ᄌ 비단은 비첩이 다 바들

281. 사람이 안이라 부인 왈 이 붓치 일홈은 북미선이라 너의 중ᄒ든 보비ᄅ ᄒ고 주건날 낭ᄌ 주련탄 왈 첩이 부인 갓탄 시부모 기시오면 사랑ᄒ여 바드런니와 다만 팔ᄌ만 한ᄒ난니다 조부인 ᄌ탄치ᄒᄒ고 왕부인 은지환을 적표ᄒ고 우부인 은봉치을 정표한니 낭ᄌ 지환 봉치을 바다가지고 생각한니 일비 일히ᄒ여 써날 써의 오치 영농한 약 일기을 주면 왈 금월 도일이 이약을 씨옵소서 조부인이 왈 ᄯᅩ한 무슨 근심이 잇난잇가 낭ᄌ 왈 모다 천

282. 수라 ᄒ고 영영 작별ᄒ더라 잇째 이공 정여각의서 촉단청으로 도하할시 옥미하 벽도하는 디둘보의 찰난ᄒ고 모란하 희당花는 도인가이 넝소ᄒ고 낙낙장송은 가지가지 선학이 펄펄 나라들고 나는 청조와 우는 봉학은 부연의 히롱ᄒ고 鸚鵡 공작 원앙시는 들보 ᄭᅳ치 영ᄌ로다 五色이 영농한디 희중석을 가라니여 왕히지의 필법으로 금ᄌ옥지 쌕견스더 孝烈겸정 옥낭ᄌ 어씨의 亭여각이라 씨기고 어장군

의 비는 왈 유명 조선국 어장

283. 군 신원비라 흐고 장장의 비는 왈 은히 불망 불망하고 용천두의 비는 옥비히 불망비라 흐여 정여각의 서우고 택일하여 잔치 후의 각색 음식 차려녹코 일등 무여 초명흐야 츠츠로 초혼할시 장장군 어장군 용장군니 갑주을 차려입고 마상의 놉히 안자 나난다시 들어올시 차리로 열좌하고 풍악소리 진동할시 다만 어소지가 업난지라 한탄이 무궁턴니 호련 어소지 향풍이 진동흐며 白桃花 萬發한더 百玉교즈의 주렴을 놉히더여 청스 뒤편의 나난다시 들어온니 이난 어소지의 교잘너라 어소지 녹의홍상의 금수단

284. 장으로 일월금퓌와 홍나건을 좌수의 비겨들고 福美扇 玉朱환 金奉지난 우수의 들고 이공 압히 나아가서 지비흐거날 이공과 치장이 혼영영첩 왈 엇지 더디오난냐 흐며 쏘한 옥지한 금봉치 복미선을 보고 의심흐여 문왈 이 물건은 어디 가서 어던난냐 소지 왈 일전의 시모님 병환우 급함을 듯고 서히 용부의 들어가 신약을 어덧다가 시모님 구병흐고 올 쩌의 이 물건을 정표주시오미 바다완난니다 이공부즈와 치장이 의심흐여 신기히 여기더라 낭자을 금병안의 인도흐여 죄정 후의 무여 홍도선을 들고 풍물을 일으시며 모리270)로 춤을 추

285. 며 청청한 옥성으로 간을기 쎄여너냐 원통이 죽은 귀신 원희을 구비구비 푸려낼시 그 노레의 흐엿스더 벽설 갓한 어부인아 朱玉 갓한 魚夫人아 二八靑春 고운 즈식 저런 혼결 이장군을 百年토로 못미시고 三生可約 好心情을 一時間間 근어진니 쑴일넌가 잠일넌가 天神이 從히한가 鬼神이 신기한가 秋風이 소슬하여 원혼니 나랏도다 낙월이

무색함이여 원혼니 부첫도라 서ᄒ水야 無정하다 황혼한들 어이하리
원희을 말할진더 시상의 무쌍이라 저갓치 고운

286. 얼골 무주고혼 디단말가 벽히공천 구진비 써려진 날의 허공
으로 우난 귀신 누집으로 가잔 말고 싱전 곤익이 응사후 부귀로다
이 갓한 영웅호걸 만너온니 질겁도다 슬프다 인의 안면 다시보기 허
ᄉ로다 일천간장 태산갓치 씨인 회표 구비구비 혀ᄉ로다 아름답다
어부인의 원혼이여 이런 가장 이리 만니 만단회포 푸려주고 우연한
정역각을 서워준니 주상님의 은덕이요 상공님의 인정이라 슬프다 어
부인의 원호이여 만청각의 자정하소 슬푸다 혼빅이여 일편석의 안정
ᄒ소 천추만시의 전지

287. 무궁하옵소서 무여 글을 다한 후의 잔을 들어 장장 어장 용장
으기 권하여 왈 장장은 즈축 보북지은니 허당이 잇기로 단정각 일편
석의 표정하고 어장은 원수라 마옵소서 당당한 이장군님 당초의 설
원ᄒ고 니중의 신원ᄒ여 일편석 서워주고 용장은 슬펴마소 자고로
명장이 전장의 허다이 죽어슨니 이런 이리 쏘 인난가 유덕할ᄉ 이장
군님이 용장의 비희을 일편석의 두려든니 스푸다 이것이 다 어소지
의 효열지은이로소이다 비기을 마친 후의 어소지 홍나건을 눈물 짝
고 하직 지비 왈 시부몬님 평안이 도라가서 만수

288. 무강ᄒ옵소서 쏘 복미선을 들어 왈 가지고 돌아가서 시모님
기 들이소서 첩이 시가의 가서 바다온 것이나 쓸디 업슨니 가저가옵
소서 ᄒ고 쏘한 가군 운학의 압히 나가 나삼을 잡고 치류여유하여
왈 인지 이별하면 언지 다시 볼고 황천의나 다시 볼가 슬푸다 니 팔
즈야 생이ᄉ별 무삼 일고 청천의 외기려기 니니 날과 함기 가즈 약수

삼천리의 청조 소식 망년ᄒ다 고향ᄉ을 생각ᄒ면 가삼이 막막하다
월노가든

289. 밋자녹고 독수공방 무삼 일고 어와 가군이야 그 안이 가련한
가 첩첩이 싸인 희표 천만연인들 다 하라요 슬프다 가군님은 부모님
을 평안니 뫼시고 돌라가서 날 갓한 죽은 사람얼 다시 생각지 마르시
고 귀중한 왕부인과 다정한 우부인으로 빅연회로 하옵소서 슬푸다
아반님요 우리 다시 정여각의 안정함은 상공님의 덕택이라 뉘다려
일여볼고 슬푸다 가군님은 모년 모월

290. 모일의 첩이 죽은 날이온니 만약 싱각하시거든 일년 일기반
과 일비 잔을 부어주소서 하며 지한 봉치을 주면 왈 이것은 가저다가
왕부인 우부인기 들이소서 첩은 쏘한 쓸디 업난 물견이라 슬푸다 고
혼삭빅 어소지와 장장 어장 용장의 하직 비ᄉᄒ고 무인고각 진정흔
디 치량이 돌아가거날 이 치 삼장이 흉격이 막히여 한말도 못ᄒ고
돌아갈시 한 거름의 돌아보고 두 거름의 돌아본니 치류여우ᄒ야

291. 압홀 분별치 못ᄒ더ᄅ 즉시 군졸을 거날여 경성의 이르려 호
군ᄒ여 각각 도라가라 하며 디궐의 들어가 숙비하거날 상이 보시고
크기 긴거 왈 장군은 북방 오랑캐을 소멸하고 도라오다가 신병 귀졸
으기 봉변하엿다 어소지의 충열은 문으무쌍이라 하고 원정이 곤고함
을 외로하여 주왈271) 부어 친이 전ᄒ시고 각 별슬을 승품하실시 춘빅
으로 이조판서외 겸 비상을 하이시고 운학으로 강능군수

292. 의 우상을 하이시고 어소지로 정열부인을 봉하시고 치량홍으
로 충열부인을 봉하시고 조부인 우부인 왕부인으로 차차 등직하시고

---

271) 술을

수유하라 하신니 이공 부즈와 치장이 본댁을 도라온니 조부인 왕부인 우부인니 나와 접영할시 비히을 치양치 못할너라 조부인니 이공 부즈을 보고 왈 정복미션은 엇진 거신인가 부인니 이상이의 우환 이션는가 부인이 왈 장군 뭉중노의 곤익 당한 소식을 듯고 노심ㅎ야 병이 되야 스경의 이르렷던니 난더 업는 옥낭즈 와서 선약으로 살이기로 은즈 빅양

293. 과 비단을 주어도 마다ㅎ오미 그 스랑하든 미션으로 정표하얀 난니다 이공이 왈 그 낭즈는 과연 어소지 시가의 구병하로 갓다가 주미 가저왓다 ㅎ고 도로주면 왈 이것은 도로 시모님기 갓다드리라 하던니다 조부인 왈 그려면 옥낭즈는 엇지 나을 쏘견난고 하며 즈탄 왈 어소지줄 아랏으면 말리라도 하여보제 슬푸다 어소지야 안니 보기만 못ㅎ도다 가련하다 어소지야 어이ㅎ여 날 쏘견노 하며 왕부인 우부인

294. 다 못니 칭찬ㅎ더르 미리 그려 가시 부요ㅎ고 이공은 치부인 조부인으로 하락ㅎ고 운학은 왕부인 우부인으로 동낙할시 어소지의기 연연이 지스ㅎ고 강능추월로 시월를 보닐시 잇쩌 시하니충ㅎ고 국태민안ㅎ여 산무 도적ㅎ고 도부승무하던니 그려 저력 십년 한정 찰리 하날로 올라간지 안지 들을너리

295. 강능추월종이올시라

己亥年正月二拾日始

己亥年二月十二日成

강능추월

朴極臣書

찾아보기

【가】

가문간의 혼례 244
가문소설(家門小說) 14, 71, 84, 208,
　　209, 235, 244, 245, 250
가문의 계승 45
가문의식 210, 212
가부장적 가족제도 210
가정 연간 62
가족 간의 용서·화해 15
가족 계승의식 29, 191, 212, 213, 252
가족 상봉 57, 69, 81, 120, 181, 184,
　　185, 213, 241
가족 상봉의 염원 186
가족 이합(離合) 22
가족 이합(離合)의 서사 구조 103, 105
가족 이합담 22, 24
가족 이합의 구조 24, 81, 250
가족 이합의 서사 구조 104
가족 이합적 182
가족간의 화합 142
가족애 41, 57, 60, 61
가족애와 권선징악 248
가족애의 확인 58
가족의 계승의식 74, 75, 81, 210
가족의 극적 상봉 202
가족의 상봉 74, 78, 178, 242, 244

가족의 이별과 만남 58
가족의 이합구조 76, 235
가족의 화합 61, 142, 226, 230
가족의 화해 및 화합 70
갈등 양상 22
갑오농민전쟁 154
강낭추월전 93
강능 상옥봉 90
강능추월 93, 135
강능추월 옥소 50, 60, 61, 66, 74,
　　79, 122, 180, 182, 187, 201
강능추월 옥통소 196, 205
강능추월리춘백전 151
강능추월옥소전 93, 106
강능추월이춘백전 93
강능추월전 50, 93, 136, 142, 151,
　　195, 196, 246
강독사 188
강릉 104
강릉 삭옥봉 88
강릉추월 옥소 18, 198
강릉추월(江陵秋月) 17, 18, 19, 22
강릉추월전(江陵秋月傳) 11, 12, 13,
　　14, 18, 19, 20, 21, 22, 23, 24,
　　25, 26, 27, 29, 33, 44, 45, 47,
　　48, 49, 53, 54, 56, 57, 60, 61,

63, 64, 68, 76, 78, 80, 82, 83,
84, 87, 90, 91, 93, 94, 99, 103,
105, 106, 114, 132, 133, 134, 135,
139, 145, 147, 148, 150, 152, 153,
154, 158, 159, 160, 161, 162, 163,
165, 167, 169, 170, 171, 173, 174,
175, 179, 180, 181, 184, 185, 186,
191, 192, 193, 198, 202, 209,
210, 213, 216, 218, 220, 224,
225, 226, 227, 231, 233, 234,
235, 238, 239, 240, 241, 242,
243, 245, 247, 248, 251, 252,
253, 254
강릉추월전의 개작　230
개가권장(改嫁勸獎)　56
개과천선　118, 119, 202
개별성　11, 13, 15, 243
개별적 특성　29
개작　128, 168, 213
개화사상　227
거문고　57, 58, 60
결혼　41, 45, 48, 50, 74, 76, 80,
　119, 124, 163, 164, 223, 248
결혼 대목　47, 192
결혼 장면　49
결혼 화소　45, 46, 47, 48
결혼담　75
경남　160
경북　160, 162, 163
경북 지역　147, 160, 161, 164, 251
경북 지역 여성 향유층　162
경북 지역의 선비집안　164
경북대1본　114, 155
경북대2본　149

경성　88
경세통언(警世通言)　12, 17, 18, 26,
　33, 34, 35, 36, 40, 233, 247
경판본　30
계녀가　153
계명대1본　156, 157
계명대2본　156
계명대본　115, 149
계모형 가정소설　86
계통본의 선후 관계　28
고국귀환　111
고금소설(古今小說)　35
고대1본　198, 202, 209
고대본　245
고려대1본　193, 208
고부갈등　237, 238
고소설　199, 226, 237
고소설 작품으로 토착화　26
고소설 작품의 선후 관계　24
고소설 향유층　33, 98, 99, 177
고소설로 재창작　71
고소설로 토착화　218
고소설의 개작　227
고소설의 도식성　14
고소설의 독자층　25
고소설의 미학　235
고소설의 번역 번안　17
고소설의 여성영웅　217
고소설의 이본　16
고소설의 주체적 변모 양상　13
고소설의 특징　247
고소설의 향유층　145, 243
고진감래(苦盡甘來)　120, 154, 156,
　157, 158

고진감래의 여성적 삶 159
공시적 22
공통 화소 34, 41
공통적 특성 29, 251
공통점 67
공포정치 62
과거 급제를 통한 영웅적 활약 126
구비설화 236, 237
구습타파 227
구우 10
구조 분석 25
국도본 115, 116, 118, 120, 156, 157,
　174, 241, 249
국태민안 118
군담 18, 22, 53, 54, 71, 81, 118,
　120, 178, 179, 180, 181, 198, 199,
　201, 202, 213, 216, 248, 251
군담 대목 66, 162, 200
군담 영웅 81, 248
군담소설(軍談小說) 14, 66, 199, 202,
　235, 244, 250
군담소설의 영향 76, 78
군담소설의 유형 18
군담영웅 76
군담을 통한 다양한 서사 내용 69
군담의 생략 242
군담의 화공전 118
군담의 흥미 111
군담적 영웅 191, 199, 201
군담적 영웅의 첨가 253
군담적 유형 18
군담적 인물 234
굿을 통한 해원의식 246
권선징악(勸善懲惡) 39, 41, 57, 58,

61, 81, 83, 85, 181, 186, 187, 189,
　242
근대 전환기 12, 209, 225, 226, 227
근대 전환기 활자본 132, 226, 247
근대 전환기의 활자본 고소설 15
근대 전환기 신소설 29
금강취유(金剛聚遊) 22
금오신화 9
기능의 변화 71
기본형 21, 28
기봉(奇峰) 18
기연소설(奇緣小說) 18
기자치성 196
김광순1, 2본 108, 115
김광순1본 106, 109, 111, 113
김광순2본 109, 111, 113
김광순3본 156, 157
김광순4본 148, 154, 157
김광순7본 115, 116, 118, 119, 120
김수길 163, 172
김시습 10
김영이 164, 172
김임규 152, 163, 171
김진옥전 160
김태준 18
꿈의 서사 장치 114

【나】
나삼 59
나손본 148, 154, 157, 162, 165, 171
난혜당의 화답 편지 111
남녀 향유층 149
남녀의 화합 132, 228, 231
남녀의 화합 의식 29, 191, 252

남녀이합형 소설 146
남성 150, 240
남성 독자 178, 188
남성 독자층 180
남성 중심 205
남성 필사자 150, 151
남성영웅 213
남성의 영역 216
남성의 충효 219, 223, 228
남성의 충효 의식 191, 252
남성의 효 232
남아선호 사상 68
남원고사 계열 134
남자의 충효 의식 29
남장여자 119
남존여비 68
남편의 원수 갚기 221
남편의 충효 220
남편의 충효 의식 221
납월 165, 166
내재적 토착화 양상 34
노년기 184
노재순 148, 150, 151, 153, 170, 175,
    177, 179, 180, 181, 182, 184, 185,
    186, 240, 241, 242
노재순본 108, 109, 111, 113, 115,
    148, 168, 249
논농사 167
논어 36
농경문화 167
농번기 28, 166, 167, 169, 172, 173,
    174, 184, 241, 250
농한기 28, 165, 167, 169, 170, 171,
    174, 241, 250

【다】
다양한 변이형 28
다양한 혼례 50, 234
단국대1, 2, 3, 4본 107, 108
단국대본 162, 164
단금 59
당나라 선언(選言) 36
대곡삼번 146
대동풀이 239
대리만족 182, 201
덕흥서림본 121
도교 62
도술적 군담 19
도적 44, 48
도적의 습격 38
도화촌 88
독서 99
독서 의식 147, 240
독서 환경의 변화 146
독수공방(獨守空房) 80
독자 33
독자 수용 25
독자층 13, 25, 145, 198, 226, 228,
    240
독자층의 세계관 142
독자층의 요구 232, 252
동명왕 신화(東明王 神話) 236
동아시아 10, 16, 27, 33, 34, 40, 42,
    44, 50, 86, 233, 243, 248, 253
동아시아 문학 11
동아시아 한·중의 보편성 15
동요(動搖) 62
동해 용부 91
등장인물의 성격 71

【라】

락도반 60

러일전쟁 154

【마】

맹자 36

며느리 57

명나라 12, 62

명나라 초기 영낙 연간 87, 90

명나라의 성화 연간 62

명심보감 185

명주기봉(明珠奇峰) 237

모내기 167

모방 10

모자 상봉 60, 69, 178

몰락 양반의 유학자 251

몰락한 선비 174

몰락한 향촌의 선비 172

무가 236

문체의 변모 10

문학 23

문학 담당층의 의식 26

문학사적 의의 15

문학의 사실성 189

문학적 가치 17

문화적 차이 68

민란의 발생 154

【바】

박순호1본 106, 149

박순호2본 156, 157

박순호3본 148, 154, 157

박순호6본 115, 116, 118, 119, 120,
    149, 168, 197

박순호10본 148, 155, 157, 168

박순호본 161

박승화 151

박용서 163, 171

반복적 독서 185, 186, 242

반성과 뉘우침 106

방각본 20, 31, 134

배경 19, 21

배경의 변화 27, 63

배경의 자국화 253

백운암 88, 91

번안 11, 84

번안 양상 19

번안소설 9, 19, 30, 233, 247

번안의 의미 18

번역·번안 양상 25

번역소설 9

벼농사의 생산 방식 167

변모 10, 15, 63

변모 과정 131

변모 양상 25

변모와 토착화 63, 67

변이형 21

별춘향전 계열 134

보상대목 246

보편성 12, 41, 44, 243

복수담 22, 24

본격적인 군담의 등장 19

봉황금(鳳凰琴) 13, 17, 19, 22, 26,
    27, 30, 33, 40, 247, 248, 253

부귀공명 77, 156

부귀영화(富貴榮華) 45, 48, 157, 158,
    159

부모 상봉 126

부모의 원수 74, 131, 132
부모의 원수 갚기 20, 28, 39, 40, 60,
  74, 82, 84, 85, 105, 126, 139,
  218
부부의 애정 228, 232
부연 28
부연형 21
부인행실록 152, 168
부자 상봉 104, 199, 201
분량의 장편화 250
불교의 세계관 159
불교의 순환론적 세계관 159
비교문학적 연구 11, 63, 64, 233, 236
비교연구 10, 16
비극성 232
비극적 옹서갈등 239
비극적 처벌 239
비석 224
비속미 86

【사】
사월 165, 166
사회변화 12
사회상 10
사회성 35
사회적 합의 142
삼강오륜 201, 222
삼국지연의(三國志演義) 10
삼언(三言) 10, 18
삼월 165, 166
상서기문 24
상업성 44, 225
상업적 성격 133, 212
상업적 출판 226

상호 영향 관계 48
새로운 가족 의식 16
새로운 이본 계통 13
새로운 인물의 첨삭 253
새로운 활자본의 개작 44
생명력 253
서대석 19
서민 146
서사 구조 65, 66, 105
서사 구조의 변화 27, 63, 67, 248
서사 구조의 재구성 253
서사 단락의 변모 99
서사 무가 〈제석본풀이〉 236
서사 전개 87
서사 전개 방법의 변형 234
서사 전개의 복선 59
서사 전개의 역전식 구성 69, 234
서사 전개의 재구성 248
서사 전개의 축 178
서술 분량의 장편화 64
서술 분량의 증가 70
서유기(西遊記) 10
선민의식 186, 189
선본(先本) 25, 40, 99, 100
선본(善本) 28, 99, 108, 109, 119,
  120, 249
선본(善本)의 조건 115
선비 계층의 여성 향유층 173
선비 집안의 부녀자 173
선비 집안의 여성 172, 251
선비와 학자 157
선악 갈등 83
선악대립 39
선후 관계 27, 99, 105, 135, 249

성격적인 결함 237

성대1, 2본 208

성대1본 115, 116, 118, 119, 120, 169,
  174, 193, 196, 197, 198, 202,
  206, 207, 209, 212, 245

성대2본 149, 167, 173

성대본1 241

성리학 51

성세항언(醒世恒言) 35

세 계통의 이본 250

세 이본 계통 21

세 이본 계통의 선후 관계 134

세도정치 51, 62, 154

세창서관본 121, 122

세책본 169, 173

세책점(貰冊店) 71, 170, 172, 174,
  196, 208, 209, 241, 245, 250

소설 향유층 146, 225

소설의 효용성 36

소운전(蘇雲傳) 13, 17, 22, 24, 26,
  27, 30, 33, 40, 42, 43, 44, 45,
  47, 48, 49, 50, 54, 55, 56, 57,
  59, 61, 76, 80, 81, 83, 90, 247,
  248, 253

소지현나삼복합 17

소지현나삼재합(蘇知縣羅衫再合) 12,
  13, 17, 18, 19, 22, 24, 25, 26, 27,
  30, 33, 34, 36, 37, 39, 40, 44,
  46, 48, 50, 51, 54, 55, 57, 58,
  61, 63, 64, 68, 76, 80, 81, 83,
  84, 88, 90, 134, 161, 173, 203,
  213, 218, 231, 233, 234, 235,
  238, 247, 248, 252, 253, 254

소학사전(蘇學士傳) 17, 19, 30, 42,
  43, 44, 47, 48, 52, 54

소한림전 52, 56, 76, 77, 80, 90

손오의 병법 116

송나라의 통속(通俗) 36

송부인전 163

수용 33

수용 미학 240

수용관계 16

수취제도의 문란 62

수호전(水滸傳) 10

숙향전(淑香傳) 192, 198, 243, 244,
  250

순환론적 세계관 85

순환론적(循環論的) 세계관 61

숭고미 86

시대적 요청 232

시민계급의 대두 36

시·공간의 자국화 27, 63, 249

시·공간적 배경 86, 87

시·공간적 배경의 자국화와 국제화
  90, 235

시장권 162, 164

시장권 중심의 통혼권 163, 164

시집살이 민요 238

시집살이 삶 181, 182, 183, 241

신기형 18

신라시대 90

신분 계층 147, 150

신분 계층의 변화 173

신분 상승 159, 160

신소설 226, 227

신소설의 영향 247, 253, 254

신전댁 163, 165

실증적 방법 25

실증적 연구 147, 251
실증적 조사 25, 165, 167, 177
심청전 184, 185, 224, 245
십일월 165, 167

【아】

아내의 원혼 풀어주기 139, 143
안동 162, 251
애정 추구 80
애정소설(愛情小說) 14, 86, 192
애정소설의 영향 198
양가의 화합 232
양명학의 영향 36
양반 146
양반 계층 28
양반 계층의 부녀자 172
양반 계층의 여성 향유층 173
양반 부녀자 170, 173, 174, 208
양반 여성 196, 241
양반 여성들의 취향 174
양반 집안의 여성 251
양반가 여성 향유층 239
양반가의 여성 251
양반의 부녀자들 157
양자 74, 75
양자 삼기 29, 75, 81, 182, 191, 209,
　210, 211, 212, 213, 252
양자 제도 210, 213
어소저 53
어소저의 원혼 104, 116, 136, 137,
　139, 142, 143, 221, 225
어소저의 원혼 풀어주기 158
어소저의 재생과 원혼 풀어주기 250
어소저의 효열 의식 143, 201, 222, 223

어천추 50, 60
여성 147, 150, 240, 250
여성 독자 150, 151, 153, 178, 188,
　203
여성 독자의 존재 양상 147
여성 독자층 16, 24, 25, 28, 152,
　153, 170, 180, 181, 217
여성 독자층의 독서 의식 147
여성 독자층의 신분 계층 169, 174
여성 수난 41, 55, 56, 80, 213, 216,
　217, 227, 229, 248
여성 수난 과정 56, 57
여성 수난 화소 54, 55, 57
여성 수난의 구조 54
여성 의식 29
여성 중심 205
여성 필사자 28, 150, 152
여성 필사자의 신분 151
여성 향유자 162
여성 향유층 11, 13, 14, 28, 76, 99,
　145, 147, 148, 161, 173, 174, 175,
　176, 184, 189, 203, 208, 209,
　240, 241, 242, 245, 250, 253
여성 향유층의 관계 145
여성 향유층의 미의식 160
여성 향유층의 소설 수용적 태도 243
여성 향유층의 수용의식 240
여성 향유층의 신분 계층 171
여성 향유층의 역할 13, 15, 28, 251
여성 향유층의 요구 80
여성 향유층의 욕망 157, 159
여성 향유층의 의식 29, 75
여성 향유층의 통혼권 251
여성들의 시집살이 159

여성들의 의식 156
여성상 80
여성영웅 29, 48, 49, 70, 201, 202,
    213, 214, 217, 227, 231, 234,
    244, 250
여성영웅소설 146, 202, 244, 250
여성영웅의 등장 76, 81, 216
여성영웅의 첨삭 191, 252
여성영웅의 활동 80
여성영웅의 활약 66, 79, 215, 252
여성의 능력 79
여성의 비극 220, 223
여성의 사고방식 80
여성의 수난 231
여성의 시집살이 삶 242
여성의 작품 수용적 태도 240, 242
여성의 효 232
여성의 효열 의식 29, 191, 221, 223,
    225, 228, 252
여성의식의 변화 217
여승구1본 148
여승구2본 155
여승구3본 108, 115, 148
여승구4본 153
여승구5본 149, 173
여승구9본 155, 168
여승구10본 149, 155, 171
여승구본 162
여자탄 152
역사적 배경 14
역사적 변천과정 106
연세대1, 2본 107, 108
연세대1본 155
연세대본 148

영남 지역 160, 161
영웅 및 군담소설 243
영웅담 24
영웅성 73
영웅성 획득 45
영웅소설(英雄小說) 14, 19, 62, 193,
    196, 199, 202, 235, 244, 250
영웅소설 및 군담소설 86
영웅소설의 영향 66
영웅소설의 유형 146
영웅소설의 유형성 14
영웅의 일대기 80
영웅의 활약 80
영웅적 군담 79, 234
영웅적 능력 202
영웅적 인물 54, 202
영웅적 인물의 결혼 119
영웅적 인물의 자긍심 91
영웅적 인물의 혼례 75
영웅적 인물의 활약상 90
영웅적 활동 78, 79
영웅화 19
영향 관계 16, 24, 26, 40
오월 165
옥문동 88, 91
옥소 18, 57, 88, 118, 119, 120, 126,
    135, 136, 179, 195, 197, 198, 199,
    219
옥소계 소설 22
옥소기봉(玉簫奇峰) 17
옥소기연 22
옥소의 중요성 23
옥소전(玉簫傳) 17, 93
옥원재합(玉鴛再合) 237

옥원전해(玉鴛箋解) 237
옥중화 계열 134
옥황상제 113
옹서 갈등 83, 84, 104, 235, 236,
　　237, 238
옹서 관계 83
옹서(翁壻) 대립 21, 27, 49, 63, 82,
　　83, 85, 100, 131, 133, 134, 135,
　　136, 141, 142, 218, 249
옹서갈등의 문학 236
옹서화합 239
용서·화해 84
용서·화해의 가족 상봉 85
용서·화해하기 28
용서하기 21
우미인가 152
울남도 88
원류가 된 화소 27
원수 갚기 142
원수 갚기에 대한 뉘우침 28
원수를 용서하고 화합 85
원수를 용서하고 화해 105, 106
원월 165, 167
원전 16, 17, 25
원혼 40, 137, 142
원혼 풀어주기 15, 224, 239
원혼풀이 굿 224
월봉기(月峰記) 13, 17, 22, 23, 24,
　　26, 27, 30, 33, 40, 42, 43, 44,
　　45, 46, 47, 48, 50, 51, 52, 54,
　　55, 57, 58, 61, 76, 80, 81, 83,
　　90, 247, 248, 253
월봉산 47
월봉산기(月峰山記) 17, 19

유교 문화권 42, 50, 248
유교윤리 11, 56
유교윤리의 삼강오륜 45
유교적 삼강오륜 223
유교적 윤리 201
유교적 이념 36
유교적 효열 의식의 강화 173
유교적인 충·효·열 158
유복자 36, 38, 50, 53, 58, 60, 68,
　　73, 74, 85, 88, 179
유세명언(喩世明言) 34
유월 166, 167
유충렬전 160, 177, 180, 181, 241
유통 12, 17, 27
유통된 필사본 57
유학자 계층 172, 174
유학자 집안의 여성 171, 172, 173
유형 분석 23
유형 연구 22
육경 36
육도삼략 116
윤회사상(輪回思想) 61, 159, 216
음악 23
음악관계 23
의화본(疑話本) 34
이대본 149, 155
이대환 166
이명구 18
이박(二泊) 10
이본 11, 13, 20, 22, 23, 24, 94
이본 검토 22, 24, 25
이본 계통 11, 21, 22, 25, 27, 93, 99,
　　100, 104, 135, 191, 198, 232, 235
이본 계통본의 선후 관계 142

이본 계통본의 지속과 변모 29

이본 계통의 변모 71, 145, 170, 247

이본 계통의 선후 관계 133

이본 변모 250

이본의 검토 25

이본의 계통 25

이본의 다양한 변모 26

이본의 변모 84, 147, 173, 240

이본의 분류 99

이부영 151

이부영본 107, 108, 162

이운학 50, 53, 56, 85, 88

이운학의 일대기 79

이원적 공간 구조 197

이원주 146

이월 165

이유천 163, 172

이인직의 〈혈의루〉 227

이주영 146

이진옥 166

이춘백 49, 53, 60, 68, 88, 103, 105

이춘백 가족의 영웅성 113

이춘백 부자 104

이춘백의 일대기 78

이춘백의 편지 111

이춘백전 93

이합구조 23

이화여대본 107, 108

인물의 능력 73

인물의 성격 71, 72

인물의 성격 변화 27, 63, 81, 248

인물의 자국화 19

인연사상 159

일제강점기 90, 228, 231

일제강점기의 사회상 252

입신양명 48, 79, 111, 194, 202, 205, 228, 244, 250

입신양명의 기회 180

입신출세 202

【자】

자개산 91

자개산 노인 116

자개산 도사 88

자국화 양상 23

자생적 변모 15, 33, 42

자생적 창조력 253

작가 33

작가 의식 10, 22

작가의 세계관 113, 191

작가의 창작 의식 81

작품 선호도 99

작품 수용적 태도 175

작품군의 변모양상 12

작품군의 유통 28

작품군의 이본 계통 28

작품의 공간적 이동경로 88

작품의 문학적 가치 13

작품의 발생론적 성격 86

작품의 변모 27, 145

작품의 분량 99

작품의 세계관 73

작품의 수용자와 창작자 145

작품의 유통 145

작품의 짜임새 44

장수백 60, 104

장위생 163, 164

장인(丈人) 11, 59

장인 처벌에 대한 뉘우침 139
장인 처벌하기 21
장인과 사위의 무예 겨루기 124
장인을 죽인 과오에 대한 뉘우침 143
장정룡본 155
장편가문소설 86, 157, 164, 237
장편화 71, 91, 248
재산상속 210
재생 15
재생 대목 139, 223, 224, 225, 231,
　249, 252
재생 의식 224, 246
재생적 의미 137
재창작 10, 11, 12, 26, 45, 84, 132,
　141, 161, 198, 235, 240
재창작 소설 11, 14, 15, 28, 236,
　247, 248, 254
재창작한 소설 64
쟁총형 가정소설 86
적강 251
적강소설(謫降小說) 14, 192, 193, 198,
　235, 243, 250
전등신화 9, 10
전북 160
전설 236
전순주 163, 176, 181, 184, 185, 186,
　188, 242
전쟁군담 79
전쟁군담 영웅의 등장 72
전파론적 입장 12
절대적인 효성 의식 136
정려각 224
정명기1, 2본 107, 108
정문연1본 115, 116, 118, 119, 120,

149, 156, 157, 168, 174
정문연본 161
정월 166, 167
정월달 165
정절 39, 40, 41, 42, 44, 45, 55,
　229, 245, 248
정절 화소 44, 45
정절 훼손위기 56
정절과 결혼 화소 248
정체성 11, 36, 50, 53, 60, 161, 203,
　205, 219
제1계통 29, 67, 69, 70, 74, 79, 80,
　93, 94, 114, 132
제1계통 기본형 235
제1계통본 28, 90, 97, 100, 104, 105,
　106, 108, 121, 133, 135, 136, 139,
　142, 148, 151, 153, 154, 158, 162,
　165, 167, 171, 182, 191, 195, 219,
　228, 232, 234, 239, 249
제1계통본 기본형 85, 134, 143, 161
제1계통의 이본 115
제2계통 29, 67, 69, 70, 71, 74, 75,
　79, 80, 93, 94, 100, 116, 120,
　132, 162, 249
제2계통 부연·확장형 235
제2계통본 28, 85, 90, 98, 104, 105,
　106, 115, 133, 136, 137, 139, 142,
　149, 151, 153, 156, 158, 166, 167,
　171, 172, 183, 191, 195, 201, 208,
　214, 221, 225, 228, 234, 239,
　244
제2계통본 부연·확대형 134, 161
제2계통본의 후반부 143
제3계통 29, 67, 69, 70, 71, 74, 75,

80, 93, 94, 100, 132, 193
제3계통 변이형 235, 239
제3계통본 28, 85, 90, 104, 105,
106, 121, 131, 139, 140, 141, 142,
191, 196, 203, 205, 217, 228,
229, 234, 249
제3계통본 변이형 161
제3계통본의 상업성 142
제사권 210
조동일 19, 20
조부인 56, 88
조부인과 최부인의 화목 113
조부인의 정절시험 대목 162
조상서 104, 114
조선 87
조선시대 90
조선시대 강원도 강릉 87
조선시대 결혼제도 238
조선시대의 혼례제도 237
조선조의 사회상 233
조선후기 227
조선후기 고소설 15, 29, 248
조선후기 고소설로 재창작 13, 253
조선후기 고소설로 토착화 29
조선후기 고소설의 영향 254
조선후기 고소설의 자생적 토착화와 창
조적 생명력 246
조선후기 군담적 영웅 81
조선후기 번안소설의 등장 30
조선후기 사회문화적 특징 236
조선후기 사회변화 29, 234
조선후기 사회상 62
조선후기 사회상을 반영 45
조선후기 사회의 결혼 제도 83

조선후기 사회의 상황 136
조선후기 필사본 13, 132, 226, 247
조선후기 필사본 고소설 15
조선후기의 사회변화 26, 247
조선후기의 사회상 191
조순일전 152
조웅전 160, 163, 181, 184, 185, 188
조윤제 18
종합적 연구 27
주인공의 공간적 이동경로 87
주자가례 206
주제의 변화 27, 63
주체적인 수용 33
중국 87
중국 여남 조상서의 딸 88
중국 원전 24, 44, 48, 70
중국 원전의 수용 26
중국 화본소설의 영향 136
중국소설 9, 11, 13, 16, 26, 62
중국소설의 영향 관계 17, 30
지상공간 194, 197
지속적으로 변모 33
지역별 유통 160
지역별 유통양상 251
지역적 토착화 233

【차】
차이점 67
창란호연록 164
창작 11, 84
창작과 번안의 개념 33
창작소설 9, 20, 30, 233
창작소설적 성격 23
창작의 시·공간적 배경 86

창조적 생명력 253
천문지리 116
천상 개입 242
천상 공간 195
천상 연분 203
천상 인물의 혼례 81
천상 징표 197
천상 협조자 61
천상공간 194
천상의 개입 242
천상의 보상 245
천상적 인물 198, 234
천상적 인물의 결혼 이야기 66
천상적 징표 47, 73, 187, 198
천상적 협조자 56, 198
천자문 185
천정연분 214
청성고(淸聲鼓) 59
청일전쟁 154
초월적 존재 81
초현실계 80, 91
최양홍 53, 60, 79, 80, 88
추월전 93
춘향전 134, 224, 245
출장입상(出將入相) 48, 50
충·효 51, 53, 54
충·효 화소 50, 52, 54
충열효행록 157
충효 41, 248
충효의 당부 113
친부모의 원수 갚기 70, 81, 106, 235
칠월 167

【타】

태평광기(太平廣記) 10
태평성대 77, 104, 112, 113
토착화 14, 27, 33, 81, 202
토착화 과정 10, 11
토착화 및 재창작 13
토착화와 변모 254
토착화와 재창작 234
통속물의 교화성 36
통속물의 사회적 교화성 35
통속성 39
통속소설(通俗小說) 14, 17, 18, 34, 36
통속소설의 흥미성 35
통속적 흥미성 35
통시적 22
통시적 변모 29
통혼권 162, 164, 165

【파】

판각소설 24
판소리 및 판소리계 소설 86
판소리계 고소설 137
판소리계 소설 14, 224, 235, 243, 245, 250
판소리계 소설의 구조 250
풍몽룡(馮夢龍) 12, 34
플롯 전환 27, 63, 64, 67, 248
필사 24, 99
필사기 28, 98, 150, 152, 240, 250
필사 기간 168, 170
필사 기록 24, 147, 156, 160
필사 시기 147, 165, 167, 169, 174, 241
필사 시기의 변화 170

필사기의 내용 148

필사본 12, 15, 17, 21, 24, 25, 30,
    31, 44, 61, 90, 97, 98, 99, 104,
    123, 124, 125, 126, 128, 131, 132,
    133, 134, 165, 213

필사본 계통의 변모 251

필사본 고소설 147, 160

필사본 고소설의 유통 164

필사본 유통 과정 25

필사본 이본 12

필사본 이본의 변모 14

필사본 이본의 형성 19

필사본 제1계통 83

필사본 제1계통 기본형 233

필사본 제2계통 부연·확대형 233

필사본의 검토 20

필사본의 유통과정 115

필사시기 98, 252

필사자 240

필사자들의 당부 156

필사자들의 향유 태도 158

필사자의 의식 113

필사자의 필사 의식 158

필사작업 241

[하]

학자 내지 선비 계층 28

한국 고소설 9, 12, 16, 63, 86, 225

한국 고소설로 토착화 62

한국 고소설사 15, 18, 246

한국 고소설의 개별적 특징 26, 27

한국 고소설의 교섭 26

한국 고소설의 영향 관계 13

한국 고소설의 주체적 역량 13

한국 고소설의 특징 246, 250, 253

한국 신화 236

한국적 토양 26

한국적 토착화 91, 233

한문 문명권 9, 10, 16, 33, 40, 42,
    86, 233, 243

한자 문명권 34, 44, 253

한자 문명권의 보편성 27

항적공의 비결 116

해외 원정군담 78

해원 의식 132, 225

향유 24

향유층 147

향유층의 수용적 태도 177

향유층의 욕구 133

향유층의 의식 115

향촌 선비와 학자 집안의 여성 240

향촌의 선비 173

향촌의 학자집안, 선비집안 241

허구성 189

현실 공간 197

현실계 80, 91

현실주의적 성격 142, 197, 231

현장조사 160, 171, 185

형제 갈등 82

형제간의 우애 82

형제갈등 235

혼례 71, 84, 120, 191, 203, 206,
    207, 208, 237, 244, 251

혼례 대목 174

혼례의 첨가 75, 250

혼례의 확대 173, 209

혼례제도 236

홍시낙 151

홍시낙본 107, 108, 162
홍윤표2본 108, 111, 113, 115
홍윤표본 〈소한림전〉 81
화공전 119, 120
화본(話本) 34
화본소설 『경세통언』 161
화소 40, 41
화소의 변화 61
화조가 152
화해 대목 224
확대형 28
환관정치 62
활자본 12, 13, 15, 17, 19, 20, 21,
    25, 30, 31, 44, 52, 56, 57, 61,
    90, 97, 99, 104, 121, 122, 123,
    124, 125, 126, 128, 131, 132, 133,
    213, 226, 239
활자본 고소설로 개작 30
활자본 제3계통 변이형 233
활자본으로 개작 132
활자본으로 개작·변모 20
활자본의 개작 209, 226
활자본의 독자층 197
활자본의 상업적 성격 127
활자본의 유통 226
활자본의 주요한 변 141
황재학 164
황해감사 88
효·열 53
효성 137
효열 137
효열 의식 139, 173, 174
후천적 가족관계 237
훼절(毁折) 39

홍미성 44
홍부전 99, 224, 245

■ 김재웅

경북 고령에서 출생하여 계명대학교 국어국문학과를 졸업하였다. 같은 대학원에서
석사학위와 박사학위를 받았다. 계명대학교 한국학연구원 연구원으로 근무하면서 국문
학, 역사학, 철학, 예술, 문화 등과 같은 폭넓은 한국학을 공부하였다. 그리고 외교통상부
산하 한국국제교류재단의 파견교수로 선발되어 인도 네루대학교 한국학 객원교수를 역
임하였다. 경북대학교 영남문화연구원에서 박사후연수를 받았고 계명대와 영남대에서
국문학과 강사로 활동하였다. 최근에는 고전소설의 창작 현장, 고전소설의 지역학적 접
근과 생활사, 고전문학의 생태문화 등에 관심을 가지고 다양한 강의와 연구를 하고 있다.

주요 저서로는『The prospects of The korean classic novel in 21st century』, 『KOREA
AND INDIA』(Delhi University, 2005), 『대구·경북 지역의 설화 연구』(계명대학교 출판부,
2007) 등이 있다. 논문으로는 「〈강능추월전〉의 이본 형성과 변모에 관한 연구」(계명대
박사논문, 2003)과 「〈유최현전〉의 구조적 특징과 가정소설의 지평 확장」과 「경북 지역
에 유통된 필사본 고소설에 대한 실증적 연구」 및 「영남 지역 필사본 고소설에 나타난
여성 향유층의 욕망」 등 다수의 논문을 발표하였다.

한국고전서사문학연구총서 ⑱

강릉추월전 작품군의 종합적 이해

2008년 11월 27일 초판 1쇄 발행

지은이　김재웅
펴낸이　김흥국
펴낸곳　도서출판 **보고사**

등록　1990년 12월(제6-0429)
주소　서울시 성북구 보문동 7가 11번지
편집부　922-5120~1, 영업부 922-2246, 팩스 922-6990
홈페이지　www.bogosabooks.co.kr
메일　kanapub3@chol.com

ⓒ 김재웅, 2008
ISBN　978-89-8433-697-1 (93810)
정 가　23,000원

▶잘못된 책은 교환하여 드립니다.
▶저자와의 협의에 의하여 인지는 생략합니다.